KB111755

The bad woman is Marionette

악녀는 마리오네트 1

한이림 장편소설

초판 1쇄 찍은 날 | 2021년 4월 23일
초판 2쇄 펴낸 날 | 2022년 10월 21일

지은이 | 한이림
발행인 | 이진수
펴낸이 | 황현수

펴낸곳 | 주식회사 카카오엔터테인먼트
등록번호 | 제2015-000037호
등록일자 | 2010년 8월 16일
주소 | 경기도 성남시 분당구 판교역로 221 6(일부)층

제작·감수 | KW북스
E-mail | cl_production@kwbooks.co.kr

ⓒ 한이림, 2018

ISBN 979-11-6509-875-9 04810
        979-11-6509-874-2 (set)

악녀는 마리오네트

The bad woman is Marionette

한이림
장편소설

1

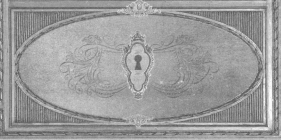

Yeondam

Contents

1장
줄이 끊어진 마리오네트

그랜드 홀 중앙에서 세상에서 가장 아름다운 미녀가 춤췄다. 춤이 끝나고 미녀는 손을 번쩍 들며 인사했다. 사람들은 환호를 보내고 술잔에 든 술을 뿌렸다.

"저와도 춤을 춰 주십시오, 선황녀 전하!"

"이번엔 제 차례입니다, 전하!"

미녀의 정체는 엘다임 제국의 선황녀, 카예나 힐이다. 또한 그녀는 레제프 황제의 누이기도 하다.

"이번엔 황제 폐하의 차례라네."

가장 지고한 자리에서 턱을 괸 채 홀을 내려다보던 황제, 레제프가 어느새 미녀의 앞에 섰다. 그는 차가운 표정을 지우고 미소 띤 얼굴로 그녀의 손등에 입을 맞췄다.

"생일을 축하드립니다, 누님. 오늘의 연회에서도, 내일의 연회에서도 언제나 가장 아름다워 주십시오."

"입술에 꿀을 발랐구나!"

레제프의 말에 카예나가 까르르 웃었다. 이런 종류의 아첨은 그녀가 가장 좋아하는 것이었다.

레제프는 이런 칭찬에 자신의 가치를 확인받는 걸 좋아하는 누이를 보며 조소를 머금었다.

'오래도록 아름다워야 당신의 이용 가치가 떨어지지 않을 테니까.'

카예나의 가치란 선황후 소생이란 정통성, 제국에서 가장 아름답다는 상징성, 하나뿐인 황녀란 유일성뿐이었다.

'어리석고 아름다운 나의 인형.'

"어머, 레제프."

카예나가 그를 붙잡고 길고 곧은 손으로 옷깃을 정리해 주었다.

"아직 어린애라니까."

사실 그녀의 태도는 하극상이나 다름없었다. 그러나 카예나는 이게 문제인지조차 알지 못했다. 그녀는 동생을 자신이 돌보아야 할 낮은 존재로 보았기 때문이다. 그리고 그것은 레제프가 그녀 스스로 착각하도록 만든 결과였다.

"선물들은 마음에 드십니까?"

"너무나! 특히 이 드레스가 가장 마음에 들어."

"누님께서 장미를 좋아하시니 장미를 연상케 하는 드레스를 선물로 드리고 싶었습니다."

그는 다정하게 카예나의 머리칼을 쓸어 넘겨 주었고, 카예나는 그 손길을 자연스럽게 받았다. 누군가가 자신을 사랑스럽게 여기는 것은 그녀에게 당연한 일이기 때문이었다.

"이제 저와 춤을 춰 주십시오, 누님."

"기꺼이."

그들이 자세를 취하자 음악이 새롭게 시작되었다. 그녀는 오늘도 휘휘 돌며 춤추었다.

그랜드 홀에서. 황제의 손에서.

"레제프!"

카예나가 황제의 침소로 뛰어들었다.

"황제 폐하께 어찌……!"

궁의 시종들은 그 광경에 경악했다. 제국의 선황녀라 할지라도 지켜야 할 법도가 있다. 그녀가 아무리 어리석다 해도 황제를 이름으로 부르거나 윤허 없이 황제의 침소에 뛰어들어서는 안 되었다. 카예나의 경거망동은 날이 흐를수록 더 심해져만 갔고 마침내 파멸에 이르렀다.

"됐다."

기사들이 그녀를 저지하려고 했으나 레제프가 손을 들어 막았다. 카예나는 눈물에 젖은 얼굴로 남동생의 품으로 뛰어들었다.

"레제프, 이건 다 음모다. 모략이야! 그 발칙한 계집을 당장 죽여다오!"

그러나 레제프는 무심한 눈길로 이복 누이를 내려다볼 뿐이었다. 그 차가운 시선을 눈치채지 못한 카예나는 악에 받쳐 모진 말을 뱉었다.

"그 천하고 더러운 년이 감히 키드레이 공작을 넘보지 않느냐! 다 그년 때문이다. 그가 내게 그리 냉혹할 리가 없는데……!"

"누님."

레제프는 그녀를 자신에게서 떨어트렸다. 그는 카예나라는 아름다운 인형으로 멍청한 남자 귀족들을 굴복시켜 왔다. 또한, 그녀의 녹한 성정을 이용해 여자 귀족들을 휘두르기도 했다. 그녀는 지금껏 훌륭하게 제 역할을 해 주었다. 그러나 점차 성가셔졌다.

"아직도 이해가 안 가십니까? 멍청한 건 알았지만 이렇게까지 상황

파악을 못 할 줄이야."

레제프의 싸늘한 말에 카예나는 뭔가 단단히 잘못되었단 사실을 본능적으로 느꼈다. 그녀는 저도 모르게 뒷걸음질 쳤다. 레제프는 카예나가 도망치지 못하도록 붙잡았다.

"올리비아를 제대로 죽이지도 못해서 이렇게 꼬리를 밟혀 오면 제가 어찌 누님을 도울 수 있을까요?"

"레제프……!"

"어쩔 수 없이 제 손으로 당신을 처분해야 하지 않습니까? 아깝게……."

그는 파르르 떠는 카예나의 뺨을 퍽 다정한 손길로 쓸어 주었다.

"네가, 네가 내게 어떻게……!"

"애석하게도 키드레이 공작을 유혹하진 못했지만, 그의 가신인 길리안 자작이 당신을 원하니 그에게 던져 주면 될 것 같군요. 그럼 협상의 여지는 있을 테니."

그녀는 도저히 믿을 수 없다는 듯이 충격받은 얼굴로 레제프를 바라보았다.

"레제프! 난 네 누이다. 어떻게 내게 이럴 수가 있니?"

레제프는 여전히 상황 파악 못 하는 누이를 보며 한숨을 내쉬었다.

"당신이 가진 권력은 모두 내가 빌려준 것이란 걸 깨달아 줘. 어차피 이미 늦고 말았지만."

"이것 놔라! 어찌 네가 감히 나를 욕보이느냐!"

카예나는 미쳐 버릴 것 같았다. 자신이 믿어 왔던 세상이 단숨에 무너져 버린 기분이었다.

"네가 내게 이럴 수는 없어! 널 황제로 만든 건 나야!"

그녀의 발작적인 외침에 레제프가 웃음을 터트렸다.

"아직도 자신이 이용당하고 있었단 사실을 깨닫지 못했단 말인가? 가엾은 나의 인형."

"대체, 대체 왜 이러니? 누나가 뭘 잘못했어? 화가 난 거야? 난 정말 모르겠구나. 네가 나에게 이럴 이유가 없잖니."

그녀는 간신히 울분을 삼키며 최대한 처연하게 그를 설득하려고 했다. 눈물에 젖은 제 아름다운 모습이 통하지 않았던 적은 단 한 번도 없었다.

"가여운 카예나. 그러게 왜 올리비아를 확실히 죽이지 못했어?"

레제프는 고개를 휘휘 내저으며 소파로 가서 앉았다.

"정말로 슬프구나. 짐의 누이가 그런 악독한 사람이란 것을 믿을 수 없어."

"뭐……?"

"키드레이 공작이 수사권을 요청하였다지? 그래, 허락해 주어라."

"레제프!"

그는 소파에 기댄 채 무심한 눈으로 카예나를 보았다.

"저 악녀를 방에 가둬라."

기사들은 그녀를 거칠게 포박했다. 태어나서 이런 모욕을 당한 일이 없던 카예나는 비명을 내질렀다.

"놔! 놔라! 이 미친 것들이 감히 내가 누군 줄 알고 이러느냐!"

그녀는 기사들의 손에서 한껏 발버둥 쳤으나 평생 사치만 할 줄 알았던 연약한 몸으로는 그들을 당해 낼 수 없었다.

"레제프―!"

카예나는 피를 토할 듯이 레제프를 부르짖었다. 그러나 기사들은 무참히 그녀를 끌고 나갔고, 이내 침소의 문은 굳게 닫혔다.

여자는 휴대전화 화면을 껐다. 악녀의 최후를 확인하려고 꾸역꾸역 읽었던 소설이다. 카예나가 길리안 자작에게 팔려 가 비참한 삶을 사는 걸 보는 동안 가슴이 갑갑했다. 마치 자신이 경험한 일처럼.

"팀장님, 회의하셔야죠?"

부하 직원이 여자를 향해 말했다. 여자는 고개를 끄덕였다.

"네, 갑니다."

소설은 일하는 중에도 뇌리를 떠나지 않아 여자에게 찜찜함을 남겼다. 자꾸만 이상한 기시감이 느껴졌다. 악녀와 여자는 닮았다. 누군가에게 철저히 이용된 인형이라는 점이.

"벌써 퇴근하세요?"

일찍 퇴근하는 일이 드문 여자가 벌써 짐을 챙기니 팀원이 물었다. 여자는 말없이 고개만 꾸벅 숙이고 엘리베이터를 탔다.

"잠깐만."

김 전무였다.

"같이 내려가지."

엘리베이터 문이 닫혔다.

"일찍 퇴근하네."

"……."

"이번 상반기에도 실적 좋던데? 역시 유능해."

그가 여자의 어깨에 손을 얹었다. 온몸에 벌레가 타고 올라오는 것 같은 기분이었다.

"먼저 가 보겠습니다."

여자는 엘리베이터 문이 열리자 급히 빠져나왔다. 뒤에서 전무가 큰 소리로 물었다.

"아직도 꽁해 있는 거야?"

여자는 걸음을 멈췄다.

"덕분에 너 최연소 팀장 달았고 곧 차장도 달잖아."

"당신이 가진 권력은 모두 내가 빌려준 것이란 걸 깨달아 줘. 어차피 이미 늦고 말았지만."

여자는 소설 속 레제프의 대사가 떠올라 웃고 말았다. 그녀는 뒤를 돌아보았다.

"또 제가 필요해서 그러세요?"

김 전무는 씩 웃으며 손가락을 튕겨 그녀를 가리켰다.

"알잖아. 나 우리 정 팀장밖에 없는 거."

여자는 웃음기를 거두고 다시 앞을 향했다. 누군가의 인형으로 사는 건 이제 지긋지긋해.

그때였다.

"……누구세요?"

그녀의 차 운전석 쪽에 누가 서 있었다. 남자는 검은 점퍼를 입고 모자를 푹 눌러쓰고 있었다. 어쩐지 불길했다.

남자가 천천히 몸을 돌렸다.

"다 너 때문이야."

여자는 뒷걸음질 쳤다.

"내가 이렇게 된 건 다 너 때문이야!"

남자가 빠르게 달려와 여자의 복부에 칼을 찔러 넣었다.

뒤따라오던 김 전무가 차들 사이에 쓰러진 여자를 발견했다. 남자는 칼을 뽑아 들더니 김 전무에게도 달려들었다.

"너도 죽어!"

여자는 찔린 복부를 감싸 쥐며 김 전무가 당하는 모습을 보았다.

'악녀의 최후라는 건 다 비슷한가 봐.'

시야가 가물거렸다.

'이대로 죽는 것도 나쁘진 않네.'

그게 여자의 마지막 기억이었다.

-❦-

"으……."

머리가 지끈거리고 목이 바짝 말랐다. 여자는 몸을 웅크리고 몇 번이나 기침을 토했다.

"하아…… 하아……."

여자는 떠지지 않는 눈을 간신히 열었다. 누군가의 목소리가 점차 선명해졌다.

"전하께서 깨어나셨다! 어서 의원을 불러라!"

여자는 지끈거리는 머리를 부여잡고 몸을 뒤척였다. 이게 무슨 상황이지? 분명 칼에 찔렸는데.

"황녀 전하! 정신이 드십니까?"

사람들이 바쁘게 뛰어다니는 기척이 느껴졌다. 여자는 눈을 찡그려

초점을 맞췄다. 고풍스러운 차림의 외국인이 그녀를 걱정스럽게 바라보고 있었다. 이상하게도 어디선가 본 적 있는 얼굴이었다.

그때 문이 열리고 누군가가 들어왔다.

"황자 전하를 뵙습니다."

"누님."

금빛 머리카락의 청년이었다. 그가 순식간에 거리를 좁혔다.

"카예나 누님, 괜찮으십니까?"

'……카예나?'

남자가 여자의 손을 잡았다.

순간, 충격에 휩싸인 여자가 두 눈을 부릅떴다. 아, 이럴 수가.

"레제프……."

그녀는 벼락을 맞은 것처럼 깨달았다.

"네, 누님. 저 여기에 있습니다."

남자가 그녀의 손에 조심스럽게 입을 맞추며 걱정스러운 표정을 지었다. 여자, 아니, 카예나는 참담하게 중얼거렸다.

"돌아왔구나."

그리고 다시 의식이 끊어졌다.

―❧―

카예나는 천천히 눈을 떴다.

'진짜 돌아왔구나.'

그녀는 침대에 누운 채로 이 혼란스러운 상황을 되짚어 보았다.

카예나는 지난 삶 '여자'가 읽었던 〈검은 장미의 레이디〉라는 소설의 악역이었다. 그리고 그것은 그녀의 첫번째 삶이기도 했다.

'그래, 소설이란 말이지.'

소설 속에서 악녀 노릇을 톡톡히 해낸 그녀는 미치광이 남편에게 살해당하며 악역다운 최후를 맞이했었다.

두 번째 삶은 대한민국에서 태어났다. 당연하겠지만 카예나로서의 기억은 없었다. 다만 우연히 〈검은 장미의 레이디〉라는 소설을 읽게 되었다. 제삼자로서 바라본 소설 속 카예나는 멍청하고 악독한 인물이었다.

사실 그곳에 나오는 인물들이 대체로 그러했다. 여주인공을 제외한 인물들은 모두 권력자였으나 다들 미친 인간이었다. 소시오패스인 레제프, 권력에 미친 예이스터 하인리히, 인간인지 뭔지 모를 바옐. 그나마 남주인 라파엘로가 가장 멀쩡한 듯 보이지만 그에게도 약간의 정신적인 문제가 있었다.

'소설은 등장인물 모두가 여주인공에게 감화된다는 내용이었지.'

원작 여주인공인 올리비아는 등장 인물들에게 그들의 부족한 부분을 채워 주는, 마치 살아 움직이는 신경 안정제 같은 존재였다.

카예나는 그런 올리비아를 질시하여 독살을 시도했다.

제아무리 악녀인 카예나라지만 그녀가 누군가를 죽일 만큼 악독한 건 아니었다. 다만, 카예나는 폭군이었던 남동생에게 이용당하는 마리오네트였다.

올리비아를 손에 넣고자 했던 레제프는 카예나를 이용해 올리비아를 독살하려 했다.

그건 성공한 것처럼 보였다. 그러나 검은 장미 정원의 주인인 마법사, 바옐이 그녀에게 힘을 계승해 주며 죽음에서 되살려 냈다.

그게 소설 제목이 〈검은 장미의 레이디〉인 이유였다.

그 뒤는 뻔하게도 악인은 처단당한다는 그런 이야기였다.

그녀는 주인공들의 서사에는 큰 감흥을 느끼지 못했다. 오히려 악녀인 카예나의 삶에 눈길이 갔었다.

그렇게 마음이 쓰였던 이유가 자신의 전생이었기 때문이라니.

'내가 소설 속 악녀였단 사실은 충격이네.'

무슨 이유에서인지 그녀는 다시 카예나로 돌아왔다. 그것도 성년식을 치르기 전, 열아홉 살의 나이로.

'이전의 난 죽은 거겠지?'

자신을 칼로 찌른 남자는 얼굴만 아는 사람이었다.

그 남자가 불륜을 저질렀다는 스캔들을 회사에 터트렸던 기억이 났다. 그 남자가 진행하던 프로젝트를 엎어야 했기 때문이었다.

'이미 그것도 지나간 삶일 뿐이야.'

많은 것을 얻긴 했지만, 실패한 삶이기도 했다.

여자는 유능했다. 쓸 만한 정도를 넘어서 누군가에게 충분히 위협이 될 수 있을 정도였다.

그리고 김 전무는 그런 여자가 자신의 말만 따르도록 회유하고 통제했다. 마치 남동생에게 통제당하던 카예나의 삶처럼.

'나는 어떻게 카예나로 다시 돌아왔지?'

그녀는 레제프에게 버려져 길리안 자작가로 팔리듯 시집을 갔다. 그리고 결국엔 미쳐 날뛰는 길리안의 손에 끔찍하게 죽었다.

문득 그녀는 자신이 어떤 상태인지 알아차렸다.

'독을 마셨던 그때구나.'

연회 중에 술을 마시고 피를 토한 적이 있었다. 그랜드 홀에 울려 퍼지던 비명과 아우성이 귓가에 선연했다.

"하필……."

몸이 성해도 모자랄 판에 이런 시점으로 회귀할 건 뭐란 말인가?

"일어나셨습니까?"

방을 지키고 있던 시녀가 다가왔다. 시녀는 자연스럽게 물수건으로 그녀의 얼굴을 닦고 머리카락을 정리해 주었다.

그녀가 죽을 뻔했음에도 불구하고 시녀는 아름다움만을 우선하는 것이 너무나 기괴하게 느껴졌다. 그러나 말릴 힘도 없고 그럴 이유도 없어 눈을 감아 버렸다.

"몸을 닦아 드리겠습니다."

시녀들이 몸을 닦고 새 옷으로 갈아입혀 주는 동안 카예나는 생각에 잠겼다.

레제프는 빈말로도 괜찮은 황제라고 할 수 없는 포악한 폭군이었고, 자신은 그에 걸맞는 악독한 누이였다.

그들은 애초에 타고나길 선하게 타고나지 않았다. 참을성 없고 무도하며 잔악했다. 그게 설마 자신에게도 적용될 줄 몰랐다는 것이 카예나의 패착이었다.

레제프, 내 동생.

'너는 날 가족으로 여긴 적 없었구나.'

카예나는 버려졌다. 그것도 아주 철저하게.

"거울을 가져와라."

시녀들이 커다란 거울을 그녀의 앞으로 가져왔다. 그녀는 파란 눈동자로 거울에 비친 자신을 관찰하다 뺨을 쓸어 보았다.

'지독하리만큼 아름답구나.'

소설 속에서도 카예나가 아름답단 묘사는 지겹도록 나왔다.

이렇게 다시 제 모습을 보니 그 아름다움이 거의 재능의 영역에 가까울 지경이었다.

'하지만 결국에는 레제프의 인형으로만 이용당할 외모일 뿐이지.'

이게 바로 지금, 카예나의 가치다.

그녀는 레몬색 머리카락을 늘어트린 거울 속 미녀를 가만히 들여다보았다.

'앞으로 악녀로 살아가지 않으면 괜찮을까?'

아니, 그래도 그녀는 여전히 황녀였다. 황위 계승권이 그녀의 자손에게도 주어지는 한, 그녀는 평생 견제의 대상이 될 터였다.

'지금의 나는 아무런 힘이 없어.'

가진 것이라고는 오직 이 끔찍하게 아름다운 얼굴이 전부였다. 그것의 가치가 고작 흰 털을 가진 희귀한 호랑이보다 나은 수준이라는 걸 모를 수 없었다.

'아름다움은 진짜 권력이 될 수 없다.'

그것은 레제프가 알려 준 사실이었다.

실제로 그녀가 가진 힘은 그가 원한다면 언제든 잃을 수 있는 신기루 같은 권력임을 몸소 체험해 보지 않았나?

'그나마 아주 늦지 않은 시점으로 회귀한 게 다행이야.'

부왕이 아직 죽지 않고 살아 있다. 레제프를 견제할 수단이 아직은 존재하는 것이다.

'하지만 레제프가 황제가 되기 전까지 남은 시간이 그리 많지 않아.'

카예나는 자신이 레제프에게서 벗어날 방법이 필요하다는 것을 인정했다.

'그 방법으로는 결혼만 한 게 없긴 하지.'

물론 광증에 물든 길리안 자작 같은 혼처는 안 된다.

'레제프의 이목을 속이면서 도망칠 수 있는 방법이 뭘까?'

그녀는 더 이상 황녀 노릇을 하며 살고 싶은 마음이 없었다. 그렇다고 아무런 계획 없이 무작정 뛰쳐나갈 수도 없다.

'결혼이라…….'

카예나는 눈뜨자마자 이런 고민이나 해야 하는 제 처지에 분노하거나 슬퍼할 시간이 없었다. 온갖 모략과 술수가 난무하는 곳이 바로 황궁이다.

심지어 회귀하자마자 독을 마신 상태였으니 경각심이 전신의 감각을 날카롭게 일깨웠다.

'날 도와줄 사람이 필요해.'

레제프를 구슬리기 위해서는 그녀를 위해 움직여 줄 사람이 필요했다. 그러나 주변엔 온통 레제프가 깔아 놓은 사람뿐이다.

카예나의 시선이 시녀들을 차례로 훑었다. 다 변변찮은 인물들이었다.

그때 그녀의 시선이 한곳에 정착했다. 상급 시녀인 베라였다.

카예나는 과거에 이곳을 진두지휘한 사람이 베라였다는 것을 기억해 냈다.

베라는 레제프의 사람이었다. 귀엽게 여겼던 남동생은 카예나가 성년이 되기도 전부터 그녀를 조종하고 있었던 셈이다. 그녀는 자신이 이미 레제프의 손아귀에서 춤추는 마리오네트 신세임을 알았다.

'어차피 여기에 레제프의 사람이 아닌 이가 없어.'

그녀는 소설에서 몇 번이나 베라가 활약했던 것을 떠올렸다. 베라를 제 편으로 끌어들이면 상당히 유용하리라.

카예나는 베라에게 레제프의 행방을 물었다.

"레제프는?"

"황자 전하께서는 이번에 전하의 시해 미수 사건 수사를 맡으셔서 아침 일찍부터 출타하신 것으로 알고 있습니다."

베라는 힐끔 눈치를 보더니 말을 덧붙였다.

"중대한 사건이지 않습니까. 용의자가 꽤 좁혀졌다고 들었습니다. 전하께 위해를 끼친 자가 적발되면 황자 전하께서 절대 용서치 않을 것입니다."

감히 황족을 독살하려고 한 이 천인공노할 사건에 크게 분노한 레제프 황자의 행보에 많은 이의 시선이 집중되어 있었다.

"그렇구나."

카예나는 무덤덤하게 대답했다.

베라는 물수건과 양동이를 옆의 시녀에게 넘겨 주면서 황녀를 힐끗 보았다.

카예나는 파리한 안색으로 쿠션에 기댄 채 먼 곳을 바라보고 있었다. 침착한 표정은 평소 그녀의 모습과 거리가 멀었다.

'최소한 매질당할 것은 각오했는데.'

그녀의 방이 아니라 연회 중에 마신 독이었다. 그렇다 하더라도 카예나의 성격을 생각했을 때 자신을 잘 보필하지 못했다며 무작정 시녀들을 매질했을 게 분명했다.

하지만 카예나는 레제프를 불러오라거나 부왕은 대체 무얼 하느냐며 윽박 짖지 않았다.

'그만큼 충격적이었던 건가?'

그러나 카예나는 충격을 받아 두려움에 떠는 사람처럼은 보이지 않았다.

아파서 그렇다고 넘어가기엔 뭔가 찝찝했지만 그게 아니라면 이 상황을 설명할 길이 없다.

베라는 왠지 지금이 폭풍 전야 같단 느낌을 지울 수 없었다. 그녀의 머릿속이 온갖 추측으로 복잡해졌을 때였다.

"베라."

카예나가 어딘가 다정하게 베라를 불렀다.

베라는 감전된 사람처럼 몸을 벌떡 일으켜 카예나를 보았다. 카예나가 사용인을 이렇게 다정한 투로 불렀던 적이 있던가?

"손이 텄구나."

카예나가 베라의 손을 잡더니 이리저리 들여다보며 말했다.

곧고 가느다란 손가락이 손을 꾹 쥐어 오자, 베라는 부끄러움에 손을 뒤로 숨기고 싶었다.

"네가 마음고생이 심했겠지."

"……아닙니다, 전하."

"주마등이라고 들어 보았니?"

카예나는 베라가 제 침대 위에 앉도록 끌어당겼다.

"독을 마신 순간 나는 정말 죽는다고 생각했어. 그 순간에 내 사람이 누구인가, 생각하게 되었지. 그랬더니 지금까지 네 고생이 떠올랐어."

베라는 내심 카예나의 말에 기쁨을 느꼈다.

그간 그녀는 레제프의 충실한 신하로서, 언젠가는 빛을 보리란 믿음으로 버텨 왔다. 레제프가 황제가 된다면 자신의 진정한 가치를 인정받을 수 있으리라. 그러나 그 욕구는 항상 충족되지 못한 상태로 계속 미뤄지기만 했다.

그런데 지금 카예나가 꼭 베라의 마음속에 들어갔다가 나온 사람처럼 그녀가 그토록 간절히 원하던 말만 골라 하고 있었다.

"내가 너무 늦은 게 아닌지 모르겠지만 고맙구나, 베라."

베라의 눈시울이 순식간에 붉어졌다.

"당치 않습니다……."

그간의 마음고생이 떠올랐다.

카예나가 다 안다는 듯이 베라를 살포시 안고 어깨를 토닥이자 눈물을 더 참을 수 없었다.

"울지 말렴. 앞으로 우리가 같이 보낼 세월이 많이 남았잖니? 부디 잘 지냈으면 해."

베라는 억지로 울음을 삼키다 끅끅 소리를 냈다.

카예나는 그런 베라를 밀어내지 않고 다독였다. 그리고 곁에서 같이 눈시울을 붉히고 있던 다른 시녀에게 물수건을 부탁했다.

"다들 고맙구나. 내가 살아난 것은 다 너희 덕분이야."

"아닙니다, 전하!"

방 안에 있던 모든 시녀들이 바닥에 엎드렸다.

베라는 좀처럼 눈물을 멈추지 못해 당혹스러워했다. 그 기색을 눈치챈 카예나는 한숨처럼 웃으며 시녀들에게 물었다.

"음, 혹시 여기서 베라를 진정시킬 방법을 아는 이가 있을까?"

그 말에 다들 웃음을 터트렸다. 방의 분위기가 순식간에 따뜻하고 뭉근해졌다.

"하여간 다들 이리도 마음이 약해서야."

카예나의 말에 그들은 어색하면서도 수줍게 웃었다. 윗사람에게 따뜻한 칭찬을 받는 것은 기분 좋은 일이었다. 그들은 자연스럽게 카예나에게도 꽤 무른 구석이 있다는 사실을 깨달았다. 카예나가 유도한 대로였다.

"자, 당장은 내 얼굴 보기가 민망할 테니 베라는 좀 쉬었다가 오는 게 좋겠구나. 그 전에 내 옷을 손수건처럼 썼으니 새것으로 좀 가져다주고."

그녀의 농에 다들 까르르 웃음을 터트렸고 베라는 얼굴을 벌겋게 물들였다.

"저, 전하……!"

카예나는 웃으며 베라를 다독이다가 몸을 웅크리며 크게 기침을 토했다.

그들은 그제야 카예나가 아직 환자란 사실을 상기하고 기겁했다.

"전하!"

"의원을 불러라, 어서!"

카예나는 순식간에 보살핌을 받아야 할 환자로서 극진히 모셔졌다. 감정이란 것은 이리도 얄팍했다.

그녀는 시녀들이 하는 대로 가만히 그것을 다 따랐다.

"절대 무리하셔서는 안 됩니다."

다시 왕진을 온 의원이 당부했다.

그 잠깐 사이 카예나의 기력이 많이 떨어져 있어 깜짝 놀랄 정도였다.

"조금 쉬면 괜찮아질 거야."

카예나는 별것 아니라는 듯이 말했으나 아까보다 안색이 더 좋지 않았다. 시녀들의 안색도 덩달아 어두워졌다. 황녀에게 문제가 생기면 그들은 문책을 피할 수 없다.

"전하, 황자 전하께서 뵙길 청하십니다. 안으로 모실까요?"

'올 것이 왔구나.'

그 순간 레제프가 그녀를 보길 청했다.

"그래."

카예나는 누웠던 몸을 다시 일으켰다. 누가 보아도 무리하는 모습이었으나 그녀는 쉴 수 없었다.

자신에게 독을 먹인 진짜 범인인 남동생과 제대로 마주하는 순간이기 때문이었다.

'날 죽이기 위해서가 아니라 가짜 범인을 만들어 이용하기 위해서였었지.'

그녀는 레제프에게 충실히 이용되고 있었다. 마리오네트란 별명이 그녀에게 더없이 잘 어울렸다.

문이 열리고 금발에 파란 눈동자의 잘생긴 청년이 들어왔다.

"황자 전하를 뵙습니다."

시녀들은 그의 등장에 달뜬 눈으로 고개를 숙였다.

장차 엘다임 제국의 황제가 될 사람이자 소설 서브 남주인 카예나의 이복 동생 레제프 힐의 등장이었다.

황제를 죽이고 황좌를 차지한 패륜아.

선한 인상의 미남으로 보이는 외모와 달리 그는 누구보다도 가학적인 성정을 가진 인물이었다.

부왕은 자식들에게 냉혹한 사람이었다. 남이 보면 친자식이 아니란 생각이 들 정도였다. 그건 레제프에게 유달리 심했다. 황제는 그가 가진 권력을 어린 아들과 조금도 나누려 하지 않았다. 어린 시절부터 부왕의 냉대를 받으며 자라 온 레제프는 당연한 수순처럼 쏙군이 되었나.

올리비아는 그런 레제프의 애정 결핍을 보듬어 주었다.

'온정과 보살핌에 굶주린 가여운 아이.'

화가 나긴 하지만, 지금 카예나가 레제프를 바라보는 감상은 딱 그 정도였다.

레제프는 외출을 마치고 돌아오자마자 그녀를 찾은 것인지 망토와 견장을 모두 착용한 상태였다.

"몸은 좀 어떠십니까, 누님?"

카예나는 하마터면 웃음을 터트릴 뻔했다. 병을 준 당사자에게서 나오기 적절한 말은 아니었다.

그녀는 얼굴에 미소를 덧그렸다.

"견딜 만해."

카예나의 귀찮은 투정을 예상했던 레제프는 짐작하지도 못한 반응에 잠시 멈칫했다. 이런 침착한 말투와 부드러운 태도는 누이에게서 단 한 번도 본 적 없는 것이었다.

"……그렇습니까? 다행입니다."

그는 그녀의 곁으로 다가와 허락도 구하지 않고 침대에 걸터앉았다.

'인제 보니 날 건성으로 대하는 게 여실히 느껴지네.'

그의 말투는 퍽 다정했으나 존경이나 예의는 없었다. 친밀한 사이라 그렇단 것은 어불성설이다. 레제프가 카예나를 친근하게 여길 리만무했다. 이런 행동 하나하나가 카예나를 어떻게 생각하고 대해 왔는지를 보여 주었다.

"의원에게 물어보니 차도가 좋다고 하더군요. 곧 쾌차하실 수 있을 겁니다."

"내가 괜히 걱정을 끼쳤구나."

"그런 말씀 마십시오."

레제프는 그녀와의 대화가 이어질수록 의문이 들었다. 이런 침착한 대화는 카예나와 처음 나눠 보았다. 그저 아파서 기운이 없다 보니 그런 것일까?

'확실히 평소와 다른 것 같군.'

뭐라고 명확히 꼬집어 말할 수는 없지만, 그의 감이 그렇게 말하고 있었다. 카예나의 어른스러운 태도는 그녀의 탈을 뒤집어쓴 다른 이를 대하는 느낌이었다.

꼭, 누이가 아닌 것 같았다.

"바쁠 텐데 무리해서 온 건 아니니?"

레제프는 카예나의 속내를 읽으려는 듯이 파란 눈동자를 번득 빛내며 그녀를 보았다.

겉으로 보기엔 카예나는 그저 아파서 기운이 없어 보일 뿐이었다.

"누님을 뵙고 무사하신 것을 확인해야 제 마음이 놓이니까요. 저의 미숙함을 용서하십시오."

레제프는 그녀가 좀처럼 투정이나 짜증을 부리지 않으니 당혹스러웠다.

'지금쯤이면 범인이 언제 잡히는지 열 번은 더 물었어야 정상인데.'

자신에게 언제나 깃털처럼 가볍던 입술은 추를 매단 듯 무거웠고 표정도 읽을 수 없었다.

'아파서 그런 거겠지. 독살당할 뻔했으니 두려운 마음이 들 거야.'

제 손바닥 들여다보듯 뻔했던 카예나를 다르게 생각하기가 어려웠다. 아니, 다르게 생각하고 싶지 않다는 게 정확하다. 아름다운 것 말곤 아무짝에도 쓸모없는 여자라고 항상 생각해 왔고, 그래야만 했다.

그렇기에 그는 자신이 지나친 생각을 하고 있다고 결론 내렸다.

"누님을 독살하려 한 이를 반드시 제 손으로 찾아내 대가를 치르게 할 것입니다. 그러니 누님께서는 너무 걱정하지 마십시오."

그는 그렇게 말하며 카예나의 손을 꼭 붙잡았다. 그녀를 안심시키기 위함이었다.

'정말 나를 자신의 제위에 이용할 말, 그 이상으로도 그 이하로도 보지 않는구나.'

카예나는 초연하게 웃었다. 알고 있는 사실들을 확인받는 기분은 참 묘하기 그지없었다.

지금 이런 모습들은 마치 우애가 깊은 남매의 전형처럼 보였다. 실상을 몰랐다면 참 애틋한 사이라고 여겼을지도 모른다. 입안의 혀처럼 구는 잘생긴 남동생은 늘 그녀를 흡족하게 해 주었기 때문이다.

'그러니 그 기특한 동생이 독을 먹였으리라고는 생각지도 못했지.'

그러나 지금의 카예나는 상대가 고양이인 척하는 발톱을 숨긴 맹수란 사실을 잘 알았다.

카예나를 독살하려 한 사람은 다른 누구도 아닌 레제프다.

'정확하게는 독살당할 뻔한 상황을 꾸며 내려는 거였지만.'

그래서 더 지독했고 악독했다.

그녀는 레제프를 물끄러미 바라보았다.

"범인을 찾는 건 그만두렴, 레제프."

그의 몸이 아주 살짝 움찔거린 것이 느껴졌다.

"……무슨 말씀이십니까, 누님?"

자신을 해치려 한 자를 당장 찾아내라고 길길이 날뛰기는커녕 그만두라니? 일순간 머리가 멍해질 정도로 믿을 수 없는 말이었다.

레제프는 카예나의 말을 찬찬히 곱씹으며 표정을 미미하게 일그러트렸다.

"하지만 누님은 거의 죽을 뻔하셨습니다."

카예나는 가볍게 고개를 끄덕이며 긍정했다.

"그랬지."

'너 때문에.'

진실을 알고 있으니 레제프의 한마디, 한마디가 얼마나 잘 꾸며진 것인지 적나라하게 느껴졌다.

"혹시 보복이 두려워서 그러십니까? 걱정하지 마세요. 다시는 이런 일이 없도록 제가 지켜 드릴 테니까요."

카예나는 힘없이 고개를 내저었다. 아직 완전히 해독되지 않은 몸이라 이렇게 머리를 쓰며 대화하는 것이 상당히 부담스러웠다. 그녀는 시녀들을 대하는 것으로 이미 체력을 크게 소모한 참이었다.

쉬고 싶단 생각이 간절했지만 기절하는 한이 있더라도 지금 이 대화는 반드시 끝마쳐야 했다. 그녀의 의도대로.

"아니. 그런 게 아니야."

그녀는 열에 들뜬 숨을 한 차례 몰아쉬었다.

그 모습이 어찌나 처연한지 카예나의 말도 안 되는 외모에 퍽 익숙한 레제프와 방 안에 서 있던 시녀들조차도 잠깐 숨을 멈췄다.

"네가 질 게임을 할 필요는 없잖니, 레제프."

레제프는 카예나의 말을 이해할 수 없었다.

독은 레제프가 썼고 그는 알리바이를 완벽하게 마련해 두었다. 이 기회에 제거할 대상도 선별해 뒀고 이제 그 대상을 단두대에 세우기만 하면 되었다. 이건 무조건 그가 이기는 게임이었다.

그는 그렇게 생각했다.

"다들 잠깐만 자리를 비켜 줘."

그녀의 요청에 다들 밖으로 나갔다. 침실엔 카예나와 레제프 둘만

남게 되었다.

"레제프."

카예나가 그를 불렀다. 너무 담담하고 초연해서 기분이 이상해지는 부름이었다.

"네 눈에 보이는 것이 전부가 아님을 잊어선 안 된다."

"그게 무슨……?"

"연회장에서 나와 춤을 춘 댄스 파트너가 몇인지 아니? 내게 술과 음식을 나른 이는 또 몇이고? 누군가를 특정하는 게 참 어려울 정도의 환경이었지. 반대로…… 누굴 지목하기는 괜찮은 환경이었고."

카예나는 빠르게 기억을 더듬어 이 사건이 어떠했는지 떠올렸다. 이 계획은 절대 레제프의 생각대로 흐르지 않았다.

"내게 과하게 집착하던 영식이 있었지?"

그녀는 레제프가 단두대에 세우려 했던 인물을 떠올렸다.

바로 그녀의 전남편이었다.

그녀는 길리안 자작이 아직 가문을 물려받기 전이란 사실을 상기하며 그를 '영식'이라고 명명했다.

"그건……."

"길리안 영식을 처형하고 가문을 멸문시킬 작정이니? 그래. 그는 키드레이 가문의 가신이니까, 나쁘지 않은 선택이야."

이게 레제프가 이 사건을 꾸민 이유였다.

길리안 자작가는 대대로 명마를 길러 내기로 유명한 집안이었다. 그들이 길러 낸 명마 한 마리 값은 비싼 저택 한 채 값을 훌쩍 넘었다.

그리고 키드레이 공작가는 그런 가문을 가신으로 두고 있었다.

키드레이 공작가는 서부 국경을 수호하며, 제국에서 가장 크고 강한 군대를 소유한 군사 가문이었다.

레제프는 자신이 제위에 오르는 것에 방해되는 키드레이 가문의 영향력을 어떻게든 낮추고 싶어했다.

만약 길리안 자작가를 처벌한다면 공작가의 가신 중 하나가 역모를 꾸몄다는 것은 중죄이기에 직접적이지 않더라도 그들을 난처하게 만들 수 있다.

레제프는 카예나를 설득하고자 부드럽게 그녀를 불렀다.

"오해십니다, 누님. 그건……."

카예나는 그가 말하도록 내버려 두지 않고 지끈거리는 머리를 살짝 누르며 이어서 말했다.

"하지만 레제프, 암시장을 통해 입수한 독은 얼마든지 경로를 변경할 수 있단다. 장부가 이중, 삼중으로 되어 있을 게 뻔한데 그런 얄팍한 증거로 그들을 압박할 수 있을까?"

뭔가 대단한 말이라도 나오나 싶었던 레제프는 하마터면 면전에 대고 카예나를 비웃을 뻔했다.

"무슨 말씀을 하시는 건지 모르겠군요. 독이 황궁까지 흘러들어 온 경로는 이미 명명백백합니다. 이건 공론화하기만 하면 끝날 일이란 말입니다, 누님."

'키드레이 공작가를 연루시키려는 건 어찌 알았는지는 모르겠지만, 뻔한 수작이군.'

그는 멍청한 누이를 타이르듯이 말했다.

"설마 라파엘로 키드레이 때문에 이러시는 겁니까? 그런 거라면 걱정하지 마십시오."

라파엘로 키드레이. 그는 그녀의 첫사랑이었다.

또한, 소설 속 남자 주인공이기도 했다.

레제프는 카예나가 자신을 만류하는 이유가 라파엘로 때문이라고 생각했다. 사랑하는 남자에게 혹시라도 밉보일까 봐 몸 사리는 것이리라.

그러나 레제프의 예상과는 다르게 그녀의 표정엔 큰 변화가 없었다.

라파엘로가 그녀의 첫사랑이자 오랜 짝사랑의 대상이기는 했지만, 그건 오래 전의 일이었다. 여전히 그 달콤한 설렘을 느끼기엔 카예나는 너무 긴 삶을 겪었다.

"내 외조부가 그 암시장에 개입해 있어. 키드레이 공작가에서 그 사실을 입수하면 오히려 네가 공작가에 역공당할 거야."

"……!"

과거에 이 계획이 실패했던 이유였다.

키드레이 공작가에서 가신 가문이 멸문당하는 것을 그냥 두고 볼 리 없었다. 그들은 진상을 조사하던 과정에서 죽은 황후의 친정이자 카예나의 외가인 하멜 백작가가 황제의 재산을 빼돌리고 있다는 사실을 발견한다. 그 일로 하멜 백작가는 크게 쇠락하게 되고, 레제프는 편파 수사와 증거 조작 의혹을 받으며 힘든 시기를 겪었다.

'그걸 들키게 두어선 안 되지. 하멜 백작가는 내게 중요한 협상 카드가 될 거야.'

과거 외가를 잃게 된 카예나는 그 후로 레제프가 아니면 손에 아무것도 얻을 수 없었다. 그러다 보니 자연스럽게 레제프에 대한 집착이 커졌고 레제프는 더욱 쉽게 그녀를 휘두를 수 있었다.

'편파 수사나 증거 조작 같은 일은 그다지 중요한 문제가 아니야. 부왕도 그냥 넘어가면서 독살 사건 자체가 흐지부지되는걸.'

하멜 백작가가 제게 아무런 도움도 되지 못하고 아스라이 사라지는 것도 안 될 일이지만, 독살 사건이 허망하게 넘어가는 것도 바라지 않았다.

그녀는 지친 숨을 크게 내쉬며 레제프를 바라보았다.

"고작 그 정도 살점을 취하려고 뼈를 내줄 필요가 있겠니?"

레제프의 표정은 완전히 딱딱하게 굳었다.

카예나는 방금까지 팽팽하게 당겼던 긴장감을 느슨하게 풀려는 듯이 말했다.

"찬 바람엔 옷깃을 여미고 뜨거운 태양에 외투를 벗는다는 동화를 알고 있니?"

"네."

갑자기 동화 이야기를 꺼내는 이유가 무엇일까.

카예나가 부드러이 웃으며 레제프와 눈을 마주쳤다. 순간 공간의 무게감이 완전히 뒤바뀌는 것 같은 착각이 드는 미소였다.

'……말도 안 돼.'

정말 말도 안 되는 일이다. 그녀의 기백에 눌려 시선을 피하고 싶은 기분이 들다니. 마치 못된 장난을 치다가 한참 위의 연상, 아니, 진짜 '어른'을 마주한 기분이었다.

레제프는 입안의 여린 살을 깨물었다. 처음으로 그녀가 손위 누이이며 제국의 황녀란 사실을 제대로 실감한 순간이었다.

"공작가를 끌어내리려 하지 말고 네 사람으로 만들렴."

그는 속으로 한숨을 지었다.

'그걸 누구보다도 바라는 게 바로 나인 것을.'

레제프는 진작에 카예나의 미모를 이용하여 키드레이 공작가의 차기 가주가 될 라파엘로를 회유하려 했었다. 하지만 카예나가 지금까지 그토록 라파엘로를 갈망했음에도 그는 꿈쩍도 하지 않았다. 이제는 그를 미인계로 꼬여낸단 책략은 거의 접어 둔 상태였다.

"저는 누님께서 무슨 말씀을 하시는지 모르겠습니다. 공작가와 제가 무슨 상관이겠습니까?"

카예나는 레제프의 말에도 아랑곳하지 않고 이 독살 사건을 어떻게 이용할지에 대해 가이드라인을 제시했다.

"이번 독살 사건으로 몇 가지 활용할 만한 명분이 생기지 않았니?"

"무슨 말입니까?"

"믿을 만한 가문의 여식을 시녀로 들이고 싶구나. 신원이 보장되어 있으며 내게 위해를 끼치지 못할 만한 인물 말이야."

카예나의 갑작스러운 말에 레제프는 의아해졌다.

'대체 무슨 생각이지, 카예나?'

"올리비아 그레이스 영애는 어떻겠니?"

"키드레이 가문에서 후원하는 그 영애 말입니까?"

그는 카예나에게 지금 진심으로 하는 소리냐고 묻고 싶었다. 바로 곁에서 쭉 지켜보았기에 그녀가 올리비아를 얼마나 싫어하는지 잘 알았다.

공작 부인이 직접 후원하는 아가씨라는 점이 질투가 심한 카예나의 심기를 제대로 건드렸다. 사교계에서 카예나가 올리비아를 싫어한단 사실을 모르는 사람이 없을 정도였다.

"그래. 그레이스 자작가가 키드레이 공작가의 가신 가문으로 복속할지도 모른단 소문이 있더구나."

'정확하게는 올리비아에게 혼담이 들어가면서지.'

그레이스 자작가는 중앙 귀족이나 가문이 한미했다. 황녀의 시녀로 들이기에는 부족하지만 올리비아를 포섭할 가치는 충분히 있었다.

"철옹성 같은 키드레이 공작가와 깊이 교류한 얼마 되지 않는 중앙

귀족 가문이긴 하지요."

실제로 키드레이 공작가가 그레이스 자작가와의 교류를 얼마나 소중히 여기고 있는지는 모를 일이었다. 다만 사교계에서 두 가문 사이를 심상치 않게 여기고 있다는 점이 중요했다. 카예나는 그 점을 이용해 레제프를 설득했다.

사실 카예나가 올리비아를 시녀로 들이려는 이유는 따로 있었다.

'이 세계의 여주인공이자 아마 이번 생에서도 레제프가 사랑에 빠지게 될 여자니까.'

원작에서도, 첫 번째 삶에서도 그랬었다. 레제프는 이번에도 올리비아를 원할 것이다. 그리고 자신이 아닌 라파엘로를 택한 올리비아를 또 죽이려 들 것이다.

카예나는 올리비아를 포섭하는 것이 오직 레제프를 위하는 일인 척하며 이어서 말했다.

"그레이스가의 뜻이 외부에는 공작가의 의중으로 해석될 수 있겠지."

"……정말 그렇게 해도 괜찮겠습니까?"

레제프가 미심쩍게 묻자 카예나가 초연하게 미소 지었다.

"언제까지 나 편할 대로 행동할 수는 없잖니."

어차피 예견된 일들이라면 올리비아를 바로 곁에 두고 상황에 대처하는 게 더 효율적이다.

레제프는 몹시 혼란스러웠다.

'이 여자가 정녕 내가 아는 그 카예나 힐인가?'

지금까지의 카예나는 자신이 필요할 때면 제멋대로 휘두를 수 있는 인형에 불과했다. 그런데 무슨 일인지 지금은 칼을 품은 듯 모골이 송연해지는 서늘함이 느껴졌다.

"그리고."

카예나는 그것으로 말을 끝마치지 않았다.

"독살 사건의 무게를 더하면서도 덜어 내자꾸나."

그게 무슨 말이지? 레제프는 이제 저 입술에서 흘러나올 말이 무엇일지 기대될 지경이었다.

"내 상태가 좋지 않다고 소문을 부풀려 후계자 자리에 대한 위기감을 조성하렴. 부왕께서도 건강이 좋지 않은 상황에 나까지 위급하단 소문이 돌면 대신들은 조급한 마음이 들거야."

그건 딱히 계책이라고 부를 수도 없을 정도로 뻔한 것이었다. 레제프가 그녀에게 막 품었던 호기심이 식으려고 할 때였다.

"그리고 이 독살 사건을 가십으로 바꾸는 거야."

"가십……!"

그는 이제야 사건의 무게를 덜어 낸단 말의 의미를 눈치챘다.

"이 사건을 연정을 품은 한 사내가 저지른 스캔들로 둔갑시키면 사교계에서 주목하겠지. 그렇게 되면 대중의 마음에선 사건 자체가 지닌 무게는 내려가지만 화제성은 더 높아질 거야."

그럴 테지. 사람들은 언제나 사랑 이야기에 환장해 왔다. 벌써 레제프의 머릿속에 그럴싸한 여러 그림이 그려졌다.

'이건 누군가의 조언일까? 아니면 누님의 생각일까?'

이렇게 되니 레제프는 그녀에게 묻지 않을 수가 없었다. 그는 진의를 꿰뚫으려는 듯이 카예나를 날카롭게 바라보았다.

"대체 무슨 생각이십니까?"

카예나는 대답하지 않고 시선을 마주했다.

대치는 길지 않았다. 그녀가 갑자기 이불을 걷고 침대에서 내려왔기 때문이다.

"누님?"

레제프가 미간을 찌푸리며 그녀를 불렀다.

그때 카예나가 천천히 두 무릎을 꿇었다.

"나의 왕이시여."

"……!"

카예나는 주종의 예를 갖춰 레제프의 옷자락에 입을 맞추었다.

"뭐 하는 겁니까!"

이건 자칫 역모로 보여질 수도 있는 행동이었다. 레제프는 자리에서 벌떡 일어나 카예나의 어깨를 붙잡아 일으켜 세웠다.

"카예나!"

지금까지 수없이 불러 왔던 이름이었으나 이름이 가진 질감이 완전히 달라진 것처럼 낯설고 생소하게 느껴졌다.

카예나는 아랑곳하지 않고 바로 서며 레제프의 손을 두 손으로 공손히 쥐고 손등에 입을 맞췄다.

그는 낮은 침음성을 흘렸다.

'대체 왜?'

대체 카예나가 왜 자신의 손등에 입을 맞추며 경의를 표한단 말인가? 그것도 마치 주종 관계의 신하처럼 조심스럽고 공손하게 두 손으로 쥐었다.

손등에 입을 맞추는 건 레제프가 종종 카예나에게 하던 행동이었다. 그녀의 경계심을 낮추고 그녀가 가진 지위가 무엇보다 견고하고 고귀하다고 착각하게 만들 필요가 있었으니까. 그러나 그는 단 한 번도 두 손으로 그녀의 손을 잡고 입을 맞춘 적은 없었다. 진심으로 섬기는 마음은 추호도 없었으니까.

그런데 그것을 지금 카예나가 레제프에게 하고 있었다.

"내게는 너뿐이야, 레제프."

그래. 그건 그녀가 레제프에게 항상 하는 말이었다.

"너밖에 없어, 레제프."

"넌 내 동생이야. 내 유일한 가족이야."

"그만두십시오……!"

레제프는 그녀의 손에서 제 손을 빼냈다. 입맞춤을 받은 손을 바르르 떨릴 만큼 꽉 쥐었다.

"엘다임 제국의 차기 황제는 너야. 나는 마땅히 바쳐야 할 충성을 미리 바치는 것뿐이지."

카예나는 미친 것이 분명했다. 독을 마신 충격이 그렇게 컸나? 그는 카예나를 의심스럽게 노려보았다.

"무슨 꿍꿍이입니까?"

"너는 날 믿니?"

카예나는 조용히 웃었다. 그 웃음조차 미심쩍어 보였다.

"……무슨 말입니까?"

"날 정말 네 누이로 생각하느냔 거야."

레제프는 순간 말문이 막혀 대답하지 못했다.

카예나는 여상스럽게 말을 이었다.

"내가 더는 쓸모없어진다면 어떻게 할 생각이니?"

"……."

"내 처지는 짐작해 보는 게 시시할 정도로 뻔해. 네게 도움될 만한 적당한 혼처로 팔려 가는 것이 가장 이상적이고 안전한 폐기 처분이겠지."

그녀는 섬뜩한 말을 아무렇지 않게 덧붙였다.

"미치광이 남편에게 잘못 걸려 살해당하지만 않는다면 말이야."

다시 길리안에게 팔려 가듯 시집가게 된다면 또 감금과 학대 끝에 살해당할지도 모른다. 카예나는 아득한 기억을 꺼냈다. 제 것인 듯 아닌 것 같은 그 끔찍한 기억들에 그녀를 감싼 분위기가 한층 고독해졌다.

"나는 내 처지를 잘 알고 있단다."

카예나는 표정에서 웃음기를 거두었다.

"또한, 네게 내가 필요하단 사실도 잘 알지."

레제프는 덩달아 차갑게 식은 얼굴로 카예나를 바라보았다.

그녀의 말대로 레제프는 카예나가 필요했다. 아직 부왕이 살아 있고, 그의 위치는 언제나 위태로웠으며, 그녀의 사교계 영향력은 쓸 만했다. 약혼자를 맞이하여 비에게 그것을 일임하는 방법도 있겠으나, 벌써 결혼을 하기에는 황자비라는 패가 아까웠다.

카예나는 레제프가 제 이득을 위해 이것저것 재어 보고 있다는 걸 잘 알았다.

"원하는 게 뭡니까?"

레제프는 순순히 한 걸음 물러나며 협상을 시도했다. 어디 들어나 보자는 태도였다. 카예나는 단 한 번도 가져 본 석 없으나 그토록 갈망하던 것을 입에 담았다.

"자유."

카예나는 이런 말을 하는 자신이 얼마나 어리석어 보일지 잘 알았다. 하지만 이 말이야말로 다시 이곳에서 눈뜬 순간부터 뱉었던 말 중 가장 진심이었다.

자신으로 온전할 수 있는 자유.

아무것도 하지 않을 권리가 보장된 자유.

자신의 마음을 돌볼 수 있는 자유.

그녀가 원한 것은 바로 그런 자유였다.

레제프는 참을 수 없다는 듯이 광소를 터트렸다.

"자유!"

자유라니. 일국의 황녀에게 가장 어울리지 않는 단어가 바로 자유가 아니던가!

"당신이 이 부귀영화를 포기하겠다고요? 작위라도 얻어 밖에 나가면 자유를 쟁취할 수 있을 것 같습니까?"

그는 진심으로 안타깝게 누이를 바라보았다. 그녀의 창백한 뺨을 감싸 쥐며 부드럽게 쓸어 주기까지 했다.

"이곳이 갑갑하다고 느끼실지도 모릅니다. 하지만 당신께 이곳보다 더 어울리는 장소는 없습니다."

레제프는 그렇게 말하며 그녀의 부드러운 머리칼을 손가락에 걸어 차르르 쓸어내렸다.

"가난은 아름답지 않으니까요."

가난이 아름답지 않단 사실은 그보다 카예나가 훨씬 잘 알았다. 이전의 삶에서 편모 가정이었으니까. 모친의 수입은 넉넉하지 않았고, 그녀는 그 흔한 학원도 다니지 못했다. 머리가 좋아 기업 장학생이 되어 무사히 학업을 마치고 회사에 입사할 수 있었지만 그뿐이었다.

'꽤 다사다난한 삶이었지.'

그랬던 삶도 지금 카예나의 삶과 비교해 보면 뭐가 더 최악인지 우열을 가릴 수 없었다. 참으로 애석한 일이었다.

카예나는 그저 길게 이어진 삶의 흐름에서 벗어나 조용한 여생을 보내길 원했다. 악녀 하나쯤 없어도 이 세계의 이야기가 진행되는 데는 무리 없지 않을까?

카예나는 그가 납득할 만한 조건을 붙였다.

"내가 원하는 사람과 결혼할 수 있게 해 줘. 그게 내가 원하는 자유야."

그 조건은 참으로 카예나다운 것이었기에 레제프는 김이 새고 말았다.

"라파엘로와 말입니까?"

카예나는 고개를 내저었다.

"아니."

"……아니라고요?"

그건 뜻밖의 말이었다. 레제프는 미간을 찌푸린 채 카예나를 보았다.

"뭐, 상관없습니다. 그럼 누님께서는 뭘 해 주실 수 있습니까?"

카예나는 곧바로 대답하지 못했다. 순간 현기증이 일었기 때문이었다.

'여기서 쓰러지면 안 돼. 아직, 아직이야.'

오한이 들고 점차 시야가 가물거렸으나 그녀는 억지로 평온함을 꾸며 냈다. 지금이 아니면 레제프를 뒤흔들 기회가 없다. 그가 침착하게 생각할 시간을 줘선 안 된다.

'무슨 말을 하려고 이렇게 뜸을 들이는 거지?'

그 잠깐의 침묵을 레제프는 의미심장한 것으로 해석했다. 괜스레 긴장되었다.

카예나는 침착한 목소리를 낼 수 있다고 확신한 순간 입술을 열었다.

"너를 황제로 만들어 줄게."

그것은 생일 선물로 뭐가 좋겠다고 말하는 사람 같은 투였다.

레제프는 기가 막혔다.

"누님이 저를 말입니까?"

카예나가 그에게 쓸 만한 카드라고는 해도 그를 황제로 만들어 줄 결정적인 카드는 아니었다. 그녀의 광오한 착각을 정정해 주려 했을 때였다.

"내 힘 없이도 네가 황위를 계승하리란 것을 내가 어찌 모르겠니? 하지만 분명히 네 것을 다른 이들에게 나눠 주어야겠지."

"……."

지금과 같은 방식으로는 그의 세력이 이겨 황위를 계승하게 되더라도 많은 대가를 치러야 한다. 온전히 레제프의 힘으로 황위를 계승하는 것이 아니기 때문이다. 카예나는 그 점을 파고들었다.

"특히 네 책사 노릇을 하는 에반스 가문의 배를 더욱 부르게 해 줘야겠지."

에반스 가문은 이미 동부 곡창 지대를 소유한 대부호이자 대귀족이었다. 레제프는 에반스 가문에게 상당히 신경을 쓰고 있었고, 카예나도 그 사실을 잘 알았다.

"……그럼 누님이 책사 노릇을 해내실 수 있단 말입니까?"

레제프가 물었다.

"당장 날 믿어 달라고는 하지 않겠어."

카예나는 부드럽게 웃었다.

"무엇이 정녕 너를 위하는 일인지 스스로 생각해 볼 시간이 필요하지 않겠니?"

누구도 그에게 이런 식으로 말하는 이가 없었다. 그러니까, '어른'처럼 말이다.

그때 카예나의 몸이 휘청거렸다.

"누님!"

레제프는 반사적으로 그녀를 안아서 보호했다. 온몸이 불덩이였다.

'몸이 이렇게 되도록……!'

카예나의 이마는 땀에 젖어 있었다. 의식을 제대로 유지하며 신경 써서 대화를 나누는 일에 모든 기력을 소진하고 만 것이다.

그제야 그녀의 상태가 어떤지 깨달은 레제프가 깜짝 놀라 소리쳐 시녀를 불렀다.

"여봐라! 당장 의원을 불러라!"

그는 카예나를 바로 눕혀 주었다. 그때 카예나가 의식을 완전히 잃기 전, 그의 머리를 쓰다듬었다.

"착한 아이구나."

그녀는 그대로 기절했다.

길을 잃어버린 아이 같은 표정을 한 레제프를 남겨 두고서.

─❆─

"황족 시해 미수 사건을 다시 조사해야겠다."

레제프는 어딘가 넋이 나간 표정으로 망토를 여민 끈을 풀어내며 부관, 제논 에반스를 향해 말했다.

"예전에 몰락 귀족 몇을 수배한 적 있었지? 그들 중에서 부양할 가족이 있는 자를 추려 와라. 돈만 주면 스스로 단두대에 설 인간으로."

"명을 받듭니다."

제논 에반스는 레제프가 평소와 달리 상태가 좀 이상하다고 생각했다. 카예나를 만나고 온 날, 피곤해하거나 귀찮아하는 일은 종종 있었지만 이렇게 넋이 나간 것처럼 보인 적은 없었다.

"……그리고 카예나 황녀 주변에 사람을 더 배치해라. 일거수일투족 잘 감시해."

"예, 전하."

레제프는 생각할수록 더 이해가 되지 않았다. 지금까지 그녀가 제 손아귀 안에 있다고 여겼는데 실은 자신이 그녀의 손안에 있었던 걸까?

레제프는 아니라고 생각했다. 그녀는 그렇게 똑똑하지 않고, 현명하지 않고, 지혜롭지 않다.

'그렇다면 그녀의 주변에 그런 조언을 해 줄 인물이 있단 말인가.'

그는 곧 하멜 백작가를 떠올렸다. 하지만 하멜 백작가에서 무슨 이유로 자신의 약점을 레제프에게 쥐어 주겠는가?

레제프는 제논이 명을 수행하러 밖으로 나가기 전에 다시 불렀다.

"올리비아 그레이스에 대해 알아보아라."

"분부를 받듭니다."

제논이 나갔다. 레제프는 머릿속이 복잡해져 머리카락을 거칠게 쓸어넘겼다.

"진짜 속셈이 뭐야, 카예나……."

황제는 늙고 병들어 죽을 날을 받아 둔 상태나 다름없다. 정부에게서 본 아들을 제외하면 공식적인 자식이라고는 레제프와 카예나가 전부였다.

그들을 제외한 다른 황위 계승권자는 황제의 이복형제인 하인리히 대공이 있다.

원래 대공에겐 황위 계승권이 보장되어 있지 않았다. 대공의 생모는 선황제의 정부에 불과할 뿐 황후가 아니었기에 사원에서 인정한 직계 혈통이 될 수 없었다. 게다가 대공에게는 불치병이 있었다. 죽음만 기다리는 대공을 누구도 신경 쓰지 않았다.

그런데 갑자기 대공의 양자라며 한 지방 귀족이 나타난 것이다. 그게 바로 예이스터 하인리히였다. 그는 대공의 양자로 입적되더니 순식간에 대공의 모친을 선황후로 등극시키고 적법한 황위 계승권자로 인정받았다.

처음엔 황제가 병이 들더니 노환이라도 온 건가 했었다. 그런데 아니었다. 부왕의 정부인 카트린 린드버그의 집안을 몰락시켜 손에 넣은 게 바로 그자였다.

"정부를 인질로 잡을 줄이야……."

황제는 카트린 린드버그 집안을 그대로 놔주는 대신, 하인리히 대공자에게 황위 계승권을 주었다.

"내게 군대만 있었어도……!"

하인리히 대공자가 소유한 소위 '깡패 집단'에 속수무책일 때마다 분노가 치밀었다.

'카예나를 이용하려고 했는데.'

그는 하인리히 대공자를 나락으로 빠트리는 일에 카예나를 이용하려고 생각해 왔다. 그런데 오늘의 일로 계획을 전면 수정해야 할 판이었다.

그는 꽤 오랜 시간을 들여 카예나를 길들였다. 천천히 그녀의 손발을 묶고, 하나부터 열까지 제게 의지하지 않으면 그 어떤 것도 스스로 해내지 못하도록 했다.

그건 거의 성공한 것 같았다. 오늘 카예나와 대화하기 전까진 그랬다.

그는 소파에 드러누웠다. 제 눈을 똑바로 바라보던 푸른 눈빛이 뇌리에서 잊히지 않았다. 쾌락만 좇던 텅 빈 눈동자에 총기와 분위기가 깃들어 있었다. 또래의 어떤 이에게도 그런 깊은 시선을 받아 본 적 없었다.

누이가 그런 아름다운 눈을 가진 사람이었던가?

"카예나……."

레제프는 손을 눈 위로 올려 창을 타고 들어오는 빛을 가렸다.

그러다 문득 손을 다시 들어 올렸다. 카예나가 입을 맞췄던 손등이었다.

"어리석고 아름다운 나의 인형."

그는 다른 손을 들어 그 손등을 천천히 쓸었다. 그리고 손등을 감싼 채로 천천히 입술 위로 내렸다. 자신을 올곧게 바라보던, 어딘가 서늘해지게 만드는 그 눈빛.

레제프는 다른 사람 같았던 카예나를 떠올리며 속삭이듯 중얼거렸다.

"당신을 어쩌면 좋을까요?"

2장
죽음을 부르는 아름다움

열병은 악몽을 낳았다.

"잘할 수 있지? 정 사원."

악몽은 뒤죽박죽 섞여 회사와 황실을 번갈아 보여 주었다.

"그러고도 네가 제국의 황녀란 말이냐!"
"다 너 때문이야!"

"……!"
창자를 헤집는 고통과 동시에 눈이 번쩍 뜨였다.
'……꿈이구나.'
그녀는 멍한 시선으로 가만히 있다가 얼굴을 타고 눈물이 흐르는
걸 느끼고 정신을 차렸다. 눈물은 그서 관성적인 것이었다. 새삼 과거
의 기억에 슬픔이나 아픔을 느끼기엔 그녀는 무뎌졌다.
"일어나셨습니까?"
베라가 얼른 그녀의 곁으로 다가가 미지근한 물에 적신 수건으로

눈물에 젖은 얼굴을 닦아 주었다.

'대체 무슨 악몽을 꾸시기에 매번 이렇게나 눈물을 흘리실까?'

"물을 좀 드셔야겠습니다, 전하."

베라는 카예나가 레몬수를 충분히 마실 수 있게끔 도왔다.

레제프와의 대면 이후로 벌써 보름이 흘렀다. 그동안 카예나는 얌전히 있었다. 몸을 회복하는 것도 중요했지만 레제프의 경계심을 늦추려는 의도도 있었다.

레제프는 악인이다. 필요하다면 누이에게 독을 먹이는 것도, 누군가를 가차 없이 죽이는 것도 아무런 가책 없이 저지르는 인물이다. 자신의 안위를 위해서라면 다른 이의 목숨을 가볍게 여겼다. 레제프에게 희생된 인물의 대표적인 예가 바로 카예나였다.

'내 결혼이 흐름에 영향을 줘서는 안 돼. 누구의 세력에도 포함되기 어려운 위치여야만 해.'

그래야만 자신 하나쯤 빠져도 젠가가 무너지지 않는다.

레제프는 의심이 많다. 그는 끊임없이 카예나를 시험할 것이다.

'그래도 올리비아를 죽이려는 일만큼은 막자.'

레제프에게 속아 올리비아를 독살한 것일지언정, 어쨌든 실행한 사람은 그녀였다. 회귀하여 사라진 일이라 할지라도 죄가 없어지진 않는다.

이제는 무언가에 휘둘리며 사는 게 진절머리 났다. 레제프에게 원하는 사람과의 결혼을 조건으로 내건 것은 진심이었다.

'내가 결혼할 사람은 이 세상에 없는 사람이겠지만.'

카예나는 적당히 가상의 인물을 만들어 결혼할 작정이었다.

'그때까지만 적당히 레제프의 비위를 맞춰 주면서 살자.'

"전하, 전하께 독을 먹인 범인이 검거되었다고 합니다."

그녀는 실크 손수건으로 입술을 닦으며 여상스럽게 되물었다.

"그래?"

'내 말대로 했구나.'

카예나는 조급해하지 않았다. 그동안 그녀는 가만히 때를 기다렸고 레제프는 결국 그녀가 원하는 대로 움직였다.

"오늘이 범인의 처형일이라고 합니다. 나가 보시겠습니까?"

그녀는 고개를 내저었다. 굳이 그런 끔찍한 광경을 구경할 이유가 없다. 이곳은 범죄자를 단두대에 세우면 다들 몰려와서 목이 잘리는 걸 구경하는 그런 시대였다. 그게 지금의 그녀에게는 거부감을 일으켰다.

⁂

카예나 황녀를 독살하려고 했던 귀족은 만인이 보는 앞에서 단두대에 서게 되었다.

"너무 사랑해서 그랬습니다! 죽음조차도 그분을 향한 내 마음을 막지 못할 것입니다!"

범인은 이름 모를 몰락 귀족이었다. 귀족들은 이 뜻밖의 범인에 연회장에 그런 남자가 있었느냐고 떠들썩거렸다.

'고작 보름 만에 죽음을 결심한 사람을 구하다니.'

귀족들은 황녀의 상태가 심각하단 소문이 돌자 독살 사건을 입에 담길 꺼렸다.

레제프를 지지하는 세력들은 아직 나이가 어리긴 해도 레제프를 얼른 황태자로 책봉해야 하는 게 아니냐며 호들갑을 떨었다.

"황위 계승권을 가진 이가 어디 레제프 황자 전하뿐이던가! 그 일은 그렇게 섣불리 정할 수 없네!"

하인리히 대공자에게 줄을 댄 귀족들은 대경실색하며 그 사건을 유야무야하려 했다.

그런데 때마침 어느 가십지에서 그녀의 아름다움이 불러일으킨 집착에 대해 다루었다.

'기자까지 포섭해서 일을 준비했구나. 꽤 바빴겠네.'

가십이란 게 원래도 사람들의 입에 잘 오르내리지만, 특히나 하인리히 대공의 사람들이 그 관심을 증폭하는 데 온 힘을 쏟았다. 당장은 하인리히 대공 쪽이 제위 싸움에서 밀리기 때문이었다.

그렇게 서로의 이해관계가 맞물리며 카예나의 아름다움은 폭발적인 관심을 얻게 되었다.

"전하의 아름다움이 갑자기 생겨난 것도 아닌데 꽤 새삼스럽지요?"

베라의 말에 카예나가 피식 웃었다.

카예나가 아름답단 사실은 모르는 이가 없을 정도로 이미 유명했으나 이젠 단순히 아름답다는 표현으로는 부족했다.

죽음을 부르는 아름다움.

어느 가십지에서는 황녀를 두고 독가시를 품은 장미라고 비유하기도 했다.

소문과 관심은 기름칠이라도 한 듯 참으로 순조롭게 과열되었다. 카예나가 기존에 잡아 둔 모든 파티 스케줄을 취소하자 그 열기는 광기로 변할 정도였다.

이미 황녀 독살 미수 사건은 카예나 힐이 얼마나 아름다운가에 대한 부가 설명 같은 것이 되어 있었다.

"벌써 귀족들이 전하의 성년식만을 손꼽아 기다린다고 합니다."

카예나의 성년식은 유례없을 정도로 성대한 결혼 시장이 되리라.

"곧 전하께서 약혼자를 맞이하실 수도 있겠네요. 상대는 역시 키드레이 경이 좋을까요?"

베라가 그녀를 떠보듯 조심스럽게 물었다.

이 질문의 답은 레제프의 귀로 흘러들어 가겠지. 카예나는 모르는 척 말했다.

"글쎄. 부왕께서 원치 않으시니 아무래도 어렵지 않을까?"

베라의 눈이 이채를 띠었다. 카예나가 라파엘로 키드레이에 대해 이런 식으로 미적지근한 반응을 보이는 것은 처음 있는 일이었다.

현 황제와 키드레이 공작가의 사이가 나쁘다는 것은 공공연한 비밀이었다. 대체 사이가 왜 나쁜지는 알려지지 않았으나 카예나가 라파엘로에게 매료된 탓에 황제는 속이 썩곤 했다.

"키드레이 경이 부마까지 된다면 권력 구도에 문제가 생길 수도 있고."

상당히 원론적인 말이었으나 지금까지 카예나가 단 한 번도 고려하지 않은 문제였다.

베라는 조용히 차를 더 채우며 카예나의 고요한 옆모습을 힐끔 훔쳐보았다.

카예나는 찻잔으로 잔잔한 미소를 감췄다. 이 자리에 레제프의 귀만 있는 게 아니다. 그녀의 발언은 필시 부왕의 귀에도 들어갈 것이다.

"부왕의 큰 뜻을 모르고 지금까지 그토록 억지를 부렸으니 참으로 면목 없구나."

카예나는 라파엘로를 갈망한 만큼 그를 괴롭혔다. 그의 집에 쳐들어가기도 했고 황궁에 억지로 소환하기도 했다. 실제로 부왕은 카예나의 요청에 따라 라파엘로를 매번 입궁시켰다. 물론 그것은 꼭 카예나를 위함은 아니었고 키드레이 가문의 차기 가주의 기를 꺾어 굴욕을 주려는 의도도 있었다.

"마땅한 일이라 생각하셨으니 청을 들어주신 것이었을 겁니다."

베라의 말에 카예나는 속으로는 동의했으나 겉으로는 미간을 찌푸렸다.

"황녀로서 처신이 좋지 못했단 것을 내 어찌 모르겠니? 지금이라도 내가 저지른 일들을 수습해야겠다."

"어찌하실 생각이십니까?"

"우선 성년식에 입을 드레스를 다시 손봐야겠어."

그것은 수습해야겠다는 말과 전혀 연관이 없는 일처럼 보였기에 베라는 고개를 갸웃했다.

"드레스 룸을 열어라."

곧 황녀의 성년식에 맞춰 연회가 열린다. 그때 입을 드레스는 이미 오래전부터 준비해 왔기에 다 완성되어 있었다. 그러나 카예나는 이번 사건을 이용할 수 있도록 콘셉트를 수정하고 싶었다.

"등 쪽을 깊게 파고 어깨도 드러내는 편이 나을까요?"

그녀는 드레스를 보고 고개를 저었다.

"아니. 노출은 없애렴."

그녀는 줄곧 생각해 둔 이미지가 있었다.

'마리오네트는 마리오네트답게.'

그녀는 인형들에게 곧잘 입히곤 하는 레이스와 화려한 장식이 들어간 드레스를 원했다. 그녀가 아름다움에만 과하게 신경 쓰는 것처럼 보여야 한다.

카예나는 거울에 비친 모습을 확인하더니 고개를 끄덕였다.

"언제나 그랬지만 연회장에서 황녀 전하보다 아름다운 사람은 없을 거예요!"

주변에선 그녀의 모습을 보고 탄성을 내지르기 바빴다.

그러나 베라는 환복을 도우면서 속으로 생각했다.

'다들 전하께서 얌전해졌다고 좋아하지만, 결코 만만해진 게 아니야.'

근래의 황녀는 전과 분위기가 완전히 달라져 있었다. 최근 카예나는 퍽 무르게 행동하고 있으나 누군가에게 곁을 내주지는 않았다. 주도권을 상대에게 쥐여 주는 것 같지만, 어린아이에게 곧 먹어 사라질 과자를 양보한 것과 다를 바 없었다.

'독을 마시고 깨어난 날 이후로 말투도 고아하게 바뀌셨다.'

그 변화를 알아차린 사람은 베라 자신밖에 없는 듯했다. 베라는 조용히, 끊임없이 카예나를 관찰했다.

카예나는 베라의 마음에 동요가 일고 있단 사실을 잘 알았다.

'베라는 충직하지만, 야심이 있어.'

지금 황녀궁에 있는 시녀 중 쓸 만한 사람은 베라를 제외하면 하나도 없었다. 카예나는 그녀를 회유할 작정이었으므로 자신을 충분히 탐색할 수 있도록 내버려 두었다.

카예나는 마지막 드레스를 입어 보았다. 그것은 카예나가 성년식을 위해 가장 심혈을 기울여 준비한 드레스였다. 한때 장미를 몹시 사랑했던 카예나는 장미 자수를 놓은 드레스를 즐겨 입었다. 이 드레스도 마찬가지였다.

"세상에, 꼭 인형 같으세요!"

시녀들은 하던 대로 능숙하게 호들갑 떨었다. 카예나가 가장 좋아하는 종류의 칭찬이었기 때문이다.

베라는 그게 우스워 입안의 살을 깨물어야 했다. 제 주인은 더는 그런 종류의 칭찬에 진심으로 기뻐하지 않는다. 예상대로 카예나는 우쭐하는 기색 없이 조용히 미소만 짓고 있었다.

'정말로 변하셨어.'

베라는 이 변화가 무엇을 뜻하는지 궁금했다. 자꾸만 카예나의 진의를 파헤치고 싶었다.

과연 이 사람이 내 주군으로 적합할까?

황실에서 줄을 잘못 대어 가문까지 멸문하는 경우가 부지기수다. 베라는 신중해야만 했다. 그녀는 여러 가지 열악한 조건을 갖고 있음에도 언젠가는 레제프가 황제가 되리라고 보았다. 그건 아주 정확한 판단이었다. 베라의 뛰어난 통찰력이 이번에는 카예나에게 기민하게 발휘되고 있었다.

"장미 자수가 과하지 않으면서도 아주 제대로 사용했네요."

"이건 이대로 하자꾸나."

"나머지는 수선실로 보내겠습니다, 전하."

그녀는 고개를 끄덕였다.

카예나는 거울을 바라보며 손을 휙 들어 올려 보았다. 마치 줄이 달려 있어 누군가가 그녀를 조종하는 것처럼.

그게 꽤 잘 어울려 보였다.

'난 평생 누군가에게 조종당하면서 살았지.'

자신이 누군가의 줄에 매달린 마리오네트라는 사실을 깨닫지 못했다. 손에 쥔 권력이 누구의 것인지 몰랐다.

'한때는 그게 다 내 의지라고 생각했어.'

계속 그 착각 속에서 살아가기엔 너무 많은 것을 알아 버렸다. 카예나는 똑같은 실수를 저지를 생각이 없었다.

'나는 나로서 살아갈 것이다.'

그녀는 그녀를 묶고 있던 줄이 끊어진 것처럼 팔을 툭 떨어트렸다.

"옷을 갈아입어야겠어."

그녀는 드레스를 벗고 일상복으로 갈아입었다.

"레제프는?"

"아직 출타 중이십니다."

그는 최근 후계자 자리를 놓고 하인리히 대공의 아들과 한창 세력 싸움 중이었기에 꽤 바쁜 상태였다.

'레제프, 내 가치가 올라가는 일이 오롯이 네 권력에 보탬이 되리라고 생각했니?'

잔혹한 폭군 황제가 될 레제프라 할지라도 지금은 고작 열여덟 살짜리 어린애일 뿐이었다. 그에 비해 카예나는 어린 소녀의 거죽만 쓰고 있을 뿐, 두 번의 삶을 거쳤다. 지독하리만큼 혹독한 삶들을 경험했던 카예나는 그가 어린아이로만 느껴질 뿐이었다.

'지금 내게 힘을 빌려줄 수 있는 사람이 너 말고도 또 있다는 사실을 완전히 간과하고 있구나. 어리석게도.'

카예나가 베라에게 말했다.

"폐하를 알현하러 가야겠다."

───※───

엘다임 제국의 황제, 에스테반 힐은 침대에 누워 약을 받아 마셨다. 그러고는 거의 죽은 것이나 다름없는 생기를 잃은 눈동자로 제 딸, 카예나를 바라보았다.

"네가 먼저 짐을 찾아오다니, 별일이구나."

그의 말에 카예나는 드레스 자락을 쥐고 예를 갖추어 말했다.

"그간 저지른 불효를 부디 용서하여 주십시오, 폐하."

"됐다."

황제는 그런 말 한마디에 온정을 품을 인물이 아니었다. 그는 이렇게 말하면 카예나가 분명히 자존심 상해할 것을 알면서도 냉혹하게 말했다. 딸은 어리석다. 도대체 언제쯤 정신을 차릴는지 모르겠다고 생각했을 때였다.

"늦었지만 지금이라도 자식 된 도리를 다하려는 소녀를 부디 어여쁘게 봐 주세요."

말이 꿀처럼 달았다. 그건 카예나에게서 나올 만한 종류의 것이 아니었다.

황제가 의아함으로 눈썹을 휙 들어 올렸을 때였다. 카예나가 황제의 곁으로 다가섰다.

"최근 저 때문에 심려하시지 않았습니까?"

황제가 실제로 심려했는지 않았는지는 중요하지 않다. 카예나가 이런 생각을 할 줄 안다는 사실을 보여주는 것 자체가 중요했다.

"지금은 거의 회복했으니 염려하지 마시라고 문안 인사를 드리러 왔습니다."

그녀는 시종이 건네려고 하던 찻물이 담긴 그릇을 대신 받았다. 은으로 된 스푼으로 황제의 입에 찻물을 흘려 넣어 주는 태도가 물 흐르듯 자연스러웠다.

'소문이 사실이었나.'

최근 카예나 황녀가 독살당할 뻔했던 이후로 태도가 상당히 바뀌었단 내용은 보고받았다. 말과 행동에 자비와 여유가 생겼다는 것이다.

딸의 살가운 행동은 그녀가 아주 어린 시절을 제외하면 받아 본 기억이 없었다. 언제부터인가 부녀 사이는 멀어지기 시작했다. 카예나는 황제를 거북해했으며 황제는 카예나를 한심스럽게 여기기에 그리될 수밖에 없었다.

그러나 지금 침대 옆의 간이 의자에 앉아 수발을 드는 카예나는 어색해하거나 불편해하는 것처럼 보이지 않았다.

"누구의 작품이지?"

황제는 한평생을 지배자로 살아왔다.

이번 사건은 결코 저절로 일어난 일이 아니었다. 범인을 색출한 과정과 사건의 여파가 다 조작되었다면 모를까.

'진짜 범인이 레제프란 사실을 알고 물으시는 건가?'

카예나는 시종에게서 실크 손수건을 받아 황제의 입술을 닦아 주며 자연스럽게 시간을 벌었다.

황제의 질문은 노련한 정치가답게 애매했다. 원래의 카예나라면 분명히 함정에 걸려들었을 것이다. 대신 그녀는 의뭉스럽게 말했다.

"귀엽게 봐 주세요."

답지 않게 퍽 부드러운 어투였다.

거기다 입가에 걸친 여유로운 미소는 이제 막 성년이 될 애송이의 것이 아니어서 황제는 내심 감탄하고 말았다.

'이 아이가 원래 이렇게 자신을 잘 감추었던가?'

황제는 자신이 침대에 누워 있는 동안 딸에게 대체 어떤 변화가 일어난 것인가 의문이 들었다.

'드디어 정신을 차린 건가?'

딸이 변했다.

황제의 눈가에 잠시 이채가 어렸다.

"정녕 진짜 범인을 잡지 않아도 개의치 않겠느냐?"

황제는 카예나가 원한다면 진짜 범인을 색출하는 일에 한 손 보태 줄 의향이 있었다. 아직 확실한 정황은 없으나 레제프가 범인일 가능성이 컸다. 이참에 기를 눌러두는 것도 좋겠지.

'레제프를 의심하는 건가? 괜히 이 타이밍에 레제프를 불리하게 만들면 내가 이용할 수 없어.'

카예나는 고개를 내저었다.

"진짜 범인은 레제프가 벌할 거예요. 사건의 경중에 비해 파급력도 없는데 귀족들에게 반발심만 심어 줄 바에야 이렇게 처리하는 게 낫다고 생각했어요."

황제는 작게 감탄했다.

"제법이구나."

"저의 어리석은 생각이 부왕의 심기를 어지럽히지는 않았을까 염려스러울 따름이에요."

카예나는 자신이 만들어 낸 계략을 드러내면서도 그 공로를 황제에게 돌렸다.

"철부지 딸을 이렇게 믿고 기다려 주셨으니 이제 제 몫을 해내야지요."

황제는 카예나의 말에 웃음을 터트렸다. 제왕의 자식은 제왕의 그릇을 품고 태어나는 모양이다. 그는 기꺼운 마음으로 딸에게 보상을 내려야겠다고 생각했다.

"그러고 보니 성년식이 얼마 남지 않았지."

카예나는 굳이 뭔가 말하지 않고 찻물이 담긴 그릇을 시종에게 넘겼다. 그러자 황제가 말했다.

"슬슬 네 혼처를 알아보아야겠구나."

혼처.

그 말에 카예나는 순간 라파엘로 키드레이를 떠올렸다. 그건 일종의 습관 같은 것이었다.

그러나 그녀는 애써 마음의 동요를 눌렀다.

"그러네요. 저도 곧 성년식을 치르니까요."

첫 번째 삶에서 카예나는 그렇게 수많은 구애를 받았음에도 약혼자 하나 없이 살다가 종국엔 길리안 자작에게 팔려 갔다.

황제는 죽을 때까지 그녀의 혼처에 관심도 없었다. 레제프는 부마 자리를 놓고 경쟁을 부추겼다. 아무리 황족이라고는 해도 대체 이걸 두고 누가 가족이라고 부를 수 있겠는가?

'제가 정녕 당신의 딸이 맞기는 한 건가요?'

카예나는 부친에 대한 싸늘한 감정과는 달리 미소 띤 얼굴로 물었다.

"생각해 둔 가문의 영식이라도 있으신가요?"

황제는 겉으로는 드러내지 않았으나 놀랐다. 혼처 이야기를 꺼내면 분명 카예나가 라파엘로 키드레이를 언급하리라고 생각했기 때문이다.

만약 그리 대답했다면 다시 그녀에게 실망했을 것이다. 그러나 카예나는 키드레이 경은 입에 담지도 않았다.

황제는 카예나가 자신의 결혼이 사랑, 혹은 욕망으로 소모할 카드가 아니란 사실을 드디어 깨달은 모양이라고 생각했다.

황제는 확실히 짚고 넘어가고자 부러 물었다.

"라파엘로 키드레이에게 그토록 공을 들였으면서 다른 이와 결혼해도 괜찮다는 뜻이냐?"

그 물음에 카예나는 아득한 첫사랑을 떠올려 보았다.

'어차피 나는 그의 짝이 아니니까.'

완전히 미련이 없다고 하면 거짓이다. 개인적인 감정을 배제하더라도 그는 정말 괜찮은 신랑감이기 때문이다.

그러나 이미 라파엘로는 카예나 황녀라면 질색할 터였다. 그녀는 굳이 자신이 싫다는 사람에게 매달리고 싶지 않았다.

더불어 라파엘로는 그녀와 반드시 친구가 되어 주어야 했다. 그녀의 성공적인 결혼을 위해 그의 역할이 필요했기 때문이다.

'정확하게는 키드레이 공작가의 힘이지.'

카예나는 미소를 가다듬으며 차분히 말했다.

"다른 자매도 없는 제가 어찌 한순간의 감정에 휘둘려 이런 중대사를 그르칠 수 있겠어요? 저는 부왕의 뜻에 따를 뿐이에요."

"네가 오늘 짐을 여러 번 놀라게 하는구나."

황제가 너그럽게 말했다.

"네 짝을 허투루 정할 수는 없지. 시간을 들여 잘 살펴보자꾸나."

가히 파격적인 말에 주변에 있던 시종들조차 본분을 잊고 입을 떡 벌리거나 숨을 들이켤 정도였다.

'이제 레제프의 관심만 치워 내면 내가 어떤 사람과 결혼하든 상관없게 된다.'

카예나는 목적하던 것을 이루고 공손하게 예를 올렸다.

"이토록 마음 써 주신 만큼 황가에 누가 되지 않도록 하겠습니다."

황제는 고개를 끄덕이고 시종장에게 손짓했다. 이만 자리에 누워 쉬려는 것이었다. 그녀는 다시 인사를 올리곤 제 시녀들을 데리고 황제의 침소에서 나갔다.

"나이를 먹더니 정신 차린 모양이구나."

시종장이 황제의 말에 고개를 조아리고 부드럽게 웃으며 말했다.

"어느새 저리도 훌륭히 장성하시다니, 세월이란 게 이리도 야속합니다."

"말 돌리기는."

황제는 그 말을 듣고 픽 웃어 버렸다.

─◦◦◦◦◦─

카예나는 황제의 침소를 나오다 뜻밖의 인물과 마주쳤다.

그녀의 걸음이 자연스레 멈췄다. 다가오는 시녀들과 주변에 포진한 기사, 시종들이 눈치를 보는 것이 느껴졌다.

그럴 수밖에. 상대는 카예나의 열렬한 짝사랑 상대로 알려진 남자였기 때문이다.

'라파엘로 키드레이.'

칠흑처럼 검은 머리칼과 붉은 눈동자는 키드레이 공작가의 상징이었다. 그리고 라파엘로는 그 특징을 짙게 타고났다.

온통 색이 옅은 카예나는 그의 선명한 존재감에 매료되었었다.

사실상 이미 세 번째 삶을 살아가는 중인 지금의 노련한 카예나가 보아도 그는 여전히 근사하고 아름다운 사람이었다.

라파엘로는 또래의 여느 귀공자들과는 분위기부터 달랐다. 이미 전장을 경험한 자의 무겁고 선득하며 압도적인 분위기는 물론, 타고난 미모와 몸매마저 타의 추종을 불허했다.

카예나 역시 어쩔 수 없는 소녀였기에 그의 희소한 매력에 이끌렸었다.

'첫 번째 삶에선 그저 근사한 사람이라고만 생각했는데.'

소설에서 본 라파엘로는 마냥 신사가 아니었다. 그는 결벽증이 있었는데, 그 때문에 사람들과 신체적 접촉이나 사회적으로 관계를 맺는 것을 피곤해했다.

원작에서는 올리비아가 그런 라파엘로의 강박과 결벽증을 보듬어 주었고, 라파엘로는 그녀와 사랑에 빠졌다.

"라파엘로 키드레이가 황녀 전하를 뵙습니다."

대기실에서 기다리던 라파엘로가 그녀를 향해 건조한 태도로 예를 올렸다.

문득 카예나는 안도감을 느꼈다. 생각보다 부정적인 감정이 느껴지지 않았기 때문이다. 아직 라파엘로는 그녀를 귀찮게 여길 뿐, 혐오스러워하지는 않아서 다행이었다.

그녀에게는 과오를 만회할 수 있는 시간이 있다. 이제 그에게 무례를 저지르지 않으면 된다. 함부로 친근한 척하거나 스킨십을 하는 등의 무례한 언행을 조심한다면 전보다는 나은 관계로 지낼 수 있으리라.

어쨌든 첫사랑에게 끔찍한 여자로 기억되는 건 마음이 좋지 않았다.

"일어나라."

카예나는 결심을 실행했다.

"오랜만이군, 키드레이 경."

'……키드레이 경?'

라파엘로는 '라피' 대신 정중한 호칭으로 불리자 의아해하는 표정을 했다. 그러고 보니 카예나가 자신을 발견했음에도 한달음에 달려와 팔을 껴안지도 않았다.

의아해하는 건 비단 그만이 아니었다. 이곳에 있던 모두가 눈을 휘둥그레 뜨고 카예나를 바라보고 있었다.

'아니, 전하께서 왜 저러시지?'

카예나는 아주 무례하고 안하무인이어야 정상인데?

모두의 혼란 속에서 카예나는 주변을 돌아보며 다른 생각에 잠겼다.

'라파엘로가 도착했음에도 누구도 그 사실을 알리지 않았어.'

이 대목에서 부왕이 라파엘로를 견제하고 있단 걸 여실히 느낄 수 있었다.

"폐하를 뵈러 온 모양이지?"

"그렇습니다."

원래대로라면 그의 관심을 받으려 끈질기게 말을 걸었을 카예나. 그러나 그녀는 자신의 역할을 잘 알았다.

자신은 악녀지, 여주인공이 아니다.

'이제야 내 분수를 깨달은 거지.'

카예나는 시종을 불렀다.

"폐하께 키드레이 경이 알현을 요청한다고 말씀드려라."

시종은 잠깐 머뭇거렸다. 라파엘로의 도착을 알리지 않은 것은 황제의 뜻이기 때문이다.

"무얼 하느냐?"

카예나가 웃음기를 거두고 씨늘하게 묻자 시종이 어쩔 수 없이 침실로 들어갔다. 황녀가 감히 제 말을 무시하느냐고 난리를 피우는 것보다 폐하께 키드레이 경이 알현하기를 바란다고 고하는 편이 나았기 때문이다.

라파엘로는 일련의 과정을 의구심 섞인 시선으로 지켜보았다. 카예나가 그의 환심을 사려 많은 기행을 벌여 왔으나 실질적으로 도움을 준 것은 이번이 처음이었다. 뭔가 또 그를 귀찮게 하려는 다른 목적이 있는 것은 아닐까?

그러나 카예나는 그 명령을 내린 이후에도 상당히 조심스러워 보였다. 라파엘로와 눈을 마주치는 것마저 꺼리는 기색이었다.

이상했다. 원래라면 훤히 읽혀야 할 상대에게서 아무런 의도가 느껴지지 않았다. 마치 방금 전 호의에 어떠한 의도도 없었던 것처럼.

"그럼 이만."

카예나는 시녀들을 데리고 밖으로 나갔다. 확연히 알 수 있을 정도로 라파엘로와 거리를 두는 모습에 모두 의아해했다.

라파엘로는 하마터면 카예나를 불러 세울 뻔했다. 얼굴을 살짝 찡그린 그는 스쳐 지나가는 카예나를 묘한 기분으로 쳐다보았다.

"키드레이 경."

그때 침실에서 나온 시종이 그를 불렀다. 라파엘로는 그제야 카예나가 나간 문에서 시선을 돌렸다.

"폐하께서는 지금 오수 중이셔서 내일 다시 방문하셔야 할 것 같습니다."

시종이 썩 난감하다는 듯이 말했다.

그러자 라파엘로의 수행원들이 깊은 분노를 드러냈다.

"제대로 전한 게 맞소? 방금 황녀 전하께서 침실에서 나오시지 않았소!"

라파엘로의 뒤에서 대기 중이던 보좌관들도 주먹을 꽉 쥐고 살기를 드러냈다.

"그만."

라파엘로가 그들에게 살기를 거둘 것을 명했다.

"황제 폐하의 침소 앞이다. 언성을 높이지 마라."

"……예."

전장을 떠돌았다는 것은 살인을 경험했단 뜻이다. 그런 이들의 살기를 정면으로 받던 시종들은 안도의 한숨을 쉬었다. 그들은 라파엘로가 신사적이어서 다행이라고 생각했다. 그러나 그것은 근시안적인 착각이었다. 사실 라파엘로는 아쉬울 것이 없는 상황이었다. 그는 강력한 힘을 지니고 있었고, 황위 다툼에는 관심도 없었다.

'내가 세력 균형을 맞추고 있다는 사실을 에스테반 황제가 모를 리 없지.'

황제가 언제까지고 이렇게 꼬장꼬장하게 굴 수 없다. 라파엘로는 그저 소란스러운 게 싫어서 관용을 베풀고 있을 뿐이었다.

"그럼 다음에 다시 오겠네."

시종은 식은땀을 손수건으로 닦으며 부리나케 고개를 끄덕였다.

"예, 예. 그러십시오."

라파엘로는 응접실에서 나오다가 그대로 걸음을 멈췄다. 카예나가 그를 기다리고 있었다.

아아, 역시……. 어쩐 일로 그녀가 순순히 물러나는가 싶었다.

"역시나 부왕께서 그대를 만나 주시지 않은 모양이네."

그녀는 독의 여파가 완전히 가시지 않은 터라 안색이 파리한데도 불구하고 라파엘로가 나오길 기다리며 복도에 서 있었다.

참으로 귀족답지 못한 행실이었다. 실제로 그녀의 뒤에 있던 시녀들 대부분이 부끄러움에 몸 둘 바를 모르고 있었다. 최측근에 있는 시녀 한 명만 안색이 멀쩡했다.

라파엘로의 시선이 주변을 한번 훑고 다시 카예나에게로 돌아왔다. 그런데 마주친 그녀의 눈빛이 어쩐지 낯설었다.

"일이 이렇게 되었으니 차라도 한잔 들고 가지 않겠는가?"

평소였다면 생각할 것도 없이 바로 거절했을 청이었다. 이번에도 이어진 말이 아니었다면 그랬을 것이다.

"그대가 골치를 앓고 있는 일에 대해 내가 도움을 줄 수 있을 것 같은데."

"……제가 골치를 앓고 있는 일이라니, 무슨 말씀이신지 모르겠습니다."

카예나는 두 눈을 휘둥그레 떴다.

"정말로?"

그 사랑스러운 모습에 라파엘로의 뒤에 서 있던 보좌관들이 헛기침하거나 넋을 빼놓았다.

"그대가 부왕을 뵈려는 이유와 밀접한 관련이 있는데."

'황제를 알현하려는 이유를 황녀가 안다고?'

라파엘로가 황제를 알현하려는 이유는 2년 전 전쟁에서 세운 공의 대가로 서부의 군사 통치권을 위임받기 위함이었다.

그것은 오직 공작에게만 허락된 권한이다. 그리고 라파엘로가 굳이 권한을 위임받으려는 데는 이유가 있었다.

'내가 가문의 결혼 압박을 피하려고 하는 걸 황녀가 알 리가 없을 텐데.'

세간엔 아직 알려지지 않았으나, 키드레이 공작 부부는 현재 이혼 소송 중이었다.

그의 모친, 노아 키드레이는 공작이 아닌 누군가의 아내가 될 준비만 한 여자였다. 오빠가 둘이나 있었기 때문이다. 설마 전대 공작도 그 두 아들이 전쟁에서 모두 죽게 되리라고는 생각지 못했을 것이다. 그 때문에 급히 레오 프란시스를 데릴사위로 맞이했다.

그런데 레오 프란시스는 라파엘로가 유년기를 지나기도 전에 부정을 저질렀다. 그 뒤로 자존심 강한 노아 키드레이 공작 부인과 완전히 틀어지게 되었다. 그들은 라파엘로가 어려서 가주직을 물려줄 수 없는 환경이라 결별하지 못하다가 이제야 조용히 이혼 소송을 하고 있었다.

노아는 남편에게 조금의 위자료도 주고 싶지 않았다. 남편의 무능함과 더불어 아들이 당장 가문을 계승해도 문제가 없다는 사실을 가신들에게 동의받으면 그게 가능했다. 그러려면 라파엘로가 만장일치로 가신들에게 다음 대 가주로서 인정받아야 했다.

다만 약간의 문제가 있었다. 라파엘로가 다음 후계를 볼 수 없는 성적 취향을 지녔단 소문이 가신들 사이에 은밀하게 돈 것이다. 23살이나 되도록 여자 손 한번 잡지 않았던 탓이었다. 그를 현혹하고자 귀족들이 침실에 밀어 넣었던 모든 여자를 매정하게 내치기도 했다.

그 소문은 모친의 귀에도 들어갔다. 그녀는 아들에게 붙은 추잡하며 근거도 없는 소문을 없애려 결혼을 추진하려 했다.

그러나 라파엘로는 결혼할 마음이 조금도 없었던 터라 공작에게만 허락된 서부 군사 통치권을 황제에게 인정받고자 했다. 그만한 권한을 거머쥐면 가신들이 가주로 인정하리라 생각했기 때문이다.

그걸 카예나가 대체 어떻게 도와줄 수 있단 말인가?

그런데 카예나의 파란 눈동자 뒤로 지금껏 단 한 번도 보지 못했던 무게감이 느껴졌다.

'……흥미롭군.'

그는 카예나의 초대를 받아들여야 한다는 강렬한 직감을 느꼈다.

"초대에 감사드립니다."

라파엘로는 에스코트를 하기 위해 카예나의 곁으로 다가섰다. 카예나는 그가 내민 팔에 손을 얹었다.

"마침 괜찮은 차가 있어. 그대가 좋아할 거야."

그녀는 끊임없이 라파엘로에게 말을 걸었고 영양가 있는 질문은 하나도 없었다. 겉으로 보기에는 카예나가 또 라파엘로를 꾀어 내기 위해 수작을 부리는 것처럼 보일 정도였다. 항상 카예나가 하던 대로였다.

그런데 그게 너무 이상했다. 카예나는 종종 말실수를 하곤 했다. 예의에 어긋나는 건 십상이었고 민감한 사안을 화두에 자주 올렸다. 그들의 결혼에 대한 가정, 그의 재산 문제 등을 거침없이 묻곤 했다.

그런데 지금은 오늘의 날씨, 좋은 찻잎의 기준, 심지어 어디서 배웠는지 모를 맛있는 타르트를 만드는 법 같은 이야기를 했다.

'대화의 무게감을 흩트리고 있는 건가.'

라파엘로는 시녀들의 느슨해진 태도를 보며 확신했다.

황녀궁으로 가는 길목에 있는 화원에서 카예나가 걸음을 멈췄다.

"오늘은 볕도 좋으니 화원에서 차를 마시는 게 좋겠어."

"준비해 오겠습니다."

카예나는 베라만 빼고 시녀들을 물렸다.

"그럼 하던 이야기를 마저 해야겠지."

라파엘로는 그게 아까 말했던 그의 고심에 관련한 이야기임을 눈치 챘다. 과연 황녀가 어떤 해답을 내놓을까?

카예나가 붉은 입술을 열었다.

"경의 나이도 그만하니, 집안에서 혼사 문제로 떠들썩하겠지?"

라파엘로는 그녀가 또 자신과의 결혼을 망상하여 이야기를 꺼내는 모양이라고 생각했다.

그가 개인적으로 결혼을 꺼리는 걸 제외하더라도 황실이나 공작가나 두 사람이 합쳐지는 것을 원하지 않는다. 이권과 패권을 정당히 나누기엔 두 곳 다 너무 힘이 강했다.

"이미 혼담이 오가는 상대가 있을 테지?"

"혼담 상대라니요?"

그가 의아하게 반응하자 카예나가 아, 하고 입술을 가렸다.

"아직 모르는 건가……?"

"……무슨 말씀이십니까?"

카예나가 빙긋 웃었다.

"그럼 내가 경의 혼담에 대해 유익한 이야기를 들려줄 수 있겠군."

키드레이 공작가는 서부의 패자였다. 그들은 엘다임 제국에서 거의 유일하게 힐 가문과 힘을 겨룰 수 있는 강력한 군사 가문이기도 했다. 그러니 그 가문의 독자인 라파엘로가 얼마나 탐스러운 과실이겠는가?

카예나는 자신의 가치를 아는지 모르는지, 결혼 얘기에 시큰둥해 보이는 라파엘로를 보며 웃었다.

'남자 주인공답다고 해야 할지.'

그녀는 라파엘로가 그동안 연애 한번 하지 않았던 이유를 소설을 통해 이미 알고 있다.

그는 도통 누군가에게 애정을 느끼는 일이 없었다. 애착, 애정이란 단어는 그에게 불편하고 귀찮을 뿐이었다. 그런 라파엘로를 두고 사람들은 점잖은 신사라고 말했지만 그것은 개인의 성품이라기보다는 일종의 정신 질환에 가까웠다.

"키드레이 공작가의 안주인이 될 만한 여식이라……."

카예나는 잠깐 기억을 더듬는 듯한 표정을 지었다.

"에이반 백작가의 돌로레스 영애가 있군."

실제로 소설 속에서 키드레이 공작가에 초상화를 보낸 가문이었다.

"그녀는 피아노를 잘 치고 자수 솜씨도 좋아. 하지만 피만 봐도 기절하는 그 영애가 거친 서부의 땅에서 어찌 지낼까? 그렇다고 안주인이 계속 수도에서만 생활하도록 둘 수도 없는 노릇인데."

이름도 들어 보지 못한 생면부지의 영애를 부인으로 맞이했을 때 벌어질 일이 카예나의 입에서 거침없이 쏟아졌다. 카예나는 계속해서 말을 이었다.

"브루킨 자작가의 리타 영애는 그런 면에선 참으로 적합하지. 한때 기사를 준비하기도 했으니까. 하지만 그 영애는 안타깝게도 지식과 지혜가 몹시 부족하지. 다소 폭력적이기도 하고."

라파엘로는 그녀가 언급한 두 영애의 공통점을 곧바로 찾아낼 수 있었다.

"모두 황위 다툼에 끼지 않은 수도 출신의 권세가로군요."

카예나는 빙긋 웃으며 그의 추측을 칭찬했다.

"역시 키드레이 경은 영민하구나."

"……."

카예나는 태연하게 자신보다 연상인 라파엘로를 마치 동생을 대하듯 기특하게 여겼다. 이 자리에 있던 모두가 할 말을 잃었음은 말할 것도 없었다. 그런데 그 태도가 잘 어울려 보이니 더욱 이상했다.

"더불어 2년 이내로 결혼까지 일사천리로 진행 가능한 가문의 여식들이지."

그는 카예나의 말 중 '2년 이내'에 집중했다.

'황녀의 성년식이 얼마 남지 않았는데 나에게 후보를 추천한다?'

이제 자신과의 결합을 원하지 않는다는 것인가. 라파엘로는 이 대화가 꽤 흥미로워지기 시작했다.

"마지막으로 그레이스 자작가의 올리비아 영애가 있군."

카예나는 마지막으로 이 소설의 주인공, 올리비아의 이름을 입에 올렸다.

이번에는 라파엘로도 그레이스 자작가의 이름을 알아들었다. 자신의 가문에서 후원하는 집안이었기 때문이다.

"그레이스 자작가가 셋 중 가문이 가장 한미하긴 하지. 가진 재산도, 권력도 없고. 하지만 키드레이 가문의 후원을 받고 있다는 특이한 이력이 있지."

라파엘로도 귀가 있으니 카예나가 올리비아를 몹시 싫어한단 걸 알았다. 그런데 올리비아를 언급하다니. 대체 무슨 꿍꿍이지?

"개인적으로 나는 키드레이 경이 올리비아 그레이스 양을 만나 보길 권하네."

"제 혼담 상대로 추천하신다는 말입니까?"

"맞아. 그 아가씨는 영민하고 관찰력이 좋아. 사려 깊은 성격이지만 주체적이고 강단 있지."

기예니는 협싱가처럼 의미심장하게 말했다.

라파엘로는 진의를 알아내기 위해 면밀하게 그녀를 탐색했다. 지금까지의 일을 돌이켜 봤을 때 카예나가 이런 말을 할 이유가 없었다.

"이런 말씀을 하시는 이유를 모르겠습니다."

그래서 그는 대놓고 물었다.

둘의 시선이 잠깐 마주쳤다. 카예나의 눈빛은 마치 내면을 들여다보듯 깊고 고요했다.

"키드레이 경이라면 이유를 알 것 같은데?"

카예나는 수수께끼처럼 말했다. 정답을 알려 줄 생각이 없는 느긋한 태도였다.

'나와 그 영애의 만남이 황녀에게 득이 된다는 건데. 대체 그 이득이 뭐지?'

라파엘로는 자신이 올리비아와 만나면 카예나가 얻는 게 무엇인지 도무지 추측할 수 없었다.

그럴 수밖에 없다. 그는 이곳이 소설 속이란 사실을 모르고, 앞으로 일어날 일을 모르고, 카예나의 진짜 목적을 모르기 때문이다.

'둘은 주인공이니까 내버려 둬도 잘 이어질 거야. 그러니 그 둘의 만남을 내가 주선한 것처럼 생각하게 두는 것도 괜찮겠지.'

게다가 곧 올리비아를 시녀로 들일 테니, 얼마 지나지 않아 카예나와 올리비아, 라파엘로는 운명공동체로 묶이게 된다.

"시녀들이 오고 있습니다."

베라가 다가와 작게 속삭였다. 지금의 대화를 마무리하는 게 좋겠다는 뜻이었다. 카예나는 이 말로 베라가 이미 다른 시녀들과 감정적으로 어느 정도 선을 그었다는 사실을 확인하게 되었다.

"차를 준비하는 게 좀 늦었구나?"

카예나의 가벼운 질책에 한 시녀가 고개를 슬쩍 숙였다. 보나 마나 황자궁으로 달려가 레제프에게 이 만남을 고해 바쳤으리라. 사실 그러라고 베라를 제외한 시녀들을 모두 내보낸 것도 있었다.

"죄송합니다, 전하."

"됐다. 차나 어서 준비하렴. 준비는 잘해 왔겠지?"

카예나는 직접 찻잎과 다기의 상태를 확인했다.

"키드레이 경에게는 차를 진하게 우려 우유에 섞어 내드려라."

"예, 전하."

시녀들이 작은 화로에 숯을 넣어 뜨겁게 달구고 그 위로 주전자를 놓았다. 카예나는 자신을 빤히 바라보는 라파엘로에게 약간의 설명을 곁들였다.

"업무가 바빠 끼니를 거를 때가 많을 것 같아서. 그럴 땐 홍차를 우유에 섞어 마시는 것도 괜찮거든."

자신이 진하게 우린 차를 좋아했던가. 라파엘로는 대수롭지 않게 고개를 끄덕였다. 그동안 카예나는 제멋대로 선물을 준비하거나 본인 기준에 맞춰 일을 진행하곤 했다. 이것도 그런 일 중 하나이리라.

마침내 그의 앞에 진하게 우려낸 밀크티가 놓였다. 코끝에 닿는 향기가 나쁘지 않았다.

"……!"

티를 한 모금 마신 라파엘로는 기분 좋게 퍼지는 향과 부드러운 목넘김에 눈을 크게 떴다. 거짓말처럼 마음에 들었다.

"어때?"

카예나는 그가 좋아할 걸 확신하고 있던 사람처럼 여유로운 투로 물었다.

"맛있습니다."

라파엘로는 약간 의아한 마음으로 대답했다. 그러자 카예나는 자상하고 다감한 미소를 지었다.

"그거 기쁜 말이네."

라파엘로는 무심결에 찻잔을 받치고 있던 손으로 하얀 도자기 잔의 표면을 긁어 내렸다. 카예나는 몰랐으나 이것은 라파엘로에게 난생처음 생긴 '취향'이었다.

문득 그는 이만 자리에서 일어나야겠다고 생각했다. 이곳에 더 있는 건 어딘가 위험하게 느껴졌다.

"초봄이라 바람이 차갑구나."

이만 들어가자는 뜻이었다. 시녀들은 일사불란하게 도톰한 외투를 카예나의 어깨에 두르며 부축해 일으켰다.

"즐거웠어."

그녀는 담백하게 인사를 건넸다. 이전처럼 그와 조금이라도 더 시간을 보내고 싶어 안달하거나 다음을 기약하는 말도 없었다.

"참."

카예나는 자리를 떠나기 전에 뭔가 생각났단 표정을 했다.

"그레이스 영애와 잘된다면 내가 둘의 만남을 가장 먼저 주선했단 사실을 잊지 않아 주면 좋겠어."

그렇게 말하며 걸친 미소가 꽤 짓궂었다. 이런 특혜가 있어야 멀리 돌아서 다시 회귀한 보람이 좀 있지 않겠는가?

"……살펴 들어가십시오, 전하."

라파엘로는 별다른 대답을 내놓지 않고 예를 갖춰 인사할 뿐이었다.

─❦─

키드레이 공작저로 향하는 마차 안은 고요했다. 라파엘로가 뭔가 생각에 잠긴 듯이 입을 다물고 있었기 때문이다.

"조금 이상했지요?"

라파엘로의 보좌관, 제레미가 조심스럽게 말을 꺼냈다.

"황녀 전하 말입니다. 평소와 꽤 많이 달라 보이시던데요."

"평소보다 훨씬 아름다우시던걸요."

함께 타고 있던 호위 기사, 바스턴이 동의했다. 그러자 제레미가 미간을 찌푸리며 핀잔주었다.

"아니, 그런 말이 아니잖은가? 사람이 달라진 것처럼 분위기가 변했단 말일세."

"그래서 더 아름다워 보이시더라니까요!"

"……말을 말지."

제레미가 혀를 끌끌 차자 바스턴이 억울하단 표정을 했다.

그때 라파엘로가 조용히 입을 열었다.

"그렇더군."

제레미와 바스턴의 말 중 무엇에 대한 동조인지 명확하지 않았다. 그들은 눈만 끔뻑댈 뿐 라파엘로의 상념을 더는 방해하지 않았다.

라파엘로는 짧은 시간 동안 그 순간을 완전히 장악했던 카예나의 모습을 떠올렸다. 위압적이지는 않았으나 주도권을 확실히 잡고 있었다. 지금까지 보았던 모습은 무엇이고 오늘의 모습은 또 무엇인가?

마차가 별저에 도착해 서서히 멈췄다. 고용인을 포함해 가신 몇몇이 마차를 발견하고 밖으로 나왔다.

"다녀오셨습니까, 주인님."

라파엘로는 고개를 끄덕이며 외투를 넘기다가 멈칫했다. 맞은편에서 뜻밖의 손님이 그를 바라보고 있었다.

"늦었구나."

그의 모친, 노아 키드레이 공작 부인이었다. 라파엘로는 오랜만에 마주한 모친을 향해 반가운 기색 하나 없이 물었다.

"여긴 어쩐 일이십니까?"

서부 공작령에 있어야 할 모친이 어찌 수도의 저택에 있단 말인가?

'가신들이 어머니의 방문을 내게 숨겼군.'

모친이 방문한다는 사실을 그들이 몰랐을 리 없다.

"어미에게 차 한잔조차 내주지 않는 거니?"

그는 시녀에게 차를 내오라고 말했다. 그러다 문득 시녀를 다시 불렀다.

"한 잔은 진하게 우려 오너라."

"예, 주인님."

그들은 높은 천장에까지 길쭉하게 창을 달아 놓은 작은 다이닝 룸으로 갔다. 곧 테이블에 생화와 촛대가 놓였다.

공작 부인은 그 꼴을 보더니 작게 혀를 찼다.

"안사람이 없으니 관리가 영 미흡하구나."

"불필요한 것을 줄였을 뿐입니다."

"키드레이의 소가주가 남들이 흉보는 일을 사서 해서야."

라파엘로는 굳이 대답하지 않았다.

"갑자기 와서 놀랐니?"

"저는 전달받은 게 없었습니다."

"그럴 테지. 요란 떨 것 없다고 말해 두었거든."

일부러 입단속을 시키면서까지 방문을 할 이유가 뭐지? 라파엘로는 모친이 자신이 싫어할 만한 일을 준비했다는 것을 눈치챘다.

아니나 다를까 공작 부인이 뒤에 밀랍 인형처럼 서 있던 시녀를 불렀다.

"이자벨."

이자벨이라 불린 시녀가 손에 든 상자를 테이블에 조심스레 내려놓았다. 라파엘로는 흑단목 상자를 가만히 내려다보았다.

"이게 뭡니까?"

"네 혼처들이다."

"……."

타이밍이 참으로 공교로웠다. 그렇지 않아도 방금 카예나에게서 제 혼담 상대에 관한 이야기를 듣고 오는 길이다. 모친과 미리 작당한 건 아니겠지? 지나친 상상이기는 하다만, 모친은 그럴 만한 사람이었다.

"너도 슬슬 약혼자를 두어야지."

공작 부인이 손짓하자 이자벨이 상자를 열고 초상화가 그려진 판화를 꺼냈다. 라파엘로의 눈썹이 휙 치켜 올라갔다. 초상화 밑에는 차례로 돌로레스 에이반, 리타 브루킨, 올리비아 그레이스라고 적혀 있었다. 카예나가 일러 주었던 영애들이 순서까지 정확하게 등장했다.

'……진짜 황녀가 어머니와 미리 상의한 건 아니겠지.'

그는 자신의 가설에 정황까지 보태지자 미간을 찌푸렸다. 그의 복잡한 속내를 눈치채지 못한 모친은 무심히 감상을 전달했다.

"다들 현숙하고 괜찮은 영애들이더구나."

라파엘로는 진하게 우려낸 차로 입안을 축었다.

'현숙하고 괜찮은 영애라…….'

그는 카예나가 말했던 결혼 상대의 특징을 떠올려 보았다.

피아노와 자수 솜씨는 좋으나 피를 보면 기절한다는 돌로레스 에이반.

한때 기사를 준비했으나 폭력적이라는 리타 브루킨.

모친이 후원하며 황녀도 추천했던 올리비아 그레이스.

'……뭔가에 홀린 것 같군.'

황녀는 정말 확실한 정보를 이야기해 주었다. 게다가 정말 그녀의 말대로라면…….

'공작 부인으로 적합한 사람들은 아니지. 확실히.'

공작 부인은 초상화 하나를 가리키며 말했다.

"이 중에서 그레이스 자작가의 영애가 어떻겠니? 모난 곳 없고 영리하더구나."

모친의 말에 그가 대답했다.

"저는 결혼할 생각이 없습니다, 어머니."

이성적으로 생각하면 모친의 말이 옳다. 가문을 생각했을 때 무엇보다 중요한 것은 자신의 위치를 견고히 하는 것이다.

하지만 라파엘로는 자신을 향한 끈적한 관심과 은밀한 스킨십을 생각하면 구역질이 났다. 그런데 배우자를 맞이하라고?

식사만 같이하는 정도로 괜찮은 결혼 생활을 유지할 수 있다면 진즉 했을 것이다. 그는 무언가에게 애정을 느끼지 못했다. 심지어 모친에게조차 애정을 느껴 본 적이 없었다. 제 영역에 누군가 들어오는 것조차 그에게는 큰 스트레스였다.

"설마 그걸 말이라고 내놓은 건 아니겠지. 네가 빨리 혼인하는 것이 네 가문을 위한 일임을 잊지 마라, 라피."

다정한 애칭에 어울리지 않는 싸늘한 통고였다.

그녀는 제 할 말만 마치고 자리에서 일어났다. 모친이 나가고 문이 굳게 닫혔다.

문득 테이블에 가지런히 놓인 판화가 눈에 들어왔다. 라파엘로의 시선은 올리비아라고 적혀 있는 그림 위에서 멈췄다. 밀빛 머리카락에 녹색 눈동자가 인상적인 미인이었다. 카예나 황녀는 어떻게 알았을까. 무슨 수로 정확한 타이밍에 혼담 상대에 관한 이야기를 꺼냈을까.

라파엘로는 다이닝 룸에 들어온 집사를 향해 말했다.

"제레미에게 황녀 전하와 알현 약속을 잡아 놓으라고 전달해라."

"예, 각하."

그는 황녀가 궁금해졌다.

─ ※ ─

카예나는 황녀궁에 도착하자마자 제 방이 정리되어 있지 않단 것을 알아차렸다.

"침실을 정리한 것 같지가 않구나."

"죄송합니다, 전하!"

침실 정리를 맡았던 어린 시녀가 깜짝 놀라 무릎을 꿇었다.

"다음부터는 실수가 없도록 해라."

"네, 전하!"

그들은 실수를 너그럽게 넘어가는 카예나를 보며 은밀한 눈빛을 주고받았다.

황녀는 확실히 달라졌다. 최근의 그녀는 상냥히 물렀다. 오늘 침실 정리를 하지 않은 것은 일부러 한 행동이었다. 그들은 카예나를 바로 곁에서 모시다 보니 그녀의 변화를 가장 크게 실감했다.

"이만 쉬고 싶으니 너희도 나가 보렴."

"그럼 물러나겠습니다."

시녀들은 황녀의 침실에서 나와 그들이 사용하는 휴게실로 들어갔다. 시중 하녀들이 그들의 휴식 시간에 맞춰 차와 다과를 내놓았다. 전보다 훨씬 고급품들이었다.

"리디아."

베라가 침실 정리를 하지 않은 시녀, 리디아를 매섭게 불렀다.

"왜 제대로 소임을 다하지 않았니? 네가 그런 실수를 할 하급 시녀도 아닌데."

그녀의 꾸중에 리디아가 불만스러운 표정을 지었다.

"전하께서도 용서하셨는데 왜 제게 그러세요?"

리디아는 도리어 베라를 나무랐다.

"고작 침실 정리일 뿐이잖아요. 오늘 하루 거른 것 가지고······."

"뭐?"

베라는 기가 막혔다.

카예나의 성격이 워낙 세서 참고 있었을 뿐, 사실 리디아도 권문세가의 딸이라 오만방자했다. 이제 카예나가 만만해진 것 같으니 금방제 성격을 드러낸 것이다.

"그리고 절 고용하신 분은 카예나 전하가 아니라 레제프 황자 전하시라고요."

이곳에 모인 이 중 그렇지 않은 이가 어디 있겠는가? 다들 레제프의 부름을 받고 카예나의 시녀로 들어온 사람들이었다.

"어차피 레제프 전하께서 지켜 주실 텐데요. 저희 가문의 힘이 필요하실 테니까."

리디아의 말에 주변의 시녀들도 하나씩 동조하기 시작했다.

"베라야말로 우리의 임무를 잊지 마요. 우린 레제프 전하의 사람이라고요."

"카예나 전하의 영향력이 강해지면 안 된다는 거 몰라요?"

"……."

베라는 이 어리석은 대화에 그만 입을 다물고 말았다.

'그건 알면서 자신들이 그분의 시녀가 되었다는 것의 의미는 모르는구나.'

여기에 모인 시녀 중 가장 권세가의 딸이 리디아 벤제만인 것만 봐도 알 수 있는 사실이다. 그들은 계륵과도 같은 카드다. 없으면 아쉽지만 있어도 크게 보탬은 되지 않는 카드란 말이었다. 베라는 한 치 앞도 모르고 어리석기 짝이 없는 그들을 나무랄 마음이 사라졌다.

"왜 나서고 난리람."

그녀들은 베라를 스쳐 지나가며 중얼거렸다.

"……."

허탈했다. 그래도 한때는 동료라고 믿었던 이들의 바닥을 보게 되니 탈력감이 밀려들었다.

'이런 곳에서 내 존재를 어찌 인정받을 수 있으리라고 생각했을까?'

사실 이곳에 모인 시녀 대부분은 레제프를 노리고 있었다. 그는 제국의 유일한 황자였고, 선하고 부드러워 보이는 인상이 그들의 마음을 뒤흔들었다. 자신이 그의 구원자가 되어 그 싸늘하고 잔혹한 성정을 녹일 수 있다고 착각하는 것이다.

'어림 없는 소리지.'

베라는 주제를 알았다. 그들 중 누구도 레제프의 짝이 되지 못할 것이다. 그녀는 그저 자신의 쓰임새를 인정받고 싶었다. 그렇게 눈에 뜨인다면 작위를 받거나, 가문의 영향력을 세울 수 있을지도 몰랐다.

'오늘 전하께서 자리에 나만 남겨 두셨던 것도 분명 이유가 있겠지.'

베라의 마음이 복잡해졌다.

—※◇◆◇※—

카예나는 모든 시녀를 물리고 소파에 편안히 기대어 있었다.

'베라의 성격상 업무 태만을 그냥 두고 보지는 않겠지.'

그들 사이의 분열은 예정된 것이나 다름없었다. 첫 번째 생에서도 그랬으니까. 원래대로라면 베라가 시녀들의 무능과 태만을 고발하여 자신의 영향력을 키웠을 것이다. 그러나 지금은 상황이 좀 달랐다.

'결국엔 자신이 레제프에게 중요하게 쓰이지 않으리란 걸 스스로 잘 알았겠지.'

다만 레제프는 확실한 차기 황제였다. 그게 베라가 망설이는 가장 큰 이유였다. 그녀는 베라의 마음에 깃든 혼란을 잠재워 줄 필요가 있다고 판단했다.

"어떻게 하는 게 좋을까?"

그녀의 중얼거림에 시중 하녀들이 잠깐 고개를 들었다가 다시 침실을 정리했다.

시중 하녀는 시녀와 달리 출신이 한미했다. 글을 읽고 쓸 줄 모르는 자가 대부분이라 상대적으로 레제프의 시야에서 벗어난 존재들이었다. 그런고로 카예나는 방 안에 시중 하녀들만 남겨 둔 상태였다.

"너무 깨끗하게는 하지 말럼. 마지못해 했다는 느낌이 들도록."

"예, 전하."

레제프는 시중 하녀의 관리를 시녀들에게 일임했는데, 오늘 이들을 맡은 시녀가 문제를 일으킨 리디아였다.

"너희의 영민함이 너희를 살렸구나."

시중 하녀, 도나와 애니가 빙긋 웃었다.

그들은 오늘 리디아에게서 침실을 정리하지 말라고 전달받자마자 몰래 카예나에게 그 사실을 고했다. 카예나는 리디아가 시중 하녀들에게 상당히 미움받고 있음을 알았다.

"내 이름을 대고 필요한 약재를 타 가렴."

그러자 도나가 바닥에 엎드렸다.

"감사합니다, 전하!"

도나의 양친은 모두 병환이 들었다. 하녀가 받는 봉급으로는 약값을 충당할 수 없었다. 도나는 역시 카예나의 편에 서길 잘했다고 생각하며 주먹을 꽉 쥐었다.

사실 이런 건 그들의 직속 상관인 리디아가 챙겨 줘야 할 부분이었다. 하지만 리디아는 카예나에게 아쉬운 소리 하는 걸 상당히 싫어했다.

자신은 황후가 될지도 모르는 몸인데 그런 하찮은 부탁을 하기엔 자존심이 상한다는 거였다.

'부디 리디아가 더욱 방만하고 어리석게 행동해 주었으면.'

첫 번째 삶에서도 리디아는 카예나의 성질머리에도 굴하지 않고 끝까지 제멋대로였다. 레제프에게 그녀의 일거수일투족을 죄다 고해바치는 것도 그녀의 역할이었다.

'하루빨리 여기서 나가는 게 너에게도 좋을 거란다.'

리디아는 결국 레제프에 의해 처형당한다. 꼬리를 자르려는 의도였을 테니 지금이라면 처형만큼은 피할 수 있으리라.

'새로운 인력을 얻었으니 활용해야겠지.'

원작은 올리비아와 라파엘로의 혼담이 나오며 이야기가 시작된다. 그 시점에 맞춰 준비할 일이 있었다. 올리비아가 황녀궁 시녀로 들어올 시기를 조율하는 일이었다.

그녀는 레제프에게 올리비아를 시녀로 들이고 싶다고 했다. 그러나 '레제프의 요청'에 따라 올리비아가 황궁에 들어오면 곤란하다. 그녀가 키드레이 공작가의 후원을 받기 때문이다.

'황제의 교지가 아닌 레제프의 요청으로 시녀가 되면 키드레이 공작가와의 사이가 완전히 틀어져.'

그럼 라파엘로와 그녀의 결합에 큰 정치적 난관이 생긴다. 카예나는 둘을 이어 주려는 거지, 훼방꾼이 될 마음이 없었다.

"애니, 편지지를 가져와."

"예, 전하."

카예나는 구구절절한 서론은 하나도 쓰지 않고 아주 짧고 간략하게 편지를 작성했다.

'올리비아는 레제프의 입김으로는 움직이지 않을 거야. 레제프와 상관없이 내 사람이 되도록 만들어야 해.'

그레이스가는 한미하지만 충성심이 높았다. 그들이 그들을 후원하는 키드레이 공작가를 배신할 리 없었다.

지금 레제프의 부름을 모른 척한다면, 결국엔 레제프가 압력을 가할 수 있었다. 그는 자신에게 도전하거나 업신여김 당하는 것을 싫어하니, 한미한 가문이 감히 자신의 요청을 무시하냐며 벌컥 화를 낼지도 몰랐다.

카예나는 붉은 촛농을 떨어트리고 아무런 음각이 없는 매끈한 도장으로 그것을 꾹 눌렀다. 정체를 감춘 은밀한 밀서가 완성되었다.

"애니."

"예, 전하."

애니는 같은 유니폼을 입어도 훨씬 맵시 있게 입는다. 그럴듯한 드레스를 입히면 귀족처럼 보일 것이다.

"심부름을 하나 해야겠구나."

카예나는 애니에게 밀봉한 편지를 내밀었다.

"이걸 로랑스 거리의 마르레뜨 살롱으로 가져가렴."

그동안 자신은 레제프의 이목을 흩트려야 했다. 카예나가 자리에서 일어나며 말했다.

"황자궁으로 가겠다."

─❈─

레제프는 부관의 보고를 듣고 편지를 쓰던 손을 멈췄다.

"황제 폐하께서 황녀 전하가 부마를 직접 고르실 수 있도록 권한을 양도하실 것처럼 말씀하셨습니다."

"부왕이?"

레제프는 그 과정에서 라파엘로에 대한 이야기가 나오진 않았는지 물었다.

부관은 고개를 내저으며 말했다.

"라파엘로 경과의 혼인은 원치 않는다고 하셨다 합니다."

"그래?"

카예나가 원하는 상대와의 결혼을 조건으로 내건 것이 진심이었던 모양이다.

그동안 부왕이 카예나를 핑계로 라파엘로를 압박하는 것은 레제프에게도 상당히 도움이 되었었다. 이제 그 명분이 사라진다니 조금 아쉬운 마음이 들었다.

"그런데 황녀 전하께서 알현을 마치고 라파엘로 경과 티타임을 가지셨다고 합니다."

"……둘이 같이?"

"예. 리디아 양이 차를 준비하러 가는 길에 와서 알렸습니다."

"라파엘로가 순순히 따라갔다고?"

"예. 카예나 전하께서 고민을 해결해 주겠다며 같이 차를 마시자고 제안하셨다 합니다."

레제프는 미간을 찌푸렸다. 그러다 자신을 올곧게 바라보던 카예나를 떠올렸다.

"둘이서 무슨 이야기를 했는데?"

"베라라는 시녀의 말로는 혼담을 언급하며 다른 가문의 여식들을 흠잡았다고 합니다. 다만 올리비아 그레이스 영애는 칭찬했다고 들었습니다."

'올리비아 그레이스를 칭찬했다니. 황녀궁 시녀가 될 사람이니까? 나를 위해?'

레제프는 도무지 카예나를 종잡을 수 없었다. 요즘의 카예나는 자신이 원래 알던 누이인 것 같기도 했고 아닌 것 같기도 했다.

"……알았다. 이만 나가 보아라."

그는 당장 처리할 일이 많았으므로 신경을 쓰지 않기로 했다.

시해 미수 사건을 뒤집으며 몇 가지 뒤처리할 게 생겼기 때문이다.

똑똑.

노크 소리가 울리고 하인이 들어와 아뢰었다.

"전하, 제논 에반스입니다."

"들어오라고 해."

제논 에반스가 서재로 들어와 예를 갖췄다. 레제프는 손을 내저으며 말했다.

"됐다. 무슨 일이지?"

잿빛 머리칼의 제논이 서찰이 놓인 은 쟁반을 들고 그의 곁으로 다가왔다.

"저번 하인리히 대공자 측과의 회담 이후로 몇몇 귀족의 행보에 변화가 생겼습니다."

레제프는 하인리히 대공자라는 말에 미간을 와락 찌푸렸다. 그 미치광이는 밟아도 밟아도 자꾸만 기어올라 속을 긁었다.

"그 벌레 같은 놈이 또 무슨 개수작을 부렸기에?"

이번 카예나의 사건만 해도 그렇다. 황가의 피도 흐르지 않는 천둥벌거숭이가 자신이 황위 계승권자라며 떠들어 대는 걸 보라. 당장 불을 붙인 몽둥이로 그들을 때려눕히고 싶었다.

레제프는 펜을 내려놓고 봉투를 뜯어 편지 내용을 확인했다.

"이 주제도 모르는 잡종 새끼가!"

그는 자리에서 벌떡 일어나며 불같이 화냈다.

제논은 이 상황을 예상했기에 조용히 뒤로 물러났다.

"이 머저리 같은 것들이 하인리히 대공자에게 넘어갔다고!"

그가 공들였던 지주 몇몇이 하인리히 대공자의 손을 들게 되었다는 서신이었다.

그들은 하인리히 대공자가 황제가 직접 인정한 계승권자라고 주장했다. 그것은 레제프의 역린이기도 했다.

레제프는 황후 소생이 아니라 정부 소생이다. 그를 낳은 생모가 황후로 책봉되지 않는 이상 그는 계속 사생아인 상태로 남는다. 혹은 황제가 그를 선황후 아래에 입적시켜 주기만 한다면 정통성을 갖출 수 있다. 사원의 인정을 받은 적법한 후계자가 되는 것이다. 그런데 황제는 모호하게 행동했다.

대공자 측 사람들은 입양아라 황가의 피가 흐르지 않는 하인리히 대공자나 레제프나 다를 바 없다며 떠들어 댔다.

"내가 저들에게 해 준 게 얼마인데 그깟 광산 몇 개 가지고 나를 배신해? 진짜 황족은 그 더러운 가짜 하인리히 대공자가 아니라 나라고!"

콰장창!

레제프가 테이블을 엎었다.

"내가 황제가 되면 다 숙청이다! 분수도 모르는 것들!"

거칠게 머리칼을 쓸어 넘기던 레제프가 제논에게 물었다.

"그레이스 자작가는 회신이 없느냐?"

"아직 답변받지 못했습니다."

그는 제논에게 화병을 집어 던졌다. 다행히도 그것은 빗나가 벽에 맞고 산산조각이 났다.

"어째서 아직도 회신을 받질 못했느냐! 네놈들이 그러니 별 같잖은 것들까지 나를 무시하는 것이지!"

그레이스 자작가가 키드레이 공작가 때문에 쉽게 회신을 보내지 못할 것이라는 건 처음부터 예상하고 있던 일이었다. 그러나 눈이 뒤집힌 레제프에게 이런 말을 했다간 목이 날아갈 것이 분명했다. 제논은 한숨을 삼키며 고개를 조아렸다.

"……죄송합니다, 전하."

"대체 내 주변엔 하나같이 쓸 만한 것들이 없어! 그러니 하인리히 대공자가 그리 설쳐 대는 게지!"

제논이 속으로 망나니로 유명한 하인리히 대공자와 레제프 중 누가 더 개망나니인지 우열을 가리기 어렵다고 생각했을 때였다.

"저, 전하."

어딘가 두려운 표정의 시종이 방으로 들어와 레제프를 불렀다.

"무슨 일이냐?"

레제프가 살기 어린 눈으로 시종을 쳐다보았을 때였다.

달칵.

"나야, 레제프."

카예나가 문을 열고 들어섰다.

제논은 속으로 혀를 끌끌 찼다. 그는 주먹을 꽉 쥔 채로 애써 분노를 제어하는 중인 레제프를 힐끗 보고는 카예나에게 다가갔다.

"전하, 죄송하지만 나중에 다시 방문하시는 것이 좋을 듯합니다."

그러자 카예나가 서늘한 얼굴로 제논을 바라보았다.

"레제프가 다치기라도 하면 어찌하려고 이러는가?"

서재를 가득 메우고 있던 불유쾌한 긴장감이 그녀의 말 한마디에 흐트러졌다. 마치 이 살벌한 난장판이 어린아이 투정의 흔적이 된 것 같았다.

'황녀가 언제부터 이렇게 강단 있었지……?'

제논은 그녀의 기백에 뒤로 물러났다. 카예나는 빙긋 웃고는 자연스럽게 그를 지나쳤다.

그녀는 엉망진창이 된 방을 슥 둘러보더니 천천히 레제프를 향해 다가갔다. 바닥엔 깨진 도자기나 유리 같은 게 어지럽게 널려 있었다. 얇은 가죽 슬리퍼를 신은 채 뭔가 잘못 밟았다간 크게 다칠 수도 있는 상황이었다.

"다가오지 마십시오, 누님."

레제프가 싸늘하게 가라앉은 눈으로 딱딱하게 말했다. 그러나 카예나는 아랑곳하지 않고 그에게 다가갔다. 바닥도 보지 않고 걸으니 당장 다쳐도 이상하지 않았다.

레제프는 짜증스럽게 다시 경고했다.

"다가오지 말라고 했잖습니까!"

"하지만 내가 다가가지 않으면 넌 혼자잖니."

"뭐……?"

그는 기가 막힌 말에 표정을 일그러트렸다. 그때 카예나가 바닥에 널브러진 장식을 잘못 밟고 중심을 잃었다.

"앗!"

그대로 넘어지면 필시 크게 다칠 터였다. 레제프는 욕설을 삼키며 얼른 그녀를 끌어당겼다.

"그러니까 다가오지 말라고……!"

그가 분노를 다 터트리기도 전에 카예나가 레제프의 뺨을 살짝 쓸었다. 따끔한 느낌에 레제프가 눈살을 살짝 찌푸렸다.

"다쳤잖니, 레제프."

물건을 부수다가 튄 조각이 스쳐 가느다란 상흔이 생긴 모양이었다.

"잘생긴 얼굴에 이게 뭐니?"

카예나는 소맷자락으로 뺨에 맺힌 피를 닦아 주었다.

레제프는 못마땅한 표정으로 그것을 바라보기만 했다. 용암처럼 들 끓었던 분노가 조금 가라앉았다. 누이를 보고 화가 풀린 적은 이번이 처음이었다.

그는 카예나를 안아 들고 방의 멀쩡한 곳으로 데려갔다. 침대 근처에 있는 길쭉한 소파가 이 난리 통에서 유일하게 온전한 곳이었다.

"힘이 장사구나!"

카예나는 레제프의 힘에 놀라 탄성을 뱉었다. 카예나가 아무리 가볍다 해도 이렇게 종잇장처럼 들 무게는 아닌데 레제프는 무게를 느끼지 못하는 사람처럼 그녀를 번쩍 들어 올렸다.

레제프는 카예나의 태도에 어쩐지 기운이 쭉 빠졌다. 방금까지 미친 사람처럼 화를 낸 자신이 갑자기 바보처럼 느껴졌다.

"다친 곳은 없으십니까?"

"응, 괜찮아."

그는 카예나의 가죽 슬리퍼를 벗기고 발을 살폈다. 혹시라도 유리 조각을 밟았으면 큰일이었다. 그녀는 자신을 위해 성년식에 그랜드 홀 중앙에서 춤춰야 했으니까.

"난 됐으니 네 상처부터 보렴."

"저는 괜찮습니다."

"내가 괜찮지 않아서 그래."

그렇게 말한 카예나는 하인들에게 어서 방을 치우라고 말했다.

"뺨의 상처를 치료해야겠으니 준비해 오너라."

하인들은 이틀은 족히 두려움에 벌벌 떨 것을 예상했다가 지금의 상황에 얼떨떨해하는 중이었다. 특히 분위기를 이렇게 누그러트린 사람이 카예나라는 사실이 가장 믿기지 않았다.

"……금방 준비해 오겠습니다."

혹시 레제프가 또 돌변할까 봐 겁이 난 그들은 얼른 밖으로 나갔다.

"그럼 저도 나가 보겠습니다."

제논도 카예나를 미심쩍은 눈으로 보다가 자리를 비켰다.

카예나는 레제프가 오늘 있었던 일을 보고받았을 것이라 예상하고 일부러 찾아왔다. 그녀는 레제프가 화를 한참 쏟아 내길 기다렸다가 자신이 도착했음을 알리라고 명했다. 그건 현명한 판단이었다. 분노를 쏟아 내던 레제프의 정신이 조금 돌아온 때였기 때문이다.

"아무리 화가 나더라도 네가 위험해질 행동은 하지 마. 장차 제국을 물려받을 귀한 몸인데."

레제프는 그 말에 다시금 서찰의 내용이 생각나 혀를 찼다.

그녀는 레제프가 무엇을 두고 이렇게 화를 냈는지 밖에서 들었다. 그리고 그건 카예나가 해결해 줄 수 있는 일이었다.

"이번 성년식을 두고 몸이 달은 자들이 많을 거란다."

카예나는 그의 머리칼을 부드럽게 쓸어 주었다. 차분하고 온화한 향기가 레제프의 코끝에 닿았다.

그러고 보니 황녀궁에 피우는 향이 바뀌었다는데, 이게 그 향인가?

부드러운 손길 때문인지 그녀에게서 나는 향 때문인지 기분이 차분해졌다. 진짜 보호자의 다독임처럼 다정한 손길이었다. 이상하게도 누이가 한참 어른처럼 느껴졌다.

이러니저러니 해도 레제프는 아직 보호자의 손길이 필요한 나이였다.

카예나는 레제프가 얌전해진 것을 보고 말문을 열었다.

"부왕께서 내게 결혼할 상대를 고를 수 있도록 허락해 주셨단다."

카예나는 빙긋 웃으며 말을 이었다.

"귀족들에게도 곧 소식이 파다하게 퍼지겠지. 그럼 그들이 이렇게 생각하지 않을까?"

그녀는 눈을 작위적으로 깜빡이며 연기하는 듯한 톤으로 말했다.

"아! 황녀만 구슬리면 내가 부마가 될 수도 있겠구나!"

레제프는 낙관적인 생각이라고 치부하며 피식 웃었다.

"다들 라파엘로가 그 상대라고 생각하겠지요."

"하지만 라파엘로가 약혼이라도 한다면 이야기가 달라지지."

"……약혼이요?"

라파엘로가 갑자기 약혼이라니? 혼담이 오가는 상대가 있었나. 그때 레제프는 문득 부관이 보고했던 내용을 떠올렸다.

분명 카예나가 혼담을 꺼내며 다른 영애들을 헐뜯었다고 했다. 그것과 무슨 연관이 있기라도 하단 말인가?

"너는 곧 황성 문턱이 닳도록 들락거릴 귀족들을 모른 척 환대해 주면 된다. 성년식 전까지 네 누이는 아플 예정이거든."

곧 하인이 의약품을 들고 들어왔다. 카예나는 하인을 물리고 직접 레제프의 상처를 돌보았다.

'그럼 라파엘로를 포기했다는 게 사실인가.'

"……부왕이라고 해서 라파엘로 키드레이와 누님을 결혼시키진 못합니다."

그는 카예나가 황제의 힘을 빌려 그와 결혼하려는 것이 아닌가 하는 의심을 떨칠 수 없었다.

카예나는 빙긋 웃었다.

"내가 키드레이 경을 원했던 건 사실이지. 그러나 지금까지 그랬다고 해서 앞으로도 그럴까?"

레제프는 한 방 먹은 표정을 지었다. 설마 그녀가 라파엘로를 두고 이렇게 냉정하게 말할 줄은 몰랐기 때문이다.

"……그를 사랑하는 게 아니었습니까?"

"글쎄. 이제는 그게 사랑이었는지도 가물가물하구나."

그녀는 레제프의 머리카락을 살며시 쓸어 주었다.

"영원히 변하지 않는 감정이 어디 있겠니?"

'그것이 꼭 사랑이 아닐지라도.'

카예나는 레제프의 혼란을 가만히 지켜보기만 했다.

3장
악녀의 역할에 관하여

카예나는 레제프에게 말한 대로 아프다는 핑계를 대며 황녀궁을 벗어나지 않았다. 그녀가 자처하여 새장 안의 새가 된 동안 사교계는 새로운 흥밋거리를 찾았다.

"키드레이 경이 초상화를 받았다면서요?"

결혼용 초상화를 그리는 화가에게 요구되는 덕목은 많지 않다. 미화하는 솜씨가 빼어날 것. 그것이 전부였다.

너도나도 가장 솜씨 좋은 화가에게 초상화를 맡기다 보니 소수의 화가들이 이 일을 독점하게 되었는데, 그 때문에 어느 집안에 누구의 혼담이 들어갔는지도 금방 소문이 났다. 현재 수도에서 가장 인기 있는 신랑감인 라파엘로의 이야기라면 더더욱 그랬다.

"황녀 전하께서 이런 상황을 가만히 놔둔다고?"

최근 황실에서 흘러나온 정보와 지금의 상황이 맞물리면서 사교계에 묘한 이야기가 떠돌았다.

'황녀가 라파엘로 경에게서 마음이 떴다!'

이대로라면 그 판화의 아가씨 중 진짜 라파엘로의 짝이 탄생할 수도 있었다. 차기 공작 부인은 누가 될 것인가? 귀족들은 사교계의 새로운 이슈에 온 관심을 쏟았다.

“좋은 신랑감을 구하기란 참 어려운 일이에요. 그렇지 않나요, 그레이스 영애?”

본격적인 사교 시즌에 접어들기 전, 수도의 주요 가문들은 개인적인 모임을 자주 갖는 편이지만 올리비아는 여태껏 그런 곳과 인연이 없었다. 그런데 올리비아의 판화가 키드레이 공작 부인에게 넘어갔다는 소문이 나자, 수많은 초대장이 도착했다.

지금도 그녀는 부모님의 성화에 못 이겨 한 모임에 참석을 한 참이었다.

“마음 맞는 상대를 찾는 일에는 시간이 걸리니까요.”

올리비아가 어물쩍 대답했다. 그녀는 로랑스 거리의 마르레프 문학 살롱에 꿔다 놓은 보릿자루처럼 앉아 있었다.

“레제프 전하는 대체 어떤 보석을 찾아내실까요?”

“제논 경도 아직 미혼이시잖아요. 에반스 가문도 훌륭하죠.”

하지만 그 모든 게 라파엘로에 비할 바는 아니었다. 그들에게 지금 사교계의 이슈는 아주 재미있는 흥밋거리에 지나지 않았다.

“그레이스 양에게 좋은 인연이 생길 기회가 찾아왔다고 들었어요. 그렇죠?”

그들은 올리비아가 이 기회를 당연히 기뻐하리라고 생각했다. 만약 진짜로 올리비아와 라파엘로가 맺어진다면 황녀도 더는 그녀에게 함부로 대하지 못한다. 이보다 더 완벽한 복수가 어디 있겠는가?

게다가 올리비아의 가문은 가난했다. 가문에 줄줄이 딸린 식구들이 많아 장녀인 올리비아의 마음고생이 심했을 터였다. 그녀가 결혼을 잘해야 아래의 동생들 인생도 필 테니.

"그런가요?"

그러나 올리비아는 미소만 지으며 대답을 피했다. 자리에 모인 영애들은 올리비아가 시큰둥한 반응을 보이니 더는 말을 붙이지 않았다.

'내가 황녀궁 시녀로 들어와 달라는 요청을 받았단 소문은 아직 퍼지지 않았어.'

그녀의 가문에서 그 사실을 철저히 비밀에 부친 탓이다.

'황녀가 나를 곁에 두려고 할 리가 없을 텐데.'

카예나가 올리비아를 얼마나 싫어하는지는 당사자인 그녀가 가장 잘 알았다.

생각해 보면 모든 게 공교로웠다. 황녀궁으로부터 그녀를 시녀로 들이고 싶다는 요청을 받은 지 얼마 되지 않아, 키드레이 공작가에서 초상화를 보내 달라는 요청이 들어 왔다.

'우연이 아니겠지.'

올리비아로서는 카예나가 혼담을 예측하고 보낸 요청이었다고밖에 해석할 수 없었다.

그레이스 자작가는 키드레이 공작가의 후원을 받고 있기에 요청에 응할 수 없다. 제위 싸움에 물러나 있는 공작가의 뜻에 따라 그레이스 자작가도 정치색을 띠어서는 안 되기 때문이었다. 그들은 반쯤은 공작가의 가신 가문이나 다름없었다.

올리비아가 레제프 황자의 요청을 받아들여 황녀궁 시녀가 되면 누군가에게는 키드레이 공작가의 뜻처럼 비칠 것이다. 키드레이 공작가가 그레이스 자작가를 통해 은밀히 발을 걸쳐두는 것처럼 보일 수 있었다.

만약 레제프 황자가 강제하면 어쩔 수 없이 따라야겠지만 아직은 요청 상태에서 그쳤다.

'무엇을 위한 요청일까?'

카예나 황녀는 올리비아를 꼴도 보기 싫어한다.

'그녀가 내게 벼락 출세나 다름없는 황녀궁 시녀 자리를 줄 리가 없는데.'

황녀를 모시는 시녀는 품계가 매우 높은 상급 시녀다. 카예나가 올리비아를 감시하고자 불러들이는 자리라기엔 상당히 고위 관직이었다.

모임이 끝나고 올리비아는 가문의 마차가 자신을 데리러 올 때까지 기다렸다.

"올리비아 그레이스 양이십니까?"

하녀가 마차를 부르러 간 사이 낯선 여자가 그녀를 찾아왔다.

"누구시죠?"

여자는 모자에 망사를 둘러 얼굴을 드러내지 않고 있었다.

올리비아가 경계하자, 여자는 핸드백에서 봉투를 하나 꺼내 조심스럽게 내밀었다. 짧은 사이 올리비아는 그 여자의 핸드백 안감을 눈여겨보았다. 얼핏 가문의 문양 같은 것이 새겨져 있었다.

'왕관? 왕관을 쓴 무언가가 수놓아져 있었어. 그런 문양을 쓰는 가문은 몇 없는데.'

편지 봉투에도 붉은 촛농 외에는 아무런 인장이 없었다. 정체를 숨긴 편지였다.

"제 주인께서 전달을 부탁하셨습니다."

"……제가 누가 보냈는지도 모를 이걸 읽어야 할 이유가 있나요?"

"주인님께서 그레이스 양이 그렇게 반문하면 전하라고 하신 말씀도 있습니다."

망사를 쓴 여자가 입을 열었다.

"영민하고 호기심 많은 그대라면 최근의 상황에 대해 의문이 들었겠지. 이걸 본다면 조금이나마 도움이 될지도 모르겠어."

"……."

올리비아는 입술을 꾹 다물었다.

'내게 하대로 말을 전했다.'

그 말은 상대가 자신보다 높은 작위를 가졌단 뜻이었다.

여자가 말하는 주인이라는 사람이 누굴까? 마치 자신을 잘 아는 사람 같았다. 정체를 숨긴 편지. 핸드백 안감의 왕관을 쓴 문양. 그곳에 많은 힌트가 있었다.

'카예나 황녀다.'

올리비아는 편지를 공손하게 받았다.

"주인께서 당신이라면 충분히 자신을 유추할 거라고 말씀하셨습니다. 그분의 생각대로인 것 같군요."

곧 마차가 도착했다. 삯마차였다.

"답장은 주지 않으셔도 됩니다."

여자는 그렇게 말하며 마차의 문을 닫았다.

올리비아의 마차는 여자가 탄 마차 때문에 조금 늦게 도착했다. 그녀는 여자가 자신의 발을 묶어 두기 위해 일부러 그런 것임을 깨달았다.

'황녀가 내게 은밀히 편지를 전달한 이유가 뭘까.'

올리비아는 혼란스러웠다.

"아가씨?"

하녀가 마차에서 내려 올리비아를 불렀다. 올리비아는 편지를 숨기며 마차에 올라탔다. 하녀는 마부의 옆에 탔으므로 마차 안에는 그녀밖에 없었다. 올리비아는 곧바로 편지를 뜯었다.

[다음 요청까지 기다리는 게 집안의 입장에서는 더 나을 거야. 존재감을 드러내지 말고 최대한 조용히 기다려 줬으면 해. 곧 그대와 만날 날을 기대하지.]

"다음 요청을 기다려라⋯⋯?"
그리고 곧 만날 날을 기대한다, 라.
'황자의 요청에 응하지 말고 기다리라는 뜻 같은데.'
그런데 다음 요청이 있다고? 게다가 하는 말을 봐서는 그들의 만남이 반드시 이뤄질 거라는 투였다.
'황명을 내리시려는 걸까.'
그건 더 말이 되지 않았다. 황제는 이런 일에 무관심하다. 특히 황녀와 사이가 나쁘단 건 유명한 이야기였다.
올리비아는 편지를 가만히 들여다보며 미간을 찌푸렸다.
"무슨 생각인 거지⋯⋯?"
그녀는 자신이 어떤 폭풍에 휘말리게 되었단 사실을 직감했다.

─◈─

베라는 시중 하녀의 빗질을 받으며 편안하게 독서 중인 카예나에게 아뢰었다.
"전하. 오늘도 라파엘로 경의 알현 요청이 들어왔습니다."

잠시 침묵하던 카예나는 미지근하게 반응했다.

"……몸이 좋지 않으니 다시 약속을 잡으라 전해라."

"그리 전하겠습니다."

혼담 상대에 대한 이야기를 한 후로 벌써 다섯 번째 거절이었다. 그 동안 사교계에는 라파엘로의 혼담 소문이 퍼졌고 황성엔 수많은 방문 객이 들락거렸다.

"레제프는 지금 뭘 하고 있니?"

"도미닉 백작을 응대하고 계십니다."

"사파이어 광산을 가졌다는? 부인과 사별한 지 꽤 되었다지?"

"그렇습니다."

부마 자리를 원하는 귀족들이 쉴 새 없이 황성을 찾아오는 바람에 레제프가 바빠졌다. 황제는 미령하고 카예나도 아직은 병환 중이었기 때문에 방문객을 나눌 수가 없었다. 이것은 카예나가 레제프에게 만 들어 준 기회였다.

그 결과 레제프는 엉덩이가 무거운 지주 계층의 대귀족들과 인연을 쌓을 수 있었다. 권력자들끼리 대화를 나누다 보면 정치적 이권이 오 가기 마련이다. 카예나의 결혼이 레제프에게 아주 좋은 계기를 만들 어 준 셈이었다.

최근 하인리히 대공자 때문에 단단히 열이 받았던 레제프는 카예 나가 가져온 흐름을 크게 기뻐했다. 진심으로 자신을 위하는 사람은 누이밖에 없다며 공공연하게 말하기도 했다.

그는 카예나를 치하하고자 황녀궁 예산까지 늘려 주었다. 카예나 는 그 예산으로 시녀들의 사치품을 챙겨 주었다. 시녀들의 태도가 더 욱 방만해졌음은 말할 것도 없었다.

"레제프에게 간식을 좀 만들어 가야겠어."

베라는 그 말을 당연히 간식을 준비해 놓으라는 의미로 해석하고 되물었다.

"어떤 것으로 준비할까요?"

카예나가 말했다.

"내가 직접 만들 거란다."

"……전하께서요?"

이곳에 있는 시녀 중 누구도 그녀가 부엌에 들어가는 모습을 본 적 없다. 듣기로는 그녀의 유모가 황성에 있던 시절엔 간식을 같이 만들기도 했다곤 하지만, 그게 대체 언제 적 이야기란 말인가?

심지어 그건 어린 시절의 놀이에 지나지 않았다. 그들은 어리둥절해하며 카예나와 같이 주방으로 향했다.

⸻ ❊ ⸻

"황녀 전하를 뵙습니다!"

주방에 상주하는 주방 하인들은 그녀의 기습 방문에 화들짝 놀랐다. 황녀가 이곳에 방문할 일이 대체 뭐란 말인가? 그들은 서로 눈치만 보았다.

베라가 주방 하인들에게 말했다.

"황자 전하께 드릴 간식을 직접 준비하신다고 하네."

그 설명이 그들을 더욱 혼란스럽게 했다.

'우리가 일을 잘못하기라도 했나……?'

"다들 하던 일 계속하렴."

카예나는 그렇게 말하고는 직접 소매를 걷고 준비된 식료품을 확인했다.

"제게 말씀하십시오, 전하. 당장 필요한 것들을 가져오겠습니다!"

"나는 정말 괜찮아."

주방 하인은 황녀의 어른스러운 투에 순식간에 무안해졌다.

카예나는 밀가루, 버터, 설탕, 계피를 꺼냈다. 레시피를 묻지도 않고 재료를 준비하는 게 부엌일이 익숙한 사람처럼 보였다.

'그럴 리가.'

주방장은 눈을 슥슥 비볐다. 이젠 카예나가 칼을 들고 사과를 툭툭 잘라 껍질을 벗겨 내는 게 보였다.

"이건 제가 하겠습니다!"

"그러렴."

카예나는 금방 주방장에게 사과와 칼을 넘겨 버렸다.

주방장은 사과를 마저 깎으려다가 멈칫했다. 황녀는 칼 한번 잡아 보지 못했을 사람이었다. 그런데 사과의 껍질을 아주 얇게 깎아 놓았다.

'이 정도야 우연일 수 있지.'

그는 사과를 깎다가 준비된 것들을 보며 조심스럽게 물었다.

"사과 파이를 하시려는 겁니까?"

카예나는 기특하다는 듯이 주방장을 칭찬했다.

"이것만 보고도 알아차리다니, 역시 주방장답구나."

카예나는 주방장이 사과를 졸일 동안 파이 시트를 만들기 시작했다.

주방장은 바로 곁에서 보조를 맞추다가 감탄을 금치 못했다. 전문가의 실력이라고 보기는 어렵지만, 상당히 능숙했다.

"전하의 솜씨가 이토록 탁월하신 줄 미처 몰랐습니다."

시녀들은 자신들이 보기에도 카예나가 능숙해 보여서 의아하던 차였다. 그런데 주방장까지 그녀를 칭찬하니 더욱 이상하게 여겼다.

"재료 손질도 참으로 훌륭합니다. 속도도 무척 빠르시고요."

그 말에 카예나가 새초롬한 표정을 지었다. 도도한 인상의 미인이 그런 표정까지 지으니 가진 매력이 배가되었다.

"무리해서 칭찬할 것 없다."

'그야 전의 삶에서 자취만 몇 년을 했는데.'

편모 가정에서 자란 데다가 모친이 병환으로 타계한 후엔 쭉 혼자 살았기에 부엌일에 익숙할 수밖에 없었다. 심지어 모친이 제빵사였던 것도 한몫했다.

"혀에 기름칠이라도 한 듯 매끄럽구나."

그녀는 새침하게 주방장을 핀잔했다. 주방장은 허둥거리며 손사래 쳤다.

"아, 아닙니다, 전하! 정말 진심입니다!"

그러나 그것은 누가 들어도 아첨하는 말투라 시녀들은 그럼 그렇지, 하며 의구심을 거뒀다.

"그렇게 아첨하지 않아도 네게도 하나 줄 것이다."

카예나는 속을 다 채운 파이 두 개를 예열한 오븐에 넣고는 핀잔하듯 말했다. 그는 카예나의 말에 무척 감격한 표정을 지었다. 황족이 직접 만든 음식을 대접받다니. 대대손손 자랑할 일이었다.

주방장의 황홀해하는 반응에 시녀들은 더욱 확신했다. 카예나의 미모에 홀린 주방장이 주책을 떤 게 분명했다.

'공연히 재주 많은 사람으로 보일 필요는 없지.'

뭐든 남들이 납득할 수 있을 정도여야 한다. 괜히 이것저것 잘하는 모습을 보여 봐야 경계심만 높일 뿐이었다.

"파이를 두 개 구웠으니 다들 맛은 볼 수 있겠구나."

그들은 그럴듯해 보였던 파이를 떠올리며 기대했다.

"황자 전하께는 어찌 갖다 드릴 생각이십니까?"

리디아가 레제프의 얼굴을 볼 기회라고 생각하여 사심을 담아 물었다.

카예나는 원래 간식을 전달할 사람으로 베라를 보내려고 했다. 그런데 리디아의 말을 듣고 간식을 전달하길 원하는 시녀가 많다는 사실을 알았다.

'이런 상황에 베라를 보내면 분열은 더 쉽게 일어나겠지만……'

베라를 회유하는 일에 그런 악의가 담긴 행동을 해서는 충정을 얻어 낼 수 없을 것이다. 그녀는 시녀들끼리 경쟁을 붙이는 게 더 낫다고 판단했다.

"너희 중 누구든 다녀오렴."

카예나의 말에 시녀들은 서로 눈치 싸움을 시작했다.

파이가 다 구워지자 카예나는 미리 준비한 다른 접시에 옮겨 담았다. 충분히 식혀야 하기 때문이다.

그런데 그녀가 파이를 옮기기가 무섭게 손이 불쑥 들어왔다.

"이건 제가 전하께 가져다 드릴게요!"

리디아가 옮겨 담은 파이를 냉큼 집어 든 것이다.

"어, 그건……!"

그걸 본 주방장이 깜짝 놀라 만류하기도 전에 리디아가 비명을 내질렀다.

"악! 뜨거워!"

그녀는 반사적으로 파이가 든 접시를 던졌다. 리디아의 바로 앞에 있던 카예나의 팔에 파이가 날아왔음은 말할 것도 없었다.

"전하!"

요리하느라 소매를 걷고 있던 카예나의 맨살에 뜨거운 파이가 그대로 닿았다.

"의원을 불러라!"

베라가 곧장 카예나의 팔에 찬물을 부었다.

카예나는 쓰라림에 미간을 찌푸렸다. 다행히 아주 잠깐 닿았다가 떨어졌기에 화상이 심하지 않았다.

리디아는 바닥에 엎드려 카예나에게 용서를 구했다.

"죽을죄를 지었습니다! 용서하여 주십시오, 전하!"

아무리 경상이라도 황족의 몸에 상처를 입히는 것은 중죄였다. 그런데 황실 유일한 황녀의 몸에 화상을 입히다니. 당장 태형을 받아도 모자랄 일이었다.

"리디아! 네가 미쳤구나!"

"됐다."

카예나는 베라를 저지했다.

"내가 공연히 여럿 놀라게 했구나. 뜨거운 파이를 식혀야 한다고 설명하지 않은 내 잘못이니 그러지 말렴."

그게 어찌 카예나의 잘못이겠는가? 말도 안 되는 일이었다.

그때 의원이 헐레벌떡 뛰어 들어왔다.

"의원이 도착했습니다, 전하!"

그녀는 의원에게 붉게 달아오른 팔을 내보였다. 약간 쓰라릴 뿐 상태는 양호했다.

"며칠 연고만 잘 발라 주시면 됩니다."

그 말에 다들 내심 안도했다.

"가벼운 화상이라 다행이네."

큰 화상은 아니었으나 절대 그냥 넘어가서는 안 될 일이었다. 그러나 카예나는 너그럽게 리디아를 다독였다.

"많이 놀랐겠구나, 리디아."

"소, 소인이 미흡하여……."

"괜찮아. 아직 어리니 실수할 수도 있지."

'리디아는 전하와 나이가 같단 말입니다.'

베라는 머리가 살짝 지끈거렸다.

"이왕 준비한 것이니 남은 파이라도 반 나눠서 레제프에게 보내야겠구나."

카예나는 그사이 남은 파이가 식은 것을 보고 그것을 다른 다과와 함께 준비하도록 명했다. 그녀의 침착하고 너그러운 모습에 주방 하인들은 몹시 감동하였다.

"이건 약속대로 자네 몫이네."

주방장은 이 혼란을 관용으로 넘어가는 카예나의 태도에 감복하며 공손히 파이를 받았다.

"감사합니다, 전하."

카예나는 시녀들에게도 말했다.

"다들 많이 놀랐을 테니 리디아를 데리고 가서 쉬노록 해."

"……네, 전하."

베라는 상황을 수습하고서 카예나를 침실로 모셔 갔다.

"리디아는 이번 일을 절대 뉘우치지 않을 겁니다, 전하."

그녀는 그간 시녀들의 방만을 꾹꾹 참아 왔으나 오늘만큼은 참을 수 없었다.

"어찌 그리 너그러우십니까?"

거즈로 둘둘 감아 놓은 카예나의 팔을 내려다보던 베라가 한숨처럼 물었다. 카예나는 베라의 걱정 어린 말에 부드럽게 웃으며 그녀의 손을 잡아 주었다.

"내가 진짜 호의로 그들에게 관용을 베푸는 것이 아님을 너는 알 줄 알았는데?"

그 말에 베라가 멈칫했다.

'다 의도하신 것 같다고 생각하긴 했지만……'

추측하던 것을 사실로 확인받으니 오싹한 기분이 들었다.

"지금까지 나를 지켜보지 않았니?"

"……!"

베라는 순간 말문이 막혔다. 어떻게 알았지? 자신이 그렇게 티를 냈던가? 그녀는 애써 마음을 침착하게 가라앉히고 목소리를 냈다.

"……제가 어리석어 무슨 말씀을 하시는지 이해하지 못했습니다."

카예나는 '정말?' 하고 되묻는 듯한 표정을 지었다. 베라가 마른침만 삼키고 있을 때였다.

"전하, 간식 준비가 끝났다고 합니다. 어찌할까요?"

하녀가 들어와 말했다.

카예나는 지금 일어난 일을 어떻게 전달할지 시험하는 것처럼 베라에게 임무를 내렸다.

"네가 레제프에게 간식을 전달해 주고 오렴."

"……예, 전하."

베라는 심경 복잡한 얼굴을 하며 명을 받들었다.

–◈–

레제프는 아침부터 입맛이 없었다.

"……피곤하군."

최근 들어 황성을 방문하는 귀족도 많고, 하인리히 대공자도 견제하다 보니 신경 쓸 일이 많았다.

"누님은 지금 뭘 하고 계시지?"

그가 버릇처럼 부관을 향해 물었다.

"황녀궁의 주방으로 가신 게 마지막 보고였습니다."

방문객을 상대하느라 카예나를 마주할 시간이 부족해진 레제프는 하루에 수십 번도 더 그녀의 행적을 물었다. 덕분에 제논은 카예나의 행방이라면 이 성내에서 누구보다 잘 알고 있다고 자부할 수 있었다.

레제프는 생각지 못한 장소를 듣게 되어 고개를 갸웃했다.

"주방?"

카예나와 전혀 인연이 없어 보이는 곳이었다.

"거기서 뭘 하는데?"

"시녀들이 전하를 모시느라 자세한 보고는 받지 못했습니다."

'주방에서 뭘 하려는 거지?'

레제프는 궁금증이 일었다.

요즘 그가 가장 궁금해하는 사람은 카예나였다. 독을 마시고 쓰러졌던 이후로 그녀는 완전히 변했다.

그리고 그 변화로 인해 이득을 보고 있는 것은 레제프, 그였다. 특히 이번 카예나의 성년식을 준비하면서 얻은 수혜가 많았다. 황가와 엮일 수 있다는 생각에 엉덩이 무거웠던 귀족들도 움직이기 시작했다. 어찌 되었든 카예나가 황실 유일한 황녀였기 때문이다.

그만큼 카예나의 가치도 높아졌다. 레제프는 그녀의 쓸모를 재평가하기에 이르렀다.

사실 정치적 이점을 제외하고서라도 그녀의 변화가 그에게 미친 긍정적인 부분이 많았다.

어딘지 모르게 어른스러워진 카예나는 옆에만 있어도 그의 비위를 잘 맞춰 주었다. 아름답기만 한 어리석은 인형이라고 생각했었는데 아니었다.

레제프는 카예나와 보내는 시간이 생각보다 즐겁다는 사실을 깨닫고 놀랐다. 언제부터 그녀가 저에게 이렇게나 영향력 있는 사람이 되었지? 그런데 그게 썩 나쁘지 않았다. 결혼으로 떠나보내기가 꽤 아쉬울 정도였다.

"황녀궁의 시녀가 찾아왔습니다. 어찌할까요?"

부관의 말에 그는 안으로 들이란 뜻으로 가볍게 손짓했다. 곧 베라가 응접실로 들어왔다.

"황자 전하를 뵙습니다."

"됐다."

그는 쓸데없는 절차는 생략하라며 답지 않은 호의를 보였다. 그건 베라가 자신의 사람이기 때문이 아니라, 카예나가 보낸 사람이기 때문이었다.

베라는 작게 감사 인사를 올리며 손에 든 은 쟁반을 제논에게 넘겼다.

"황녀 전하께서 손수 준비하신 간식입니다."

베라의 설명을 들은 레제프가 의아함에 미간을 찌푸렸다.

"……누님이? 직접?"

"그렇습니다."

이건 또 무슨 말인가? 예상치 못한 말에 눈을 휘둥그레 떴다. 곁에 선 제논도 의아한 눈치였다. 주방에 간다는 보고는 들었으나 카예나가 간식을 만들었다니.

"가져와."

제논이 쟁반을 테이블 위에 놓았다. 덮개를 여니 사과 파이 향이 은은하게 났다. 베라를 따라온 하녀가 건넨 접시엔 쿠키와 스콘, 잼, 버터크림 등이 있었다. 차가 담긴 주전자는 따뜻했다. 그것에서 레제프는 알 수 없는 온기를 느꼈다.

"이 사과 파이는 황녀 전하께서 손수 만드신 겁니다."

레제프는 미심쩍은 눈으로 사과 파이를 관찰했다. 일단 생김새는 멀쩡했다. 향도 좋았고.

"진짜 누님이 만드셨다고?"

"그렇습니다."

베라의 담담한 대답에 그는 사과 파이를 물끄러미 내려다보다가 덥석 집어 먹었다. 곁에서 은침을 든 채 독을 검사하려던 제논이 깜짝 놀랐다.

"전하!"

간식에 무슨 해코지를 했을 줄 알고 겁도 없이 바로 먹는단 말인가! 게다가 상대는 카예나 황녀다. 제논은 최근 들어 의중을 파악할 수 없는 카예나를 상당히 경계하고 있었다.

그러나 정작 레제프는 그런 건 아랑곳하지 않았다. 그는 오히려 생각보다 입맛에 잘 맞아서 놀랐다. 아침부터 입맛이 없었는데 적당히 상큼하면서도 지나치지 않은 단맛이 식욕을 자극했다.

"이 향은 뭐지? 사과 향 말고. 마음에 드는데."

사과 파이라고 했는데 묘한 향이 더 났다. 베라가 곁에서 설명했다.

"계핏가루를 넣으셨습니다."

"아아, 계피."

그는 쌉싸름한 맛과 향의 계피가 마음에 들었다. 피로감에 날카로워져 있던 신경이 누그러졌다. 고작 간식 하나에 이런 기분이 되는 게 우습기도 했다.

베라가 곁에서 따뜻한 꿀차도 가득 따랐다. 그러고는 직접 준비한 은으로 된 티스푼을 잔에 담갔다. 변화는 없었다.

"누님께 이런 재주도 있었나?"

레제프는 파이를 두 쪽 먹은 다음 만족스러운 미소를 지었다. 여유 시간도 있으니 차 한잔 곁들여 카예나와 같이 먹고 싶었다.

"지금 누님은 뭘 하고 계시느냐?"

베라는 곧장 대답하지 못했다. 그녀는 부복하며 조심스럽게 말을 꺼냈다.

"……실은 주방에서 사고가 있었습니다."

물을 적신 냅킨에 손을 닦던 레제프가 멈칫했다. 그는 냅킨을 내려놓으며 베라를 빤히 보았다.

"사고?"

"시녀 중 하나가 실수로 파이를 전하의 팔에 엎질러서 화상을 입으셨습니다."

그 말에 레제프의 눈빛이 차갑게 가라앉았다.

"화상이라니?"

베라가 뭐라고 말을 더 잇기 전에 의원이 알현을 요청해 왔다. 카예나의 상처를 돌봤던 의원이었다. 그는 안으로 들어오다가 분위기가 심상치 않음을 느끼고 쭈뼛거렸다.

"황녀 전하의 부상을 보고드립니다."

레제프의 싸늘하게 식은 파란 눈이 의원에게 향했다. 의원은 등줄기로 식은땀이 흐르는 기분을 느꼈다. 저건 그의 기분이 상당히 좋지 않을 때 종종 보이곤 하는 눈빛이었다.

"식지 않은 파이가 왼팔에 닿았으나 다행히 화상 넓이는 반 뼘 정도입니다. 며칠간 연고만 잘 바르시면 흉은 남지 않을 겁니다."

"파이가 누이의 팔에 닿을 이유가 뭐지?"

"그건……."

의원이 쉽게 대답하지 못하자 베라가 대신 입을 열었다.

"시녀 리디아 벤제만이 식지 않은 파이가 담긴 접시를 들다가 놓쳤습니다. 그게 전하의 팔에 닿았다가 떨어졌습니다."

제논은 황족을 다치게 했으니 카예나가 리디아를 죽이겠다고 난리 쳤으리라고 생각했다. 하지만 벤제만 가문은 제법 쓸 만한 곳이므로 그렇게 두긴 아까웠다. 게다가 벤제만 가문은 에반스 가문과 밀접하게 연관된 곳이기도 했다. 에반스가의 곡물 창고를 관리하는 집안이기 때문이다.

"하지만…… 전하께서는 괜찮다고 용서하셨습니다."

제논은 카예나가 그 성질머리로 시녀를 용서했다는 말에 믿을 수 없다는 표정을 했다. 역시 최근의 카예나 황녀는 너무 이상했다. 어찌됐든 다행인 일이었다. 제논은 레제프의 뒤편에 서 있었기에 그의 표정을 보지 못하고 아뢰었다.

"벤제만가는 아직 쓸 만한 구석이 많습니다. 이렇게 넘어가게 되어 다행이군요."

그러나 레제프의 생각은 달랐다. 그는 주제를 모르는 것들을 아주 싫어했다. 하인리히 대공자처럼 말이다.

레제프가 자리에서 일어나며 싸늘히 말했다.

"황녀궁으로 간다."

-⨳-

황자궁에서 황녀궁까지는 중앙성을 지나쳐 복도를 한참 걸어야 한다. 그 먼 거리를 레제프는 긴 다리로 망토 자락이 휘날리게 성큼성큼 걸었다. 달리지만 않았을 뿐 굉장히 빠른 걸음이었다. 베라를 포함한 보좌관들이 레제프보다 한참 뒤처져 서둘러 따라가야 할 지경이었다.

레제프는 시녀들이 휴식하고 있다는 방을 찾아 손수 문을 벌컥벌컥 열어젖혔다.

"전하! 소신이 하겠습니다!"

간신히 그의 걸음을 따라잡은 보좌관이 깜짝 놀라 만류했다.

레제프는 대꾸도 않고 황녀궁에서 카예나가 사용하는 방 다음으로 가장 좋은 방을 열었다. 그곳에서 휴식을 취하던 시녀들이 화들짝 놀라 자리에서 일어났다.

"저, 전하?"

테이블에 놓인 과자와 차, 분수에 맞지 않는 지나치게 화려한 실내가 그의 눈에 들어왔다. 향로에선 카예나가 쓰던 값비싼 향 냄새가 났다. 그건 제국에 소량만 수입되는 고급 향이었다. 그 향이 독특해 레제프도 잘 알고 있었다. 절대 시녀가 쓸 수 있는 향이 아니었다.

저들은 시녀로서는 누릴 수 없는 호사를 누리고 있었다. 그것도 레제프가 허락한 적 없는.

시녀들은 다급히 차림을 확인하며 그를 향해 고개를 숙였다.

"황자 전하를 뵙습니다."

레제프는 일어나라는 말을 하지 않았다. 대신 옆의 장식장에 걸터앉았다. 그의 시선이 시녀들을 쭉 훑었다. 베라를 포함한 보좌관들은 방 안으로 들어오려다가 기묘한 침묵에 걸음을 멈췄다.

"나는 사람이 어리석은 판단을 할 수 있다고 생각한다."

첫마디가 떨어졌다.

"실수도 할 수 있다고 생각해."

시녀들은 무슨 말인지 몰라 서로 눈치를 보며 고개를 숙이고 있었다.

"하지만 주제를 넘는 건 끔찍하게 싫어하지."

그제야 시녀들은 바닥에 납작 엎드렸다.

"죽을죄를 지었습니다, 전하!"

그러자 레제프가 웃음을 터트렸다.

"그래! 아주 정확히 아는구나."

그의 새파란 눈동자가 살기로 번들거렸다.

"너희는 죽을죄를 지었다."

레제프는 성큼성큼 걸어 한 시녀를 거칠게 붙잡아 일으켰다. 리디아였다.

"나는 시녀에게 화상을 입은 황족 이야기는 들어 보질 못했는데. 너는 어떻게 생각하느냐?"

리디아는 사색이 되었다.

"전하, 용서하여 주십시오!"

그녀는 두려움에 눈물까지 흘리며 애원했다.

"실수였습니다, 전하! 황녀 전하께서도 괜찮다고 하셨고……!"

하지만 그녀는 그 말을 하지 말았어야 했다.

"아악!"

레제프는 리디아의 팔을 부러트릴 것처럼 세게 꽉 쥐었다.

"네 팔을 잘라야 오늘 일의 경중을 알겠지? 어디까지 잘라 줄까?"

스릉—

그는 허리춤에서 검을 뽑아 들었다.

궁정인들이 짤막한 비명을 내질렀다. 이거, 말려야 하는 거 아니야? 하지만 누구도 나서지 못했다.

"전하."

보좌관들 사이에서 제논이 나타나 그를 만류하려 했다. 그러나 레제프의 표정을 목격한 제논은 혀를 짧게 차고 뒤로 물러났다. 저 상태의 레제프는 누구도 만류할 수 없었다. 이대로라면 사달이 나도 제대로 날 상황이었다.

"레제프."

그때 이 험악한 분위기를 뚫고 어울리지 않게 청아한 목소리가 들려왔다. 소란을 듣고 카예나가 직접 나타난 것이다.

레제프는 검을 내리치려던 손을 멈췄다.

"그만하렴."

레제프는 그 말에 거짓말처럼 리디아를 붙들고 있던 손의 힘을 풀었다. 검은 아래로 늘어트린 채였다.

그의 손에서 풀려난 리디아가 바닥에 주저앉자 모두 숨을 멈췄다. 고요한 침묵이 흘렀다.

'……우리가 보고 있는 게 뭐지?'

미쳐 날뛰는 레제프를 카예나가 말 한마디로 진정시킨 것이다!

카예나는 어쩔 줄 모르는 궁정인들을 헤치고 안으로 들어갔다. 검을 늘어트린 상태지만 레제프는 여전히 광기로 얼룩진 눈빛을 하고 있었다. 리디아가 레제프의 역린을 제대로 건드린 모양이었다.

'주제 파악.'

에스테반 황제가 레제프를 길러 낸 방식이었다.

레제프는 중심을 잡지 못한 채 자신이 정확히 무엇에 분노한 건지 이해하지 못하고 있는 것 같았다. 카예나는 여전히 검을 든 채로 뭐라도 베어 버릴 것만 같은 레제프에게 다가갔다.

사람들은 저 모습을 살기등등한 상태라고 생각했다. 하지만 카예나의 눈으로 보았을 땐 그게 아니었다. 그는 불안해하고 있었다.

카예나는 원작을 통해 레제프가 겪은 상황을 알게 되었다. 그래서인지 레제프가 용서받지 못할 악인이기는 해도 그가 왜 그러는지 이해는 할 수 있었다. 끊임없이 황자로서의 가치를 인정받지 못하면 당장에라도 내쳐질 수 있는 게 레제프였다.

그는 많은 걸 누리는 대신 많은 걸 박탈당했다. 처음에 박탈당한 건 가족이었다.

부왕이 직접 그에게 그렇게 말했나.

"네게 가족이란 건 없다. 너의 주체성, 자율성은 황자로 있을 때만 가질 수 있노라."

레제프는 가장 화려하고 아름다운 곳에서 철저히 버려졌다.

"짐은 언제든 널 내칠 수 있단 사실을 명심하라. 네 쓸모를 스스로 증명해 내지 못하면 너란 존재는 세상에서 지워질 것이다."

그에게 황위 쟁탈이란 생존과 직결한 문제였다. 가족은 없고 주변의 사용인은 전부 황제의 사람이었다. 그들은 심지어 사생아인 레제프를 무시하기도 했다. 그래서 그가 황자로서의 입지를 어느 정도 다진 뒤 가장 먼저 한 일은 숙청이었다.

그게 고작 여덟 살 때의 일이다. 카예나는 알지 못했던 그의 비사이기도 했다.

어쨌든 동생이니까.

카예나는 모종의 책임감을 느끼고 그의 앞에 섰다. 그녀는 레제프의 손에 들린 검을 뺏어 근처에 있던 제논에게 내밀었다. 제논은 복잡한 눈으로 그녀를 바라보다가 검을 건네받았다.

시녀들은 발발 떨었고 리디아의 숨죽인 흐느낌만이 들렸다. 하나같이 한심한 작태였다.

카예나는 평소와 다를 것 없는 표정과 눈빛으로 레제프를 올려다보았다. 그에게는 길잡이가 필요하다.

그녀는 엄한 목소리로 그를 꾸짖었다.

"그리 화를 내다 몸이라도 상하면 어쩌려고 그러니? 사교 시즌이 시작되면 사냥도 자주 나갈 텐데."

"……."

레제프는 점차 눈빛이 돌아오기 시작했다.

그런 변화를 조금도 눈치채지 못한 궁정인들은 그저 뜨악한 얼굴로 카예나를 바라보았다. 황녀 전하께서 미치신 게 아닐까? 그들은 마른침을 삼켰다. 저러다 제대로 열 받은 레제프가 무슨 짓이라도 할까 겁났다.

시종들이 멀뚱히 서 있기만 하자 카예나가 냉랭한 얼굴로 다그쳤다.

"무얼 그리 보고 서 있느냐?"

언성을 높이진 않았으나 서슬 퍼런 위엄에 모두 자리에 무릎을 꿇었다.

"죄송합니다, 전하!"

그녀가 제멋대로 화내거나 성질을 부리는 모습은 많이 봤지만 이렇게 차갑게 일갈하는 건 처음 있는 일이었다. 그들은 얼결에 레제프가 있음에도 바닥에 무릎을 꿇고 용서를 구했다. 꼭 그리해야 할 것만 같은 기분이었다.

"주변을 정리해라."

그들은 그제야 주변을 통제하기 시작했다. 말도 안 되게 풀어진 기강에 카예나가 혀를 찼다.

"베라."

그녀는 베라에게 시녀들을 이끌고 가라고 눈짓했다. 눈치 빠른 베라가 잰걸음으로 방에 들어와 시녀들을 데리고 나갔다.

"네가 이럴 줄 알았다면 내가 진즉에 리디아를 내쳤을 거야."

카예나는 소매를 걷고 왼팔에 감은 거즈를 풀었다. 붉은 자국이 드러났다.

"흉도 남지 않을 이런 상처로 엄하게 처벌하면 누구도 황궁에 들어오고 싶지 않을 거란다."

레제프는 조심스럽게 카예나의 새하얀 팔을 쥐었다. 그는 그곳에 선명하게 난 붉은 화상을 물끄러미 보았다. 깊은 화상은 아닌 것 같지만, 여전히 화가 났다. 시녀가 감히 황족의 권위에 도전한 것 아닌가.

"황족의 몸에 상해를 입힌 것은 대역죄입니다. 누님."

레제프는 그녀가 원한다면 당장 리디아를 쫓아가 목을 베어 버릴 생각이었다. 그러나 카예나는 더욱 엄한 표정으로 그에게 말했다.

"예기치 못했던 사고였을 뿐이란다."

"꽤 아프실 텐데요."

그 물음에 카예나는 약간 실소하며 대수롭지 않게 대답했다.

"아프지 않으면 상처가 아니겠지. 그래도 고작 며칠 연고만 바르면 될 일이야."

이젠 레제프가 그녀를 설득하려는 듯이 굴었다.

"세탁실로 보내시는 건 어떻습니까?"

곱게 자란 귀족 아가씨를 세탁실에 보내는 건 몹시 가혹한 처벌이었다. 귀족 영애가 아닐지라도 그곳은 지옥이나 다름없다. 카예나는 미간을 찌푸렸다.

"누이 걱정을 너무 무섭게 하는구나."

그녀의 타박에 레제프는 눈을 찬찬히 깜빡이다가 바람 빠진 웃음을 흘렸다.

"무서우셨습니까?"

"아니, 조금도."

레제프는 그녀의 새초롬한 말에 큭큭 웃고 말았다. 카예나는 고개를 절레절레 흔들었다.

"이제 좀 진정되니?"

"……예."

"따뜻한 차라도 마시자꾸나."

카예나가 그의 손을 잡고 자신에게로 가볍게 이끌었다. 같이 황궁을 탐방했던, 기억도 가물가물한 어린 시절 같았다.

레제프는 마치 깃털처럼 가벼운 그 손길에 응했다. 마음이 누그러지는 건 순식간이었다.

자신을 챙겨 주는 건 유모도 있고 시녀나 보좌관도 있었다. 그런데 카예나가 챙겨 주는 건 느낌이 달랐다. 일단 이렇게 그를 혼내는 사람 자체가 처음이었다. 누군가에게 혼나는 기분은 상당히 묘했다.

"이건 이리 주십시오."

레제프는 카예나의 손에서 거즈를 받아 그녀의 팔에 조심스럽게 감아 주었다. 훈련을 받다 보면 다치는 일이 잦았다. 그러다 보니 붕대를 감는 일 정도는 잘하게 되었다.

카예나는 아주 조심스럽게 화상을 가려 주는 레제프를 지켜보았다. 이제 그의 상태가 상당히 안정되었음을 알 수 있었다. 그가 분노로 미쳐 날뛸 때면 주변에서는 항상 쩔쩔매고 그를 화나게 한 상대를 벌하기만 했다. 누구도 레제프에게 이정표가 되어 주지 않았다.

그러니 레제프는 쉽게 분노했고 참을성이 없었다. 뭐든 제멋대로 했다. 부왕의 인정을 받고자 점점 교활해지기만 했다.

카예나는 그가 얼마나 외로웠을지 생각해 보는 게 어렵지 않았다. 그녀는 반대편 팔을 들어 레제프의 머리를 쓰다듬어 주었다.

"……."

레제프는 손을 멈칫했다가 거즈를 다시 고정했다. 이상하게 칭찬받는 기분이 들었다.

그는 힐 황가를 위해 다른 왕국과의 교역을 뚫기도 했고 유력 귀족의 재산을 국고에 환수하기도 했다. 그 모든 일은 당연한 것이라서 칭찬 들을 것도 없었다. 그런데 고작 붕대를 좀 잘 감았다고 칭찬을 받다니.

레제프는 카예나가 누이 노릇을 하려고 드는 게 웃겼다. 그런데 그게 좋았다.

"많이 바쁘니? 화원으로 가서 차를 마시면 좋을 것 같은데."

그는 너그러워진 마음만큼 부드럽게 풀린 미소를 지었다.

"누님의 말대로 따르겠습니다."

레제프는 제 망토를 벗어 카예나의 얇은 드레스 위로 덮어 주었다.

카예나는 망토를 스스로 여미며 짤막하게 한숨을 내쉬었다. 조금이라도 늦었다면 리디아의 팔은 진짜 잘렸을 게 뻔하다. 그의 잔악함엔 조금의 자비도 없으니까.

그녀는 뒤따라온 시중 하녀, 애니에게 말했다.

"후원의 티 테이블에 차와 다과를 준비하렴."

"예, 전하."

레제프는 리디아 때문에 완전히 눈이 뒤집혔던 건 어느새 잊어버린 사람처럼 기분이 좋아졌다. 그는 카예나의 허리를 받치며 다정하게 에스코트했다.

호위와 보좌관들이 뒤로 물러나며 길을 텄다. 그들은 지금까지 일어난 모든 일이 꿈이라도 되는 것처럼 얼떨떨해하는 표정이었다. 카예나의 말과 행동에 레제프가 영향받는 걸 처음 목격했으니 당연한 일이었다.

특히 제논 에반스는 이 사태에 가장 심각한 얼굴을 하고 있었다. 레제프가 망나니여도 그를 지지한 것은 하인리히 대공자보다 휘두르기

쉬워서였다. 차라리 그렇게 계속 날뛰어 주는 것이 그의 발언권을 높여 주었기에 기껍기도 했다.

그런데 카예나가 갑자기 레제프에게 미지의 영향력을 끼쳤다.

'앞으로 황녀를 주시해야겠군.'

제논은 날카로운 눈으로 카예나를 주시했다.

카예나는 이 모든 시선을 한 몸에 받으면서도 태연하게 에스코트를 받으며 걸음을 옮겼다.

'어쨌든 오늘 일은 여러모로 내게 유리하게 소문이 나겠구나.'

카예나는 실권 하나 쥐지 못한 황녀다. 그녀의 성격이 고약한 것과는 별개로 얼마든지 황실에서 고립될 수 있는 존재였다. 그녀의 빼어난 아름다움이 아니었다면 지금과 같은 호사는 조금도 누리지 못했을 것이 자명했다.

그런데 그 카예나가 마치 맹수 조련사라도 된 것처럼 레제프의 분노를 잠재웠다. 이 사건의 파급력이 어떨지는 굳이 예상해 보지 않아도 알 수 있었다.

'고삐 풀린 망아지 같은 레제프는 부왕도 내버려 두었으니.'

사실 고삐 풀린 망아지가 어디 레제프뿐이었으랴? 그런 성격으로는 카예나도 만만치 않았다. 그런 면에선 둘은 참으로 남매다웠다.

'나 하나라도 정신 차려서 다행인 건지.'

황궁은 권력의 온상지이며 권력은 차후 레제프의 무기가 된다.

첫 번째 삶에서는 레제프가 그 힘으로 올리비아를 포함해 수많은 무고한 이를 죽이려 했다. 또한, 자신의 종말도 초래했다.

지금의 카예나는 그 비극을 막을 수 있다.

사실 첫 번째 삶에서는 레제프가 라파엘로에 의해 죽기 전에 카예나 자신이 먼저 길리안 자작에게 살해를 당했기 때문에 제국이 그런 결말을 맞았으리라고는 생각지 못했다.

가족에게 특별한 애착은 없다. 레제프를 불쌍하게 여기는 마음은 있지만, 친동생이라는 친밀감은 적었다. 자신은 그에게 이용당하다 버려졌으니까.

'그래도……'

어쨌든 동생이니까, 라는 게 정확한 심정일 것이다.

'이곳을 벗어나기 전까지는 황녀 노릇을 좀 하기로 마음먹었으니까.'

망나니 동생을 돌보는 것도 그 노릇 중 하나가 아닐까?

후원의 테이블에 앉은 카예나는 그제야 레제프의 얼굴을 자세히 살필 수 있게 되었다.

"며칠 사이에 좀 여윈 것 같구나."

레제프의 뼈대가 좀 더 도드라져 보였다. 최근 일이 바빠 끼니를 자주 걸렀을 것이 눈에 선했다. 그래서 그가 좋아하는 계피를 듬뿍 넣은 사과 파이를 준비했다. 소설을 읽지 않았다면 그에게 그런 취향이 있는 줄도 몰랐으리라.

"입맛이 좀 없었습니다."

레제프는 그렇게 말하다가 제 서재에 있을 사과 파이가 생각났다.

그는 보좌관 하나를 불러 명했다.

"누님께서 만들어 주신 사과 파이를 이리로 가져오너라."

"명을 받듭니다."

카예나는 방금 내린 차를 한 모금 마시고는 그에게 물었다.

"파이가 입맛에는 맞았니?"

"무척이나."

레제프는 한가로운 햇살과 기분 좋게 부는 봄바람에 서글서글한 미소를 걸쳤다. 워낙 선한 인상이라 그렇게 웃으니 그림처럼 아름다웠다.

카예나가 만든 사과 파이가 든 접시가 곧 테이블에 놓였다.

"입맛이 없어도 끼니를 너무 거르지는 말렴. 검술 훈련도 하잖니."

"네, 누님."

레제프는 그렇게 대답하면서도 뭔가 묘한 기분이 되었다. 이상하게 그녀가 자신에 대해서 잘 아는 것 같았다. 그녀는 남에게 그다지 관심 없는 사람이다. 곧 사냥 시즌이라 레제프가 사냥 나갈 일이 많으리라는 것도, 검술 훈련을 꾸준히 받는다는 사실도 몰라야 정상이었다.

그런데 지금 그녀는 그의 입맛에 꼭 맞는 사과 파이를 만들어 낸 것처럼 그를 잘 아는 듯했다. 태어나서 처음으로 이 황성에 자신이 숨쉴 공간이 만들어진 것 같았다.

'이런 기분을 카예나에게서 느낄 줄은 몰랐는데.'

그녀는 자신이 가진 것 중에서 그다지 뛰어난 것이 아니었다.

'우연히 보석을 발견한 기분이 이런 걸까?'

그녀의 레몬색 금발은 이 순간에도 보석처럼 빛났고 길게 드리운 속눈썹은 명화 같았다. 결점 하나 없는 피부와 빚은 듯이 완벽한 골격이 예전엔 그저 인형처럼 느껴졌었다. 그런데 지금은 그녀에게서 독특한 생기가 느껴졌다. 카예나란 인형에 신이 생기를 불어넣은 것처럼 전과 너무나 다르게 보였다. 이 사람이 원래 이렇게 아름다웠던가?

레제프는 마냥 남처럼 느껴졌던 카예나에게 어떤 기대감을 품는 자신을 발견했다. 많은 재화를 손에 넣었을 때도, 꼴 보기 싫은 하인리히 대공자를 물 먹였을 때도, 이런 충족감을 느낀 적은 없다.

"누님은 정말로 아름다운 분이시군요."

그래서 그는 새삼스럽게 그렇게 말했다. 카예나는 찻잔을 내려놓으며 눈을 동그랗게 뜨고 그를 보았다. 눈꼬리가 사르르 접혔다.

"그렇게 말하지 않아도 다음에 또 사과 파이를 만들어 줄 거야."

농담으로 치부하는 태도였다. 레제프는 웃음을 터트렸다.

'나의 인형.'

아니, 이제 그녀를 두고 인형이라 부르기엔 적절하지 않았다.

레제프는 지금 그녀에게 아주 어울리는 단어를 찾아냈다.

'나의 안온.'

자상하고 아름다운 나의 안온.

4장
결혼을 준비하는 방법

황성의 궁정인 사이에서 카예나의 별명이 새로 생겨났다.

'맹수 조련사.'

그 불경하기 짝이 없는 별칭은 감히 대놓고 꺼내진 못했지만, 알음알음 퍼져 나갔다. 그만큼 카예나가 레제프를 진정시킨 일이 많은 사람에게 충격을 주었다. 또한, 그녀가 화상을 입었음에도 관용으로 시녀를 돌본 일도 같이 파다하게 퍼졌다.

그 소식이 에스테반 황제의 귀에 들어가는 건 순식간이었다. 그는 직접 손으로 만든 간식을 풀어 놓는 딸을 묘한 눈으로 보았다.

"성년식 준비는 잘되어 가느냐?"

카예나가 차분하게 대꾸했다.

"보살펴 주신 덕분에 차질 없이 진행되고 있어요."

차질이 어찌 없었겠는가?

그간 카예나는 독을 마셨고 화상도 입었다. 액운이 꼈나 싶을 정도로 일이 끊이질 않았다. 그런데 사건이 끊이질 않았던 것에 비해 황궁은 평온했다. 카예나가 현명하게 대처하고 있다는 방증이었다.

황제는 카예나를 물끄러미 보다가 피식 웃었다. 그리 한심하게 여겼었거늘, 그래도 그의 피가 흐르는 게 맞는구나 싶었다.

"성년이 되는 생일이란 것은 생에 단 한 번뿐이니 각별하게 신경 쓸 것이 많겠지."

뒤에서 대기 중이던 시종들이 주르륵 늘어서며 손에 든 것을 공손히 내밀었다.

"좀 늦긴 했어도 보태 쓰거라."

연회는 정해진 예산으로 돌아간다. 원래의 카예나가 정해진 예산에서 상당 부분을 의상에 쏟았기에 연회 준비는 사실 빠듯한 감이 있었다. 황제는 그걸 알고 추가로 패물을 하사한 것이다.

카예나는 얼른 자리에서 일어나 부왕을 향해 인사했다.

"베풀어 주신 은혜 잊지 않겠습니다, 폐하."

"이번 성년식은 너에게도 중요한 일이지."

황제의 말대로 이번 성년식은 참으로 중요했다. 제국의 하나뿐인 황녀, 카예나 힐의 신랑감을 찾기 위한 본격적인 연회이기 때문이다.

"몸은 좀 괜찮으냐?"

평소라면 묻지도 않을 말이었다. 황제는 대쪽 같았던 자신도 나이가 든 모양이라고 생각했다.

"연고만 꾸준히 바르면 되는걸요."

"벤제만 가문 하나쯤 처리해도 황가는 끄떡없거늘."

카예나는 조용히 웃으며 작은 크리스탈 그릇에 만들어 온 푸딩을 담았다. 진짜 벤제만 가문을 내치려고 작정했다면 손속이 과하다고 질책했을 게 뻔하다.

"달지 않으니 조금 드셔 보세요."

카예나가 만들었다는 간식은 그의 입맛에도 잘 맞았다. 최근 자신을 이렇게 탐탁하게 했던 이가 있던가?

황제는 망나니 같은 레제프가 요즘 제 누이의 말을 잘 따르는 이유를 알 것 같았다.

"시녀라는 것이 지금 네겐 그저 수발이나 드는 아랫것처럼 보이겠지만, 그런 아랫사람을 잘 들이는 건 아주 중요한 일이다."

그는 딸을 위해 조언했다.

"루든 시종장처럼 말이지요?"

곁에 서 있던 루든이 부드럽게 웃으며 고개 숙였다.

"과찬이십니다."

그가 넉살 좋게 웃으며 그리 말하자 황제도 웃었다.

"루든은 내 일생에 가장 잘 둔 신하지."

"폐하의 말씀을 깊이 새겨듣겠습니다. 그렇지 않아도 새로운 시녀를 몇 들이고 싶은데 어떨지 모르겠어요."

황제는 황녀궁에 포진한 시녀가 모두 레제프의 부름을 받은 이들임을 잘 알았다.

이제까지는 그것에 대해 크게 개의치 않았지만 지금은 좀 달랐다. 카예나가 제 사람을 직접 들이고 싶다고 말하는 것은 처음 있는 일이었다.

'하지만 새로운 사람을 들여 봤자 레제프의 손아귀에 떨어지겠지.'

황제는 은 스푼을 그릇에 내려놓았다.

'명분도 없이 사람을 다 내칠 수는 없으니.'

귀족 사회에서 명분이라는 것은 상당히 중요했다. 명분 없이 멋대로 권력을 휘두른다면 누구도 황족을 신뢰하지 않을 것이다. 이것은 스스로 해결할 문제였다.

황제는 딸에 대해 너그러운 마음을 품긴 했어도 특별히 귀애할 정도로 총애하진 않았다. 카예나도 그 점을 잘 알았다. 이 모든 건 앞으로 할 일의 초석일 뿐이다.

'어쨌든 시녀들을 모두 물갈이해야 하니까.'

자신이 그럴 의지를 갖고 있음을 알려 놓는 것과 아닌 것엔 차이가 있다. 결정적인 순간에 어떻게 행동할지 이정표가 되어 줄 것이다.

카예나는 아무것도 모르는 척 웃었다. 그녀에게 허락된 현명함이란 이 정도였다. 아직은 깊은 식견을 드러낼 때가 아니었다.

대신 푸딩을 어떻게 만들었는지에 대해 조잘조잘 이야기했다. 그것이 상대에게 그다지 필요한 정보가 아니란 사실은 중요치 않다. 핵심은 카예나가 요즘 관심 보이는 일과 행동반경을 무의식에 심어 주는 것이었다. 마치 결혼과 가정을 꾸리는 일에 막 관심을 가진 소녀인 척했다.

황제의 늙은 시종들은 딸로서 도리를 다하는 카예나를 흐뭇하게 지켜보았다. 그들은 모두 나이가 있다 보니 황제가 아무리 냉혹한 아버지일지언정 자식이 자주 찾지 않는 걸 불편하게 여기고 있었다. 카예나는 바로 그 낡은 생각을 이용했다.

루든 시종장이 황제에게 넌지시 말했다.

"곧 황녀 전하께서 결혼하여 황궁을 떠나시면 많이 적적하시겠습니다, 폐하."

카예나의 시선이 루든 시종장을 향했다. 그가 아주 살짝 웃으며 카예나에게 윙크를 했다.

'좀 거들어 줄 모양이네.'

그녀는 속으로 피식 웃었다.

에스테반 황제는 루든의 말에 고개를 끄덕였다.

"그래. 성년이 되면 결혼도 조만간이겠구나."

카예나는 모르는 척 말했다.

"서두를 필요 있나요? 이렇게 폐하 곁을 지키다가 때가 되면 결혼하는 것도 좋지요."

후사 문제가 직결된 황자의 결혼이면 몰라도 황녀의 결혼은 정치 동맹으로 이용되기 십상이었다. 루든은 정답을 정확히 말한 카예나에게 웃어 보이며 공손하게 말했다.

"하지만 전하께서는 다른 자매도 없어 결혼 준비에 도움을 받기가 쉽지 않을 것입니다."

"흐음……."

황제는 새삼 카예나의 결혼을 돌보아 줄 사람이 없다는 사실을 깨달았다.

원래는 카예나에게도 이런 문제를 돌봐 줄 유모가 있었다. 클로렌스 엘리반이라는 이름의 남작 부인이었는데, 오래 전 레제프가 황족을 기만했다는 이유로 유배를 보내 버렸다. 이후로 레제프의 유모가 카예나를 같이 돌보았는데, 카예나가 레제프의 유모를 싫어했기 때문에 그마저도 금방 손을 뗐다.

'지금 황녀궁의 시녀들도 전부 미혼의 젊은 영애뿐이지.'

보통 귀족 영애는 결혼 전까지 유모나 대모 격의 샤프롱을 통해 결혼 생활을 배우게 된다. 그런데 카예나는 그런 역할을 해 줄 사람이 없었다.

"그러고 보니 황녀궁에 사용인 수가 적긴 하구나."

"이 정도면 충분한걸요."

에스테반 황제는 자신이 너무 무심했다고 생각하며 혀를 찼다.

"성년식을 치르기 전에 네 샤프롱을 구해야 하지 않겠느냐?"

첫 번째 삶에서 그녀는 샤프롱 없이 성년식을 치렀다. 레제프가 제

유모를 샤프롱으로 하는 건 어떻겠냐고 추천했지만, 그녀가 거부했다. 결혼한 여자 황족들은 방만한 카예나를 돌보려 하지 않았다.

그때 루든이 말했다.

"클로렌스 엘리반 남작 부인이라면 황녀 전하의 결혼 준비를 제 자식 일처럼 돌볼 겁니다."

그 말에 시종들이 얼어붙었다. 카예나도 푸딩 그릇을 정리하다가 잠깐 손을 멈출 정도였다.

'설마 엘리반 부인을 바로 언급할 줄이야.'

선황후의 젖동무이자 그녀의 유모였던 엘리반 부인이 샤프롱으로 제격이긴 했다.

카예나는 일찍 죽었던 모친 대신 그녀에게 의지했던 어린 시절을 기억해 냈다.

"……엘리반 부인이 그립네요."

그녀가 그렇게 말하자 사용인들이 황제의 눈치를 살폈다. 엘리반 남작 부인을 유배 보낸 일은 레제프뿐만 아니라 황제도 동의한 일이었다. 무슨 이유에서인지 엘리반 부인이 황제의 눈 밖에 난 탓이었다.

'세월이란 것이 참 무상하구나.'

죽을 날만을 앞둔 에스테반은 그간 자신의 삶을 몇 번이나 돌아보았다. 그 과정에서 용서하지 못했던 일을 용서하게 되었고 슬퍼하지 않았던 일을 슬퍼하게 되었다. 냉혹한 성정은 그대로지만 많이 너그러워졌다.

루든은 그것을 꿰뚫어 보고 카예나에게 도움이 될 만한 간언을 올린 것이다.

'어릴 땐 황후를 많이 닮았더니, 이젠 날 닮은 구석도 보이는구나.'

카예나의 미모는 대부분 황후에게서 물려받았다. 다만 도도해 보이는 눈매나 얼어붙은 듯 맑은 벽안은 에스테반 황제를 쏙 닮아 있었다.

황제는 카예나를 위해 황녀궁의 시녀를 모두 갈아치워 줄 생각은 없었다. 그래도 유모 하나를 다시 황궁에 불러 주는 것 정도는 충분히 해 줄 마음이 있었다.

"클로렌스 엘리반 남작 부인의 근신령을 풀어 주어라."

카예나가 얼른 예를 갖췄다.

"감사합니다, 폐하."

황제는 손을 내저으며 말했다.

"짐은 이만 쉬어야겠구나."

카예나는 그가 침대에 누울 수 있게 돕고 나서 침실을 나갔다. 루든이 직접 카예나를 에스코트해 배웅했다.

"고맙네, 루든."

"요즘 황녀 전하 덕분에 폐하의 기분이 좋으십니다. 그러니 제가 어찌 전하를 돕지 않을 수 있겠습니까?"

루든이 느긋한 미소를 지었다.

'황제를 공략하려면 루든의 인심을 얻어야겠군.'

카예나는 바구니를 든 채 기다리고 있던 시녀에게 손짓했다.

"푸딩을 넉넉히 만들었으니 다들 맛이라도 보게."

시종이 얼른 바구니를 건네받았다.

"신경 써 주셔서 감사합니다, 전하."

카예나가 빙긋 웃었다.

"나야말로."

과연 아무나 황제의 총애를 받을 수 있는 게 아니었다. 수완 좋은 너구리 같은 루든은 카예나의 잠재력을 바로 꿰뚫어 보았다.

문지기가 응접실 문을 열어 주자 카예나는 드레스 자락을 잡으며 걸음을 옮겼다.

그러나 그 걸음은 금방 멈췄다. 복도의 의자에 앉아 있던 라파엘로와 시선이 마주쳤기 때문이다.

'……다섯 번이나 연달아 만남을 거절한 건 좀 심하긴 했지.'

그렇다고 라파엘로가 설마 자신을 이렇게 대놓고 찾아오리라고는 생각지 못했다. 그가 카예나에게 제 발로 찾아오다니.

카예나를 발견한 라파엘로가 자리에서 일어나더니 완벽한 궁중식 예법으로 인사했다.

"라파엘로 키드레이가 황녀 전하를 뵙습니다."

카예나는 일부러 모르는 척 물었다.

"……반갑네, 키드레이 경. 부왕을 뵈러 온 것인가?"

"아닙니다."

라파엘로는 용건을 돌려 말하지 않았다.

"저는 전하를 뵈러 왔습니다."

'사람 착각하게 하는 화법은 여전하네.'

직설적인 그의 화법은 상대에게 망상을 불러일으키기 쉬웠다. 역시나 카예나의 뒤편에 서 있던 시녀들이 하나같이 숨을 헉하고 들이켰다. 혹시 이게 어떤 로맨틱한 신호는 아닐까 하고 서로 눈빛을 교환했다. 그러나 당사자인 카예나는 조금도 오해하지 않았다.

"지난번에 내가 대접한 차가 마음에 들기라도 했던 모양이지?"

카예나의 말에 라파엘로가 대답했다.

"차는 확실히 맛있었습니다."

"……감상을 물은 건 아니지만."

"그에 대한 답례를 드릴까 하여."

라파엘로가 손짓하자 수행원이 베라에게 융단으로 감싼 상자를 건넸다.

상자를 열자 은제 원통 세 개가 들어 있었다. 섬세하게 세공된 통은 아름다웠다. 뚜껑의 손잡이는 원형으로 커팅된 루비였다.

'……이거 경매로만 살 수 있다던 찻잎 아닌가?'

워낙 유명하여 카예나도 잘 아는 패키지였다. 생산량 자체가 적어서 돈이 있어도 구하기 어렵다고 소문난 브랜드의 홍차였다. 그저 답례품이라기엔 지나치지 않나 싶지만 어쨌든 재회의 이유로는 나쁘지 않았다.

"이런 걸 다."

카예나는 아랫것들에게 찻잎과 함께 부왕에게 하사받은 패물을 정리하라고 지시했다. 그러자 시녀 몇 명과 하인이 자연스럽게 떨어져 나갔다.

"답례까지 준비한 걸 보니 지난번에 들려준 이야기가 꽤 유익했던 모양이지?"

조언이라고는 고작 올리비아를 만나라는 게 다였고 라파엘로는 아직 그녀와는 대면하지도 않았다. 그리고 정확히 말해서 그가 찾아온 이유는 그녀의 말처럼 제 고민을 해결해 줘서가 아니었다.

"올리비아 그레이스 영애와는 아직 만나지 않았습니다."

"그래?"

그의 말에 카예나가 창밖을 한번 내다보고 말했다.

"날이 좋으니 산책을 하는 건 어떻겠는가?"

나가서 마저 이야기하자는 뜻이었다. 라파엘로가 고개를 끄덕였다.

"원하시는 대로 하겠습니다."

둘의 산책이 순식간에 결정되자 베라가 말했다.

"그럼 양산을 준비해 오겠습니다, 전하."

"괜찮아. 가끔은 햇볕을 좀 쬐는 것도 좋으니까."

라파엘로가 어느새 곁에 다가와서 에스코트를 청했다. 카예나는 전과 마찬가지로 그의 팔을 아주 살짝만 잡았다.

'라파엘로는 사람과 접촉하는 걸 싫어하니까.'

그녀는 그 부분만 신경 쓰느라 라파엘로의 묘한 시선을 알아차리지 못했다.

"후원 산책로로 가지."

후원 한구석엔 한적한 시골길처럼 꾸민 산책로가 있었다. 카예나는 그곳으로 가자고 했다.

산책로 앞에 도착한 카예나는 시녀들을 떨어트렸다.

"너희는 입구에서 기다리고 있으렴."

"예, 전하."

라파엘로도 자신의 수행원들에게 따라올 필요 없다고 말했다. 두 사람은 한적한 산책로를 따라 걸음을 옮겼다. 따라붙는 시선이 사라지자마자 카예나가 그의 팔에서 손을 뗐다.

라파엘로가 잠시 멈칫했다가 팔을 내렸다.

"키드레이 경이 나와 단둘이 있는 상황을 피하지 않은 건 뜻밖이네."

그 말에 라파엘로의 시선이 아래로 내려가 카예나의 옆얼굴에 닿았다. 그는 그녀의 볼 위로 살짝 흘러내린 금빛 머리칼을 무심결에 눈으로 좇았다.

"제가 피해야 할 이유가 있습니까?"

카예나가 고개를 돌려 눈을 마주쳤다. 당연한 걸 왜 묻느냐는 듯한 시선이었다.

"내가 또 평소처럼 경에게 과하게 들러붙어 짜증스럽게 굴면 어쩌려고?"

그녀가 변했다는 건 느꼈다. 그런데 이렇게 자신의 과거를 신랄하게 언급할 줄은 몰랐다. 마치 다른 사람에 대해 말하는 것 같지 않은가? 카예나는 그것으로 말을 멈추지 않았다.

"경이 내 말을 곧바로 신뢰하리라고 생각하지는 않지만 어쨌든 사과는 하고 싶어."

그녀가 걸음을 멈췄다. 둘 사이에는 두 걸음 정도의 거리가 있었다. 적당히 예의를 차린 거리였다.

"지금까지 내가 했던 모든 무례를 부디 용서해 주었으면 좋겠어."

사람이 이렇게 손바닥 뒤집듯 태도를 바꿀 수 있을까?

보통은 그렇지 않다. 그래서 라파엘로는 카예나의 사과에 진심이 담겼는지 그렇지 않은지 함부로 재단하지 않았다. 그녀가 갑자기 돌변해서 또 멋대로 애칭으로 불러도 그는 조금도 놀라지 않을 것이다.

하지만 진심인지와는 별개로 이런 사과를 하는 행위 자체는 의미가 있었다.

'이건 정치적 제스처야.'

황족인 그녀는 남자 하나가 마음에 들어서 좀 귀애할 수도 있다. 그 상대가 키드레이 공작가의 소기주라고 할지라노 성상 참작된다. 라파엘로에게 흥미가 식으면 그것으로 없던 일처럼 굴면 그만이다.

하지만 카예나는 그렇게 하지 않고 그녀의 치부를 대놓고 말하며 사과했다. 그와 은원을 풀어야 할 이유가 있다는 뜻이었다.

'그게 뭘까.'

지난번에 고민을 해결해 주겠다고 나섰던 것의 연장선이라는 생각이 들었다.

"당치 않으니 거두어 주십시오."

라파엘로는 방어적으로 나가 보았다. 카예나는 그가 그런 반응을 보일 것을 예상한 사람처럼 이번엔 명예를 걸었다.

"다시는 그럴 일 없을 거라고 명예를 걸고 약속하겠어."

이쯤 되니 정말로 궁금해졌다. 대체 뭘 협상하고 싶기에 이렇게 나오는 걸까? 그는 카예나가 원하는 게 뭔지 알아내려면 이 사과를 받아들여야 한다는 사실을 눈치챘다.

"이미 과거는 잊었습니다. 심려치 마십시오."

라파엘로는 정치적인 것으로 해석했지만 사실 카예나의 사과에는 진심이 반쯤 담겨 있었다. 이렇게 사과하고 그가 받아들인 일이 카예나의 마음에 찜찜하게 남아 있던 부채감을 조금 해소해 주었다. 어차피 라파엘로는 알지도 못 할 회귀 전 삶에 대한 죄책감일지언정.

"고마워."

그래서 꽤 후련하게 웃을 수 있었다.

마침 부는 바람이 살짝 흘러내렸던 금빛 머리카락을 살랑 휘날렸다.

라파엘로는 그 미소가 보기 좋았다. 그리고 그렇게 생각하는 자신이 좀 이상했다. 저 미소에 내가 어떤 감상이 들었다고?

그는 고개를 살짝 비스듬하게 기울였다. 이 상황, 이 분위기, 자신의 감정이 이해되지 않았다.

"그럼 눈치챘겠지만, 진짜 용건을 이야기해야겠지."

그 감상은 길게 이어지지 못했다. 카예나가 본격적인 용건을 입에 담았기 때문이다.

카예나의 입가에 맺혀 있던 미소는 용건으로 인해 사라졌다. 그게 이상한 아쉬움을 남겼다.

"그레이스 영애를 만나 보라고 한 건 그녀 자체의 훌륭함도 있지만, 정치적인 이유도 있어."

그녀는 다시 후원 안쪽으로 걸음을 옮기며 그 이유를 말했다.

"이제 곧 황녀궁 시녀로 올리비아 영애를 발탁할 예정이거든."

이미 레제프가 시녀로 입궁을 요청한 상태지만 그건 성사되지 않을 것이다.

"그렇게 된다면 키드레이 공작 부인의 반응이 대충 예상되지 않아?"

"그레이스 가문의 후원을 끊고 혼담도 없던 일로 돌리시겠군요."

"그렇겠지. 그런데 중요한 건 올리비아만 그런 게 아니게 될 거야."

"제게 혼담이 들어왔던 다른 두 영애도 시녀로 발탁할 예정이란 말씀이십니까?"

카예나는 고개를 저었다.

"아니. 대신 그 집안들을 선택할 수 없는 이유가 생길 예정이지."

그 집안들을 선택할 수 없는 이유? 라파엘로는 당장 떠오른 것을 말해 보았다.

"황자 전하나 하인리히 대공자를 차기 황제로 지지하게 하실 생각이십니까?"

"성사되기만 한다면 참 좋은 방법이지만 단시간에 해내긴 좀 어렵겠지."

카예나는 원작 소설을 읽어 상당히 많은 정보를 갖고 있었다. 가령 어느 가문의 비리나 스캔들 같은 것들.

"귀족들은 일하지 않다 보니 현실 감각이 떨어지는 경우가 많지. 그들은 돈이 화수분처럼 생겨나는 줄 알아."

"채권이 넘어가며 집안이 다른 가문에 저당 잡힐 거란 말씀이시군요. 그렇게 되면 실질적인 가주가 바뀌게 될 테고요."

제법 심심치 않게 일어나는 일이었다.

"그런 일은 사실 장부를 확인해 보지 않는 이상 잘 알기 어려운 일이거든."

카예나는 계속해서 말했다.

"에이반 가문 채권이 곧 넘어가서 가문 존속 자체가 위태로워질 거야. 물론 그 채무를 공작가에서 갚아 줄 수도 있겠지. 하지만 그 일에 하인리히 대공자가 끼어 있다면 어떠할까?"

"하인리히 대공자……?"

그 교활하기 짝이 없는 개망나니는 자신의 세력을 불리는 일에 빚을 적극적으로 이용했다. 한 가문을 파산 위기로 몰아넣고 아래로 복속시켰다.

그런 식으로 제 세력의 덩치를 빠르게 키워 낸 것이다.

"그럼 남은 선택지는 브루킨 가문이겠군. 하지만 결국 이쪽도 결혼 이야기가 무산될 거라 나는 확신하네."

"어째서입니까?"

"리타 브루킨의 광증은 유전병이거든. 지금은 가문 내에서 쉬쉬하고 있지만, 곧 사교계로 새어 나갈 거야."

가문을 상속하기 위해 후계자를 낳고 끊임없이 대를 이어야 하는 귀족 사회에서 유전병이란 것은 치명적이었다.

"자, 이로써 키드레이 공작 부인이 선택한 가문이 모두 무용지물이 되어 버렸네. 파혼을 축하해, 키드레이 경.”

이 일에서 카예나가 직접 움직인 것은 올리비아 그레이스를 포섭하는 것뿐이었다.

‘둘이 무조건 잘되어야 하니 다른 가문에는 흠이 있을 수밖에.’

그리고 그 덕분에 카예나는 자신의 안위를 위해 정보를 요긴하게 사용할 수 있었다.

“말씀대로라면 한동안 결혼하란 소리는 듣지 않겠군요.”

“그렇지.”

“그럼 전하께서는 어떤 이득을 보십니까?”

카예나는 망설일 것 없이 대답했다.

“경의 신뢰.”

라파엘로는 뜻밖의 말에 입을 다물었다.

자신의 신뢰? 그것이 왜 필요하지?

“이제 내가 믿을 만한 모략가라고 신뢰할 수 있겠지?”

상대를 설득하는 일에는 반드시 이익이 동반되어야 한다. 그것이 감정적인 것이든 물질적인 것이든 말이다.

지금 그녀는 라파엘로에게 감정적인 이익을 주며 설득해야 했다.

“제 신뢰가 필요하다는 말씀은, 그 다음에 일어날 일이 전하께 필요한 일이기 때문이겠군요.”

“역시 영민하네.”

이미 한차례 황당한 칭찬을 받아서인지 서번만큼 어이없진 않았다.

“그리고 이 말을 해 주시는 것은 전하께서도 저를 신뢰할 수 있을지 시험하시는 거겠고요.”

“절대 키드레이 경에게 손해는 없을 거라고 장담해. 만약 내가 요구한 일 때문에 경에게 손해가 난다면 어떻게든 그걸 보상할 생각이니까."

황녀라는 직위는 훌륭한 보증서 역할을 해 줄 것이다.

하지만 라파엘로는 카예나의 궁극적인 목표가 이해가 가지 않았다. 만일 레제프를 황제로 추대하고자 한 일이라면, 지금의 방식은 말이 되지 않는다. 효율도 낮았다. 황실과 사이가 좋지 않은 키드레이 가문을 공략할 게 아니라 다른 유력한 지주 가문을 포섭하는 게 훨씬 낫다.

그런데 카예나는 자신을 선택했다. 그렇다면 이것은 황위 계승과 관련이 없다는 말인가? 황녀가 그렇게까지 해야 하는 일이 뭐가 있을까?

카예나의 느긋한 미소를 보니 지금 그 이유를 알려 줄 것 같진 않았다.

"아, 그런데 올리비아 그레이스와 잘 어울릴 거라고 했던 건 진심이야."

또 이상한 건, 카예나가 어쩐지 자신을 올리비아와 엮이도록 권하는 것 같다는 점이었다.

그것도 꽤 진심으로.

"전하의 말씀대로라면 혼담이 곧 취소될 텐데, 제가 굳이 누구를 만나지 않아도 되는 것 아닙니까?"

그의 말대로긴 했다. 카예나가 두 사람이 이어질 예정이라는 사실만 몰랐어도 마음대로 하라고 했을 것이다.

"강제할 마음은 없어. 어쨌든 모친의 강압이 있다면 올리비아 그레이스 양을 만나 보길 추천하는 것뿐이지."

"저는 전하께서 올리비아 그레이스 영애를 싫어하시는 줄 알았습니다만."

카예나는 순순히 인정했다. 사실이었기 때문이다.

"뭐, 그랬지. 그런데 그런 게 다 부질없다고 느꼈을 뿐이야."

따로 덧붙이지는 않았으나 그 말에는 라파엘로를 향한 애정도 포함되어 있단 걸 짐작할 수 있었다.

'정말인가?'

진짜 그녀가 오랜 집착을 끝내고 그에게서 마음을 털어 냈단 말인가? 라파엘로는 오랜 시간 카예나에게 시달린 기억 때문에 선뜻 그녀의 말을 믿기는 어려웠다.

하지만 그녀는 앞으로 그런 일은 없을 거라고 맹세했다.

공증인 없는 맹세이긴 하다. 그래도 카예나가 뭔가에 대해 맹세하는 걸 보는 건 처음이었다.

"이쯤에서 다시 돌아가는 게 좋겠어. 이런 장소에서 너무 오래 같이 있으면 좋지 않으니."

"알겠습니다."

카예나는 한번 심호흡하고 뒤를 돌았다. 사실 지금 구두를 신은 상태라 포장되지 않은 흙바닥을 걷는 게 부담스러웠다. 길은 잘 돌보지 않고 잡초가 무성해 험했다. 그래서 이용객이 없어 일부러 이 산책로를 택한 것이었다. 그러나 하이힐과 거추장스러운 드레스는 이곳에 전혀 맞지 않았다.

"앗!"

돌을 잘못 밟은 카예나가 휘청거리자 라파엘로가 그녀의 허리를 받치며 보호해 주었다. 얼결에 그의 품에 안기는 모양새가 되고 말았다.

"조심하십시오."

카예나는 불에 덴 사람처럼 그에게서 떨어졌다.

지나치게 접촉을 경계하는 태도에 라파엘로의 한쪽 눈썹이 휙 올라갔다.

'이런.'

카예나는 그가 사람과 접촉하는 걸 싫어한다는 사실을 알기에 최대한 닿지 않으려 하고 있었다.

'그렇지 않아도 이제 막 이미지 회복을 시작했는데 다시 마이너스로 돌아갈 수는 없어.'

나중에 그녀의 실체 없는 부군을 만들어 내기 위해서는 라파엘로의 전면적인 도움이 필요했다.

'서부 공작령에 도시 국가 하나를 편입시키는 일에 내가 브로커가 될 예정이니까.'

그 도시 국가에 가상의 인물을 하나 만들어 낼 생각이었다. 돈 많고 젊고 잘생긴, 자신의 남편이 될 남자였다.

"길이 좀 험해서. 미안하네."

카예나는 변명처럼 덧붙이며 라파엘로와 시선을 마주했다. 그런데 그의 표정이 조금 이상했다.

'……그거 좀 도와줬다고 벌써 불쾌해하는 건가?'

그러나 라파엘로는 오히려 정반대의 이유로 고심하고 있었다. 그는 땅이 고르지 않다는 것도, 카예나가 힐을 신고 있단 것도 알았다.

'그런데 왜 에스코트를 받지 않지?'

지금도 그렇다.

그녀는 또 스스로 드레스 자락을 잡으며 그에게 에스코트를 요청하지 않았다.

그가 사람과의 접촉을 싫어한단 사실은 그 누구도 모른다. 그를 가장 가까이서 오래 지켜본 제레미가 아니고서야 모친도 모르는 증상이었다.

그는 일상생활에서는 불쾌감을 억눌러야 한다는 걸 잘 알았다. 그게 정상적이기도 하고. 에스코트를 하느라 잠깐 역겹고 소름 끼치는 기분을 느끼는 건 인내할 수 있었다.

라파엘로는 선뜻 손을 내밀었다.

"제가 에스코트하겠습니다, 전하."

이게 상식적이고 일반적인 행동이다. 그는 그렇게 생각했다. 그러나 마음 한편으로는 그런 생각도 들었다.

'이게 진짜 상식적인 일이라서 하는 건가.'

그런 것치곤 방금 그는 조금도 억지로 에스코트를 자처하지 않았다.

카예나는 여기서 그를 더 불쾌하게 만들 생각이 없었으므로 단칼에 거절했다.

"그럴 것 없네."

그 행동에 라파엘로는 확신을 얻었다. 황녀가 자신을 꺼림칙하게 여기고 있다.

'원래 나를 좋아하던 게 아니었나?'

착각은 아니었다. 엘다임에서 카예나가 라파엘로에게 마음이 있단 사실을 모르는 사람보다 아는 사람을 찾는 게 더 빨랐을 테니까. 그런 마음이 어찌 한순간에 변할 수 있단 말인가?

생각해 보면 이상했다.

황제의 처소 앞에서 오랜만에 만난 카예나는 꼭 껍데기만 같은 대역 같았다.

'지금까지 한 행동이 모두 연기였나?'

만약 그런 거라면 무서운 일이었다.

그만큼 전과 지금은 동일인 같지 않았다. 말투나 행동이 노련한 정객처럼 의미심장했다. 마치 생을 몇 번 살아 본 사람처럼.

'……말이 안 되는 거겠지.'

라파엘로는 자신이 지나친 가정을 하고 있다고 생각했다.

카예나는 라파엘로의 미묘하게 변한 표정을 보지 못하고 다시 앞으로 걸음을 옮겼다.

'하이힐은 버리고 낮은 굽 구두로 다 바꾸라고 해야겠어.'

그녀는 걷기 불편한 구두에 미간을 찌푸렸다. 이제까지는 조경이 화려한 화원만 산책했었기에 굽이 높은 구두에 크게 불편함을 느끼지 않았다. 그래서 카예나가 가진 구두는 모두 굽이 높았다.

라파엘로는 카예나가 미간을 살짝 찌푸리며 바닥을 내려다보는 모습을 발견했다. 그는 에스코트 대신 걸음만 그녀의 보폭에 맞춰 천천히 걸었다.

대화 없이 오직 걷는 일에만 집중하니 입구까지 순식간이었다.

카예나의 시녀들과 라파엘로의 수행원들이 두 사람을 향해 빠른 걸음으로 다가왔다. 그들은 각각 주인을 보좌하며 눈치를 살폈다. 어딘가 분위기가 묘하게 느껴졌기 때문이었다.

'두 분이 왜 이렇게 서먹하게 나오셨지?'

분명 산책로를 들어갈 때만 해도 에스코트를 받고 있지 않았던가? 그런데 지금은 둘이 서로 거리를 두고 있었다.

'역시 소문이 사실인가?'

카예나가 라파엘로의 알현 요청을 다섯 번이나 거절한 일은 황궁은 물론이고 사교계까지 은밀히 소문났다. 그들은 카예나가 라파엘로에게서 마음이 떴다는 근거 중 하나로 그 소문을 꼽기도 했다. 오늘 둘이서 시간을 보냈음에도 카예나가 떨어져 걸었다는 사실이 또 소문날 것이다.

카예나와 라파엘로는 여전히 어중간한 거리를 두고 황성을 향해 걸었다.

문득 카예나가 말했다.

"산책을 마쳤으니 차라도 한잔 대접하고 싶지만 바쁜 경을 놓아주어야겠지."

원래 이런 만남은 차와 다과를 대접하고 길게는 만찬까지 같이 들어야 한다. 선물로 찻잎까지 받았는데 같이 마시지도 않고 돌려보내는 것은 나쁘게 해석될 수 있는 행동이다.

하지만 카예나는 라파엘로를 생각해서 이만 가 보라고 말했다. 그가 자신을 거북해했던 과거도 그렇지만 애초에 이런 시간을 보내길 좋아하는 사람이 아님을 알기 때문이었다.

'배려인 건지, 껄끄러워하는 건지 알 수 없군.'

정작 라파엘로는 오늘 카예나를 만나기로 작정하고 외출했던지라, 이후의 스케줄이 없었다. 평소의 카예나를 생각했을 때 오후 티타임은 물론이고 만찬까지 붙잡혀 있을 수 있다고 생각했기 때문이다.

그런데 짧은 산책 후, 가 보라니.

"……저는 괜찮습니다, 전하."

진짜 바쁜 일이 있어 가 봐야 하더라도 황녀가 베풀어 준 친절에는 괜찮다고 대답해야 한다. 그런데 지금 자신은 의례적으로 말한 것인가, 아니면 진심으로 괜찮다고 생각한 것인가.

카예니는 그가 의례상 하는 말을 했을 뿐이라고 생각했다.

"오늘 선물받은 찻잎으로 가장 맛있는 홍차를 끓일 수 있을 때 초대장을 보낼 테니 무리할 것 없네."

주변에서는 카예나의 말에 감탄을 금치 못했다. 특히 라파엘로의 보좌관인 제레미가 가장 경악했다. 그는 황녀가 달라졌다는 소문을 듣기는 했지만, 이렇게까지 다른 모습을 보일 줄은 전혀 예상치 못했다.

'황녀 전하께 이런 재치가 있으셨나?'

정확한 날짜를 기약하지 않되, 홍차가 떨어지기 전에는 초대장을 보내겠다니. 거절을 위한 말이었더라도 배려가 돋보이는, 적절한 수위의 메시지였다.

'그' 카예나가 한 말이라니 믿기지 않았다.

제레미는 라파엘로를 힐끗 보았다. 원래도 생각을 읽기 어려운 표정이었지만 오늘은 더욱 오묘했다.

'……저런 표정은 처음 보는데.'

굳은 듯, 부드러운 듯 도무지 알 수 없는 표정이었다. 어쨌든 중요한 건 저런 표정은 처음 본다는 사실이었다.

'역시 주인님도 전하의 변화가 이상하긴 한 모양이네.'

그렇게 생각할 뿐이었다.

"그럼 다음번엔 다과를 선물로 준비하겠습니다."

라파엘로가 카예나 앞으로 다가와 한쪽 무릎을 꿇고 손을 내밀었다.

카예나는 그가 자신의 손등에 키스하려는 뜻임을 알았다.

'이제 이런 예의는 굳이 갖추지 않아도 된다고 말해야 하나?'

카예나는 그렇게까지 하기엔 너무 내외하는 것 같은 인상이 되리라 생각했다.

'장갑을 끼고 있으니 좀 낫겠지.'

그녀는 한숨을 삼키며 마지못해 손을 살며시 내밀었다. 이 행동이 부디 그에게 특별한 불쾌감을 주지 않길 바랄 뿐이었다.

"영광입니다."

라파엘로는 그렇게 말하며 그녀의 손을 쥐었다. 지금까지 이 행위를 할 땐 불쾌감으로 얼룩져 있었다. 상당한 인내심을 발휘해 얼른 끝내 버리겠다는 생각뿐이었다.

'작고 연약한 손이군.'

그런데 이번엔 생각보다 이 접촉이 견딜 만했다. 아니, 견딜 만한 정도가 아니었다. 이상하리만큼 괜찮았다. 평소와 달리 추근거리지 않아서 마음이 편해진 탓일까?

그는 문득 자신의 손안에 들어온 카예나의 손이 이렇게나 작다는 사실을 깨달았다.

'오늘 대화할 때는 이렇게 작은 사람이라고 생각하지 못했는데.'

자연스럽게 두른 위엄과 기품 때문인지 그녀는 결코 약하거나 작아 보이지 않았다.

그는 고개 숙여 카예나의 손등에 입을 맞췄다. 결 좋은 부드러운 검은 머리카락이 사르르 흘러내렸다. 카예나는 순간 쓰다듬으면 촉감이 부드러울 것 같다는 엉뚱한 생각을 했다.

라파엘로가 입술을 떼고 막 일어났을 때였다.

"여기에 계셨군요, 누님."

익숙한 목소리에 카예나와 라파엘로의 고개가 옆으로 돌아갔다. 레제프가 수행원을 이끌고 이곳으로 다가오고 있었다.

'사냥 시즌을 대비하느라 바쁠 텐데.'

곧 유력한 가문의 가주나 후계자들과 어울리며 사냥 다녀야 할 시기였다. 그때 쓸 새로운 병장기를 구매해야 하기에 바쁠 줄 알았는데 라파엘로를 보러 온 모양이었다.

"황자 전하를 뵙습니다."

모두 그를 향해 고개를 숙였다. 라파엘로 역시 그를 향해 예를 갖췄다.

"라파엘로 키드레이가 황자 전하를 뵙습니다."

"일어나게."

레제프가 사람 좋은 웃음을 지었다. 그는 카예나가 라파엘로와 같이 산책하고 있다는 소식을 듣고 급히 이곳으로 온 참이었다.

"누님과 산책 중이었다지?"

키드레이 공작가는 그가 반드시 포섭해야 할 가문이었다.

레제프는 군사 명령권이 없다는 약점이 있었는데, 그에 반해 하인리히 대공자는 병사를 보유한 가문을 몇이나 한편으로 포섭하고 있었다.

그러나 그들을 다 합쳐도 키드레이 공작가만 못했다. 키드레이 공작가는 정예 중에서도 정예였으며, 오래 전부터 국경선을 지키는 군사 가문이었기 때문이다.

'내게는 가장 큰 곡창 지대를 보유한 에반스 후작가가 있지.'

레제프는 군사력이 약한 대신 에반스 후작가의 풍요로운 곡창 지대를 기반으로 경제력을 가지고 있었다. 에반스 가문은 레제프를 전폭 지지하니, 레제프가 키드레이 공작가의 군량 문제를 해결해 줄 수 있을 것이다. 둘이 손을 잡으면 서로의 약점을 상호 보완할 수 있는 셈이다.

"난 마침 누님과 오후 티타임을 같이할 생각이어서 누님을 찾으러 왔다네. 그런데 경도 같이 있을 줄은 몰랐군."

여기까지 부러 찾아온 레제프가 라파엘로가 이곳에 있다는 사실을 모를 수 없었다.

"그렇지 않아도 막 헤어지려던 참이었어."

"아, 그렇습니까? 아쉽군요."

카예나는 레제프가 그에게 오후 티타임을 같이하자고 말할까 봐 얼른 말했다.

라파엘로도 그 기색을 느꼈는지 그의 시선이 카예나의 옆얼굴에 닿았다.

"그럼 조심히 가게, 키드레이 경."

그를 얼른 보내려는 듯한 말투였다. 라파엘로는 그 생경한 태도에 천천히 시선을 늘어트렸다.

"살펴 들어가십시오, 전하."

레제프는 둘을 번갈아 보았다. 어쩐지 원래 알고 있던 그들 사이와는 상당히 달라 보였다. 카예나는 라파엘로에게 추근거리지 않았고 라파엘로는······.

'그다지 기분 나빠 보이진 않는군.'

누이가 처신을 잘한 탓인지 아니면 라파엘로가 오늘 유난히 기분이 괜찮은 것인지는 알 수 없었다. 어쨌든 우호적인 관계를 이렇게 지속해 나간다면 다행인 일이었다.

'누님께서 그와 이리저리 얽힐 일을 계속 만들어 내는군.'

건방지게도 그레이스가에서 아직도 시녀로 발탁하겠다는 서신에 답변하지 않고 있지만 시간문제였다.

'올리비아 그레이스와 혼담이 오간다고 했었지?'

레제프가 카예나에게 다가가 에스코트했다. 카예나가 서슴없이 손을 잡고 몸을 기댔다.

라파엘로가 자리를 뜨기 전 그것을 묘한 눈길로 보더니 걸음을 돌렸다.

'방금 그 시선은 뭐지?'

레제프가 미간을 살짝 찌푸렸다.

"흐음……."

그가 짧게 침음을 흘리자 카예나가 고개를 들어 올렸다.

"왜 그러니?"

레제프는 누이를 내려다보았다. 얼음 심장이라도 금방 녹여 버릴 듯이 아름답고 자상한 누이.

그는 익숙한 가면을 썼다.

"아무것도 아닙니다."

아무래도 라파엘로를 지켜봐야 할 것 같단 생각이 들었다.

⎯⎯⎯⎯

"아버지!"

리디아는 황궁을 찾아온 벤제만 백작을 향해 비명처럼 소리치며 달려갔다.

"황자 전하께서 뭐라고 하셔요? 잘 해결된 것 맞죠?"

그가 황궁을 방문한 이유는 따로 없었다. 얼마 전 리디아가 친 사고 때문이었다.

카예나가 아무리 무늬만 황녀라 해도 어쨌든 황족이다. 그런 그녀에게 화상을 입히다니. 어리석은 딸 때문에 실망하는 일은 종종 있었지만 이번은 정말 큰 실수를 저질렀다.

"제논 에반스 경이 수습해 주셨다. 다시는 그런 경거망동을 해선 안 돼. 알겠느냐!"

그의 꾸지람에도 리디아는 찔끔하는 기색이 없었다.

"너무 갑갑해요, 아버지. 에반스가에서는 대체 언제쯤 저를 황자비 후보로 추천할 생각이래요?"

백작은 혀를 끌끌 차다가 방금 나온 본성을 힐끔 보았다.

'에반스 가문에도 혼기가 찬 여식이 있었지. 그를 두고 내 딸을 황자비로 밀어 줄 리 없어.'

그는 자신이 황자비가 되리라고 믿어 의심치 않는 딸을 바라보았다.

'레제프 황자의 수족 노릇이나 잘하면 그만이지.'

큰 욕심을 부리다가 에반스 가문에 밉보일 수는 없었다.

그래도 혹시 모를 가능성은 있으니 벤제만 백작은 딸이 상심하지 않게끔 말했다.

"너무 조급해 말아라. 이왕이면 황녀 전하와도 원만하게 지내고."

리디아가 뾰족하게 말했다.

"그 여자가 일부러 파이를 엎게 했단 말이에요! 제 손을 보세요, 아버지!"

백작은 머리가 지끈거렸다.

"그 여자라니, 리디아!"

뜨거운 파이를 막 옮긴 접시를 쥐었다가 손가락을 살짝 데었다. 리디아는 카예나가 일부러 그랬다는 의심을 지울 수 없었다.

"전하께 간식을 내가라고 말하면서 시녀들의 경쟁을 부추겼어요! 주방 하인이 아니고서야 파이를 식혀야 한단 사실을 누가 알겠어요?"

그녀의 의심은 나름 정확한 구석이 있었다.

"일부러 팔을 걷고 파이 바로 앞에서 기다리고 있었던 거죠. 그걸 빌미로 레제프 황자 전하의 동정심을 사려고 말이에요."

"말조심 좀 하거라! 여기가 황궁이라는 사실을 잊었느냐?"

리디아는 과하게 몸 사리는 소극적인 부친을 답답해했다.

"아버지, 제발요. 건방진 것들이 자꾸 저를 무시한단 말이에요."

최근 리디아는 심하게 마음고생을 하고 있었다. 베라는 물론이고 다른 시녀들까지 그녀와 어울리는 걸 조심스러워해서 분통이 터졌다.

백작은 딸을 타일렀다.

"어차피 그것들은 이 아비가 한마디만 하면 다시 정신 차릴 거다. 그러니 너는 마음을 추스르고 황녀를 잘 감시하거라."

백작의 말에 리디아가 한숨을 푹 내쉬었다.

"감시할 것도 없어요. 황궁을 나가지도 않고 맨날 침실에만 있는걸요. 예산은 썩어 넘치는데 파티 한번 열지를 않는단 말이에요."

"예산이 많은데도 파티를 열지 않는다고?"

그러고 보니 독살 미수 사건이 터지고 벌써 두 달이 다 되어 간다. 지금까지 칩거할 이유가 있을까?

게다가 카예나의 성년식은 장미가 흐드러지게 피는 시기에 거행된다. 고작 한 달 조금 넘게 남은 시점이었다. 지금까지 아무런 활동도 하지 않는 건 확실히 이상했다.

"따로 만나는 사람은 없고?"

"라파엘로 키드레이 공자와 몇 번 보긴 했어요. 아주 잠깐이었지만요."

"으음."

"요즘 레제프 황자 전하와 가장 많은 시간을 보내요. 전하를 자주 볼 기회가 생긴 건 좋지만, 이상하게 전하께서 예전 같지가 않으세요. 맹수 조련사라는 우스꽝스러운 별명은 들으셨어요? 기가 차서!"

'뭔가 이상해.'

레제프 황자가 최근 꽤 고분고분해졌단 이야기는 들었다. 거기에 카예나 황녀의 영향이 있다는 말도 듣긴 했다. 하지만 그다지 신뢰하지는 않았다. 그런데 딸의 이야기를 들어 보니 헛소리가 아닌 모양이었다.

그는 새삼 황녀의 의도와 거동이 의심스러워졌다. 가령 황자의 즉위에 관여하여 섭정하려는 의도일 수 있다.

'그럴 수 있어.'

후계자의 모친이나 누이, 혹은 비가 권력을 제 것처럼 휘두른 역사는 빈번했다. 심지어 카예나에게는 하멜 백작가라는 번듯한 외가도 있지 않은가.

레제프 황자가 갑자기 카예나의 말을 듣고 고분고분해졌다. 이게 무얼 뜻하겠는가?

그러고보니 리디아의 일로 제논 에반스와 이야기할 때도 뭔가 이상했다. 그가 카예나 황녀를 상당히 주시하고 있다는 느낌을 받았던 탓이다. 자꾸만 자신이 모르는 무언가가 있을 것 같단 예감을 떨칠 수가 없었다.

그는 리디아의 어깨를 붙잡고 은밀하게 말했다.

"카예나 황녀가 아무래도 수상하구나. 누군가와 접촉하지는 않은지 면밀하게 살펴보아라. 진상품이나 그런 것들 전부!"

"네에? 진상품이 얼마나 많은데……."

"다른 시녀들을 시키면 되질 않느냐? 이 아비가 말해 놓을 것이니 네 말을 잘 따를 거다."

리디아는 갑자기 임무를 받게 되어 썩 내키진 않았다. 그래도 시녀들이 다시 제 말을 잘 따르게 해 주겠다는 부친의 말은 마음에 들었다.

"알겠어요."

─◈─

카예나는 창가에 비치는 햇살을 받으며 심각한 얼굴로 장부를 바라보고 있었다. 딱히 문제가 있어서는 아니었다.

'예산이 너무 남는데.'

내명부를 다스리는 권한은 레제프에게 있다. 선황후 대신 그 일을 수행했어야 할 카예나가 무능했기 때문이다.

레제프는 이번에 황녀궁 예산을 전례 없이 파격적으로 조정했다. 카예나를 아끼는 마음을 외부에 드러내는 단순하지만 확실한 방법이었다.

'원래의 나였다면 이 예산도 부족하도록 옷을 사들였겠지.'

아니면 정원이나 침실을 뜯어고쳤을지도 모른다. 며칠 지나면 시들어 처치 곤란할 꽃을 한가득 사서 파티를 열었을 수도 있다.

그러나 지금은 파티도 열지 않고 모임도 하지 않고 옷을 더 맞추지도 않으니 돈 쓸 곳이 없었다. 그나마 최근 가장 돈을 많이 쓴 일이라고는 구두를 바꾼 것 정도였다.

"다과가 좀 늦는구나."

다른 시녀들이 자리를 비워 홀로 시중을 들던 베라가 자수 놓던 손을 멈췄다.

"알아보고 올까요?"

카예나는 피식 웃으며 고개 저었다.

"아냐."

원래 일을 저지르려면 시간이 필요한 법이다.

요즘 베라를 제외한 시녀들은 시간이 날 때면 꼬박꼬박 침실을 나갔다. 베라의 말로는 뭔가를 찾는 것 같다고 했다.

덕분에 그들은 자신들의 소임을 더 소홀히 했다. 카예나가 전혀 혼

내질 않으니 더 신경 쓰지 않았다. 게다가 카예나가 외출도 안 하고 손님을 맞이하지도 않으니 점점 시녀들은 하는 일이 줄었다.

"오후 티타임 시간이 다 되어 갑니다, 전하."

"그렇기는 하구나. 그래도 내가 만들어 놓은 버터 쿠키가 있으니 괜찮아."

"과자만 드시면 몸 상하십니다. 제가 직접 챙겨 오겠습니다."

베라는 그렇게 말하며 침실을 나갔다. 그녀는 최근 시녀들과 전혀 어울리지 않았다. 거의 따돌림을 당하는 분위기였다. 그러나 베라는 조금도 개의치 않았다.

'지금은 폭풍 전야다.'

베라는 레제프의 변화를 정면에서 목격한 사람이었다. 그가 카예나를 대하는 태도가 얼마나 극적으로 달라졌는지 두 눈으로 보았다.

게다가 카예나는 계속 그녀를 살살 흔들어 댔다. 이제 슬슬 선택해야 하지 않겠느냐는 은근한 종용이 느껴졌다.

'곧 시녀들을 모두 물갈이할 것 같다는 예감이 들어.'

하지만, 대체 어떻게?

황제도 명분 없이는 함부로 사람을 내치지 못한다. 그걸 황녀는 어떻게 해낼 수 있단 말인가?

그때 하녀가 다과를 챙겨 들어왔다. 도나였다.

"시녀들은 어쩌고 네가 전하의 간식을 가져왔느냐?"

베라가 의아하게 묻자 도나가 대답했다.

"베라 님이 이곳에 계시니 괜찮을 거라며 간식만 골라 주고 가 버렸습니다."

그녀는 미심쩍은 눈으로 도나를 보았다. 부쩍 카예나의 수발을 자주 드는 하녀였다.

'뭔가 있어.'

"……이리 다오."

도나가 간식이 담긴 은 쟁반을 베라에게 넘겼다.

베라는 간식을 받아 침실로 들어가기 전에 응접실에서 그것을 확인해 보았다.

"……."

베라의 표정이 더없이 싸늘하게 가라앉았다.

"이 정신 나간 것들이……!"

간식 중에 견과류가 들어간 쿠키가 섞여 있었다.

카예나는 견과류 알레르기가 있다. 시녀들은 견과류가 든 음식이 있는지 꼼꼼하게 확인 후에 상에 올려야 한다. 이건 심각한 직무 태만이었다.

달칵-

침실 문이 열리고 실내용 드레스 차림의 카예나가 걸어 나왔다.

"들어오지 않고 뭘 하니?"

"죄송합니다. 다과에 문제가 있어 다시 준비해 오겠습니다, 전하."

"어머, 그럴 것 없어."

그녀가 빙긋 웃었다.

"그건 아주 잘 준비된 간식이란다."

"……예?"

카예나는 쟁반을 놓아둔 테이블로 다가왔다. 그러고는 정확히 견과류가 든 쿠키를 들었다.

"전하, 그건……!"

"견과류가 든 쿠키지."

"……?"

"난 이걸 먹을 생각이야."

자살하겠다는 말인가?

베라는 도무지 이해하기가 어려웠다.

"너는 오후 티타임에 맞춰 레제프에게 내가 만든 간식을 내가렴. 내 심부름을 하느라 견과류가 든 쿠키가 다과에 섞여들었단 사실을 몰랐던 거지."

"전하."

"난 방에 홀로 쓰러져 있을 테고 놀란 도나는 당장 의원을 부르겠지. 물론 부왕께도 이 사실을 알려야 해. 그건 도나가 해 줄 거야. 하지만 너는 이 모든 걸 몰랐던 거여야 한다."

그녀는 그제야 알아차렸다.

"잘할 수 있겠니?"

베라는 자신이 선택받았다는 것을 알았다.

카예나는 이 사건으로 한 방에 시녀들을 내칠 계획이었다. 자신을 제외한 전원이 그렇게 될 것이다.

베라는 당장 무릎을 꿇고 머리를 조아렸다.

"저는 전하의 사람으로 쓰일 것입니다."

그러자 카예나가 빙긋 웃었다.

"그거 고마운 말이구나."

❦

레제프는 검과 활, 새로운 견장을 확인해 보았다.

"하인리히 대공자 측에 심어 둔 세작의 말을 들어 보니 그가 최근에 투창을 사들였다고 합니다."

"투창?"

하인리히 대공자가 뭐 하러 투창을 샀단 말인가?

"괜히 창을 날려 대다가 말들이 놀라기라도 하면 큰일이다. 무슨 수작을 부리려는 건지 살펴보아라."

"예, 전하."

그는 망토를 풀어내고 소파에 풀썩 앉았다. 그러자 하인들이 테이블 위에 놓인 병장기를 치우기 시작했다.

"누님은?"

제논이 다른 테이블에서 업무를 처리하다가 고개를 들어 말했다.

"침실에 계십니다."

요즘 황녀는 이상할 정도로 외부 활동을 하지 않았다. 의원의 말로는 독을 마신 건 이미 다 나았다고 했다.

'무슨 생각인지 모르겠군.'

느낌이 썩 좋지 않았다.

"전하, 황녀궁의 시녀가 알현하길 청합니다."

"들어오라고 해."

베라가 하녀 하나만 데리고 들어왔다.

"황자 전하를 뵙습니다."

레제프는 그녀의 손에 들린 은 쟁반을 보고 픽 웃었다. 또 누이가 간식을 만들어 보낸 걸 알아차렸기 때문이다.

"황녀 전하께서 오후 티타임에 맞춰 직접 준비하셨습니다."

"가져와라."

이제는 이 일도 낯설지 않았다.

제논이 자리에서 일어나 쟁반을 받아 들고 시중 하인에게 간식을 먹였다. 이상이 없는 걸 확인 후 레제프가 버터 쿠키를 맛봤다.

"그러고 보니 요즘 자네가 자주 오는군."

"황녀 전하께서 소인을 신임해 주시고 계십니다."

"그래?"

그는 속내를 뜯어보듯 파란 눈동자로 그녀를 찬찬히 살폈다.

베라는 저도 모르게 눈을 마주쳤다가 섬뜩한 기분을 느꼈다.

"누님은 뭘 하고 계시지?"

"방금까지 황녀궁 예산이 너무 많아 골치를 앓고 계셨습니다."

그 말에 레제프가 웃음을 터트렸다.

"돈이야 쓰려면 얼마든지 쓰는 것인데."

그것을 핑계로 누이랑 이야기나 하러 가 보려던 찰나였다. 하인이 응접실로 다급히 들어왔다.

"황자 전하, 큰일 났습니다!"

"무슨 일이지?"

"갑자기 황녀 전하께서 쓰러지셔서 의원이 황녀궁으로 갔습니다!"

"뭐? 누님이 쓰러져?!"

레제프는 황녀궁으로 달려갔다.

-❈-

"견과류 섭취로 인한 알레르기 증상입니다."

의원은 요즘 악재가 낀 것이 분명하다고 생각했다. 모든 건 카예나 황녀가 독을 마신 날부터 시작되었다. 그녀를 살리지 못했다면 목이 잘릴 뻔했다. 다행히도 치명적인 독도 아니고 섭취량도 적어서 약을 쓰니 잘 회복되었다.

그러더니 또 갑자기 시녀 때문에 화상을 입었단다. 미쳐 날뛸 줄 알았던 황녀는 오히려 잠잠했고 레제프가 사달 낼 뻔했다.

근데 이젠 시녀도 없이 혼자 방에 쓰러져 있었단다. 그것도 견과류가 든 쿠키를 먹고 말이다. 알레르기는 자칫하면 죽을 수도 있는 심각한 문제였다.

'견과류가 들어간 쿠키라니. 시녀는 대체 이런 것 하나 살피지 않고 뭘 한 건지.'

그는 옆의 간식이 담긴 접시를 보고 속으로 한숨지었다.

'그런데 이렇게 쓰러질 만큼 상태가 나쁘진 않은데……. 발진도 없고. ……최근 몸이 쇠약해지신 탓인가?'

알레르기로 쓰러진 것치곤 꽤 건강한 상태였고 발진도 없었다. 하지만 좀 이상하다고 말하기엔 서슬 퍼런 분위기라 눈치가 보였다. 의원은 쿠키를 베어 문 흔적을 확인해 보았다. 부러트려 먹은 건지 잇자국이 있진 않았다. 먹은 양도 아주 적었다.

'큰일이 나지 않았으니 다행이지, 뭐.'

그는 그렇게 대수롭지 않게 생각했다.

"섭취량이 적어서 금방 괜찮아지실 겁니다."

의원은 묘하게 조용한 레제프의 눈치를 살피다가 진료 기구를 거뒀다. 옆엔 카예나의 시녀들이 모두 바닥에 엎드려 있는 상태였다.

레제프는 무표정한 얼굴로 침대 옆의 소파에 앉아 있었다. 일촉즉

발의 상황이었다.

"나가 봐."

레제프의 허락이 떨어지고 의원은 진료 가방을 챙겨 곧바로 나갔다. 침실 안에 싸늘한 침묵이 내려앉았다.

"너."

그가 베라를 가리켰다.

"일어나서 상황을 설명해 봐."

베라는 조심스럽게 자리에서 일어나 아뢰었다.

"제가 전하께 간식을 전달하러 간 사이 황녀 전하께서 드실 다과에 견과류 쿠키가 들어가고 말았습니다. 자리를 비운 소인을 죽여 주십시오."

"황녀가 먹을 다과를 확인하지 않았다……."

사실 이런 부분은 시녀들이 해야 하는 것 중 가장 기본이 되는 일이었다. 그러나 최근에 그들은 기강이 한껏 풀어진 상태였다. 매사에 조심하지 않았으며 대충 넘겨 버렸다. 그랬기에 자신들을 따라온 하녀 도나가 견과류 쿠키를 같이 담는 것도 몰랐다.

"그래. 견과류 쿠키가 섞여 들어갈 수 있지. 그런데 누님께서는 왜 혼자 침실에 쓰러져 계셨단 말이냐?"

레제프의 침착한 물음에 아무도 대답하지 못했다. 황녀를 뒷조사하느라 모두 자리를 비웠다고 어찌 말하겠는가?

"왜 다들 말이 없느냐?"

"……송구합니다, 전하."

레제프가 바로 옆에 있는 유리 화병을 집어 던졌다.

쨍그랑—!

"까악!"

그는 짜증스럽게 머리카락을 쓸어 넘기고는 다시 물었다.

"다시 한번 묻겠다. 왜 누님께서 홀로 침실에 쓰러져 계셨느냐? 누구도 발견하지 못했으면 위험했을 수도 있다는데."

그 말에 다들 입을 다물었다.

"예전에 황실에서 그런 일이 있었지. 견과류 알레르기를 이용해서 황족을 죽인 사건 말이야."

레제프는 광소하며 시녀들에게 말했다.

"그게 바로 황후 폐하시구나!"

시녀들은 그 말에 대경실색했다. 이대로라면 자칫 역모죄를 뒤집어쓰고 가문까지 멸문당할 위기였다. 그들은 살기 위해 필사적으로 호소했다.

"살려 주십시오, 전하! 저희는 절대 그런 의도가 없었습니다!"

리디아가 도나를 가리켰다.

"저 하녀가 한 짓이 틀림없습니다. 저희를 모함하는 것입니다!"

그러자 도나가 바로 무릎을 꿇었다.

"저는 쟁반을 받아 운반하기만 했습니다. 주방 하인들이 제 결백을 증명해 줄 것입니다."

그러고는 도나가 고개를 획 들어 억울하다는 얼굴로 외쳤다.

"리디아 시녀님이 하인리히 대공가에서 보낸 다과 상자에서 저 쿠키를 꺼내는 걸 제 눈으로 똑똑히 보았습니다!"

"……하인리히 대공가라고?"

"말도 안 됩니다!"

시녀들은 소릴 내질렀다. 그러다 누군가가 눈물을 매단 채로 리디아를 가리켰다.

"리디아 벤제만이 황녀 전하의 거동이 수상하다며 진상품을 수색하자고 하지만 않았어도 이런 일은 없었습니다! 저희더러 말을 따르지 않으면 가만두지 않겠다고 겁박하였습니다, 전하!"

동료 시녀의 배신에 리디아의 얼굴이 완전히 창백해졌다. 이대로 모의를 뒤집어쓸 수 없었다. 어쨌든 자신은 벤제만이니 저들보다 더 발언권이 있으리라.

그녀는 당장 소리쳤다.

"모함입니다! 전하, 저런 어리석은 것들의 말을 듣지 마십시오. 이건 전하의 세력을 뒤엎으려는 간계입니다. 저들 중 세작이 있을 것입니다!"

그는 증좌도 없이 저 살겠다고 서로를 고발하는 시녀들을 보며 광소를 터트렸다. 한심하고 역겹기 짝이 없었다.

"날 기만하는 걸 한 번으로 그치지 않는 것을 보니 너희 중 세작이 있는 게 분명하구나."

레제프가 소파에서 일어나더니 시녀들을 향해 성큼성큼 걸어갔다. 그는 덜덜 떠는 시녀 하나를 붙잡아 당겼다.

"아악!"

"너냐? 네가 하인리히 대공자가 보낸 첩자더냐?"

"전하! 소인은 절대 첩자가 아닙니다!"

"그럼 누구냐? 너야?"

"꺄아악!"

레제프가 다른 시녀의 머리 장식을 거칠게 잡아당겼다.

"인제 보니 너희들이 감히 날 우롱하고 있었구나!"

"살려 주십시오!"

"억울합니다, 전하!"

레제프가 벽난로 옆에 걸린 쇠꼬챙이를 가져와 그들에게 휘두르려 했을 때였다.

"황제 폐하 드십니다!"

난장판이 된 분위기를 뚫고 문지기의 외침이 들려왔다. 곧 침실의 문이 활짝 열리고 창백한 낯빛의 황제가 루든 시종장의 부축을 받으며 걸어 들어왔다.

"황제 폐하를 뵙습니다!"

레제프는 손에 든 쇠꼬챙이를 놓고 한쪽 무릎을 꿇었다.

"황제 폐하를 뵙습니다."

황제는 침대에 누워 있는 카예나부터 엉망이 된 꼴로 바닥에 엎드린 시녀들과 레제프까지 쭉 훑어보았다. 그러더니 한마디를 내뱉었다.

"한심한 것."

"……."

황제는 무릎을 꿇은 상태의 레제프에게 일어나라고 허락하지 않았다. 그러고는 자신을 부축하는 루든에게 말했다.

"루든."

"하명하십시오, 폐하."

"여기 시녀들을 전부 매질하여 황궁에서 내쫓고 수도에 발길을 금하라는 교지를 내려라."

시녀들 사이에서 흐느끼는 소리가 흘러나왔다.

기사들이 시녀들을 끌고 나가려 했을 때였다.

"그 시녀는 놔두어라."

황제가 베라를 가리키며 말했다. 베라는 당장 고개를 숙여 예를 올렸다.

"감사합니다, 폐하."

"네가 현명하게 처신했다 들었노라. 저 시녀에게는 패물을 하사토록 하라."

"황명을 받듭니다."

황제는 마지막으로 여전히 한쪽 무릎을 꿇고 있는 레제프를 바라보았다.

"짐이 모른 척하고 있으니 정말 바깥일에 어두운 줄 알았느냐?"

그는 레제프가 카예나에게 독을 먹인 범인이란 사실을 알았다. 카예나가 위기를 기회 삼아 잘 처신하기에 넘어갔을 뿐이었다.

레제프는 어금니를 아득 물었다.

"레제프 황자는 잘못을 뉘우칠 때까지 황자궁에서 나올 수 없을 것이다."

레제프는 천천히 고개를 숙였다.

"……황명을 받듭니다."

"황녀의 시중을 들 시녀는 짐이 직접 선별할 것이다. 그리 알고 썩 나가거라."

레제프는 다시 한번 고개를 꾸벅 숙이고 침실에서 나갔다. 그 불충한 태도에 다들 침음을 흘렸다.

황제는 아랑곳하지 않고 베라에게 말했다.

"하녀를 보내 줄 터이니 그동안은 네가 알아서 황녀궁을 잘 꾸려 보아라. 필요하다면 적당한 직위를 내려 주마."

"가문의 영광입니다, 폐하."

황제는 고개를 끄덕이고는 수행원을 데리고 침실에서 나갔다.

침실엔 카예나와 베라 둘만이 남았다. 베라가 숙였던 몸을 일으키며 말했다.

"다들 나갔습니다, 전하."

그 말에 카예나는 눈을 감은 채로 빙긋 웃었다.

5장
같은 인물, 새로운 무대

카예나가 이곳으로 회귀한 이후 황녀궁은 줄곧 때를 기다리는 맹수처럼 고요했다. 그 침묵의 의미를 제대로 파악하지 못한 자들은 그것을 두고 황녀가 얌전해졌다고 말했다.

그러나 베라는 달랐다. 그녀는 침묵에 발맞추며 예민하게 눈과 귀를 열어 두었다. 언제 이 황녀궁에 거대한 폭풍이 불어 올 것인지 지켜보고 있었다. 그리고 기회가 주어진 순간 그녀는 놓치지 않았다.

분명 견과류 쿠키를 먹고 기절했다고 한 카예나는 멀쩡하게 침대에서 일어났다. 문 앞은 애니와 도나가 지키고 있었다. 창에 커튼을 치고 초를 켜 방을 밝혔다.

"베라."

카예나가 베라에게 손을 내밀었다. 베라는 얼른 침대맡으로 다가가 바닥에 무릎을 대고 손을 맞잡았다.

"네 집안이 사활을 걸고 레제프를 지지한다는 사실을 안단다."

자신이 황자이 사람임을 이미 알고 있었단 말에도 베라는 놀라지 않았다. 카예나라면 당연히 알고 있었으리라는 이상한 믿음이 있었기 때문이다.

"나는 레제프를 황제로 만들 생각이다."

"……."

베라는 마른침을 삼켰다. 이보다 더 심오한 말이 어디 있을까?

그러나 카예나는 마치 오후 티타임의 다과를 무엇으로 할 것인지 고민하는 듯 태평하게 말했다.

"네가 나를 따르는 것이 집안과 레제프를 배신하는 일이 아니란 뜻이다."

"……전하."

"레제프가 섬세한 아이는 아니지. 네가 그를 위해 아무리 발 벗고 뛰어도 너는 준남작도 될 수 없을 거란다."

뼈아픈 말이었다. 베라는 지금까지 그것 하나만을 바라보고 달려왔다.

항상 불안감은 안고 있었다. 이 모든 게 허튼짓은 아닐까 하는 현실적인 생각이 마음을 괴롭혔다. 그럴 때마다 자신의 마음이 약해진 탓이라고 외면했다.

"황실 내 직위를 받는 것과 작위를 받는 건 참 다른 일이지."

작위는 단순히 '너를 이제 남작으로 임명하겠다'라고 말하는 것으로 끝나지 않는다. 상당히 까다로운 법적 절차를 거쳐야 한다.

베라는 그 어려운 일에 매달릴 만큼 작위가 절실했다.

"네 가문에서 너를 사촌과 결혼시키려고 하니 도망치듯 내 시녀를 자처한 것을 알아."

"어찌……!"

베라는 놀란 눈으로 카예나를 보았다.

"그 파렴치한이 널 안주인으로 들이고 동생들까지 첩으로 삼으려 한다는 것도."

카예나의 표정엔 한 점 흐트러짐도 없었다. 담담하게 사실을 읊는 그 모습이 어딘가 섬뜩하기까지 했다. 베라는 혀를 깨물고 싶었다.

"네가 직접 작위를 받아서 동생들을 데리고 나올 작정이었지?"

카예나가 다 안다는 듯이 베라의 머리를 쓰다듬어 주었다.

이 유능하고 성실한 시녀는 책임감도 지나치게 강했다. 낡은 생각을 지닌 부모에 대항해 자신과 동생들을 보호하려 이 모진 황궁에 직접 걸어 들어왔다. 그녀의 나이가 고작 스물다섯이다. 그 무게를 감당하기엔 아직 어린 나이였다.

카예나도 두 번째 삶에서 제 한 몸 건사하기도 힘든 상황에 병든 모친을 모시느라 고생한 기억이 있다. 혼자서 모든 걸 다 해내기엔 그때의 '여자'도 너무 어렸다.

그래서 카예나는 기꺼이 베라의 보호자를 자처했다.

"너는 이제 아무것도 걱정할 필요가 없어."

베라는 눈을 꾹 감았다. 눈물이 뺨을 타고 후두둑 흘러내렸다. 그녀의 마음을 가득 채운 것은 안도감이었다.

"……제 동생들은 아직 어립니다."

"그래."

"아버지는 딸을 재산으로만 여기십니다."

귀족 대부분이 그럴 것이다.

베라는 눈물에 젖은 얼굴로 이를 악문 채 말했다.

"저도 제 동생들도 집안을 유지하기 위한 도구가 아닙니다."

그녀는 카예나라면 그 누구보다도 자신을 이해해 주리라는 확신이 있었다. 황성에 완전히 고립된 채 황제든 황자든 원할 때 휘둘려야 했던 사람이 바로 그녀니까.

카예나가 미소를 머금었다. 그것이 무척 애달파서 베라는 이 순간 자신보다도 카예나가 가엾다고 생각했다.

자신은 작위 하나만 받아도 자유로울 수 있다.

그러나 카예나는?

베라는 침착하게 감정을 다스린 후 눈물이 마른 얼굴로 물었다.

"전하께서는 이제 어찌할 생각이십니까?"

사뭇 비장한 물음이었다.

카예나는 이미 생각해 둔 다음 계획을 말했다.

"혹시 내 드레스 중에 초라한 게 있니?"

－❈❈❈－

궁정인들은 난간 너머로 아래층을 내려다보았다. 그곳엔 잠옷인지 실내복인지 알 수 없는 수수한 드레스를 입고 무릎을 꿇은 카예나가 있었다.

"전하, 여기서 이러시면 안 됩니다……."

알레르기로 쓰러졌다던 황녀가 눈뜨자마자 한 일이 바로 이것이었다.

궁정인이든 기사든 모두 난감하기 짝이 없었다. 황녀가 중앙성 앞에서 무릎을 꿇고 있는데 그 앞을 어찌 지나간단 말인가? 얼결에 황성에 갇힌 꼴이 되었다. 모두를 대상으로 한 인질극이었다.

카예나는 비통한 얼굴로 초라하게 자릴 지켰다. 기댈 곳이라고는 제 동생이 전부인 나약한 황녀처럼 보였다. 유일하게 남은 시녀, 베라만이 곁에서 그녀를 부축하고 있었다.

"이러다 정말 큰일 나십니다……!"

황녀가 절대 물러설 생각이 없어 보이자 궁정인들이 난감해하며 뒤로 물러났다.

이 소식에 가장 기뻐한 건 당연하게도 레제프를 지지하는 귀족 세력이었다. 레제프의 무기한 근신령으로 인해 제논을 주축으로 긴급 회의가 열린 상태였다. 그 와중에 들려온 희소식에 한 귀족이 말했다.

"아니, 황녀가 어쩐 일로 우리에게 이런 큰 도움을 준답니까?"

레제프가 직접 카예나를 휘둘러 수확한 결과는 종종 있었다. 그러나 카예나가 자발적으로 이렇게나 큰 도움을 준 것은 단연 처음이었다.

모두 이 뜻밖의 상황에 횡재했다며 기뻐할 때 제논만이 눈을 날카롭게 빛냈다.

'과연 레제프 황자를 위한 행동일까?'

과거의 카예나였다면 큰 고민 없이 진심을 헤아릴 수 있었을 것이다.

하지만 지금은 달랐다. 이번 사건 한 번에 황녀궁 시녀가 모조리 내쳐졌다. 레제프의 영향력이 크게 위축된 것이다. 거기다 레제프는 황제의 진노를 고스란히 받아 무기한 근신령에까지 처했다.

여기서 카예나가 잃은 것은 아무것도 없었다. 거기에 자신이 원하는 시녀로 황녀궁을 채울 수 있게 되었다. 카예나의 모략에 당했다고 보는 게 가장 합당한 추론이었다.

'견과류를 먹은 건 진짜일까?'

하다 하다 그런 의심까지 들 지경이었다.

'아냐, 지나친 생각이지.'

어쨌든 지금 레세프를 위해 청원을 올리는 중이라고 하니 이건 기회였다.

"폐하께서는 어떻소?"

"꿈쩍도 하지 않으신다고 합니다."

그들은 황제의 노기가 가라앉을 때까지 기다려야 하는 건 아닌지 심각하게 고민했다.

제논이 나서서 말했다.

"오늘 안에 해결하지 못하면 하인리히 대공자 쪽으로 기세가 기울 겁니다."

"맞소. 이럴 시간이 없으니 다들 어서 입궁하지!"

─◈─

"폐하, 어찌하실 생각이십니까?"

밖에서 카예나가 무릎을 꿇은 채 청원하고 있는 것을 물은 것이다.

"그러고 있은 지 얼마나 되었느냐?"

"세 시간입니다."

카예나는 얇고 초라한 드레스 차림으로 벌써 세 시간째 무릎을 꿇고 있었다.

"의원의 말로는 이대로 계속 더 무리하시다간 큰일 날 수 있다고 합니다."

그때 시종이 침실로 들어와 말했다.

"폐하, 귀족들이 알현을 요청하였습니다."

그러고는 제논 에반스를 비롯한 레제프를 지지하는 귀족들의 이름이 쭉 흘러나왔다.

"기회다 싶어 덥석 무는구나."

이것은 명백히 카예나가 만들어 준 기회였다. 그는 손짓하며 말했다.

"들라 하라."

문이 열리자 열댓 명의 귀족이 우르르 쏟아져 들어왔다. 그들은 모두 망토를 젖히고 한쪽 무릎을 꿇었다.

"폐하! 부디 황녀 전하를 가엽게 여겨 주십시오!"

황제의 싸늘한 파란 눈동자가 귀족들을 훑었다.

"너희가 황녀를 가엽게 여기란 말을 할 자격이 있느냐?"

"이 모든 것은 오해입니다! 시녀들의 불민함을 단속하지 못한 황자 전하의 잘못은 명백하나 이것은 과한 처사입니다!"

"짐이 과했다?"

그들은 저물어 가는 태양을 예전처럼 두려워하지 않았다. 제 아들을 감금하는 아비는 마땅히 지탄받을 만하다고 생각하기도 했다.

"다시 한번 생각해 주십시오, 폐하!"

그들이 고개 숙이며 다 같이 그리 외쳤다. 이것은 일종의 힘자랑이었다. 아무리 황제라 해도 지금 이 자리에 모인 귀족들의 말을 완전히 무시할 수는 없다.

그때 하인이 다급히 뛰어들어 와 상급 시종에게 귓속말을 전달했다. 시종이 고개를 조아리며 송구스럽단 듯이 말했다.

"폐하, 황녀 전하께서 쓰러져 의원이 보살피는 중이라고 합니다."

귀족들은 이때다 싶어 애통하게 외쳤다.

"폐하!"

황제는 그들이 한마음 한뜻으로 가증스럽게 연기하는 것을 지켜보다가 입을 열었다.

"황자의 처벌은 아직 내리지 않은 상태다."

"폐……! 예?"

귀족들은 순간 멍한 얼굴을 했다.

황제는 그들을 향해 말했다.

"레제프는 열흘간 근신이다. 곧 교지를 내릴 것이니 나가 보아라."

그들은 긴 실랑이를 각오하고 있었다. 그런데 기다렸다는 듯이 처벌 내용을 정정해 버리는 황제의 태도에 어리둥절해서 시선을 교환했다. 그러다 곧바로 고개 숙였다.

"예, 폐하."

귀족들은 황제의 처소를 나왔다.

무릎을 꿇고 청원하던 카예나 황녀는 자리에 없었다.

"최근 폐하와 황녀 전하의 사이가 돈독해지셨다더니 효과가 좋은데?"

오늘의 공신은 단연 카예나였다. 쉽게 거둔 승리에 귀족들이 희희낙락할 동안 제논은 그들을 한심하게 쳐다보았다.

'애초에 레제프 황자가 근신령을 받게 된 게 누구 탓인데.'

가문만 화려하지 멍청하기 짝이 없는 인간들이었다.

─❖─

카예나가 쓰러졌다는 것은 과장이었다.

'세 시간을 무릎 꿇고 있었는데 멀쩡히 일어날 수 있을 리가.'

그녀가 일어서려다 바로 바닥에 주저앉는 것을 보고 사람들은 카예나가 쓰러졌다고 난리를 피웠다. 옷이 얇아 추위에 떠느라 파래진 입술과 창백한 얼굴도 그 오해를 부추겼다.

"고생하셨습니다, 전하."

베라는 카예나의 다리를 마사지하며 말했다.

"너야말로 나 때문에 고생했구나."

"당치 않습니다."

카예나는 자신이 가진 실내복 중 가장 단출한 것을 입었다. 유행 지난 드레스라 장식도 다 떼 버린 채 내버려 두었던 것을 입고 무릎 꿇었다.

"폐하께서 마음을 바꾸지 않으시면 어쩌려고 하셨습니까?"

따뜻한 차로 몸을 녹이던 카예나가 웃으며 말했다.

"부왕이 진짜 레제프를 황자 자리에서 폐할 작정이 아니라면 그런 명령을 내릴 리 없지."

"그렇…… 겠지요."

듣고 보니 그랬다. 무기한 근신이라는 말은 결국 후계자로서 유명무실해진다는 말이 아닌가? 황제의 냉혹한 성정으로 미루어 볼 때 그럴 바에야 차라리 황자 자리에서 끌어내리는 것이 편했을 것이다.

"이것은 일종의 시험이었다. 내가 어떻게 대처할지를 지켜보신 거겠지."

그 순간에 그런 계산이 들었단 말인가? 베라는 혈육임에도 피도 눈물도 없이 냉정한 이들의 사고방식에 천천히 입을 다물었다. 황가의 피라는 것은 보통 사람과는 다르게 흐르는 모양이었다. 그러다 문득 궁금해졌다.

"그렇다면 전하께서는 시험에 통과하신 겁니까?"

카예나는 대답 대신 빙긋 웃기만 했다.

그때 노크 소리가 들리고 애니가 들어왔다.

"전하, 루든 시종장이 찾아왔습니다."

"들어오라고 해."

황제의 늙은 시종장, 루든이 융단으로 감싼 상자를 손에 들고 들어왔다.

"몸은 좀 괜찮으십니까?"

"괜찮아."

그는 손에 든 상자를 앞으로 내밀었다. 베라는 얼른 그에게 다가가 상자를 건네받았다.

"황자 전하의 근신은 열흘로 조정되었습니다."

"부왕의 너그러운 자비에 감사할 따름이네."

베라는 상자를 열어 카예나에게 내밀었다. 그 안에는 보석이 박힌 열쇠가 있었다.

"황명입니다."

그 말에 카예나는 바닥으로 내려와 한쪽 무릎을 꿇었다. 베라도 마찬가지였다.

"엘다임 제1 황녀, 카예나 힐은 들어라."

루든은 허리를 곧게 펴고 황명을 전달했다.

"엘다임 제1 황자, 레제프 힐이 근신 중 내명부를 다스릴 수 없다고 판단, 이에 제1 황녀인 카예나 힐에게 내명부 권한을 임시로 이임한다."

베라는 손에 쥔 상자를 저도 모르게 꽉 쥐었다.

'임시지만 처음으로 황녀 전하께 실권이 주어졌다!'

카예나는 19년 만에 처음으로 받은 실권에도 흐트러짐 없는 태도로 대답했다.

"감사합니다."

아니, 19년이 뭔가? 첫 번째 삶에서는 죽을 때까지 실권 하나 잡지 못했었다. 그녀의 별명 중 하나가 '종이 황녀'였으니 그 치욕이 얼마나 깊을지 알 수 있었다.

"감축드립니다, 전하."

루든이 허리를 깊이 숙이며 카예나를 향해 축하의 말을 전했다.

카예나는 베라의 부축을 받으며 일어나 상자 안의 열쇠를 쥐어 보았다. 금을 입힌 화려한 열쇠. 대대로 황후만이 관리해 온, 그녀의 모친이 한때 쥐었을 열쇠였다.

"내가 아직 어리고 부족함이 많으니 잘 도와주시게."

"전하께서는 훌륭히 잘 해내실 겁니다."

루든은 다시 예를 갖추었다.

"상황이 상황인지라 약소하게 권한을 이임한 것을 부디 양해해 주십시오."

"내 어찌 모르겠는가?"

루든은 사람 좋은 웃음을 짓고는 이만 물러나겠다고 말하며 나갔다.

"전하."

베라가 어딘가 벅찬 얼굴로 카예나를 보았다.

카예나는 열쇠를 다시 상자에 담으며 베라를 놀리듯 말했다.

"이제 겨우 시작일 뿐인데 담이 그리 작아서야 쓰겠니?"

"하지만……."

고작 열흘 근신이다. 그 시간 동안은 레제프의 수족이 내명부 일을 처리하면 된다. 이렇게 통솔할 사람을 바꾸지 않아도 될 일이었다. 그런데 굳이 권한을 카예나에게 넘겨주었다.

'황녀에게 그럴 만한 능력이 있다는 것을 공식적으로 공표한 것이다.'

그렇다는 것은 카예나의 말대로 이것은 시작일 뿐이었다.

"내가 정답을 잘 맞힌 모양이구나."

베라는 내심 황제를 향해 청원하는 행위가 선을 넘은 것은 아닐지 걱정했었다. 그런데 돌아온 결과를 보라.

그녀는 자신이 감히 황녀를 의심했다는 사실을 뉘우쳤다. 그녀는 첫 행보를 완벽하게 밟아 낸 카예나의 다음 행보가 궁금했다.

"전하의 다음 계획은 무엇입니까?"

카예나는 그 물음에 미약한 한숨을 머금었다. 할 일이야 쌓여 있었다. 심지어 그것들은 순서를 잘 정해서 진행하지 않으면 다 어그러지고 말 터였다.

'그 어느 것 하나 중하지 않은 일이 없으니.'

"우선 황녀궁 시녀를 뽑아야지. 황제 폐하의 교지를 내려 올리비아 그레이스를 발탁하겠다."

베라는 그 이름을 듣고 의아해졌다.

"그 영애는 이미 레제프 전하께서 영입하는 중 아닙니까?"

"그레이스 가문은 키드레이 공작가의 후원을 받고 있다. 그런데 레제프의 요청을 따라 내 시녀로 들어올 리가 있겠니?"

게다가 혹시라도 시녀로 들어오지 않게끔 따로 애니를 시켜 편지까지 보냈다. 모두 이날을 위해서였다.

"레제프의 요청에 따라 들어오면 직간접적으로 그를 후계자로 지지하는 꼴이 되고 말아. 그러니 최대한 숨죽이고 있겠지."

"그러나 황제 폐하의 교지라면 이야기가 다르겠군요."

베라의 말에 카예나가 빙긋 웃으며 기특하다는 듯 보았다.

"그래, 네 말대로야."

새로운 시녀를 선별하여 황녀궁으로 들이는 작업은 상당히 중요한 일이다. 어떤 가문과 접촉할 것인지, 앞으로 어떤 세력을 꾸려 갈 것인지를 나타내는 지표나 다름없기 때문이다.

'이 세계의 주인공이자 내게 가장 강력한 카드가 될 올리비아는 반

드시 내 사람으로 만들어야 해.'

또한, 누구의 보호도 받지 못할 올리비아를 지켜 내려면 그편이 좋았다. 레제프나 하인리히 대공자는 카예나의 시녀가 된 그녀를 함부로 대할 수 없을 것이다.

카예나는 따뜻한 차로 다시 목을 축였다.

"차 맛이 참 좋네."

그 여유로움에 베라는 자신이 더 조급해지는 것 같았다.

"황자 전하의 근신은 고작 열흘입니다. 그 안에 또 무얼 하실 예정이십니까?"

카예나는 찻잔을 옆의 협탁에 내려놓았다.

"이간질이지."

카예나는 그렇게 말하며 조금 웃었다.

이간질이라니, 참으로 악녀다운 계책이지 않은가? 치사하고 더러운 수법이라고 괄시당할 만한 계략이지만 큰 이득을 취할 수 있는 방법이기도 했다.

"이간질…… 말입니까?"

베라는 그 상대 중 하나가 레제프이리라고는 추측했다. 그러나 레제프와 누구를 이간질할 것인가에 대해서는 쉽게 떠올리지 못했다.

그녀가 고민에 빠지자 카예나가 답을 주었다.

"제논 에반스."

레제프의 부관이자 황자파의 핵심 인물 중 한 명.

그가 바로 이간질의 대상이었다.

-✦✧✦-

다음 날이 밝고 카예나는 레제프의 방 앞에 멈춰 섰다.

"황녀 전하를 뵙습니다!"

문지기들을 포함하여 기사들이 그녀를 향해 바짝 군기가 든 예를 올렸다.

"일어나라."

제국에서 제일가는 가희의 말이라 할지라도 카예나의 고운 목소리와 섞이면 불쾌한 소음에 불과하리라. 기사들은 카예나의 숨 막히는 아름다움을 훔쳐보며 침을 꼴깍 삼켰다. 오늘 카예나는 머리카락을 하늘색 리본으로 반만 묶어 차분히 늘어트렸다. 은은한 광택을 내는 푸른색 드레스를 입은 그녀는 누구나 꿈에 그릴 만한 아름다운 모습을 하고 있었다.

그들은 카예나와 가까이 마주하며 과연 '죽음을 부르는 아름다움'이라고 불릴 만하다고 생각했다.

"레제프를 만나고 싶은데."

카예나는 가장 앞에 선 기사와 시선을 마주치며 말했다.

그녀의 눈길을 받게 된 기사의 온몸이 바짝 얼었다. 그는 자신이 긴장으로 떨고 있단 사실도 제대로 인지하지 못할 만큼 정신이 없었다.

"그, 그것은 불가합니다."

"하지만 동생이 너무 걱정되는데……."

살짝 찌푸린 미간, 가녀리게 떨군 파란 눈동자, 작아진 목소리에 다들 안절부절 서로의 눈치를 살폈다.

근신은 황제의 명이었으므로 절대 거역할 수 없었다. 그러나 그들은 카예나를 두고 단호히 대처하기가 어려웠다.

'누나가 동생을 보는 것뿐인데 막아야 하나……?'

은근히 그런 생각마저 들 정도였다.

차라리 카예나가 떼를 쓰거나 강압적으로 행동했다면 그들은 정신을 차렸을지도 모른다. 그걸 알기에 카예나는 절대 거칠게 행동하지 않았다.

"그게……. 이것 참……."

그들이 안 되는 걸 안 된다고 말하지 못해서 끙끙거리고 있을 때였다.

"황녀 전하를 뵙습니다."

레제프의 부관, 제논 에반스가 황녀를 향해 예를 갖추었다.

카예나는 천천히 몸을 돌려 그를 바라보았다. 제논의 표정에 어린 그녀를 향한 경계심이 한눈에 읽혔다.

"제논 에반스 경이로군."

"기억해 주시니 영광일 따름입니다."

'카예나가 내명부 권한을 가져간 것은 절대 우연이 아니다. 그래 놓고 뻔뻔스럽게 황자궁으로 발걸음을 하다니.'

제논은 카예나가 가증스러웠다. 최근의 카예나가 방심할 수 없는 상대가 되었다는 걸 머리로는 알았다. 그러나 가슴으로는 그 사실을 도무지 인정할 수 없었다. 지금까지의 카예나는 그저 얼굴만 예쁜 멍청한 여자였다.

"경이 와서 다행이야. 어서 문을 열어 주게. 레제프가 걱정되어 밤새 잠도 이루지 못했어."

뻔한 수작질에 제논은 하마터면 그 자리에서 바로 헛웃음을 터트릴 뻔했다.

'절대로 황자와 카예나를 만나게 할 수 없다.'

제논은 공손한 태도로 양해를 구했다.

"죄송합니다. 황제 폐하의 명을 저희들은 거역할 수 없다는 것을 고려해 주십시오."

"레제프는 지금 어떠한가? 그대는 잘 알겠지?"

"황자 전하는 괜찮으십니다. 하지만 황녀 전하께서 이곳에 오래 머무르시면 곤란해질 수도 있습니다."

카예나는 걱정스럽게 두 손을 꼭 쥐었다. 그것이 참으로 애처로워 보였기에 기사들은 못마땅한 눈으로 제논을 흘겼다. 말이라도 좀 곱게 해 주면 얼마나 좋은가?

'다들 제정신이 아니군.'

제논은 이 한심한 작태에 환멸이 들려 했다.

"나는……."

카예나는 어딘가 체념한 듯한 표정으로 굳게 닫힌 문을 힐끗 보았다. 제논은 속으로 혀를 찼다.

'하긴, 저 정도로 아름다우면 가히 재앙이라고 여겨도 부족하지 않겠구나.'

실제로 지금 이 자리에서 카예나에게 홀리지 않은 남자는 제논이 유일했다.

"알았네. 내가 괜히 자네들을 곤란하게 했군."

"아, 아닙니다, 전하!"

"절대 그렇지 않습니다!"

기사들은 어떻게 해서든 이 아름다운 사람의 기분을 조금이라도 나아지게 해 주고 싶었다. 그리고 그런 마음이 들수록 반대로 제논을 향한 적대감이 피어올랐다.

"그럼 제논 에반스 경. 에스코트를 좀 부탁해도 되겠나?"

"……네?"

전혀 예상치 못한 뜻밖의 요청에 제논은 저도 모르게 되물었다.

카예나는 차분한 어투로 말했다.

"돌아가는 길에 레제프가 어떻게 하고 있는지 듣고 싶어."

"그건……."

제논의 떨떠름한 반응을 본 기사가 헛기침하며 눈을 부라렸다.

"크흠, 응당 신하라면 전하를 에스코트해야 하지 않겠습니까, 제논 에반스 경."

사실 카예나는 지금 시녀 하나에 시중 하녀 둘이라는, 황녀의 일행 이라고 하기에는 단출한 인원이었다. 레제프의 최측근인 그가 에스코 트하는 것이 보기 좋은 그림이 나올 것이다.

"……영광입니다, 전하."

제논은 예를 갖췄다. 주변의 눈도 있는데 여기서 더 빼면 황녀의 체 면을 구길 것이다.

제논은 속으로 한숨을 삼키며 그녀의 곁으로 다가가 팔을 내밀었 다. 카예나는 그 팔을 감싸 쥐었다.

황자궁과 황녀궁은 정반대의 위치에 있다. 황성은 가로로 길쭉한 생김새라 그곳까지 가려면 꽤 걸어야 했다.

"그 아이의 성격상 제 사람들을 크게 문책했을 텐데, 괜찮은가?"

제논은 황자의 침소를 떠올렸다. 지금 그곳에서 멀쩡한 것이라고는 천 장밖에 없었다. 레제프가 휘두르는 검이 닿지 않는 높이였기 때문이다.

'다른 곳으로 치소를 옮겨야겠시.'

열흘 동안 방을 최소 열 번은 바꿔야 하지 않을까?

그는 머리가 지끈거렸다.

"그대의 고생이 이만저만이 아니겠군."

"아닙니다, 전하."

카예나가 다정하게 그를 위로했다.

그러나 제논이 보기엔 자신을 놀리는 것만 같았다.

"내가 조금만 조심했으면 그렇게 시녀들을 내보내지 않았을 텐데."

그녀는 진심으로 안타까워하는 듯한 표정을 지었다. 제논은 속지 않겠다고 마음을 다잡으면서도 순간 진짜인지 아닌지 헷갈렸다. 그만 큼 그녀의 애처로운 얼굴이 마음을 약하게 만들었다.

'쯧. 얌전하게 굴었다면 어련히 예뻐했을 텐데.'

그때 카예나가 자신을 낮잡아 보는 제논의 마음을 알아채기라도 한 것처럼 고갤 돌려 눈을 마주쳤다. 제논은 수를 읽을 수 없는 카예나의 시선을 정면으로 받으며 무심결에 마른침을 삼켰다.

"어서 새로운 시녀를 발탁하셔야 하지 않겠습니까? 성년식이 얼마 남지 않으셨잖습니까."

그는 시선을 슬쩍 피하며 말했다.

'레제프의 사람을 다 쳐낸 게 당신이잖아. 그래서 그 빈자리는 누구로 채울 작정이지?'

과연 카예나 황녀가 어떻게 나올지 궁금했다.

"그렇지 않아도 그게 요즘 가장 골치 아프다네. 그런데 경에게 여동생이 있지 않았던가?"

제논은 뜻밖의 말에 눈썹을 휙 치켜들었다.

"……예. 줄리아 에반스라고, 황녀 전하와 연배가 비슷합니다."

"그녀는 어떤 사람이지? 내 시녀로 들일 사람이라면 믿을 만한 사람의 가족이면 더 좋을 테니까."

'믿을 만한 사람이라고?'

제논은 머릿속이 복잡해졌다. 기껏 레제프의 사람을 다 내쳐 놓고 에반스 가문의 사람을 들이겠다니?

'나쁘지 않아. 아니, 좋은 기회야.'

에반스 후작가에서는 은근히 레제프와 여동생이 이어지길 바라고 있었다. 차기 황후를 배출해 내는 일이니 욕심나지 않을 리 없었다.

다만 지금까지 둘은 좀처럼 만날 기회가 생기지 않았다.

여동생이 황녀궁 시녀로 들어온다면 레제프와 마주칠 일이 많아질 테니 좋은 기회가 생길 것이다.

'대체 무슨 생각이지, 황녀?'

역시 아무 생각이 없는 멍청한 여자일 뿐이었나?

치열하게 머리를 굴리는 사이 황녀궁이 가까워졌다. 제논은 입술을 질근 물었다.

'시간이 좀 더 필요한데.'

그때 카예나가 말했다.

"참, 내가 레제프를 주려고 만든 간식이 있는데 그것도 가져갈 겸 함께 차라도 들지 않겠나?"

일부러 자릴 만드는 노골적인 제안이었다.

제논은 그녀의 무구해 보이는 미소에서 뭔가를 읽어 내 보려 노력했지만, 속내를 알 수 없었다.

"날씨도 좋고 후원에 꽃도 제법 피었으니 그곳에서 마시면 좋겠는데."

'……좋아. 무슨 생각을 하는 건지 알아내야겠어.'

그는 자신이 카예나의 진의를 알아내야겠다고 생각했다.

"전하의 뜻에 따르겠습니다."

카예나는 빙긋 웃었다. 자신의 능력을 과신하여 제 현명함만을 믿는 오만한 자는 제 꾀에 넘어지기 마련이었다.

―❦―

둘은 화원에 마련된 작은 테이블에 자리를 잡았다. 카예나는 드레스 자락을 정리하며 의뭉스럽게 물었다.

"제논 에반스 경은 아직 미혼이던가?"

"그렇습니다."

"경처럼 훌륭한 남자가 어찌 약혼자도 없지? 로드릭 에반스 후작이 신경 써 주지 않는 건가?"

제논은 제국에서 손꼽는 곡창 지대 중 한 곳을 소유한 에반스 후작의 동생으로 그 위세가 대단했다. 제논쯤 되는 남자가 지금까지 약혼자도 없이 미혼인 것은 드문 경우였다. 특히나 대지주의 동생이라면 더 희귀했다.

"어쩌다 보니 시기를 놓쳤습니다."

"놓쳤다는 건 부적절한 표현이 아닌가. 경은 아직 한창때인데."

그는 고작 20대 후반이었다. 냉혹해 보이는 인상이 흠이긴 해도 그만하면 준수한 외모였다. 꾸준한 훈련으로 단련한 강건한 신체는 남성적인 매력을 충분히 갖추고 있었다.

"그리 말씀해 주시니 감읍할 따름입니다."

제논은 여자란 존재는 자신의 발목이나 붙잡는다고 생각하는 사람이었다.

대지주 가문의 차남에게 어울리는 여자도 도통 없었다. 미모를 갖추면 지성이 부족하고 지성을 갖추면 가문이 떨어졌다.

"내 성년식을 기념하는 연회에서 경의 짝도 찾아보는 것이 좋겠군. 그땐 젊은 귀족들이 많이 참석할 테니까."

"전하의 짝을 찾는 자리에서 제 짝이나 찾아다니면 되겠습니까?"

그러자 카예나가 태평하게 맞받아쳤다.

"우리에게 허락된 밤은 유한할진대 때를 가려서야 운명을 찾을 수 있겠는가?"

"……낭만적인 말이로군요."

"사랑이란 것은 사고처럼 한순간에 찾아오기도 하니까."

카예나의 한마디, 한마디에 차분한 여유가 깃들어 있었다. 그는 카예나를 바라보고 있노라니 목이 타들어 가는 것처럼 갈증이 일었다.

'이 사람이 이제 막 성년이 될 여자인 게 맞나?'

자신은 그녀보다 훨씬 연상이다. 그런데 이상하게도 조금도 카예나가 연하라고 느껴지지 않았다. 그래, 자신이 마치 혈기왕성한 연하의 남자라도 된 기분을 느끼게 했다.

'정말 묘하군.'

설마 카예나 황녀를 상대하면서 이런 긴장감을 느끼리라고는 조금도 예상하지 못했다.

그런데 지금 자신을 보라. 동부의 패자나 다름없는 형님을 대할 때보다도 훨씬 신경 쓰였다.

"……전하께서는 그런 사랑을 찾으셨습니까?"

이 질문은 명백히 라파엘로를 노리고 한 것이었다.

카예나는 빙긋 웃었다.

"나는 찾지 않아."

제논이 미간을 살짝 찌푸렸을 때였다. 카예나가 테이블에 팔을 괴고 몸을 살짝 기울였다.

"날 찾아 주길 기다리고 있지."

카예나는 속내를 알 수 없는 미소로 제논을 보았다. 그 미소에 제논은 테이블 아래에서 주먹을 틀어쥐었다. 황녀가 당돌하게도 자신을 도발하고 있었다.

'네게도 기회를 줄 테니 어디 열심히 나를 유혹해 보렴.'

그녀는 그렇게 말하고 있었다.

자신을 회유하는 게 아니라 오히려 기회를 준다고? 그게 어처구니가 없으면서도 묘한 호승심을 자극했다.

'황녀라.'

그는 한 번도 카예나를 자신의 결혼 상대로 생각해 본 적이 없었다. 그녀가 아름답긴 하지만, 어지간한 귀족 영애보다 떨어지는 상대였기 때문이다.

그런데 지금의 카예나는 달랐다.

'재미있군.'

마음속 어딘가에서 저 도발에 응하고 싶다는 욕심이 솟구쳤다. 그는 이 팽팽한 긴장감에 혀로 입술을 축였다.

카예나와 이어진다면 굳이 레제프의 밑에 몸을 숙이고 있지 않아도 된다. 그러나 지금은 섣불리 저 늪에 발을 담글 수 없었다.

이렇게 대화하면 대화할수록 어렴풋하게 느끼던 것이 확실해져 갔다.

카예나 황녀는 위험하다. 그녀는 한 치 앞도 보이지 않는 안개 같은 여자다. 또한, 깊이를 알 수 없는 늪이다.

그는 남들만큼 아름다운 이성에 관심이 있는 보통의 남자였다. 지금까지 그것이 드러나지 않았던 이유는 성에 차는 여자가 없었기 때문이다.

그런데 지금 이 순간, 사고처럼 마음에 소유욕이 날아와 박혔다.

"전하께서는 저를 혼란스럽게 만드시는군요."

카예나는 눈을 휘둥그레 뜨더니 바람에 흔들리는 꽃처럼 웃었다.

"혼란스러운 건 모르기 때문이지. 정답을 알면 혼란할 건 없어."

이로써 관계 구도는 명백해졌다. 제논은 자리에서 일어나 카예나의 곁으로 다가갔다. 그는 한쪽 무릎을 꿇고 그녀의 손을 잡아 깊이 키스했다.

"반드시 찾아내겠습니다."

제논은 그녀의 도발을 받아들였다. 그는 자신이 승리하리라고 확신했다. 날고 기어 봐야 카예나는 종이 황녀니까.

그것이 어리석은 착각인 줄도 모르고서 말이다.

-🙥◈🙥-

카예나는 황녀궁까지 마저 에스코트하겠다는 제논을 거절했다.

'오만한 남자는 다루기가 쉽지.'

그녀는 무표정한 얼굴로 그렇게 생각했다.

"시녀를 하루빨리 발탁해야겠구나."

카예나는 침실로 돌아오자마자 황제에게 올릴 상소를 작성했다.

그녀는 베라를 포함하여 단 네 명의 시녀만 거느릴 생각이었다. 황녀궁의 시녀가 된다는 것이 그 어떤 것보다 대단한 특권이라는 특권의식을 강화하기 위함이었다.

그녀가 시녀를 단 네 명만 데리고 있겠다고 판단한 것엔 합당한 이유가 있었다. 내명부 권한은 크게 네 가지로 구별할 수 있기 때문이었다.

황녀의 손님을 접대하고 파티나 모임을 관리하는 등의 일상의 예와

절차를 도맡아 하는 시녀 하나.

황녀가 먹는 것, 즉 식사와 약에 대한 모든 부분을 통솔하는 시녀 하나.

황녀의 의복, 처소, 도구 등을 전반적으로 관리하는 시녀 하나.

황녀궁에 소속된 모든 사용인의 품행과 직무를 단속, 처벌하는 시녀 하나.

'일을 해야 권력이 따라오는 법이지.'

지금까지는 레제프가 내명부의 권한을 본인이 가졌다는 이유로 황녀궁의 모든 일에 간섭했다. 황녀궁의 시녀들은 보여 주기식에 지나지 않아 아무런 실권도 없었다. 카예나는 그것부터 고쳤다. 짧은 기간이지만, 레제프가 복권하더라도 황녀궁에 이래라저래라 할 수 없게 체계를 잡아야 했다.

"베라. 네게 앞으로 황녀궁에 소속된 사용인들의 품행과 직무를 단속할 수 있는 권한을 주겠다."

그것은 그녀의 시녀들이 하는 일 중에서도 가장 신중해야 할 일이었다. 그리고 베라는 그 일에 더할 나위 없는 적임자였다.

"성심을 다하여 전하를 보필하겠습니다."

나머지 권한에 대해서도 이미 적임자를 생각해 두었다.

올리비아는 카예나의 손님을 접대하는 등의 전령 같은 역할을 맡을 것이다.

'올리비아의 사교계 영향력을 키워 주어야지.'

올리비아는 여주인공답게 타고난 관찰자였고 통찰력이 있었다. 그녀는 분명 그 일의 적합자였다.

이제 나머지 둘을 추려야 했다.

"줄리아 에반스와 수잔 레폴을 황녀궁 시녀로 발탁할 것이다."

베라는 뜻밖의 인사에 미간을 약간 찡그리며 생각에 잠겼다. 에반스 후작가의 금지옥엽이라는 줄리아와 레폴 백작가의 차녀 수잔이라……

"집안으로 보자면 두 사람 다 흠잡을 곳 없이 훌륭합니다만, 개인의 역량에 대해서는 의문스럽습니다. 특히 줄리아 에반스 양이요."

줄리아 에반스가 황녀궁으로 들어온다면, 레제프도 반대하지 않을 거다. 오히려 환영하면 더 환영하겠지. 자신의 사람이라고 생각할 테니까.

그러나 동부의 지배자라고 불리는 에반스 가문의 외동딸이 시녀로서 직무를 잘해 낼 수 있을지는 미지수였다.

게다가 레폴 백작가의 차녀, 수잔은 어떠한가. 그녀도 마찬가지로 노동이라고는 해 본 적이 없을 것이다. 심지어 수잔은 그 성정이 상당히……

"수잔은 성정이 괴팍하다고 알려졌지."

조용한 성정의 레폴 백작과는 달리 수잔은 입에 칼을 문 독사로 알려져 있었다. 그녀는 머리도 좋고 가진 재주도 많았지만 쉽사리 사람을 하찮게 여겼다. 독설하기도 주저하지 않아서 사교계에서 썩 인기가 없었다.

"그런데 수잔 영애를 레제프 황자 전하께서 허락하실까요?"

레폴 백작가는 하인리히 대공과 친인척 관계였다.

하지만 이렇게 강행하는 이유가 있었다.

'원작에서 수잔 레폴은 올리비아의 둘도 없는 친구가 되니까.'

첫번째 생에서 수잔은 카예나에게 감히 와인을 끼얹거나 대놓고 비웃음을 터트리기도 할 만큼 배짱이 있는 사람이었다.

"그녀의 가문이 하인리히 대공과 친인척일지언정 하인리히 대공자와는 남남이잖니."

레폴 가문 역시 아직 어느 후계자도 지지하지 않은 가문 중 하나였다. 하인리히 대공의 친인척이니 다들 은연히 그쪽 사람이라고 생각할 뿐이었다.

'그리고 수잔은 하인리히 대공자를 무척 싫어해.'

물론 그녀는 레제프도 몹시 싫어한다. 여러모로 기회가 닿을 때 자신의 편으로 끌어들이면 좋았다.

"레폴 백작가는 충성스러운 변경백 가문이니 남들 보기에도 좋지. 그리고 레제프의 사람과 하인리히 대공자의 사람, 키드레이의 사람이 한곳에 모이는 게 얼마나 의미심장하겠니?"

그 말에 베라가 감탄을 터트렸다.

생각해 보니 그렇다. 이 황녀궁에 엘다임 제국의 대표적인 세력 셋이 모이게 되는 것이다. 비록 수잔은 하인리히 대공자의 사람이 아니지만, 사회의 시선으로 볼 때는 그랬다.

—⊰◈⊱—

카예나는 편지지를 펼쳤다.

[친애하는 엘리반 부인.]

그녀는 펜을 잠시 멈췄다.

원래의 카예나는 쓸데없는 인사말을 장황하게 늘어놓으며 문장력을 뽐내길 좋아했다. 그러나 그건 내용과는 맞지 않는 미사여구의 연속이었다.

두 번째 삶에서는 회사 용어에 절어 있었다. 물론 간결하고 격식을 차린 말투이긴 했다. 그러나 유모에게 '다름이 아니오라, 환궁의 건으로 인해 서신을 보내드립니다'와 같은 식으로 쓸 수는 없었다.

'……진심을 담아 써 보자.'

[그간 무탈하셨나요?

제가 미우시거나 혹은 남처럼 느끼실 수 있을 것 같습니다. 벌써 떨어진 지 10년이나 흘렀으니까요.

제 연락을 기다리지는 않으셨는지 궁금합니다. 저는 곧 생일을 맞아 성년이 됩니다. 아마 그곳에도 소식이 전해졌을 것 같네요.

저는 요즘…….]

카예나는 다시 펜을 멈췄다.

요즘 어떻게 지내고 있는지를 쓰려니 난감했다. 독도 마시고 환생도 해 보고 황자를 근신당하게도 했지만 그걸 편지에 쓸 수는 없었다.

[저는 요즘 어린 시절의 기억을 되살려 파이나 쿠키를 굽고 있어요.]

사실 두 번째 삶에서 모친에게 배운 것이지만 약간의 기억 보정과 미화는 필요한 법이다.

[엘리반 부인과 같이 주방을 난장으로 만든 기억이 떠오르는군요. 그때 부인의 녹색 드레스를 제가 새하얗게 만늘었던 것 같습니다.

물론 많은 추억과 그리움과는 별개로 부인의 선택을 존중하겠어요. 꼭 황궁으로 돌아오지 않으셔도 괜찮아요.

하지만 가끔 수도의 커피 하우스에 나란히 앉아 차를 마시게 된다면 무척 기쁠 것입니다.

보고 싶습니다, 나의 마지막 어머니.

그리움을 담아, 카예나.]

카예나의 유모는 귀족이자 선황후의 오랜 지기였다. 엘리반 부인의 아이가 어린 시절 열병으로 일찍 세상을 떠나자 그녀는 그 이후로 카예나를 제 두 번째 자식처럼 길렀다.

마지막 어머니. 그것은 아주 적절한 표현이었다.

'엘리반 부인이 부왕보다도 더 애틋하게 느껴지다니.'

카예나는 자신이 쓴 편지를 다시 읽으며 묘한 감상에 젖었다. 누군가를 그리워하는 마음이 드는 게 대체 얼마 만의 일인지 모른다.

편지를 봉투에 넣고 촛농을 떨어트렸다. 그리고 그 위로 황실의 문양이 음각된 도장을 찍었다.

오늘 내로 해야 할 중요한 일과 중 두 가지를 완료했다. 이제 그다음으로 중요한 일을 할 차례였다.

"황립 도서관으로 가야겠구나."

"……도서관이요?"

카예나와 인연이 없는 장소를 꼽으라고 한다면 도서관을 첫손에 꼽을 수 있었다.

베라는 잘 이해되지 않았다. 지금은 하루하루를 아주 소중하게 써야 할 황금 같은 시기가 아니던가? 세력 구축을 위해 유력 귀족을 만나고 다녀도 모자라지 않는가?

그녀가 의아해서 고갤 기울였을 때, 카예나가 말했다.

"앞으로의 일에 무척 중요한 정보를 수집해야 하거든."

엘다임 황립 도서관은 황립 아카데미와 건물이 나란히 세워져 있었다. 귀족이나 아카데미의 학생만 이용 가능하며 그 규모가 수도에서 가장 컸다. 그리고 그만큼 카예나가 원하는 자료가 많았다.

카예나는 괜한 소란을 피하고 싶었기에 일부러 망사가 달린 모자를 썼다. 그 노력이 무색하게도 황립 도서관에 수행원을 줄줄이 이끌고 들어온 카예나에게 순식간에 이목이 집중되었다.

곧바로 사서가 다가왔다.

"혹시 어디에서 방문하셨는지 확인할 수 있겠습니까?"

베라가 사서에게 말했다.

"이분은 제1 황녀 전하이시네."

"……."

사서는 커다란 눈을 끔뻑거렸다. 제국에 황녀는 하나뿐이고 그렇다면 눈앞의 얼굴을 가린 여자가 소문 자자한 카예나 황녀란 말이었다. 그래서 믿을 수가 없었다.

'그 황녀가 극장이면 몰라도 도서관에 올 리가 없는데…….'

그것은 합당한 의심이었다.

카예나는 손을 내밀었다.

"이걸로 확인되겠는가?"

황제의 적녀임을 증명하는 반지였다. 사서는 눈을 휘둥그레 떴다. 설마 진짜 황녀라고? 그는 증거를 눈으로 보고도 믿기가 어려웠다. 황녀가 황립 도서관을 이용하는 건 처음이었다.

그때 카예나가 망사를 걷었다. 사서는 망사가 걷히는 순간 현실성 없는 아름다움에 잠시 숨 쉬는 것조차 잊었다. 그는 입을 떡 벌렸다. 수도에 카예나의 얼굴을 모르는 사람이 어디 있는가!

"화, 화, 황녀 저, 전하!"

그는 말을 심하게 더듬다가 바로 바닥에 엎드렸다.

"도서관에서 소란 피우고 싶지 않다."

그러자 사서가 오뚝이처럼 벌떡 일어났다. 그의 얼굴은 터질 것처럼 벌겋게 물들어 있었다.

카예나가 망사를 내리며 빙긋 웃었다.

"그럼 신원 확인된 것으로 알겠네."

베라는 사서가 영 넋을 빼놓은 것을 보고 작게 헛기침했다.

"전하를 모실 만한 장소로 안내하시게."

그제야 사서는 정신을 차리더니 부산스럽게 주변을 확인했다.

"회의용 테이블을 지금 아무도 사용하지 않고 있으니 그곳으로 모시겠습니다."

베라도 가장 구석에 있는 긴 테이블을 확인하고는 고개를 끄덕였다.

"안내하게."

카예나는 20인이 앉을 수 있는 길쭉한 회의용 테이블을 홀로 차지했다.

소란을 느낀 관리자와 사서가 우르르 몰려왔다. 그들은 망사 너머의 흐릿한 실루엣을 훔쳐보며 공손하게 물었다.

"어떤 책을 찾으시는지요?"

그들은 카예나가 틀림없이 뭔가 대단한 것을 찾으러 이곳에 왔다고 생각했다. 황위 계승 후보인 레제프가 열흘 근신을 명받았고 임시지만 그녀에게 내명부 권한이 이임되었다. 온 사교계가 그녀의 행보에 집중하고 있었다. 대체 무엇을 노리고 황녀가 황립 도서관에 방문했을까?

그들은 카예나에게서 어떤 말이 나올지 잠자코 기다렸다. 이윽고 카예나가 용건을 말했다.

"엘다임 제국 전역의 여행기를 가져오너라."

여행기라는 말에 사서들은 물론이고 베라와 호위 기사들까지 의아하게 그녀를 보았다.

"……잠시만 기다려 주십시오."

어쨌든 황녀의 명이니 그들은 재빨리 장서 중 여행 기록서를 찾아다녔다. 곧 사서들이 찾아온 책을 테이블에 지역별로 나눠 쌓기 시작했다. 호위 기사들이 앞에 방벽처럼 서서 이곳을 힐끔거리는 사람들의 시선을 차단했다.

카예나는 망사를 앞만 살짝 걷어 책을 읽었다.

'황궁을 나가서 살 곳을 미리 알아봐야지.'

이건 카예나에게 상당히 중요한 일이었다.

'부왕이 살아 있을 때 내가 상속받을 봉토를 조정해 놔야겠어.'

카예나는 힐 황가에서 소유한 봉토 중 괜찮은 곳을 몇 곳 상속받게 되어 있다. 다만 상속될 땅 대부분이 동부라는 것이 문제였다.

'동부는 에반스 가문 때문에 안 돼.'

수도에서 떨어져 있으면서 유력 귀족의 영향에서 상대적으로 자유로운 장소가 어디 없을까?

사실 처음엔 서부에 편입해 몸을 숨기려고 생각했다.

'하지만 라파엘로나 올리비아가 날 불편하게 여길 수도 있으니까.'

실체가 없는 부마의 존재를 만들고 결혼해서 생활할 장소는 카예나가 완벽히 통제할 수 있는 곳이어야 했다.

그러기 위해서는 미리 장소를 물색해 그곳을 정리해 두어야 한다. 튼튼하고 깨끗한 저택, 허브 몇 종류를 키울 작은 정원, 조금 걸으면 바다나 호수가 있는 그런 곳이면 좋을 것 같았다.

물론 일부러 이 시기에 황립 도서관을 찾은 이유도 있었다.

'경계심을 낮출 필요가 있지.'

지금 그녀의 행보에 어떤 의도가 숨어 있는지 지켜보는 자가 부지기수다. 그런데 카예나가 다가올 사교 시즌에 맞춰 휴양을 갈 만한 곳을 찾는 듯한 모습을 보이면 얼마나 혼란스럽겠는가? 상당히 카예나다우면서도 최근 보인 행보와는 정반대되는 일이었다.

그녀는 여행기를 훌훌 넘기며 관심 없는 것처럼 읽었다. 그러다가 그림이 나오면 꽤 꼼꼼하게 살폈다. 주변에서 보면 글은 읽지 않고 그림이나 본다고 여길 만한 행동이었다.

그러나 카예나는 그들의 생각과는 다르게 내용을 모두 읽고 있었다. 수능을 겪어 본 세대라면 누구나 지문을 빨리 읽고 핵심을 파악하는 훈련을 하지 않던가? 그 버릇이 남아 있을 뿐이었다.

그녀가 앞으로의 계획을 정립하는 동안 도서관에는 점점 이용객이 늘고 있었다. 카예나 황녀가 이곳에 있다는 소식이 벌써 퍼진 것이다.

베라는 황녀가 진귀한 구경거리처럼 취급되자 불쾌해졌다.

"전하, 날이 흐리니 이만 환궁하시는 편이 좋겠습니다."

그 말에 카예나가 책에서 시선을 떼고 창을 보았다. 확실히 하늘이 잿빛이었다.

"몇 권은 대출해서 가자꾸나."

카예나는 사교계에 그녀가 무슨 책을 빌렸는지 소문날 것을 계산해서 적당한 휴양지를 골랐다.

'사람이 꽤 많아진 것 같은데.'

그녀는 자신 때문에 사람이 몰렸단 사실을 알아차렸다. 베라가 적절한 때에 환궁을 제안한 것이다.

"으음."

바깥은 황녀를 보러 온 귀족들 때문에 마차가 북새통을 이루고 있었다. 베라는 속으로 혀를 차고 카예나에게 물었다.

"휴게실에서 기다리시겠습니까?"

"조금만 기다리면 될 것 같으니 이 앞을 좀 걷자꾸나."

"비가 곧 쏟아질 것 같은 괜찮으시겠습니까?"

그 말에 카예나가 고개를 돌려 옆을 가리켰다.

"지붕이 있는 외부 통로로 다니면 되겠구나."

그녀는 베라와 같이 천천히 걷기 시작했다.

"오늘 내가 여행 서적을 본 것은 내게 집중된 이목을 좀 분산할 필요가 있었기 때문이란다. 실권을 잡자마자 뭔가 노리는 게 있는 사람처럼 행동하면 견제 세력이 생기기 마련이지."

"확실히 그렇겠군요."

"내명부 권한을 받자마자 여름 휴양지를 물색하는 게 얼마나 나다운 일이니?"

베라는 차마 그 말에 긍정하지 못하고 입을 다물었다. 사실 원래 카예나라면 당연했을 행동이었다.

걸음에 찰랑찰랑 흔들리던 망사가 서서히 아래로 내려오더니 카예나의 눈이 드러날 정도가 되었다.

"전하, 망사를 다시 고정해 드릴까요?"

카예나가 망사를 걷어 올렸다가 내리는 걸 반복했더니 고정이 느슨해진 모양이었다. 곧 마차를 타고 환궁할 테지만 괜히 이 근처로 다가오는 귀족들 때문에 그녀는 고개를 끄덕였다.

"그리해다오."

베라가 모자에 고정된 망사를 풀었다. 그러고는 다시 모자에 팽팽하게 망사를 달려고 했을 때였다.

"전하!"

뒤에서 누군가가 반갑게 그녀를 불렀다. 어딘가 익숙한 목소리에 카예나가 뒤를 돌아보았다.

"오랜만에 뵙습니다, 전하."

카예나의 안색이 창백하게 질렸다. 익숙한 얼굴이었다. 짙은 갈색 머리칼과 음험하게 어두운 검은 눈동자, 얇은 입술. 기억보다는 좀 더 어린 얼굴.

그래, 모를 수가 없는 얼굴이었다.

'헨버튼 길리안.'

카예나를 학대하고 살해했던 전남편이었다.

그와 마주하자 마치 먼 과거의 일처럼 흐릿했던 기억이 선명하게 떠오르기 시작했다.

손이 파르르 떨렸다. 레제프에게 보냈던 살려 달라고 빌었던 편지들. 멍을 감추려고 여름에도 고수했던 긴 옷. 숨바꼭질하듯 그의 성에서도 가장 어두운 곳에 몸을 감췄던 기억들.

카예나는 달리 살려 달라고 빌 곳이 없었다. 레제프는 그녀를 철저히 버렸었다.

그래서 마지막엔 라파엘로에게 편지를 썼다. 그러나 자비를 바랐던 편지는 키드레이 공작저로 가지 못했다. 길리안에게 발각된 것이다.

'그래. 그날 라파엘로에게 아직도 미련이 남았냐며 미쳐 버린 길리안이 날 죽였어.'

카예나는 내면 깊숙하게 각인된 공포로 떨리는 손을 마주 쥐었다.

"어느 가문의 영식인가?"

그녀는 다행히도 담담하게 목소리를 낼 수 있었다.

길리안은 실망을 감추지 못한 얼굴로 예를 갖췄다.

"……헨버튼 길리안이 황녀 전하를 뵙습니다."

목소리를 듣는 것도 고역스러웠다. 어째서 길리안에 대해 아무런 생각도 하지 않았을까? 너무 끔찍해서 무의식적으로 그 기억을 꺼내지 않았던 걸까?

카예나는 냉정함을 가장하여 말했다.

"길리안 자작가의 영식이었군."

"저번 연회장에서 같이 춤도 췄지요. 기억나지 않으십니까?"

그가 그렇게 말하며 카예나에게 한 걸음 다가왔다.

'기억나지 않는다고 냉정하게 뿌리치면 무슨 짓을 저지를지 몰라.'

카예나는 그의 눈 속에 깃든 광기를 알아보았다. 구역질이 날 것 같았다.

"그리 말하니 기억나는 것 같구나."

그녀의 대답에 길리안이 또다시 한 걸음 내디디며 말했다. 둘 사이의 거리가 세 걸음 남짓 남았다.

"그때 저와 두 번이나 춤추셨습니다. 그날 이후로 계속 다시 뵙길 고대하였는데 오늘 이렇게 마주치게 될 줄은 몰랐군요."

우스운 말이었다. 분명 카예나가 이곳에 있단 말을 듣고 막 찾아온 것이 분명했다.

카예나는 대화를 더 잇고 싶지 않았다.

곁에서 이 상황을 지켜보던 베라가 끼어들었다.

"전하, 마차가 도착한 것 같으니 이만 가시지요."

길리안의 섬뜩한 시선이 베라를 향했다.

카예나는 걸음을 옮기려고 했다. 그러나 이대로 한 걸음이라도 떼면 힘이 풀려 주저앉을 것만 같았다.

'정신 차려. 이제 사라진 일일 뿐이야.'

그녀는 계속 냉정하게 생각하려고 했다. 지금 길리안은 자신을 가두고 때리거나 칼로 찌르지 못한다. 그러나 그 기억들을 상기할수록 숨이 더 가빠지기 시작했다.

망사라도 얼굴에 두르고 있었더라면. 그녀는 아무렇지 않은 척 무표정한 얼굴을 유지하는 것으로 이미 많은 심력을 소모하고 있었다.

"이만 가 보겠네."

길리안은 카예나가 먼저 떠나지 않는 이상 절대 물러나지 않을 기세였다. 카예나가 작별을 고하자 길리안이 그녀에게 성큼 다가서며 팔을 내밀었다.

"그럼 제가 에스코트하겠습니다, 전하!"

그게 카예나에게는 끔찍한 위협처럼 느껴졌다. 순간 그가 번들거리는 눈으로 칼을 들고 달려들던 길리안, 그리고 직전의 삶에서 그녀를 찔렀던 남자와 겹쳐 보였다.

카예나는 뒤로 다급하게 물러나다가 다리에 힘이 풀려 몸이 휘청 뒤로 넘어갔다. 아찔한 고통을 예상하고 눈을 질끈 감았을 때.

탁!

누군가의 너른 품에 안겼다.

등을 단단히 받치는 가슴, 옆으로 쓰러지지 않도록 몸을 감싸 안은 돌덩이 같은 팔. 은은하게 풍기는 잉크 냄새.

카예나는 누군가에게 완전히 휘감기듯이 안겼고 쓰고 있던 모자만 바닥에 툭 떨어졌다.

"괜찮으십니까?"

익숙한 목소리가 귓가에 나직한 속삭임처럼 들려왔다. 고개를 들어 올리자 별빛처럼 총기가 흐르는 붉은 눈동자가 시야에 선명히 날아 박혔다.

카예나는 날카롭게 일어서 있던 경계심이 완전히 해제된 표정으로 그의 이름을 입에 머금듯 불렀다.

"······라파엘로."

$-$ ❦ $-$

라파엘로는 가문에서 후원하는 학생의 장학 제도 문제로 처리할 일이 있어서 카예나보다 먼저 황립 아카데미를 방문한 상태였다.

"들으셨습니까?"

이상한 일이었다. 평소의 그라면 종자가 어디서 뭘 듣고 호들갑 떨며 수행원들과 수다 떠는 걸 귀 기울여 듣지 않았을 것이다. 그런데 오늘은 이상하게 종자의 들뜬 목소리가 그의 귀를 사로잡았다.

"무슨 일인데?"

종자만큼이나 가십을 좋아하는 바스턴이 냉큼 물었다.

"옆의 황립 도서관에 지금 카예나 황녀 전하께서 방문하셨답니다!"

"뭐? 황녀 전하라고?"

멈칫.

황녀라는 말에 라파엘로가 서류를 작성하던 손을 멈추고 시선을 들어 올렸다.

"그래서 지금 학생들도 황립 도서관에 가겠다고 방문증 끊고 난리랍니다. 최근 외출을 한 번도 안 하셨잖아요."

"그러게. 그런데 오랜만의 외출을 황립 도서관으로 하시다니……."

바스틴이 미간을 찡그리며 고개를 갸웃거렸다. 도서관은 카예나와 영 맞지 않는 느낌이었다.

"무슨 소란이야?"

그때 제레미가 응접실로 들어오며 물었다.

"제레미 님! 들으셨어요? 지금 황립 도서관에……."

"주군께서 일하시는 데 방해된다, 이 녀석아."

종자는 라파엘로를 힐끗 보며 입을 꾹 다물었다. 제레미는 라파엘로에게 다가갔다.

"검술 수련을 참관하려면 좀 기다리셔야 하는데 어찌하시겠습니까?"

"얼마나 기다려야 하지?"

"40분은 걸린다고 합니다."

라파엘로는 창밖으로 보이는 황립 도서관을 쳐다보았다. 거리가 가까우니 잠깐 다녀오면 시간이 맞을 듯했다.

"기다릴 동안 잠깐 황립 도서관에 다녀오겠다."

종자와 바스틴의 눈이 반짝 빛났다. 라파엘로가 황녀를 만나러 간다는 사실을 눈치챘기 때문이었다.

제레미가 물었다.

"마차를 준비할까요?"

그 말에 종자가 얼른 들은 정보를 말했다.

"외람되오나 지금 황녀 전하를 뵙기 위해 도서관 앞엔 마차가 북새통을 이루고 있다고 합니다. 아마 마차로 가면 오래 걸리실 거예요."

"거리도 가까우니 걸어서 다녀오마."

"제가 보필하겠습니다!"

바스턴이 부리나케 라파엘로의 뒤에 따라붙었다. 그의 붉은 눈이 바스턴을 한번 훑었다.

"혼자 다녀오겠다."

그러고는 대답도 듣지 않고 휙 나가 버렸다.

"오……. 확실히 우리 주인님이 좀 이상한데?"

바스턴은 멀어져 가는 라파엘로의 뒷모습을 느끼한 눈으로 보았다. 그러자 제레미가 그의 머리를 서류로 탁 때리며 혼냈다.

"불충한 놈! 괜한 소리 입 밖에 내지 마라."

"제가 틀린 말 했습니까? 황녀 전하를 먼저 찾아뵙는 게 이번으로 벌써 두 번째잖습니까."

"그럼 당연히 가 보시겠지. 요즘 사교계든 정계든 황녀 전하의 행보를 주목하고 있단 사실을 모르느냐?"

제레미는 그렇게 타박했지만 실은 그도 의아하게 여기고 있었다. 라파엘로가 따로 말한 적은 없지만, 제레미는 그가 사람과의 접촉이나 관계 맺는 일을 내켜 하지 않는단 걸 알았다. 그런데 그런 그가 먼저 자처해서 황녀를 두 번이나 만난다는 것은 꽤 특이한 일이었다.

'최근 황녀가 좀 변하긴 했지만…….'

지금까지 봤던 그녀의 방종한 태도가 인상에 강렬하게 남아 있었다.

'마님께서 이 사실을 알게 되시면 혼담을 더욱 강행하실 것 같은데.'

제레미는 눈썹을 긁다가 한숨만 푹 내쉬었다.

—❋❀❋—

라파엘로는 황립 아카데미에서 도서관까지 난 통로를 따라 걸었다.

'비가 오겠는데.'

아침부터 하늘에 구름이 끼기 시작하더니 이젠 잿빛이었다. 한 시간 내로 비가 쏟아질 것 같았다.

'황녀가 슬슬 돌아갈 채비를 할 수도 있겠군.'

그는 발걸음을 조금 서둘렀다. 어서 그녀를 만나고 싶었다. 절대 사사로운 감정 때문은 아니었다. 요즘 정세가 워낙 뒤숭숭하니 그녀의 얼굴을 보고 직접 목소리를 들으며 상황을 이야기하고 싶을 뿐이었다. 그게 아니라면 이렇게 카예나가 궁금할 이유가 없었으니까.

실제로 최근 황궁에서는 여러 가지 일이 일어났다. 카예나가 알레르기로 쓰러졌으며 황제의 명으로 시녀들이 모조리 내쳐졌다. 거기다 레제프 황자가 근신을 명받았다.

'황자를 위해 세 시간이나 무릎 꿇고 간청을 올리다 쓰러졌다던데.'

그러고 나서는 황제가 그녀에게 내명부 권한을 임시 이임했다. 지금 귀족들 사이에서는 이번 사건을 두고 황녀의 권모술수인가, 우연인가 논쟁이 한창이었다. 라파엘로는 카예나의 계략이라고 판단했다.

'황녀 때문에 워낙 세간이 시끄러워 알려지지 않았지만, 벌써 내게 들어온 혼처 중 하나가 그녀의 말대로 사라졌어.'

에이반 백작가가 빚을 갚지 못해 하인리히 대공자의 세력으로 흡수되었다. 그 사건은 황궁에서 벌어진 흥미진진한 사건보다 훨씬 재미없었기에 사람들의 입에 잠깐 올랐다가 금방 잊혔다.

라파엘로는 통로를 따라 걷던 중 익숙한 인영을 발견했다.

'황녀로군. ……저건 길리안 자작의 영식인가?'

통로에는 그들을 제외하고는 사람이 없었다.

그런데 뭔가 분위기가 이상했다. 길리안 영식이 그녀를 향해 다가가는 게 보였다. 그의 착각인지 모르겠으나 그의 행동에서 기묘한 광기가 읽혔다. 라파엘로는 저도 모르게 거의 달리다시피 빠르게 다가갔다.

그리고.

탁!

카예나의 가녀린 몸이 품에 쏙 안겼다. 은은하게 끼치는 부드러운 향에 그는 잠시 숨을 멈췄다. 심장이 꽉 조여들었다.

……내가 갑자기 왜 이러지?

라파엘로는 영문 모를 감정을 수습하며 최대한 담담함을 가장해 물었다.

"괜찮으십니까?"

품에 안은 카예나의 몸이 미세하게 떨리는 것을 느낀 라파엘로가 미간을 좁혔다.

'뭐지?'

그때 고개를 비스듬히 들어 올린 카예나와 눈이 마주쳤다. 그녀는 창백한 얼굴로 겁에 질려 있었다. 이상하리만큼 달았던 기분이 순식간에 가라앉았다. 카예나는 라파엘로와 눈이 마주치사 두려움에 젖어 있던 표정이 순식간에 바뀌었다. 마치 자신이 그녀의 든든한 원군이라도 된 듯한 착각이 드는 극적인 변화였다.

"……라파엘로."

그녀의 입에 담긴 제 이름이 이상하게 낯설었다. 최근엔 계속 키드 레이 경이라고만 불렀기 때문인가?

카예나는 몸을 바로 일으켜 세웠다. 라파엘로는 그녀를 부축해 주었다. 그녀는 조금 정신없어 보였다. 여전히 라파엘로의 팔을 붙잡고 있었는데 그 사실을 자각하지 못하는 것 같았다. 그리고 라파엘로도 지금 자신이 접촉에 아무런 불쾌함을 느끼고 있지 않단 사실을 깨닫지 못했다.

베라가 격노한 얼굴로 매섭게 길리안에게 쏘아붙였다.

"이게 무슨 무례입니까!"

조금 떨어진 곳에서 대기하고 있던 호위 기사들도 때마침 도착했다.

"무슨 일입니까?"

"저자를 당장 뒤로 떨어트리시오. 감히 황녀 전하께 위해를 끼치려 했으니!"

길리안이 귀족 영식임을 알았기에 그다지 경계하지 않았는데 사달이 날 뻔했다. 그들은 당장 길리안을 붙잡고 뒤로 떨어트렸다.

"아니, 난 에스코트를 해 드리겠다고 했을 뿐이오. 이게 무슨 짓이오!"

길리안은 끓는 눈으로 소리쳤다.

"그렇게 비신사적인 에스코트는 처음 보았습니다! 감히 위협적으로 손을 휘두르다니!"

베라는 당장 뺨을 올려붙일 듯이 경멸을 담아 길리안을 노려보았다.

길리안은 분노에 끓던 얼굴을 순식간에 풀었다.

"오해이십니다. 저는 전하께서 호위도 없이 시녀와 계시기에 좋은 마음으로 호위를 자처한 것입니다. 제가 긴장하여 손이 뻣뻣하게 나간 건 사실이지만 결코 나쁜 의도는 없었습니다."

그럴듯한 말이었기에 호위 기사들은 얼떨떨한 얼굴로 서로를 보았다. 조용히 사태를 관망하던 라파엘로가 입을 열었다.

"헨버튼 길리안 영식."

그러자 길리안의 시선이 라파엘로에게 닿았다. 잠깐 그의 시선이 카예나의 손에 머무르는 것을 보았다.

"저도 뒤에서 방금의 상황을 보았습니다. 불순한 의도가 없으셨다고 하셨지만 레이디에 대한 배려는 분명 없어 보였습니다."

"……키드레이 경. 제 잘못이 없다고 말하는 것은 아닙니다. 물론 제 실수를 뉘우치고 있습니다."

길리안은 가증스럽게 참회하는 표정을 지었다. 카예나는 그가 바깥에서는 신사처럼 행동하고 집에 돌아와서는 자신을 학대했던 것을 기억했다. 그는 거짓말에 능했다.

"……내가 최근 이런저런 일이 많아서 과민 반응한 모양이네."

그녀는 그렇게 말하며 아직 거즈를 풀지 않은 팔을 살짝 들어 올렸다. 뜨거운 파이에 덮쳐진 적도 있던 황녀이니 당연히 돌발 행동에 놀랐을 수 있다고 생각하게끔 유도했다.

"길리안 영식이 좋은 의도로 에스코트를 제안했단 것은 믿겠네. 그래도 제국의 황녀가 설마 호위도 없이 다닐 리가 있겠는가?"

"제 불찰입니다, 전하. 송구스럽습니다."

호위는 곧바로 고개를 숙이며 잘못을 고했다.

카예나는 고개를 내저었다.

"아닐세. 신사라면 시녀와 조용히 있는 걸 보고 다가오는 경우가 잘 없으니 그대들도 의아했으리라 생각해."

그녀는 호위를 용서하는 척 길리안의 무례를 지적했다.

"영식도 놀랐을 테니 이만 일 보러 가게."

길리안은 미소 짓고는 있었으나 섬뜩한 눈으로 카예나를 집요하게 바라보며 예를 갖췄다.

"실례했습니다, 전하. 다음번에 반드시 예를 갖추어 다시 인사 올리겠습니다."

길리안이 떠나고 카예나는 차갑게 식었던 손끝에 온기가 돌아오는 것을 느꼈다.

"번번이 경에게 신세를 끼치는군."

그녀는 미안해하는 얼굴로 라파엘로에게 말했다. 다시 차분하게 감정을 갈무리한 담백한 태도였다. 그러나 손은 여전히 라파엘로의 팔을 꽉 틀어쥐고 있었다.

그가 카예나의 손을 잡았다.

"……!"

카예나는 그제야 자신이 아직도 라파엘로를 붙잡고 있었단 사실을 깨달았다. 얼른 그를 놓아주려고 손을 빼려 했을 때였다.

"저희 집안의 가신 때문에 전하께서 놀라신 것 같아 마음이 무거울 따름입니다."

그녀의 푸른 눈동자가 다시 위로 올라왔다.

라파엘로는 왠지 기분이 이상했다.

"제가 마차까지 모시겠습니다."

그리고 깨달았다. 손에서 느껴지는 그녀의 온기가 조금도 불쾌하지 않았다.

6장
새로운 양상

카예나의 안색은 여전히 희게 질려 있었다. 손은 이제야 온기가 점점 돌기 시작했다. 몸의 떨림도 점차 잦아들었다.

'헨버튼 길리안을 이토록 두려워할 이유가 따로 있는 건가?'

그녀는 안쓰러울 정도로 아무렇지 않은 척 가장하고 있었다.

그래서 그런 것일지도 몰랐다. 라파엘로는 그녀를 마차까지 데려다줘야 한다는 생각이 들었다.

카예나는 자신이 홀로 멀쩡하게 걸을 수 없단 사실을 알았다. 그래서 괜한 고집을 부리는 대신 그의 호의를 고맙게 받았다.

"그럼 부탁하겠네."

베라와 호위 기사들은 뒤에 떨어져서 그들을 따랐다.

카예나는 점차 이성이 돌아오는 걸 느꼈다. 마음도 꽤 안정되었고 길리안의 번들거리던 눈빛을 떠올려도 꺼림칙할지언정 두렵지는 않게 되었다. 그녀는 라파엘로와 맞잡은 손을 슬쩍 내려다보았다. 아무래도 라파엘로 덕분인 것 같았다.

'아까 라파엘로의 얼굴을 보는 순간 왜 그렇게 안심되었는지 모르겠네.'

지금도 그랬다. 아까와 달라진 것이라고는 라파엘로의 존재 유무밖에 없었다. 그것만으로도 이 공간이 완벽하게 안전해진 것 같은 기분이었다.

실제로 카예나를 보러 황립 도서관으로 물밀듯 몰려들었던 귀족들이 다가올 엄두도 내지 못하고 있었다. 그들의 얼굴에는 선명한 실망감이 떠올랐다.

'라파엘로에게서 마음이 떴다더니 아니잖아!'

자신이 카예나의 부마가 될지도 모른다는, 혹은 그 비슷한 어떤 콩고물이라도 얻을지 모른다는 기대를 안고 온 사람들이었다. 그런데 라파엘로와 다정하게 같이 있는 모습이라니. 암만 날고 기는 귀족이라도 라파엘로 키드레이 앞에서는 아무런 경쟁력도 없었다.

'그러고 보니 라파엘로가 여긴 어쩐 일이지?'

그녀는 갑자기 나타난 라파엘로를 의아하게 보았다.

"그런데 키드레이 경은 여기에 어쩐 일이지?"

호칭이 다시 바뀌었다. 그는 이제 카예나의 이성이 돌아온 모양이라고 생각하며 말했다.

"황립 아카데미에 일이 있었습니다."

아카데미가 도서관 바로 옆이니 그건 이해가 되었다. 그런데 여기까지 홀로 올 일이 있던가?

"일을 하던 중 전하께서 이곳에 계신단 이야기를 듣고 뵈러 왔습니다."

"……"

설명이 부족하여 오해를 부르는 직설적인 화법은 여전했다. 카예나는 약간 어이없다는 듯이 웃으며 오해 없게끔 설명을 덧붙였다.

"확실히 요즘 내게 이것저것 궁금할 만한 일이 많았지. 뭐 궁금한 거라도 있는가?"

라파엘로는 이제 혈색이 꽤 돌아온 카예나의 뺨을 곁눈질했다.

"오늘은 때가 아닌 듯합니다."

설마 그가 제 상태를 염려할 줄은 몰랐기에 카예나가 눈을 깜빡였다. 그러다 진심으로 고마움을 담아 미소 지었다. 흐린 날씨와 어울리지 않는 싱그러운 웃음이었다.

라파엘로의 시선은 좀처럼 카예나에게서 떨어질 줄 몰랐다. 그는 한숨이 쉬고 싶어졌다.

그때 하늘에서 빗방울이 툭툭 떨어지기 시작했다. 그녀는 수행원을 하나도 데려오지 않은 라파엘로를 보았다.

"비가 이렇게 오는데 경은 어찌 돌아갈 생각이지? 마차를 가져왔는가?"

"아뇨. 거리가 가까워 걸어왔습니다."

라파엘로가 비야 좀 맞아도 상관없다며 대수롭지 않게 말했다.

카예나는 미간을 살짝 찌푸렸다.

"봄엔 감기에 들기 쉬우니 조심해야 하네."

그녀는 하인을 불렀다.

"도서관에서 우산을 빌려 오너라."

"예, 전하."

카예나의 마차는 이미 도착해 있었다. 하인이 우산을 빌리러 간 동안 먼저 자리를 뜰 수 없으니 가만히 서서 기다렸다.

'이제는 손을 놓아도 될 것 같은데…….'

카예나는 여전히 맞잡은 손을 곤란하다는 듯이 보았다. 라파엘로는 신사답게 그녀가 한 걸음, 한 걸음 편히 걸을 수 있도록 단단히 손을 붙잡아 주었다. 도움을 준 것도 고마운데 더는 그를 불쾌하게 만들고 싶지 않았다.

"오늘 경의 도움은 정말 고맙게 생각하네."

카예나가 자연스럽게 에스코트를 받던 손을 거두었다.

라파엘로는 또 카예나가 일부러 거리를 두는 것을 느꼈다. 도무지 그러는 이유를 알 수 없었다. 그녀는 접촉하는 게 불편한 사람처럼 행동했다. 꼭 자신과 같은 증상이 있는 것처럼 보였다. 그게 이상했다.

아니, 그녀가 접촉을 불편해하는 건 아닐 것이다. 레제프의 에스코트는 멀쩡히 받지 않았던가? 그리고 아까 경황이 없을 땐 먼저 그를 붙잡고 있기도 했다.

'나를 배려하는 것 같아.'

그가 누군가와 접촉하는 걸 무척 싫어한다는 사실을 아는 사람 같았다.

'……지나친 생각이지.'

그럴 리가 없다. 자신을 오래 보아 온 보좌관이라면 어렴풋이 눈치 채고 있을지도 모르지만 그는 자신의 결함을 입 밖으로 꺼낸 적이 없었다. 부모도 모르는 사실을 그녀가 알 수 있을 리가.

그때 하인이 우산을 들고 도착했다. 카예나는 안도하는 얼굴로 라파엘로에게서 더욱 물러났다.

"그럼 다음에 또 보지."

라파엘로는 마법이 풀리기 전에 도망치는 어느 이야기처럼 마차에 올라타는 카예나를 묘한 눈으로 바라보았다.

—※◇※—

라파엘로는 양손을 들어 올려 가만히 들여다보았다. 뭔가 심오한 문제에 직면한 학자처럼 고뇌하는 눈빛이었다. 그는 테이블에 놓인 진하게 우려낸 차가 식는 줄도 모르고 제 손을 관찰했다. 옆에서 제레미가 이상하게 보는 것도 눈치채지 못할 만큼 집중하고 있었다.

그럴 만도 했다. 그는 오늘 일생일대의 사건을 겪고 깊은 고민에 잠겨 있었다.

'접촉이 불쾌하지 않았다.'

라파엘로에게 그 감상이 시사하는 바는 컸다. 그런 감정을 느낀 일이 최초이며, 심지어 그렇게 느낀 상대가 카예나 황녀였기 때문이다.

'이제 괜찮아진 건가?'

더는 누군가와의 접촉이 불쾌하지 않게 된 건 아닐까? 그는 당장 실험해 보았다.

"제레미."

그의 부름에 라파엘로의 뜬금없는 행동을 미심쩍은 눈으로 곁눈질하던 제레미가 화들짝 놀랐다.

"예, 예! 말씀하십시오."

라파엘로는 제레미를 향해 손을 불쑥 내밀었다.

제레미는 잠시 그 손의 의미를 해석해 보려고 했다. 음, 전혀 모르겠는데. 그는 해석을 포기하고 물었다.

"……뭘 드릴까요?"

"내 손을 잡아 봐."

제레미는 당혹스러웠다. 단둘이 있는 서재, 주인의 이상한 행동, 뭔가 야릇한 요구. 그는 조심스럽게 손을 내밀었다. 둘은 손을 마주 잡았다. 누가 보아도 이상한 그림이었다.

"……."

라파엘로는 온몸에 두드러기가 나는 것 같은 기분을 느꼈다. 그는 못 잡을 걸 잡은 것처럼 손을 탁 떼었다.

갑자기 소박맞게 된 제레미는 떨떠름하게 손을 거뒀다. 라파엘로가 손을 잡자고 요청한 건 그를 보좌하게 된 이후 처음이었다.

'갑자기 왜 저러시지……?'

주인이 엉뚱한 행동을 할 때는 종종 있었다. 아무래도 그는 남다른 구석이 있으니 그러려니 했다.

'황녀 전하와 무슨 일이라도 있으셨나?'

들리는 이야기로는 라파엘로가 카예나 황녀를 에스코트했다던데.

제레미는 혹시 모를 핑크빛 기류를 찾아내기 위해 눈을 부릅떴으나 주인은 평소처럼 건조하기만 했다. 막 풋사랑에 빠진 소년 같은 달콤한 설렘은 조금도 없었다.

새카만 머리칼과 붉은 눈, 완벽하게 다듬어진 현실성 없는 얼굴, 미소 하나 없는 입. 지극히 평소와 같이 메마른 사막처럼 보였다.

바스턴은 그와 카예나 사이에 뭔가 있다며 자꾸만 열애설을 주장했지만 제레미는 고개를 내저었다.

'그럴 리가 없지.'

사랑에 빠진 라파엘로라니. 상상조차 할 수 없었다.

"제레미."

그때 라파엘로가 그를 불렀다.

"예, 주인님."

이번엔 껴안아 보자거나 그러시진 않겠지? 그는 라파엘로의 다음 말을 얌전히 기다렸다.

"헨버튼 길리안에 대해서 아는 게 있는가?"

'헨버튼 길리안?'

모를 수 없었다. 공작가 가신의 아들이며 길리안 자작가의 후계자이기 때문이었다.

"예, 길리안 자작가의 장남입니다. 요즘 후계자 수업을 받고 있다고 들었습니다."

"미혼인가?"

"예. 약혼자가 있었는데 두 달 전쯤 파혼했다고 합니다. 아마 그게 카예나 황녀 전하와 연회장에서 춤을 춘 이후라고……."

제레미는 그렇게 말하다가 표정을 찡그렸다.

'그러고 보니 오늘 길리안 영식이 황녀 전하께 실례를 저질렀다고 들은 것 같은데.'

그는 원래도 길리안 자작가를 그다지 곱게 보지 않았다. 자작부터가 정부만 다섯이 넘는다고 알려진 파렴치한이었다. 그 아들인 헨버튼도 어울려 다니는 친구가 모두 질이 나빴다.

"그 영식에 대해 좀 알아보아라."

뜻밖의 말이었으나 그는 곧 고개 숙이며 대답했다.

"명을 받듭니다."

공작가의 가신인 길리안 자작가의 다음 후계자인 헨버튼 길리안에 대해 알아 두는 건 당연한 일이다. 물론 라파엘로가 아무 이유 없이 누군가를 뒷조사해 보라고 명한 적은 없었다.

'헨버튼 길리안이 대체 무슨 짓을 저지른 거지?'

라파엘로는 오늘 카예나가 지었던 두려워하는 표정을 잊을 수가 없었다. 자신을 발견하고 지었던 안도하는 표정도 뒤따라 생각났다.

"……."

몸 안쪽 어딘가가 간지러운 기분이었다.

─◦◦◦◦─

카예나는 오랜만의 외출을 마치고 나니 무척 피로했다. 비까지 내려 몸이 더욱 축 처졌다.

"목욕을 준비해 놓겠습니다."

베라는 그녀의 피곤함을 알아보고 직접 목욕물과 입욕제를 준비하러 나갔다.

카예나는 소파에 몸을 기댄 채 이마를 짚었다. 길리안에 관련된 날카로운 기억이 비집고 올라왔다.

'쓸데없는 생각은 하지 말자.'

나쁜 기억은 잊는 게 낫다. 어차피 이번 생에서는 그와 엮일 생각 따위 결코 없었다. 그녀는 그녀가 만들어 낸 허상과 결혼할 것이며 이 세계의 악역 자리를 박차고 떠날 생각이었다.

길리안 자작의 집안은 군마를 생산하기에 제국에서 미치는 영향력이 컸다. 라파엘로의 협력을 기대하려면 길리안은 건드릴 수 없었다.

'꼭 해야 한다면 무너트릴 수도 있겠지.'

카예나는 길리안 자작 부인으로 살았던 과거에 길리안 자작가와 관련된 몇 가지 문제를 발견했었다.

'굳이 그런 일까지 해서 황성에 머무는 시간을 늘리고 싶진 않지만.'

풍광이 그림처럼 아름답고 일출과 일몰이 가장 소란스러운 때인 한적한 시골에서 조용히 생을 마감하고 싶을 뿐이었다. 그간 너무 많은 일을 겪었으니까.

아무도 없는 침실, 벽에 걸린 태피스트리 너머를 바라보던 카예나가 약간 잠긴 목소리로 말했다.

"인제 그만 나오는 게 어떻겠니, 레제프?"

—⟡—

카예나가 견과류 쿠키를 먹고 쓰러진 후, 레제프는 무기한 근신을 명받고 침실에 갇혔다. 응접실과 복도에까지 기사들이 포진해 그가 나가지 못하도록 막았다.

그를 한심하게 여기던 부왕의 눈빛이 떠올랐다.

"내가 언젠가 기필코 다 죽여 버릴 것이다!"

"전하! 큰일 날 말씀을……!"

레제프는 분을 이겨 내지 못하고 소리치며 방을 박살 내기 시작했다.

"아악!"

그가 집어 던진 물건에 맞고 쓰러지는 하인이 속출하기 시작했다. 레제프는 전혀 아랑곳하지 않았다. 어차피 사용인은 소모품이다. 타고난 피가 고귀한 자만이 사람 대접을 받을 수 있었다. 부왕이 그를 천대하는 것처럼 말이다.

"저, 전하! 고정하십시오!"

부상의 정도가 다를 뿐, 레제프의 침실에서 다친 하인이 계속 쏟아져 나왔다.

그렇지만 황자의 방을 아무런 사용인도 없이 비울 수도 없는 노릇이라 새로운 사용인이 밀어 넣어졌다. 주변에서는 그들에게 혹시 모르니 유서를 남겨 두라고 말하기도 했다.

"폐하의 귀에 들어가면 상황은 더 악화하기만 할 뿐입니다."

제논은 황자가 이 정도로 미쳐 날뛰는 걸 처음 보았다. 이대로라면 자신이 지지하는 황자가 황제의 손에 폐위당할 가능성도 무시할 수 없었다. 그건 절대 일어나선 안 될 일이었다.

"닥쳐!"

레제프는 공격적이고 폭력적이다. 그를 말릴 수 있는 건 아무것도 없을 것 같았다.

'빌어먹을 황자 같으니······.'

제논은 귀족을 소집하러 밖에 나가 버렸다.

레제프는 모든 것을 엉망으로 만든 후에야 간신히 진정했다. 숨죽이고 있던 하인들이 방을 치우기 시작했다.

'대체 뭐가 잘못된 거지?'

무리해서라도 에스테반 황제를 진작 죽였어야 했나?

부친에 대한 정은 티끌만큼도 없었다. 그렇기에 그는 냉혈하고 잔혹하게 생각하길 주저하지 않았다.

그런데 얼마 지나지 않아 그의 무기한 근신이 열흘로 줄어들었다.

"황녀 전하께서 중앙성에서 무릎을 꿇고 주청하셨다고 합니다."

침실 출입이 자유로운 제논이 그 사실을 알려 주었다.

또 얼마 지나지 않아 내명부 권한이 카예나에게 임시 이임되었다고 했다. 마치 정해진 일인 것처럼 무엇 하나 막힘없이 순서대로 착착 진행되는 것만 같았다.

그의 자리가 줄어들고 있었다.

"황제······!"

자신이 쌓은 세력은 허상이 아니다.

그런데도 황제는 레제프를 아무런 힘이 없었던 때처럼 취급했다. 자신이 정녕 그의 아들이라면 이럴 수 없었다. 부정의 산물이라고 이렇게 천대하는 것이라면 황제는 그 잘못을 저지른 당사자가 아니던가!

황제의 눈은 항상 서늘했다. 자신을 경멸했다. 어린 시절엔 이해할 수 없었다. 지금은 이해할 생각이 없었다.

'기다릴 필요도 없어. 황좌는 스스로 차지하는 것이다.'

방에 갇힌 채 하루가 흘렀다. 밖에서 누이가 찾아왔단 소식이 들렸다.

'그래, 당연하지.'

카예나는 내가 없으면 안 돼. 이제 내명부 권한이 너무 과분하다고 하겠지. 그녀는 스스로를 태워 레제프를 밝힐 촛불이어야 한다.

그러나 카예나가 내명부 권한을 놓지 않았다. 이상했다. 그녀가 그럴 리가 없는데? 그뿐만이 아니었다. 한참 자리를 비웠던 제논이 침실로 돌아왔다. 잘 아는 향이 코끝에 걸렸다. 카예나의 침실 향로에 피우는 향이었다. 그 향이 제논에게서 느껴졌다.

"……누님을 만나고 왔나 보군."

'……어떻게 알았지?'

현재 레제프에게 밖의 상황을 전달할 하인은 없었다. 바깥의 기사들도 침실 안까지는 함부로 들어오지 못했다. 그런데 레제프가 어떻게 그가 카예나와 함께 있었단 사실을 바로 알았단 말인가.

제논의 등줄기가 서늘해졌다. 그는 카예나에게 마음이 흔들리는 중이었다. 그래도 당장은 마음을 저울질하는 것에 불과했다. 그녀에게 이권을 양보할 마음도 없었다. 당연히 레제프 황자와의 사이를 돈독하게 하는 일에 도움을 줄 생각은 없다.

그런데 대답 여하에 따라 당장에라도 칼부림이 날 것 같다는 강한 예감이 들었다.

"황녀 전하께서 전하를 찾아오셨었습니다."

그는 레제프에게서 카예나의 입지가 더욱 유리해질 수 있는 일을 해 주어야만 했다.

"전하의 근황을 비롯해 건강을 염려하시며 전하를 찾으셨습니다. 기사들이 막고 있어 돌아가셨지만 말입니다."

우습게도 제논은 그가 그저 여인이라 무시했던 황녀가 있지도 않은 이 자리에서 그녀의 보호를 받게 되었다.

"……그래?"

레제프는 참을성이 없고 난폭하지만 아둔하지는 않았다. 그는 제논의 태도가 이상하다는 것을 꿰뚫어 보았다. 카예나와 무슨 일이 있었나? 그는 문득 손에 쥐었다고 생각했던 뭔가가 모래알처럼 서서히 빠져나가고 있다는 사실을 깨달았다.

"필요하면 부를 것이니 나가 보아라."

"물러나 보겠습니다."

제논이 방에서 나가고 한참 뒤에 레제프는 다른 보좌관을 방으로 불렀다.

"제논 에반스를 감시해라."

"명을 받듭니다."

그는 습관처럼 물었다.

"누님은 뭘 하고 계시느냐?"

"황녀 전하께서는 외출하셨습니다."

"그럼 어디로 외출하셨는지도 나에게 말해야 하지 않겠느냐?"

"죄송합니다. 당장 알아보겠습니다."

레제프는 무표정한 얼굴로 옆의 촛대를 집어 던졌다. 보좌관은 황동으로 만든 촛대에 머리를 얻어맞았으나 미동도 하지 않고 머리를 숙인 자세 그대로 있었다.

레제프가 흐트러짐 하나 없는 무감한 투로 말했다.

"누님의 행적을 파악하라."

"명을 받듭니다."

"부왕의 찻물에는 꾸준히 독을 섞고 있겠지?"

"예."

황제는 약을 마신 후에 항상 달콤한 차로 입안의 쓴맛을 없앤다.

레제프는 이미 은 스푼에 수작을 부려 놓았다. 그 스푼은 독에 닿아도 검게 변하지 않았다. 그게 황제의 건강이 조금도 돌아오지 않는 이유였다.

"양을 늘려라."

보좌관은 피가 흐르는 머리를 깊이 숙였다.

그의 명을 수행하러 보좌관이 나가고 레제프는 지그시 눈을 감았다. 아직은 견딜 만했다. 참을 만했다. 카예나는 제 것이 틀림없다고 여전히 믿었다. 지금까지 보여 주었던 안온한 행복과 충만감은 거짓이 아닐 것이다.

원하는 사람과 결혼하게 해 달라고? 얼마든지 들어줄 수 있었다. 그 상대가 얼마나 숨을 붙이고 살지는 모르겠지만.

카예나는 그의 것이다. 언제나 그의 영향력 아래에서 지금처럼 있으면 되었다.

"황립 도서관에서 라파엘로를 만났다고……"

카예나의 행적을 뒤쫓던 보좌관이 목격한 사실을 알렸다.

라파엘로 키드레이.

그 남자는 레제프가 황제가 된다고 해도 건드릴 수 없는 사람이었다. 카예나가 그의 아내가 된다면 그녀는 레제프의 영향권에서 벗어나게 된다.

처음부터 자신을 방심하게 한 후에 뒤통수를 칠 작정이었나? 라파엘로를 아군으로 끌어들이는 건 찬성이다. 아주 훌륭한 계획이다. 하지만 그의 것을 빼앗기는 건 용납할 수 없었다.

레제프는 광기와 같은 집착에 물들었다.

황자궁에서 외부로 나가는 비밀 통로의 입구를 열었다. 당장 카예나의 의중을 확인해야 했다.

그는 비밀 통로를 통해 황녀궁 침실에 도착했다. 태피스트리 하나만이 둘 사이를 막고 있었다. 그때 기척을 느낀 카예나가 잠긴 목소리로 그를 불렀다.

"인제 그만 나오는 게 어떻겠니, 레제프?"

그녀는 레제프가 있는 위치를 정확하게 알아보았다.

레제프는 순순히 모습을 드러냈다. 통로를 빠져나와 잠시 비를 맞았더니 머리칼이 완전히 젖어 있었다.

그녀는 자리에서 일어났다. 침실에 구비해 놓은 마른 수건을 찾아 그에게 가져갔다.

레제프는 젖은 머리칼 사이로 냉랭하게 카예나를 바라볼 뿐이었다. 카예나는 할 수 없이 레제프의 머리에 수건을 덮어 말려 주려고 했다.

탁!

레제프가 그녀의 손을 쳐 냈고 수건이 힘없이 바닥에 떨어졌다. 카예나는 한숨처럼 말했다.

"감기 걸려."

그러자 레제프가 하, 하고 비소했다.

"아니면 따뜻한 차라도 좀 마실래?"

말해 봐야 거절할 것이 뻔했지만 일단 물었다. 역시나 레제프는 차가운 목소리로 비난하듯 말했다.

"지금 그런 말이 나옵니까?"

카예나는 피로했다. 오랜만의 외출에 저를 살해한 전남편을 만났다. 자신이 얼마나 애통하게 살려 달라고 용서를 구했는지 낱낱이 떠올랐다. 레제프에게 보냈던 수많은 편지와 한 번도 오지 않는 답장에 좌절했던 나날이 떠올랐다.

그러나 이곳에서는 없는 과거이기에 잊으려 애썼다. 악녀다운 벌을 받은 것이라고 치부하며 불덩이를 삼켰다. 그때의 우리는 어린 시절에 받은 상처가 너무나 많았고 돌이킬 수 있는 일이 아니었다며, 그렇게 스스로를 다독였다.

지금 눈앞의 동생은 아직 어리다. 충분히 갱생의 여지가 있다고 믿어야 했다.

우리는 구원받을 수 있어. 악역 남매가 아니라 조금 성질이 나쁜 남매 정도면 괜찮을 거야.

그녀는 그렇게 생각했다.

가예나는 최대한 자상하게 목소릴 냈다.

"그럼 무슨 말을 해야 할까?"

그녀는 새로운 수건을 꺼내려고 했다. 그러나 레제프가 그녀가 자리를 이탈하지 못하게 팔을 콱 붙잡았다. 카예나가 통증에 미간을 찌푸렸다.

"원하는 게 진짜 결혼입니까? 그래서 오늘 라파엘로를 잘 만나고 오셨습니까?"

"우연이었어."

"당연히 우연이었겠지요, 누님."

조금도 믿지 않는 얼굴이었다. 카예나는 레제프가 분노와 불신으로 완전히 돌아 버렸단 것을 알아보았다.

"왜 더 말하지 않습니까? 이것도 다 계획이라고 하시면 될 텐데요. 이 궁의 사람들을 모조리 쓸어 낸 것처럼."

나를 포함해서. 그는 굳이 뒷말을 덧붙이지 않았다. 레제프가 그녀의 팔을 더 세게 쥐었다. 카예나가 미약한 신음을 흘렸다.

"아파, 레제프."

그는 비소를 터트리며 팔을 놓아주었다. 대신 카예나의 목을 쥐었다. 둘의 눈이 마주쳤다.

"아름다우신 누님. 저는 뭔가가 제 권위에 도전하는 것을 좋아하지 않습니다."

그건 카예나도 잘 알았다.

"제게 위협이 될 것 같은 건 근처에 남겨 두지도 않습니다."

그의 손가락이 카예나의 가느다란 목덜미를 점점 더 촘촘하게 옭아매기 시작했다.

"어차피 내가 원하면 사라질 목숨이지요. 차기 황제는 그 누구도 아닌 나니까."

카예나는 목을 졸린 채로 말했다.

"그래. 그럼 죽여."

레제프의 손이 잠깐 멈칫했다.

"……뭐?"

"날 죽여도 괜찮아. 네 말대로 나는 언제든 네가 원할 때 죽을 수 있지. 나도 잘 안단다."

카예나는 희미하게 웃었다. 그러고는 아예 그의 양손을 감싸 쥐고 힘을 주었다. 희고 가느다란 손에 뼈가 도드라져 보일 정도로 강한 힘이었다.

"……미쳤어?"

레제프가 소릴 내지르며 그녀의 손을 탁 쳐 냈다. 그녀의 목에는 벌써 붉은 자국이 나 있었다.

카예나는 기침을 몇 차례 내뱉더니 동생을 훈계하듯 말했다.

"네가 여기로 도망쳐 나왔다는 걸 들키면 어쩌려고 큰 소릴 내니?"

그 담담한 모습이 소름 끼쳤다. 레제프는 카예나가 상당히 어른스러워졌다고 생각했었다. 침착하고 다정하고 자상하게 변했다고 느꼈었다.

"지금 제정신이야?"

그는 진심으로 그렇게 물었다. 미치지 않고서야 이럴 수 없었다. 머리끝까지 차올랐던 광기와 분노가 차갑게 식었다.

카예나는 아랑곳하지 않고 어서 목을 조르라는 듯 레제프의 손을 다시 잡았다. 그는 그녀의 손을 거칠게 쳐 냈다. 힘에 밀린 카예나가 바닥에 털썩 쓰러졌다.

"그만 좀 해!"

그녀는 차분히 일어나며 흐트러진 머리칼을 넘겼다. 드러난 눈동자는 섬뜩하리만큼 건조했다.

"너야말로 어서 내 목을 조르지 않고 뭘 하는 거니?"

"……."

레제프는 입술을 짓이겼다.

두 사람은 마주 선 채로 대치했다. 그것은 이상한 긴장감이었다. 레제프는 누이를 상대로 자신이 긴장했다는 사실이 황당했고 어이가 없었다.

그는 카예나의 기백에 확실히 눌렸다. 그녀는 평온했다. 조롱하는 기색도 없었다.

'왜 목을 조르지 않느냐고?'

그는 이제까지 분노가 끓어오르면 검을 뽑아 들길 주저하지 않았다. 그런데 지금은 카예나에게 손끝 하나 대지 못하고 있었다. 그 사실에 대단히 자존심 상했다. 또 혼란스럽기도 했다.

'레제프가 안에 있다는 걸 눈치챈 모양이네.'

그녀의 유능한 사용인들은 아무래도 안의 상황을 짐작하는 게 분명했다. 레제프가 큰소리를 몇 번이나 냈는데도 아무도 방에 들어와 보지 않았다. 거기다 목욕물을 준비하러 간 베라가 지금까지 오지 않고 있었다. 알아서 잘들 바깥 상황을 처리하고 있는 모양이었다.

카예나는 이런 영양가 없는 대치를 계속하고 싶은 마음이 없었다. 그녀는 긴장감을 탁 풀어 내는 목소리로 물었다.

"이제 이야기할 마음이 좀 생겼니?"

레제프는 고집스럽게 입을 열지 않았다. 그녀는 그가 이러는 이유를 대충 짐작하고 있었다. 내명부 권한을 포기하지 않고 황녀궁의 독립성을 확보한 것과 오늘 라파엘로 키드레이와 마주친 것 때문이리라.

"앉으렴."

카예나는 그렇게 말하고 향로 쪽으로 갔다. 향로 뚜껑을 열고 조금 뒤적이며 불씨를 살리니 은은한 향이 진하게 피어났다.

원래 카예나는 존재감이 선명하고 화려한 향을 즐겨 썼다. 거기에 특별한 향수를 몸에 뿌리면 살아 있는 꽃이라도 된 것만 같았다.

그러나 그것도 이젠 다 과거의 이야기였다. 지금 그녀가 바꾼 향은 오직 신경 안정을 위한 배합이었다. 차분하고 은은한 향은 지금의 카예나와 잘 어울렸다. 또한 이는 레제프 때문에 선택한 배합이기도 했다.

그녀는 바닥에 떨어진 수건 대신 새로운 수건을 꺼냈다. 그리고 멀뚱히 선 레제프를 의자에 앉혔다. 그녀가 젖은 머리칼에 수건을 덮고 살살 말려 주기 시작했다. 얌전히 있어, 라고 말하는 것 같은 행동이었다.

이제 대화할 분위기가 어느 정도 잡힌 것 같았다. 그녀는 손을 멈추지 않고 입을 열었다.

"대체 내 행동의 어느 부분에서 네가 배신을 느꼈는지 모르겠구나."

카예나가 직접 언급한 배신이란 말에 레제프가 움찔했다. 그녀는 이번 사건으로 레제프가 눈이 뒤집혀 난리 칠 것을 이미 짐작하고 있었다. 그 난리를 어떻게 수습할 것인지도 진작에 생각해 두었다.

"사실 내명부는 황자가 가질 만한 종류의 권한은 아니지."

에스테반 황제는 레제프에게 제대로 된 실권 대신 내명부를 쥐여 주었다. 카예나가 황녀로서 제대로 역할하지 못한 탓이기도 했지만, 더 큰 이유는 따로 있었다.

"그 권한이 눈속임이라는 것을 너도 알지 않니?"

황제는 레제프에게 실권을 거의 주지 않으려고 일부러 내명부를 맡긴 것이었다. 카예나의 말대로 눈속임이었다.

"네게서 내명부를 관리할 권한이 사라지고 공백이 생기면 새로운 것으로 채워야지."

언제까지 내명부만을 쥐고 있을 수도 없는 노릇이니 카예나의 지적은 타당했다.

"그래서 지금 이 상황이 기회이니 알아서 잡아 보라는 말입니까?"

"더할 나위 없는 기회지, 레제프."

그의 비꼼에 카예나가 긍정했다.

"내가 말했잖아. 난 너를 황제로 만들 생각이라고."

카예나는 수건을 뒤집어 다시 머리칼의 물기를 닦았다.

"너는 지금 부왕께 네가 달라졌단 사실을 극적으로 보일 계기를 손에 넣은 거야."

레제프가 그녀의 손목을 붙잡아 머리카락을 말리는 것을 멈추게 했다. 우악스럽게 잡아챈 아까와는 달리 조심스러운 손길이었다.

"무슨 말입니까?"

"근신이 풀리면 부왕께 가서 용서를 구하고 이렇게 말씀드리렴. 레이디 카트린 린드버그를 하멜 백작가에 입적하는 게 좋겠다고 말이야."

카예나는 지금까지 단 한 번도 황궁의 문턱을 넘을 수 없었던 황제의 정부를 거론했다.

그는 이름을 듣자마자 미간을 와락 구겼다. 황제의 정부는 그도 잘 알았다. 황제는 병석에 눕기 전 마지막으로 나갔던 사냥터에서 카트린 린드버그를 만났다. 카트린 린드버그는 황제를 한눈에 사로잡을 만큼 미인이었다.

"제 손으로 황위 계승권자를 하나 더 늘리란 말씀이십니까?"

그녀에게는 에스테반 황제 사이에서 본 열세 살 된 아들이 있다. 덕분에 그 모자는 온갖 세력의 주목과 견제를 받았다.

"카트린 린드버그가 황후라도 된다면 곤란하긴 하겠지. 하지만 그럴 일은 없어."

하인리히 대공자는 에이반 가문을 빚으로 몰락시켜 복속시킨 것처럼 린드버그 가문을 삼켰다. 카트린의 부친을 사고로 위장해 죽이고 가문의 대가 끊기게 만들어 제 사람을 가주로 앉혔다. 전대 린드버그 가주가 사고로 죽었단 걸 확신하는 이유는 원작에 비사로 다뤄진 걸 보았기 때문이다.

하인리히 대공자는 그대로 카트린 린드버그를 평민으로 만들어 버릴 수도 있었다. 그걸 황제가 하인리히 대공의 모친을 선황후로 등극시키고 그의 양아들인 예이스터 하인리히까지 황위 계승권자로 인정하며 막았다.

레제프는 의아하게 되물었다.

"어찌 확신하십니까?"

"하인리히 대공자가 설마 진짜로 카트린 린드버그에게 아무런 조치도 하지 않았겠니?"

오히려 적법한 후계자의 탄생은 레제프보다 하인리히 대공자가 더 꺼릴 일이었다.

"애초에 선황후 폐하의 본가인 하멜 백작가가 그걸 승낙할 것 같습니까?"

하멜 백작가는 황실의 유일한 레이디인 카예나의 영향력이 줄어드는 걸 원치 않을 게 분명했다.

"물론이란다. 암시장을 잃는 것보단 황제의 정부를 딸로 받아 주는 게 훨씬 나을 테니까."

카예나는 레제프에게 암시장을 다시 상기시켰다.

"……제 지지 세력들이 가만히 있지 않을 겁니다."

"그거야말로 걱정할 이유가 없지. 지금 네게서 실권을 앗아 가려는 부왕의 행보를 보렴. 당연히 너를 지지하는 귀족들도 너와 마찬가지로 위협을 느끼고 있을 것이다."

게다가 카예나가 이번에 시녀로 발탁한 수잔 레폴이 그들에게는 상당히 의미심장하게 비칠 것이다.

"레이디 카트린을 하멜 백작의 수양딸로 입적해 봐야 그 아들이 뭘 할 수 있겠니? 이미 세력은 완벽히 양분되어 있잖니."

"……."

그녀의 말에는 틀린 게 하나도 없었다. 레제프는 감정적인 거부감을 억누르고 진지하게 생각해 보았다.

황제가 가장 귀애하는 자식은 카예나도 레제프도 아니다. 린드버그의 아들이었다. 그래서 하인리히 대공자의 황위 계승권까지 인정해 주며 린드버그 가문에 손대지 못하도록 거래했다.

하지만 그런 조치에도 정부를 황궁의 문턱을 넘을 수 있게는 하지 못했다. 레제프와 예이스터 세력의 견제가 너무 심했으며 카트린도 몸을 사리느라 저택에 숨어 나오지 않았기 때문이다.

'그녀의 아들이 지금은 황립 아카데미 학생이겠구나.'

"너는 단번에 인정과 동시에 훌륭한 인질도 손에 넣는 거란다."

"암시장으로 협박해서 린드버그를 하멜 백작가에 입적시키는 것까진 가능할지라도 제 인질이 되는 건 다른 문제입니다."

이왕 수중에 들어온 카트린을 하멜 백작이 이용하지 않을 리 없다.

카예나는 비소하며 말했다.

"하멜 백작가가 내 외가인데 뭐가 문제니?"

카예나는 바로 직전에 살다 온 삶의 영향을 거세게 받고 있었다. 침착하지만 어딘가 어둡고 주도면밀한 특징은 두 번째 삶을 산 '여자'의

성향이다.

그렇다고 그녀 안에 있는 악녀다운 기질이 사라진 건 아니었다. 그녀는 충분히 성질이 나빴다. 패악을 부리고, 힘을 과시하고, 그것을 꺼내 보이길 주저하지 않는 건 레제프보다 더 잘한다고 자신할 수도 있다. 하멜 백작가 정도는 얼마든지 손아귀에서 굴릴 수 있었다.

'이게 미리 계산해 둔 게 아니라고? 이게 임기응변으로 낸 계책일 수가 있나?'

그는 혼란스러웠다. 이게 정녕 카예나의 머리에서 나온 생각인가?

'대체 어떻게 그게 가능하단 말인가? 그녀에게 변변한 소식통 하나 없을 것이 분명한데.'

그는 카예나가 생각보다 훨씬 쓸 만하다는 사실을 완전히 깨달았다.

카예나는 그의 머리에서 수건을 치우고 허리를 깊이 숙여 다정하게 머리카락을 정리해 주었다.

"이제 우리 다 싸운 거지?"

"……하."

레제프는 아무런 반응을 하고 싶지 않았다. 하지만 저도 모르게 헛웃음이 새어 나오고 말았다. 카예나는 그의 웃음을 보고 마주 웃었다.

"……손이 찹니다."

그는 누이의 손이 얼음장처럼 차가웠다는 사실을 떠올리고 그녀의 손을 잡았다. 손은 여전히 싸늘했다.

"젊은 게 좋구나. 너는 비를 맞아도 이렇게 몸에 열이 많으니."

"고작 한 살 차이입니다. 그리고 운동을 하셔야죠."

당장 다 죽여 버리고 싶었던 미칠 듯한 분노가 이렇게 한순간에 사라질 수가 있나? 그토록 화냈던 것이 무색할 정도로 지금 그는 평소처럼 마음이 안정되었다. 여전히 카예나는 자신의 누이였고 자상했다. 그의 안온은 사라지지 않았다.

'하지만 이 영민함은 조금 위험할지도 모르겠구나.'

레제프는 누이를 철저히 통제할 필요가 있겠다고 판단했다.

—⁂—

조금 있으니 베라가 침실로 들어왔다.

"목욕물이 아직 따뜻합니다, 전하."

"고맙구나."

그녀는 완전히 지쳐 있었다. 욕실로 건너가 대리석 욕조에 몸을 담그고 오일 마사지를 받았다. 계속 아무 말 없이 시중을 받던 카예나는 마지막에 가운을 입고 나서 하녀들을 물리고 베라에게 말했다.

"황제 폐하께서 쓰실 만한 최상품의 은 스푼을 구해다오. 장식을 많이 사용하여 화려하게 만들수록 좋다."

황제는 매일 약을 먹는다. 그리고 약을 먹은 후에 달콤한 찻물을 은 스푼으로 몇 모금 마신다. 그것에 사용하는 은 스푼을 직접 준비할 생각이었다.

'레제프가 부왕을 독살하기 전에 준비해야지.'

한눈에 알아볼 정도로 모양이 화려하면 다른 스푼과 바꿔치기할 수 없을 것이다.

지금 황제가 쓰는 은 스푼은 진짜 은이 아니었다. 레제프가 언제든 원할 때 부왕을 독살할 수 있게끔 수작이 부려져 있었다.

황제는 절대로 레제프가 원하는 때에 죽어서는 안 된다.

"이른 시일 내로 준비하겠습니다."

카예나는 고개를 끄덕였다.

─◈─

그레이스 자작가로 황제의 칙서가 내려왔다. 가족들은 이제 돌이킬 수 없다며 슬퍼했다. 그레이스 자작이 울적한 얼굴로 딸에게 말했다.

"폐하의 칙서라 이것만큼은 어쩔 수 없구나."

'편지대로야.'

그녀는 혹시 그렇지 않을까 하고 짐작했던 것이 맞아떨어지자 입술을 잘근 물었다.

'이건 카예나 황녀의 뜻이 확실하구나.'

황녀궁에 있던 기존 시녀들이 모조리 쫓겨났단 소식도 들었다. 대대적인 물갈이였다. 그녀는 그나마 주변에서 유일하게 말이 통하는 친구, 마리아에게 상담했다.

"황녀 전하께서 날 싫어하는 건 너무 명명백백하잖니. 그런데 나를 시녀로 발탁한 게 이상하지 않아?"

올리비아는 나무 그네에 앉아 땅을 발로 찼다. 생각이 너무나 복잡했다.

"그러게. 그분께서 널 시녀로 발탁한 건 정말 뜻밖의 일이긴 하구나."

"내가 그분께 필요한 이유가 뭘까?"

마리아는 카예나 황녀를 두고 깊이 골몰하는 제 친구를 나무라듯 웃었다.

"뭐 그렇게 깊은 뜻이야 있으려고? 내가 보기엔 곁에 두고 감시하려는 것 같은데."

카예나 황녀에게 특별한 의중이 존재할 리 없다고 확신하는 말투였다. 황녀가 올리비아를 질시하고 경계한다는 건 온 사교계가 다 알았다. 그러나 올리비아는 이 일을 그렇게 간단하게 생각하지 않았다.

"그럴 사람이었으면 진즉 했을 거야."

황녀궁의 시녀를 모조리 내보냈다면 새로운 사람으로 채울 텐데, 과연 어떤 인물들이 황녀궁으로 모이게 될까? 그녀로서는 알아볼 방법이 없으니 답답한 마음이 들었다.

'차라리 하루라도 빨리 입궁해서 먼저 상황을 파악하자.'

올리비아는 결심과 동시에 행동했다. 짐을 꾸릴 것은 별로 없었다. 하녀를 한 명 데리고 가고 싶지만 그러면 집안의 출혈이 너무 크겠지. 그녀는 장녀답게 원하는 것을 참아 냈다.

"굳이 일찍 입궁할 건 없잖니. 그냥 내일 가는 게 어때?"

이미 삯마차는 불러 두었다. 올리비아는 가방을 옮기고는 가족에게 인사했다.

"저 잘해 낼 수 있어요. 걱정하지 마세요."

그녀는 칙서를 들고 황궁으로 향했다. 그곳에서 간단한 절차를 밟고 성안으로 들어갔다.

'위압적이야……'

황궁은 입구부터 압도적이었다. 규모나 화려함을 떠나서 안에서 감도는 분위기가 숨 막혔다.

'이곳이 앞으로 내가 지낼 곳이지. 얼른 적응해야 해.'

그녀는 궁정인의 도움을 받아 황녀궁으로 향했다.

"미리 전달받았습니다, 그레이스 양."

황녀궁 입구에서 단정한 옷차림의 시녀가 그녀를 기다리고 있었다.

"처음 뵙겠습니다. 올리비아 그레이스입니다."

"베라 렉턴입니다. 그냥 베라라고 불러 주세요."

그녀는 상급 시녀가 분명했다. 분명 기존 시녀는 다 내쳤다고 했는데, 그중 살아남은 사람인가?

'그렇다면 카예나 황녀의 사람일 가능성이 크다.'

베라는 숙소부터 안내했다. 숙소는 개인실이었고 그레이스 저택에서 가장 좋은 부모님 침실보다도 훨씬 훌륭했다. 그녀는 가방을 내려놓고 감탄하며 방을 둘러보았다.

'시녀의 방에 전신 거울이라니.'

베라는 업무에 대해 간단히 설명했다.

"전하를 직접 보필할 시녀는 저와 올리비아 양을 포함해서 총 넷입니다. 보장받는 권리도 많겠지만 그만큼 주어지는 임무도 막중할 거예요."

시녀의 수가 고작 넷일 거라는 말에 올리비아는 조금 놀라고 말았다. 베라는 자신이 황녀궁의 시녀들을 총 관리하는 사람이라고 설명했다.

"올리비아 양은 앞으로 황녀 전하의 손님을 접대하는 일을 주로 맡게 될 겁니다. 그 밖에도 파티 스케줄이나 전반적인 의례와 차를 관리하게 될 거예요."

그것은 필시 이곳에 모일 사람 중 가장 가문이 한미할 것이 분명한 올리비아에게 주기엔 너무 좋은 포지션이었다. 사교계의 영향력은 물론이고 황녀궁 내에서 베리 다음으로, 아니, 어쩌면 사상 입지가 높을 자리였다.

'대체 무슨 생각일까?'

그녀는 이쯤 되니 황녀가 수수께끼의 인물처럼 느껴졌다.

"이제 전하께 인사를 올리러 갈 것이니 준비하세요."

좋은 옷으로 갈아입을 생각이라면 그렇게 하라는 뜻일 것이다. 올리비아는 이미 자신이 가진 것 중 연회복을 제외하고 가장 좋은 드레스를 입고 있었다. 옷차림은 준비할 것이 없으니 다른 걸 준비하려 했다.

"제가 조심할 건 없겠습니까?"

올리비아의 물음에 베라가 미소 지었다.

"영애가 해야 할 일, 하지 말아야 할 일은 스스로 깨닫게 될 테니 걱정하지 마세요."

"……그렇군요."

그녀는 베라의 말이 꽤 의미심장하다고 생각했다. 올리비아는 자신의 상태를 점검하고 베라를 따라갔다.

황녀의 침실은 문부터 남달랐다. 황금으로 꾸며진 거대한 문은 어떤 스토리를 가지고 있었다. 아마도 신화의 한 장면을 표현한 것 같았다.

그 예술품 같은 문이 열리자 화려한 무늬가 돋보이는 붉은 카펫이 눈에 들어왔다. 푹신한 바닥을 밟으며 들어가니 곧 침실이었다.

'드디어.'

마침내 침실 문이 열렸다. 가장 먼저 생각한 것은 방에서 나는 향이 상당히 좋다는 것이었다. 은은하고 차분한 향이 긴장감을 누그러뜨려 주는 것 같았다. 방은 황녀의 침소답게 하나의 작품 같았다.

그리고 그 안에서도 가장 작품 같은 황녀가 소파에 앉은 채 책을 읽다가 고개를 돌렸다.

'와……'

올리비아는 잠깐 멍해지고 말았다.

백금발에 가까운 옅은 레몬색 머리카락을 차분하게 늘어트린, 말도 안 되게 아름다운 여자와 눈이 마주치는 순간 숨이 막히는 기분이었다.

카예나가 그녀와 시선을 마주한 채 빙긋 웃었다.

'아차.'

올리비아는 얼른 정신 차리고 늦지 않게 인사를 올릴 수 있었다.

"올리비아 그레이스가 황녀 전하를 뵙습니다."

'확실히 내가 보아왔던 황녀님과 좀 달라진 것 같긴 한데.'

카예나를 썩 잘 안다고 말할 수는 없지만, 올리비아는 그런 의문이 들지 않을 수 없었다.

"입궁은 내일인 줄 알았는데."

"전하를 보필할 시녀가 없다는 말에 하루 일찍 입궁하였습니다."

올리비아는 과하지 않게 적절히 처세했다. 카예나는 그 영리함이 마음에 들었다.

올리비아의 윤기가 흐르는 밀빛 머리카락과 생기로 반짝이는 녹색 눈동자를 보고 있자니 카예나는 어딘가 반가운 마음이 들었다. 카예나의 눈부신 아름다움에 비할 바는 아니었으나 특유의 차분하고 이지적인 분위기가 시선을 끌었다.

"반갑네, 올리비아 그레이스 영애."

"이제 전하의 사람이니 편히 불러 주십시오."

어디 하나 흠잡을 곳 없이 시종일관 정중하고 예의 바른 태도였다. 카예나는 그녀의 태도에 웃음을 베어 물었다.

"저를 선택해 주셔서 감사합니다. 부족하지만 전하를 정성껏 모시겠습니다."

카예나는 여전히 한쪽 무릎을 꿇은 올리비아의 앞으로 다가갔다.

그러고는 그녀의 손을 잡고 일으켜 주었다.

"앞으로 나와 잘 지냈으면 좋겠어."

카예나는 짐짓 의뭉스럽게 웃어 보였다.

그들은 응접실로 자리를 옮겨 차를 마셨다.

"황녀궁 시녀로 발탁되었을 때 꽤 놀랐겠네."

카예나는 그녀가 조심하고 있다는 사실을 꿰뚫어 본 듯한 눈으로 빙긋 웃으며 말했다.

"내가 그동안 서운하게 했던 것은 부디 잊어 줬으면 좋겠어."

"제가 어찌 그러겠습니까?"

"그리 말해 주니 마음이 편하네. 참, 그대가 이제 스물이었던가?"

"그렇습니다."

"그럼 벌써 성년식을 치렀겠군? 그런 이야기를 들은 기억이 없는데, 내가 너무 무심했네."

올리비아는 가난한 집안에 열등감은 없었으므로 솔직하게 말했다.

"제겐 동생이 많고 집안 형편이 넉넉하지는 않아서 따로 성년식을 치르진 않았습니다. 그래서 황녀 전하께서 듣지 못하셨을 겁니다."

주변에서 오히려 올리비아의 말에 헛기침하거나 놀라 숨을 들이켰다. 카예나는 빙긋 웃었다.

"그럼 내 성년식을 같이 보내면 되겠어."

카예나는 말로만 그치지 않고 아예 드레스 룸을 열어 버렸다. 그러고는 올리비아가 성년식에서 입을 드레스를 골라 주기 시작했다.

"다행히도 나와 체형이 비슷해서 내 드레스를 입으면 될 거야."

올리비아는 깜짝 놀라 급하게 한쪽 무릎을 꿇고 아뢰었다.

"제게 너무 과분합니다."

"내 사람을 이 정도도 챙기지 못해서야 어찌 황실의 일원으로 떳떳할 수 있겠어? 자네 주인의 체면을 생각해서라도 거절하지 말아 줘."

곁에 있던 베라도 한마디 거들었다.

"전하의 호의를 감사히 받으셔도 됩니다."

"……감사합니다."

그간 사교계에서 몇 번 마주쳤던 카예나와 지금 이렇게 대면하게 된 카예나는 완전히 다른 사람처럼 보였다. 행동에 고귀한 기품이 어려 있으며 말에는 자연스러운 권위가 스며 있었다.

그야말로 제국의 황녀다운 모습이었다. 껍데기만 카예나고 알맹이는 완전히 바뀐 것 같은 변화였다.

카예나는 침실 앞에 멈춰 서서 올리비아를 보았다.

"오늘은 이쯤 하고 쉬도록 하지."

탐색전에서 너무 큰 힘을 빼는 건 낭비니까. 카예나는 머릿속이 복잡해 보이는 올리비아를 보며 여유롭게 웃었다.

7장
악녀의 살림살이

베라는 올리비아와 간단한 면담을 끝내고 한가롭게 책을 읽는 카예나를 힐끗 보았다. 그녀의 손엔 북부 지방에 대해 기술된 여행기가 들려 있었다.

'하다못해 키드레이 경이라도 만나시지.'

황립 도서관에서 나란히 서 있던 그들은 동화에 나오는 공주와 기사처럼 잘 어울렸다.

게다가 그날 카예나를 직접 찾아온 사람은 라파엘로였다. 그것이 어떤 감정의 전조가 아니었을까? 하지만 최근 카예나는 그에게 거리를 두고 있었다. 그녀는 예전과 달리 그가 얼마나 근사한지에 대한 이야기는 한마디도 하지 않았다.

"북부는 더 볼 것도 없겠구나. 지내기 불편하겠어."

읽던 책을 툭 내려놓으며 한가로운 이야기나 할 뿐이었다.

베라가 불쑥 물었다.

"전하, 진심으로 올리비아 양과 키드레이 경이 잘되기를 바라시는 겁니까?"

'진심으로 잘되길 바라냐고?'

카예나는 책자를 손으로 톡톡 두들기다가 어떤 결심처럼 첫 장을 펼쳤다.

"그럼."

정확히 말하자면 어차피 잘될 사이에 숟가락이나 얹기를 바라는 거였다. 원작에서 라파엘로와 올리비아는 혼담 이야기가 나온 후 카예나의 성년식에서 처음 만난다. 운명적인 사랑 이야기다운 전개였다. 카예나에게는 비극의 서막이었지만.

베라의 질문은 거기서 멈추지 않았다.

"만약 키드레이 경이 전하께 연심이라도 생긴다면 어찌하시겠습니까?"

카예나는 베라의 뜬금없는 가정에 놀란 눈을 했다. 그녀는 책을 무릎 위로 내려놓으며 말했다.

"정말 말도 안 되는 가정이구나."

그녀는 그렇게 일축했다.

"그리고 벌써 키드레이 경은 올리비아와 혼담이 오가는 중이잖니. 이 이야기는 그만했으면 하는데."

"죄송합니다, 전하."

카예나는 고개를 내저었다.

"나무라는 것이 아니야. 네가 그렇게 말하는 이유를 내가 어찌 모르겠니?"

그 다정한 다독임에 베라는 조금 쑥스러운 듯 입술을 꼭 다물었다. 이분이 원하시는 분과 이어질 수 있다면 얼마나 좋을까. 베라는 이전에 카예나에게 라파엘로와 함께하는 미래에 대한 계획을 대략 50년 치는 들었던지라 더욱 아쉬운 마음이 들었다.

'올리비아 양도 분명 미인이지만……'

베라는 올리비아를 떠올렸다. 카예나는 그녀를 두고 상당히 눈치가 빠르고 영리한 아가씨라고 했다. 자신과 꽤 호흡이 잘 맞을 것이니 일하기 편할 거라고 말하기도 했다. 그 말에서 베라는 황녀가 그녀를 상당히 중용할 것이란 사실을 알아차렸다.

'그녀가 그렇게 유능한 사람인가?'

물론 첫인상은 무척 괜찮았다. 집안을 제외하면 딱히 흠잡을 곳이 없다고 생각될 정도였다. 성품이 어떤지는 정확히 알지 못하지만, 사교계 평판도 나쁘지 않았다. 카예나가 그렇게 경계하고 싫어하는 티를 냈음에도 불구하고 사교계 평판이 나쁘지 않다는 건 대단한 일이었다.

"베라, 네가 쓸 애들은 뽑았니?"

베라는 카예나의 물음에 상념에서 깨어났다. 직무를 도울 사람을 두고 하는 말이었다.

"네, 우선 애니를 중용할까 합니다."

"괜찮은 생각이야."

베라는 황녀궁을 오직 카예나의 영향력 아래에서 운영할 수 있도록 물밑에서 인력을 대거로 개편하고 있었다.

"내일이면 나머지 두 사람이 도착하겠구나."

카예나는 창밖을 보았다. 여전히 봄비가 내리고 있었다.

"올리비아가 그들보다 더 빨리 일에 적응할 수 있도록 도와주어라."

"네, 전하."

카예나는 그들 사이에 서열을 만들 생각이었다. 서열은 곧 황녀의 총애가 어디에 더 기울어 있느냐를 보여 주는 일이다. 카예나가 올리비아를 중용할수록 사람들은 그녀를 어렵고 조심스럽게 대할 것이다. 올리비아에게 그럴듯한 영향력이 형성되면 레제프든 하인리히 대공자든 그녀를 함부로 건드릴 수 없다.

카예나는 이런 식으로 황궁을 떠나기 전에 올리비아가 생존할 수 있는 환경을 만들어 줄 작정이었다.

베라가 나가자 침실에는 카예나 홀로 남게 되었다. 그녀는 읽고 있던 책을 덮었다. 서부에 관련한 책을 읽는 것 자체가 껄끄러웠다. 길리안 자작가가 서부에 연고지를 두고 있기 때문이다. 그녀는 책에 가시라도 돋쳐 있는 듯 놓아 버렸다.

한숨이 입술을 비집고 흘러나왔다. 자신이 과거로부터 완전히 독립된 사람이 된 줄 알았다. 그런데 길리안과 마주치는 것으로 그 생각은 산산이 부서졌다. 다음에 또 그렇게 마주하게 된다면 자신은 멀쩡할 수 있을까? 카예나는 아무것도 장담하지 못했다.

"역시 조치하는 게 나을까……?"

길리안 자작가를 한바탕 뒤집어 군마 사업을 사분오열 찢어 버릴 방법이 없을까.

'하지만 그렇게 해서 키드레이 공작가에 틈이 생기면 곤란해질 텐데.'

섣부르게 키드레이 공작가의 세력을 건드리기는 어렵다. 그의 영향력에 문제가 생기는 걸 레제프와 하인리히 대공자가 더할 나위 없이 반길 게 뻔했다. 애초에 명분도 명확하지 않은데 공작가와 척지는 것도 어려운 일이었다.

'이래저래 이해관계가 복잡하게 얽혀 있구나.'

길리안 자작가의 군마 사업은 상당히 영향력 있는 사업이었다. 그것을 국가 산업으로 환수해서 길리안 자작가의 영향력을 낮추고 키드레이 공작가는 다른 사업을 키워 준다면…….

그녀는 이리저리 복잡한 가정을 해 보다가 생각을 멈췄다. 멀리 돌아갈 필요가 없었다.

"그냥 헨버튼의 자리를 새로운 사람으로 대체하기만 하면 될 텐데."

그리고 그게 카예나의 적성에 더 잘 맞았다.

다행스럽게도 헨버튼 길리안은 타고난 성품이나 능력이 별로였고 어울리는 친구는 더 별로였다.

"으음……."

다만 그 계획을 실행하기 위해서는 라파엘로와의 협력이 필요했다. 키드레이 공작가의 가신 가문의 후계자를 함부로 내칠 수는 없었으니까. 어쩐지 자꾸만 그와 얽히게 된다. 라파엘로가 싫은 것은 아니었지만 그가 자신에게 불쾌감을 느끼게 될까 봐 겁이 났다. 과거의 자신과는 어떻게든 다르게 살아 보고 싶었다.

카예나는 파르르 떨리는 제 손을 가만히 내려다보았다. 헨버튼 길리안은 이번 생에서도 자신에게 집착하고 있었다. 그녀가 도망치듯 떠난 곳까지 찾아와 지난번과 같은 짓을 저지를 수도 있다.

학대당한 기억이 완전히 선명하진 않다. 살해당할 당시의 기억도 그랬다. 하지만 그것만으로도 이미 몸은 이렇게 영향을 받는다. 머리를 차갑게 식히고 냉정하게 생각하는 것과 몸의 반응은 확연히 달랐다.

'통제할 수 없는 것은 없애야지.'

길리안은 통제할 수 없는 것.

그렇다면 없애는 것에 망설일 이유가 없었다.

─❄─

베라는 하녀 하나만 대동하여 황녀의 식사를 점검하러 중앙성 주방으로 향했다. 그곳은 황족들의 음식을 준비하는 곳으로 모든 주방을 통틀어 가장 중요한 장소였다.

그만큼 철두철미하게 관리되는 곳임에도 불구하고, 베라는 항시 중앙성 주방에 들락거렸다. 카예나에게 있는 알레르기 때문이었다. 게다가 카예나는 비린 걸 잘 못 먹기도 해서 해산물을 올리려면 각별하게 신경 써야 했다.

'전하께서는 아닌 척하시지만, 어제부터 너무 기운이 없으셔서 걱정이야. 기운이 날 만한 보양식도 준비하라 해야겠어.'

하지만 그녀가 주방에 들러서 간섭할 때마다 중앙성의 총주방장은 항상 못마땅한 태도였다. 대놓고 베라를 배척하며 상당히 비협조적으로 행동하고 얼른 내쫓으려 들었다. 꼭 뭔가 숨기려는 사람처럼 보였다.

'이상할 정도로 지나치게 외부인 출입을 꺼리던데. 행실이 떳떳하면 그럴 리 없지.'

베라는 코웃음을 치며 생각했다. 어딘가 수상쩍은 일을 발견한다면 바로 고할 것이다.

그러나 베라의 발걸음은 황녀궁 입구에서 막혔다. 궁정인들이 황녀궁 앞에 포진해 있었다. 그들 사이에서 낯익은 여자가 보였다. 황궁의 모든 여성 사용인을 다스리는 총괄 시녀장, 힐리에 부인의 오른팔인 소피닌 부인이었다. 또한, 그녀는 레제프 쪽 세력의 사람으로 카예나를 적대하는 사람이기도 했다.

베라는 그녀를 향해 인사를 올렸다.

"소피닌 부인께서 여긴 어쩐 일이십니까?"

그러자 소피닌 부인이 코웃음 쳤다.

"황궁 내부를 단속 중일세."

"황궁 내부를 단속한다는 말씀은……."

"지금 어딜 가는 중이지?"

"중앙성 주방으로 향하는 중이었습니다. 황녀 전하께서 드실 식사를 확인해야 해서요."

그녀의 말에 소피닌 부인이 표독스럽게 치뜬 눈으로 베라를 노려보았다. 어떻게든 베라를 찍어 누르겠다는 의지가 담긴 표정이었다.

"그곳은 모든 부처 중에서도 가장 엄격히 관리되는 곳일세. 그런데 비전문가인 자네가 가서 무얼 한다는 거지?"

베라는 그녀가 어떻게든 생트집을 잡으려 한다는 사실을 깨달았다. 상대는 자신보다 지위가 높으니 이 기 싸움에서 이길 가능성은 적었다. 그래도 입 다물고 있을 수 없었다. 베라의 태도가 곧 카예나의 얼굴이었다. 그녀는 허리를 꼿꼿하게 세웠다.

"저는 황녀궁에서 활동할 수 있는 유일한 상급 시녀입니다. 제가 그것을 관리하지 않으면 대체 누가 할 수 있단 말입니까?"

그러자 마치 그 말을 기다렸다는 듯이 소피닌 부인 곁으로 상급 시녀 다섯이 주르르 섰다.

"그렇지 않아도 시녀장님께서 황녀궁에 시녀의 수가 부족하니 새로운 상급 시녀를 선별하여 보내라고 하셨다네."

그 말을 들은 베라의 눈이 가늘어졌다.

"하지만 전하께서는 이미 황녀궁에 소속될 상급 시녀를 모두 발탁하셨습니다."

"답답한 소리!"

그녀는 베라의 말을 바로 헛소리 취급했다.

"황녀궁의 시녀는 신중히 골라야지. 그렇게 교육되지 않은 시녀들만 데리고 어찌 전하를 모실 수 있단 말인가!"

소피닌 부인의 말엔 틀린 것이 없었다. 그러나 틀린 말이 아니라 해서 그것이 옳은 소리는 아니었다. 저들의 목적은 카예나를 감시하는 것이 분명했다.

"그리고 자네의 태도도 참으로 문제가 많아. 그런 식으로 중앙성 주방을 들락거리는 월권행위가 해당 부처에 얼마나 큰 피해를 주는지 모른단 말인가?"

베라의 눈썹이 불쾌감으로 꿈틀거렸다. 그녀의 표정도 점차 예의를 잃고 싸늘하게 식어 갔다.

"월권이라니요?"

"총주방장의 고유 권한을 자네가 계속 간섭하고 있질 않은가! 중앙성 주방 쪽에서 시녀장님께 몇 번이나 항의를 넣었네!"

베라는 짜증이 왈칵 치솟았다. 월권이라니?

베라는 음식에 황녀가 먹지 못하는 것이 있지는 않은지, 평소 즐기지 않는 식재료가 사용되지 않는지 점검했을 뿐이었다. 그것은 시녀로서 당연히 해야 할 일들이었다. 지금까지 황녀궁을 채우고 있었던 시녀들이 대충 일했던 것일 뿐, 베라의 행동엔 아무런 문제가 될 게 없었다.

'단순히 이걸 빌미 삼아 기 싸움하려는 것은 아닌 것 같은데. 시녀장의 대처도 수상해.'

베라의 눈빛이 소피닌 부인을 비롯한 주변의 궁정인을 면밀하게 훑었다. 내명부 권한이 카예나에게 넘어간 것을 마뜩잖게 여기리라고는 예상했다. 그러나 이렇게 재빠르게 카예나를 압박하려 들 줄은 몰랐다.

베라는 언짢음을 감추고 최대한 차분하게 대꾸했다.

"황녀 전하께서는 얼마 전 견과류 알레르기로 인해 크게 앓으셨습니다. 당분간은 제가 전하께 올라가는 음식들을 확인해야 할 것 같습니다."

그러자 소피닌 부인은 옳거니, 하고 말꼬리를 잡았다.

"그 사실을 총주방장은 모르고 음식을 준비한다는 뜻인가? 이렇게 함부로 능력을 의심하고 상대를 비난해도 되느냐는 말일세!"

베라는 입술을 잘근 물었다가 입을 열었다.

"……그런 뜻은 아니었습니다."

상대에게 말리고 말았다. 그녀는 속이 끓었으나 순순히 고개를 조아려야 했다. 소피닌 부인이 승리의 미소를 지었다.

"황녀 전하의 식사는 이 아이들이 가져올 것이니 자네는 돌아가 보게."

베라는 주먹을 바르르 떨었다. 아무래도 레제프 황자가 연금된 것이 그들 세력을 제대로 건드린 것 같았다.

'이제야 간신히 권한 하나 손에 넣었을 뿐인데……'

황녀가 고작 임시로 내명부를 쥐게 되었을 뿐인데 황자 측 세력은 득달같이 달려들었다. 이런 작은 일조차 계속 패배한다면 지금껏 종이 황녀라며 업신여겨지던 것과 달라질 게 없었다.

너무나 분하고 원통했다. 베라는 바로 황녀의 침실에 돌아가지 못했다.

'전하께서는 어떻게 매번 침착하실 수가 있지?'

자신은 고작 이런 억압에도 견딜 수 없이 화가 나고 비참해지는데, 그 작고 연약해 보이는 사람은 어떻게 그리도 강인할 수 있지?

소피닌 부인은 자신을 힘으로 눌렀고, 그녀는 속절없이 당했다. 직위도 가문도 그들에 비해 약하니 별다른 방도가 없었다. 이런 자신이 대체 카예나를 위해 어떤 일을 할 수 있을까?

베라는 자신이 절대 무능하다고 생각하지 않았다. 그러나 그건 그녀의 착각이었다. 레제프의 힘이 거둬지자마자 베라는 그저 힘없고 평범한 상급 시녀에 지나지 않게 되었다.

'내가 더 똑똑하고 당차게 행동하지 않으면 저들에게 계속 얕보일 거야.'

쓸모 있지 않으면 안 된다. 그건 베라가 황성에서 일하게 된 이후로 항상 지녀 온 강박이었다. 베라에겐 카예나가 유일한 희망이자 구원이었다. 그녀의 곁이 더 유능하고 쓸 만한 이들로 채워진다면 가문이 한미한 베라는 버려질지도 모른다. 자신은 더 쓸모 있어져야 한다.

베라는 시녀가 사용하는 휴게실에서 홀로 분을 삭이다가 문득 고개를 들어 올렸다.

"중앙성 주방……."

총주방장이 지나치게 외부인을 경계하던 모습이 뇌리를 스쳤다. 그곳에 뭔가가 있다. 그곳을 뒤집으면 뭔가 나올 게 분명하다.

"나를 도와줄 사람을 찾아야 해."

베라가 손톱을 잘근 물었을 때였다.

달칵.

휴게실 문이 열리고 누군가가 들어왔다.

"어머, 누가 있으리라고 생각지 못했어요."

"……올리비아 양?"

다름 아닌 올리비아 그레이스였다.

"올리비아 양. 초면에 이런 부탁을 해서 미안한데요."

베라는 다급하게 도움을 요청했다. 그다지 어려운 부탁은 아니었다.

"중앙성 주방 쪽에서 뭔가 수상한 기색이 있어 알아보려고 해요. 올리비아 양이 실무 교육을 받는 척, 주방의 시선을 끌어 주실 수 있나요?"

"어렵지 않은 일이네요."

올리비아는 베라가 잡역 하녀처럼 입은 모습을 보며 걱정스럽게 물었다.

"괜찮을까요?"

"잡역 하녀는 항상 입 가리개를 착용하니 괜찮을 거예요. 그리고 저는 다행스럽게도 눈동자나 머리 색이 흔한 편이라서요."

올리비아는 낮은 탄식을 흘렸다. 권모술수가 난무한다는 황궁의 단면을 입궁 첫날부터 확인하게 될 줄은 몰랐기 때문이다.

"중앙성 주방의 창고 쪽에 항상 감시가 붙어 있더라고요."

창고는 외부와 연결되어 있었는데, 밖에서 들어오는 재료들은 모두 이곳에 보관된다. 베라가 주방 내부를 둘러볼 때 감시들이 유난히 창고로 나가는 문을 삼엄하게 지키는 것을 본 적이 있었다.

예전에는 워낙 고가의 식재료가 많으니 감시하는 건가 보다, 생각했었다. 하지만 지금 생각하니 뭔가 이상했다. 그곳에 감시가 많다는 것은 무언가 뒤가 구린 일이 창고에서 일어나고 있다는 뜻이 아닐까.

황궁에서 구른 지 오래된 베라는 어떤 종류의 비리가 그곳에서 벌어지고 있을지 대략 예측할 수 있었다. 총주방장은 착복 중인 게 틀림없다. 베라의 눈빛이 날카롭게 빛났다.

"가죠."

－❊－

그 시각, 카예나는 여행기를 보고 있었다.

'남서쪽의 밀헨이 좋겠어. 적당히 가난하고 알맞게 고립되어 있으니.'

그녀는 막 그녀와 결혼할 가상의 남편과 살 곳을 결정한 참이었다.

'키드레이 공작가와 조금 가깝다는 게 걸리지만.'

오히려 키드레이 공작가가 근처에 있기에 레제프를 비롯한 여타 세력이 함부로 들쑤시지 못할 거라는 장점도 있었다.

똑똑, 문을 두드리는 소리가 들렸다.

"들어와."

문이 열리고 들어온 사람은 애니였다. 그런데 그녀의 표정이 어딘가 이상했다.

"전하, 식사가 준비되었습니다. 그런데……."

카예나가 책을 내려놓으며 의아하게 물었다.

"왜 그러니?"

"처음 보는 시녀들이 전하의 식사를 준비해 왔습니다. 어찌할까요?"

"베라는?"

"모습이 보이지 않습니다."

베라가 아닌 다른 시녀들? 베라가 아무런 언질도 없이 다른 사람을 보냈을 리 없다. 카예나의 눈이 일순간 예리한 빛을 띠었다가 다시 평소와 같은 얼굴로 돌아왔다.

"들라 하렴."

곧 낯선 상급 시녀들이 들어왔다.

"황녀 전하를 뵙습니다."

그들은 상급 시녀 중에서도 특히 직위가 높은 이들이었다.

카예나는 테이블에 식사를 올리라 명했다.

"그런데 너희는 내 궁에서 못 보던 이들이구나. 어떻게 내 식사를 챙겨 왔니?"

"황녀궁에 상급 시녀의 수가 현저히 부족하다 하여 이곳으로 배속되었습니다. 앞으로 저희가 전하의 시중을 도맡을 것입니다."

"아, 그래?"

카예나는 그들의 뻔한 속내를 바로 알아챘다.

'그냥 내버려 둘까?'

황녀궁에 손대지 못하게 하려고 체계를 잡은 것뿐인데 벌써부터 견제가 들어오다니. 게다가 자신을 무시하고 멋대로 상급 시녀를 들이민 것은 어이가 없었다. 그들의 뒷배인 레제프, 아니, 에반스 가문의 힘을 그만큼 믿고 있단 방증이었다.

'괜히 반목하면 앞으로 사사건건 시비를 걸겠지. 그렇다고 놔두자니 전과 다를 바 없어질 것 같은데……'

아직은 그녀가 발탁한 시녀가 도착하지 않은 상태다. 내일 수잔과 줄리아가 황녀궁에 도착하면 그들 가문의 힘으로 자연스럽게 이들을 밀어낼 수 있을지도 모른다.

'집안만큼은 그들이 더 좋거든.'

"오늘은 중앙성 주방에 싱싱한 생선이 들어와서 구이를 했다 합니다."

황성이 위치한 수도, 엘퀴엠은 내륙 지방이기는 해도 바로 옆이 항구 도시라 생선을 구하는 게 어렵지 않다. 그러나 카예나의 식사에 자주 오르지는 않았다. 그녀가 비린 것을 선호하지 않기 때문이었다.

'……베라가 식단을 확인하지 않은 건 확실하네.'

베라가 제 일을 내버려 두고 사라질 사람이 아니기에 의아함이 더욱 커졌다.

카예나는 나이프를 들었다기 곁에 일렬로 서서 그녀를 감시하듯 지켜보는 시녀들에게 말했다.

"나가지 않고 뭣들 하느냐?"

"소인들은 전하를 보필하란 명을 받았……"

챙강!

나이프가 접시에 부딪히며 날카로운 소리를 냈다. 시녀들이 몸을 움찔 떨었다. 카예나는 미소를 잃지 않은 얼굴로 그들에게 부드럽게 말했다.

"나가 보라는 내 말이 들리지 않느냐?"

최근 얌전해졌단 소문이 나긴 했어도 그간 카예나가 행한 패악은 여전히 그들의 뇌리에 선명히 남아 있었다. 수틀리면 지금 집어 던지듯 놓은 나이프를 그들에게 휘두를지도 몰랐다. 그들은 흠칫거리며 물러났다.

"……필요하실 때 불러 주십시오, 전하."

시녀들이 나가고 카예나는 곧장 애니를 불렀다.

"베라를 찾아라."

애니는 곧바로 밖으로 나갔다.

카예나는 수프를 뒤적이다가 혹시 몰라 스푼을 내려놓았다.

그때 애니가 한 하녀를 데리고 들어왔다.

"베라 님과 같이 중앙성 주방으로 가려고 했던 하녀라 합니다."

'가려고 했던?'

하녀가 카예나에게 아까 있었던 대치 상황을 소상히 전달했다. 카예나는 궁정인들이 베라를 길들이려 기 싸움하는 것임을 깨달았다.

"저를 돌려보내시고 시녀 휴게실로 들어가시는 것을 보았습니다."

하녀의 말에 애니가 덧붙였다.

"하지만 시녀 휴게실에는 아무도 없었습니다. 문지기에게 물으니 오늘 입궁한 새로운 시녀와 같이 나갔다고 합니다."

"올리비아와 같이 나갔다고?"

"예. 그리고 올리비아 님은 오늘 실무 교육을 받는다며 황성 안내를 부탁했다고 했습니다."

"그래?"

카예나는 미간을 살짝 찡그린 채 생각에 잠겼다. 거동이 수상했다. 둘이 오늘 초면일 게 분명한데 바로 실무 교육이니 뭐니 말을 맞출 일이 뭘까?

'그러고 보니 책에서 베라는 스스로 모략을 세워 꽤 주체적으로 움직이는 인물이었던 것 같은데.'

그렇다는 말은 지금 베라의 촉에 뭔가 걸려들었단 뜻이다.

그녀는 짤막하게 한숨을 내쉬었다. 그냥 조용히 있다가 가짜 결혼으로 이곳에서 홀연히 떠날 생각이었는데. 내명부 권한이라고 해도 임시일 뿐이고 괜히 레제프의 심기를 건드릴 생각도 없었다.

어찌하나 고민할 때였다. 도나가 침실로 헐레벌떡 들어왔다.

"황녀 전하! 베라 님이 지금 중앙성 주방에서 대치 중이라고 합니다!"

카예나는 한숨을 내쉬었다.

"그리로 가자꾸나."

─ ※◎※ ─

선황후가 알레르기로 타계한 이후 황궁은 제대로 된 영향력을 가진 여자 주인을 모신 지 오래되었다. 여자 황족들은 대부분 결혼 후 궁을 떠났기 때문에 레제프가 대신 내명부 권한을 받아 운영한 지 오래였다. 그는 그 권한으로 궁을 제 사람들로 채웠다.

레제프에게 줄을 댄 자들은 권력을 믿고 폭력과 억압으로 하인들을 다스렸는데, 그중 하나가 힐리에 부인이었다.

"궁정 살림을 돌보는 일은 결코 허투루 볼 것이 아니에요."

그렇게 말하는 힐리에 부인의 표정에서는 자못 비장함까지 엿볼 수 있었다.

"황태자비 시절부터 하나하나 익히고 다스려야 황후라는 지고한 위치에 올랐을 때 비로소 안정적으로 돌볼 수 있는 곳, 그곳이 바로 내 명부란 말입니다."

시녀장보다 직위가 낮은 궁정인, 소피닌 부인이 거들었다.

"옳으신 말씀이에요, 시녀장님."

"카예나 황녀 전하께서 새파랗게 어린 것들만 시녀로 뽑으셨다는 소식, 다들 들으셨나요? 심지어 권한도 고작 넷에게 쪼개서 나눠 주셨답니다."

그 말에 다들 기가 차서 헛웃음을 터트렸다.

그들 중 정상적인 사고가 가능했던 콜린이라는 궁정인은 고개를 갸웃했다.

"황녀궁이야 모실 황녀가 한 분밖에 없으니 그런 식의 운영도 괜찮지 않나요?"

콜린의 발언에 소피닌 부인이 날을 세우며 눈을 뾰족하게 떴다.

"답답한 소리! 하나를 보면 열을 안다질 않습니까. 그리고 이 커다란 황궁을 그런 식으로 운영할 수 있을 리도 없어요!"

힐리에 부인은 대신 화내 준 소피닌 부인의 손을 살며시 잡아 주며 진정시켰다.

"흥분은 가라앉히시게. 어쨌든 우리는 지금 사태를 해결하고자 이 자리에 모인 거니까."

소피닌 부인은 위풍당당하게 말했다.

"그렇지 않아도 제가 황녀궁을 감시하다가 그곳 상급 시녀에게 본

때를 보여 주었답니다."

황녀가 내명부의 임시 수장이 되었다고 한들 변하는 건 없다. 황궁에는 레제프와 유기적으로 관련된 이들이 대부분이었고, 에반스 가문이 나눠 주는 떡고물을 받아먹지 않은 이가 없다.

"각 부처에 황녀 전하의 지시에 함부로 움직이지 말라고 하세요. 황자 전하께서 복권하시면 모두 제자리로 돌아갈 일이니 쓸데없는 짓 하지 말라는 말입니다."

"명심하겠습니다, 시녀장님."

그때 하인이 시녀들 전용 휴게실로 부리나케 들어왔다.

"지금 황녀 전하께서 중앙성 주방을 한바탕 뒤집으셨다고 합니다! 총주방장이 체포되었습니다!"

"뭐? 중앙성 주방을?"

"갑자기 총주방장을 체포하다니!"

황녀가 들이닥쳐 말도 안 되는 꼬투리를 잡은 것인가? 그들은 혼비백산하여 자리에서 일어났다.

"어서 중앙성 주방으로 갑시다!"

그러자 소식을 알렸던 하인이 손을 내저었다.

"지금은 중앙성 주방에 안 계십니다."

"그럼 어디에 계신단 말이더냐!"

힐리에 부인이 왈칵 짜증 냈다. 항상 고상한 척하길 좋아하는 그녀가 이렇게 대놓고 짜증을 부리는 일은 거의 없었다. 그만큼 지금 황녀의 행보가 기습적이란 뜻이었다.

"지금은 폐쇄된 별궁을 모두 확인해 보겠다고 별궁으로 가셨습니다."

그들의 안색이 파리해졌다.

중앙성 주방의 부주방장 알렉스는 황족의 식사가 모두 준비되어 나가는 걸 확인한 후, 잠깐의 휴식 시간을 가졌다. 곧 오후 식자재가 들어오면 그걸 손질해서 저녁 식사를 준비해야 한다. 고작 세 사람의 식사를 준비하는 일이지만 그 셋이 다 황족이기에 준비할 음식 가짓수가 상당했다.

그는 하역장 근처에서 담배를 태웠다. 중앙성 주방 말고도 사용인들의 식사를 준비하는 주방이 바로 옆에 있었는데, 그곳은 완전히 전쟁 통이었다.

"사람은 출세하고 볼 일이지."

알렉스는 총주방장의 측근이었다. 줄을 잘 잡은 덕에 주방 중에서도 노동 강도가 가장 약하지만, 권한은 가장 높은 중앙성 주방의 부주방장이 되었다.

단순히 그것 말고도 좋은 점은 또 있었다. 바로 이곳에서 발생하는 뒷돈이 상당하다는 것이었다. 그는 총주방장이 착복하는 검은돈 중 일부를 지급받았다.

"어라."

그때 알렉스의 눈에 묘한 인물 하나가 들어왔다.

'잡역 하녀인가?'

잡역 하녀치고는 태가 고왔다. 머리카락도 윤이 흐르고 드러난 피부도 좋았다. 입 가리개로 얼굴을 가리고는 있었으나 예쁘장한 얼굴임을 짐작해 볼 수 있었다. 게다가 젊다. 보통 잡역 하녀는 나이가 아주 어리거나 혹은 아주 많았다. 한창때의 아가씨들은 잡역 하녀보단 정식 하녀로 일하고 싶어 하기 때문이었다.

그는 담배를 비벼 껐다. 중앙성 주방의 부주방장인 그는 잡역 하녀 정도는 금방 구슬릴 수 있다고 생각했다. 음심이 솟았다.

마침 잡역 하녀는 어리숙하게도 중앙성 주방 하역장으로 물건을 나르고 있었다. 알렉스는 그 하녀가 으슥한 곳으로 들어가는 걸 보고 뒤를 밟았다.

"일한 지 얼마 되지 않은 모양이네?"

"……!"

하녀가 멈칫하더니 뒤를 돌았다.

"여긴 중앙성 주방이야. 황제 폐하께서 드시는 음식을 만들어 진공하는 곳이고 나는 여기 부주방장이지."

그는 천천히 하녀에게 다가갔다.

"일이 고되진 않아?"

하녀는 고개를 푹 숙였다.

"……그렇지 않습니다."

알렉스는 하녀의 목소리도 마음에 들었다. 말투도 고상하여 마치 귀족 영애처럼 느껴졌다. 볼수록 탐났다.

"내게 잘 보이면 너 하나쯤은 중앙성 주방에서 일하게 할 수 있어. 황족을 바로 곁에서 모실 수 있다고."

"괜찮아요."

휴식 시간이 끝나면 곧 오후 식자재가 들어온다. 그는 바빠지기 전에 하녀를 구슬릴 생각이었다. 그때 하인이 그를 찾았다.

"알렉스 님!"

"뭐야?"

"황녀궁 상급 시녀가 실무 교육을 받는 중이라 이곳을 안내받고 싶다는데요?"

"또 황녀궁이야? 알았으니까 먼저 가서 상대하고 있어 봐. 따라갈 테니까."

"예."

그는 신경질적으로 알겠다고 말하고 하인을 보냈다. 마음이 급했다.

"이봐, 고민할 것 없어. 지금 기회 놓치면 중앙성 주방 하인 자리는 놓치는 거라고."

"필요 없습니다!"

"그만 튕겨!"

알렉스는 뒷걸음질 치는 하녀를 거칠게 붙들었다.

"꺅! 놔요!"

가까이서 보니 하녀는 확실히 미인이었다. 그는 문득 입 가리개가 거슬려 벗기다가 깜짝 놀랐다.

"뭐, 뭐야, 당신!"

최근 중앙성 주방을 매일 찾아와 귀찮게 하는 황녀궁 시녀였다.

"인사 권한도 없는 자가 사사롭게 권력을 휘두르고 힘없는 하녀를 겁탈하려 하다니!"

베라가 알렉스를 노려보며 일갈했다.

처음에는 깜짝 놀랐던 알렉스는 베라가 잡역 하녀 차림인 것을 보고 여유를 되찾았다.

"하, 잡역 하녀 차림으로 몰래 숨어든 주제에……. 그리고 증거 있습니까? 나는 그냥 수상한 자를 잡은 것뿐인데요?"

그녀는 기가 막혔다. 방금 추행을 당한 당사자 앞에서 증거가 없다고 말하는 뻔뻔스러움이라니! 그녀는 수치심과 두려움을 꾹 참고 대항하다가 할 말을 잃고 말았다. 알렉스가 비열하게 웃었다.

"누가 봐도 그렇지 않습니까? 잡역 하녀로 위장해서 하역장에 숨어든 당신이 수상하지요."

"감히……!"

그 순간, 하역장에 짜증 가득한 목소리가 쩌렁쩌렁 울려 퍼졌다.

"알렉스! 대체 오지 않고 뭘 하는 건가!"

총주방장의 목소리였다. 그는 성큼성큼 하역장으로 들어오다가 멈칫했다.

"총주방장님!"

알렉스는 총주방장에게 얼른 뛰어가 고발했다.

"저길 보십시오. 황녀궁 시녀님이 잡역 하녀로 위장하여 저희 뒤를 캐러 왔습니다!"

총주방장은 살기등등한 얼굴로 베라를 보았다.

"이게 무슨 경우인가?"

베라는 입술을 꽉 물었다.

"아무래도 이야기를 좀 나눠 봐야겠지?"

그는 베라를 주방 안으로 불렀다. 주방에서 교육을 핑계로 주의를 끌던 올리비아가 낭패한 눈빛을 했다가 표정을 갈무리했다.

"하, 작당하고 중앙성 주방을 핍박하러 오셨나?"

"핍박이라니, 당치 않소."

"그럼 그 꼴은 뭐지? 앞에서 시선 끌고 뒤를 살금살금 밟아 무슨 수작질을 하려고?"

그는 시녀들을 향해 성큼성큼 위협적으로 다가섰다.

"감히 내 주방에서 이따위로 난장을 피우다니."

베라는 속이 까맣게 타들어 갔다. 자신의 실책 때문에 올리비아까지 수모를 당하고 있었다.

"할 말이 있다면 어디 해 보시지? 어?"

상황은 그들이 너무나 불리했다. 일이 계획대로 돌아갔더라면 지금쯤 벌벌 떨어야 하는 건 자신이 아니라 총주방장이었을 텐데.

"내 이번 일은 절대 못 넘어가! 열심히 일하는 우리를 황녀궁 소속이라고 이렇게 핍박할 수는 없어!"

"이것이 어찌 핍박이오! 그리고 저 부주방장도 인사 권한을 놓고 힘없는 여인에게 수작질이나 부렸거늘!"

"거짓입니다!"

부주방장이 얼른 외쳤다.

"행색이 수상한 하녀라고 여겨 뒤를 밟았을 뿐입니다. 그리고 정황을 보십시오. 제가 하마터면 궁중 암투에 말릴 뻔한 것을 잡아내지 않았습니까?"

"궁중 암투라니……."

베라는 기가 막혔다.

총주방장은 그들을 주방 밖으로 내몰다시피 하며 살벌하게 쏘아붙였다.

"어떻게든 중앙성 주방을 해코지하고 싶었던 모양인데, 당장 시녀장님에게 가자고. 지금까지 봐준 줄도 모르고 도를 넘어?"

그때였다.

"총주방장이 나를 봐준 줄도 모르고 내가 도를 넘었구나."

카예나가 호위 기사들을 대동하여 중앙성 주방에 나타났다. 총주
방장은 황녀가 나타난 것을 보고 표정을 살짝 구겼다가 절을 올렸다.

"황녀 전하를 뵙습니다."

카예나는 총주방장을 물끄러미 보았다. 그녀는 방금 총주방장이 베
라와 올리비아에게 위협적으로 군 것을 정면으로 목격했다.

"그 시녀는 내 명을 받아 내명부 관할 부처를 돌아보는 중이었다.
그런데 자네가 상당히 무례한 태도를 보인 것 같구나."

총주방장은 카예나가 시녀를 감싸려고 거짓말한다는 사실을 알았다.

"시녀장에게 고발하려면 해도 좋다."

카예나는 고개를 삐뚜름하게 기울이며 서늘한 눈빛으로 말했다.

"당연히 중앙성 주방에 아무런 문제가 없으니 그리 떳떳하게 말한
것이겠지?"

"물론입니다, 전하. 모든 부처 중 가장 엄격하게 관리되는 곳이 바로
여기, 중앙성 주방입니다. 저는 그 자부심 하나로 평생 지내 왔습니다."

총주방장은 공손하지만 당당한 태도로 말했다. 남들이 보면 정말
떳떳한 사람이라고 생각할 모습이었다. 카예나는 피식 웃었다.

"그럼 확인해 보지."

"……예?"

"그리 떳떳하다는데 내 직접 모든 부처의 귀감이 되는 중앙성 주방
의 관리 상태를 확인하지 않을 수 없구나. 그대들의 노고를 확인하여
상을 내릴 것이다."

총주방장은 미간을 찌푸렸다. 황녀가 이런 식으로 나올 줄은 몰랐
기 때문이다. 그렇다고 여기서 그녀를 막으면 뭔가 켕기는 게 있다고
보일 수 있었다.

'황녀가 봐 봤자 뭘 알겠어?'

이제 막 내명부 실권을 잡은 그녀가 대체 뭘 알아보겠는가? 총주방장은 순순히 주방으로 카예나를 안내했다.

베라는 중앙성 주방에 문제가 있으리라고는 확신하고 있었다. 그러나 정작 아무것도 발견하지 못한 채 이렇게 상황이 커지자 초조해졌다.

카예나는 몹시 태연했다. 그녀는 이미 황궁 살림이 엉망이라는 사실을 너무 잘 알았다.

"장부를 가져와라."

주방 하인들은 눈치를 살살 보다가 어쩔 수 없이 장부를 들고 왔다. 갑작스럽게 들이닥쳐 관리 상태를 점검하겠다고 하여 조금 긴장하긴 했으나 내심 안일하게 여겼다. 아직 성년도 되지 않은 황녀를 얕본 것이다.

"흐음, 과연 그리 당당할 만큼 기록을 잘 해 두고 있구나."

"알아봐 주시니 감사할 따름입니다."

총주방장은 내심 안심하며 마음을 놓으려고 했을 때였다.

"그런데 식자재 폐기율이 8할이 넘는구나."

폐기가 3할이 넘으면 예산에 무리가 갔다. 그런데 3할도 5할도 아닌 8할이었다. 들이는 식자재 대부분을 폐기하고 있다는 말이었다. 총주방장의 얼굴이 딱딱하게 굳었다. 그러나 그는 이 정도는 말만 잘하면 넘어갈 수 있다고 생각했다.

"황제 폐하께서는 현재 위중하시니 엄선한 자재 중에서도 특히나 더 엄격히……."

카예나는 장부를 바닥에 휙 던졌다.

"중앙성 주방의 관리 감독이 몹시 엄격한 편이라 하여 기대를 안고 감찰하였다. 그런데 국고가 이렇게나 새고 있었단 말이냐?"

"황녀 전하."

"폐기가 4할 이상 나오면 책임자를 황법으로 다스린단 사실을 몰랐던 모양이구나."

황법이란 말에 그제야 총주방장은 황녀가 만만히 넘어갈 생각이 없다는 사실을 깨달았다.

그의 미간이 꿈틀거렸다. 중앙성 주방의 폐기율이 높은 건 그들이 고가의 식자재를 빼돌리기 때문이었다. 이미 오랜 시간을 이런 식으로 착복해 왔기에 황법이 조금 마음에 걸리기는 해도 계속해 왔다.

'황자 전하도 모르신 것을 황녀가 알 리가 없지.'

총주방장은 입매를 늘어트리며 부드럽게 타이르듯 말했다.

"물론 황법은 그렇습니다, 전하. 그러나 황법이라는 것이 현장 상황과 차이가 있음은 부정할 수 없지요. 특히 황제 폐하와 두 분 전하께 진공할 음식을 관리하는 중앙성 주방에서는 더욱 말입니다."

황족이 먹을 음식은 당연히 최상품이어야 한다. 그것엔 조금의 흠도 없어야 마땅했다. 그런 식의 논리를 들면 보통 돈을 아끼는 법이 없는 귀족들은 이상하게 여기지 않았다. 그는 어린 아가씨 정도는 얼마든지 구워삶을 수 있다고 생각했다.

다만 카예나의 얼굴은 생각을 읽을 수 없을 정도로 무감했으나 그는 곧 기분 탓이라고 여기며 말을 이었다.

"이곳에선 항상 최상품만 사용해야 하며 그것의 유통 관리에 조금이라도 이상이 있으면 이유를 불문하고 바로 폐기됩니다."

"그렇군."

카예나는 시큰둥하게 흘려들었다.

"그런데 말일세."

총주방장은 저도 모르게 마른침을 삼켰다.

"폐기품은 어디 있지?"

"······예?"

"폐기했으면 폐기한 물건이 있어야 할 게 아니더냐? 오늘도 벌써 오전 중에 폐기했다고 장부에 기록되어 있던데."

설마 폐기물이 어딨느냐고 물을 줄은 몰랐던 그는 재빠르게 대처하지 못하고 잠깐 머뭇거렸다. 그러다 다시 미소 지었다.

"이미 버렸습니다, 전하."

"그럼 찾아오너라."

"예?"

"장부와 대조해 볼 것이니 찾아오라고 하였다."

당장 움직이지 않고 무얼 하느냐는 듯한 매끄러운 태도였다.

찾아올 수 있을 리가 없다. 그것은 이미 식자재를 납품하는 업체와 말을 맞춰 폐기했다고 장부에만 기록하고 값을 치렀다. 실물 없이 이뤄진 거래였다.

'애초에 식자재 폐기에 관심 가지는 황족은 지금까지 없었다고!'

그는 이제야 상황이 심각하다는 사실을 깨달았다. 총주방장은 당장 주변 아무나 붙잡고 화를 쏟아 내고 싶었다. 그러나 카예나의 무감한 눈동자가 사슴처럼 그를 묶었다. 그는 입안으로 욕설을 삼켰다.

"폐기는 누가 담당하지?"

담당자 또한 있을 리 없다. 적당한 이를 내세워 꼬리를 잘라야 했다. 그는 힘없는 하인을 하나 잡아당겼다.

"이 녀석입니다, 전하. 로쉬, 어서 폐기품을 어찌했는지 사실대로 고해라."

로쉬라고 불린 막내 하인은 자신이 찍혔다는 사실을 깨달았다. 그는 입술을 잘근 물었다. 여기서 죄를 뒤집어쓰면 큰 벌을 면치 못할 게 뻔했다. 그렇다고 사실을 고하면 어떻게 될까?

'총주방장을 비롯해 모두 내 가족이 어디에 사는지 다 알아.'

식료품을 납품하는 업체는 단순한 장사치 집단이 아니다. 그들은 폭력배도 거느리고 있었다. 사람을 패서 죽이는 건 아무렇지도 않게 한다고 했다. 실제로 총주방장에게 대든 녀석은 다음 날 출근하지 못했다.

"제, 제가 담당자입니다, 전하."

카예나 황녀는 황족이다. 평민을 벌레 보듯 하는 귀족이나 황족이 그를 보호해 줄 리 없다.

"그래, 네가 그 담당자니?"

카예나의 말투는 꽤 부드러웠다. 로쉬는 손을 달달 떨다가 그 차분한 음성에 홀린 듯 고개를 들었다.

"오늘 폐기품은 어떻게 했지?"

로쉬가 머뭇거리자 총주방장이 낮게 깔린 목소리로 말했다.

"로쉬. 사실대로 말씀드려라."

"그러니까……."

그는 눈을 질끈 감고 바닥에 엎드렸다.

"죽을죄를 지었습니다, 전하!"

"죽을죄라니. 갑자기 그게 무슨 말인지 모르겠구나."

"제가, 제가 집안 형편이 어려워서 김이 그것을 빼놀려……."

총주방장의 얼굴에 화색이 돌았다가 금방 굳혔다.

"이 무엄한 놈! 감히 신성한 황실에서 도둑질을 하다니!"

그가 당장 로쉬의 멱살을 쥐었을 때였다. 카예나가 손을 들었다.

"그만."

그녀는 벌벌 떠는 로쉬에게 다시 다정하게 물었다.

"로쉬라고 했니? 나는 책임감 있는 사람을 좋아한다. 제 가족을 목숨처럼 아끼는 자만큼 믿을 만한 이는 없지."

카예나는 피식 웃으며 그렇게 말했다.

로쉬는 황녀가 자신을 죽일 생각이 없다는 사실을 직감했다. 이상함을 느낀 총주방장이 호소했다.

"전하, 감히 황실 재산에 손댄 이 녀석을 벌하셔야 합니다!"

"어떻게 벌하는 게 좋겠는가?"

"그건, 황법에 나온 대로……."

"황법대로 재산과 직위를 몰수하고 일가족 모두에게 태형을 내려야 한다는 말이더냐?"

총주방장은 입을 다물었다. 등줄기로 식은땀이 흘렀다.

'침착하자. 증거가 없잖아. 황녀는 절대로 태형을 내리지 못해!'

팽팽한 긴장감이 맴도는 사이 하인이 바깥에서 들어와 조심스럽게 말했다.

"오후 식자재 납품 업자가 왔다는데 돌려보낼까요?"

총주방장은 심장이 철렁 내려앉았다.

"지금 전하께서 계시는데 어찌 그런 천한 장사치가 황궁 문턱을 밟게 하였느냐! 어서 내보내라!"

카예나가 납품 업자와 마주치게 해서는 안 된다. 영수증엔 여느 때와 같이 실존하지 않는 품목이 대거 쓰여 있을 것이다.

"그럴 것 없다."

그녀는 자리에서 일어났다.

"그간 식료품을 납품하느라 고생했을 행상인을 독려할 겸 같이 가 보자꾸나."

총주방장의 안색이 완전히 어두워졌다.

—⁂—

행상인 퍼슨은 중앙성 주방의 물류 창고가 평소와 달리 휑하여 이 상함을 느끼고 있었다. 그는 창고 안쪽으로 들어가 부주방장을 찾아 불렀다.

"어이, 알렉……!"

나타난 사람은 부주방장만이 아니었다. 죽을상을 한 총주방장을 비롯해 낯선 인물이 잔뜩 보였다. 그들 중 단연 그의 눈길을 사로잡은 사람이 있었다.

'세상에.'

퍼슨은 태어나서 그토록 아름다운 사람을 처음 보았다. 온몸에서 빛이라도 뿜어져 나오는 것처럼 색이 옅은 사람이었다. 그녀가 어두운 창고에서부터 볕 아래로 걸어 나왔다. 곁에 선 시녀가 말했다.

"황녀 전하께 예를 갖춰라."

퍼슨은 그제야 눈앞의 여인이 소문 자자한 카예나 황녀란 사실을 깨달았다. 미모에 온 정신을 빼앗겼던 퍼슨은 그제야 부랴부랴 바닥에 엎드렸다.

"감히 이 미천한 자가 존귀하신 황녀 전하를 뵙습니다!"

납작 엎드린 머리 위로 깊은 울림을 지닌 고운 목소리가 내려앉았다.

"일어나라."

그는 몸이 잔뜩 언 채 어색하게 자리에서 일어났다.

'그런데 황녀 전하가 왜 이곳에 오셨지……?'

"폐하와 우리 남매가 먹을 것을 준비해 주는 이의 얼굴도 몰랐으니 내가 얼마나 무심했던지. 내 직접 아랫사람들의 노고를 살펴보러 왔네."

그는 더욱 얼떨떨했다.

'진짜인가?'

대체 지금 무슨 상황인지 빠르게 파악되지 않았다. 어쨌든 그는 당장 고개를 깊이 숙였다.

"감사합니다, 전하!"

"그럼 식자재를 확인해 봐야 하지 않겠는가?"

그 말에 퍼슨은 고개를 들다가 무심결에 총주방장을 보았다. 그의 표정이 일그러져 있었다.

'……영수증을 들켜서는 안 되겠구나.'

그는 영수증을 꺼내지도 않고 물건만 날랐다. 눈치만 살살 살피며 물건의 품질과 수량만 점검했다. 이대로 조용히 넘어가는 듯했다.

"물건 납품을 영수증 없이 처리하는 모양이로구나?"

카예나의 말에 퍼슨이 불에 덴 듯 화들짝 놀랐다.

"예? 아, 소, 소인이 오늘 영수증을 끊어 온다는 걸 깜빡하고 말았습니다!"

그때 총주방장이 나섰다.

"무지한 장사치가 하는 일이라는 게 다 그렇습니다, 전하. 그래도 오랫동안 거래해 온 곳이고 그간 쌓은 신뢰가 적지 않아 이럴 때는 간이 영수증으로 대체하고는 합니다."

"예, 예. 그렇습니다."

카예나가 웃음을 터트렸다. 청량한 웃음소리에 심각한 분위기도 잊고 다들 어리둥절했다.

그녀는 직전에 살다 온 삶의 영향으로 상당히 점잖아졌다. 이전 삶의 주도면밀한 성격으로 인해 이성적이게 되었고 행동하기 전까지 잠자코 있는 게 버릇이 되었다.

그러나 카예나는 본디 악녀다.

"그간 내가 너무 너그러웠던 모양이구나."

"······예?"

그들은 뭔가 이상하단 사실을 직감했다.

"행상인을 포박하고 마차를 수색해라."

사색이 된 총주방장이 대경실색했다.

"전하! 명분도 없이 이렇게 신하를 핍박하실 수는 없습니다!"

그녀는 냉랭한 목소리로 말했다.

"꿇려라."

"전하!"

뒤에서 대기하고 있던 기사들이 총주방장과 행상인을 포박한 다음 짐마차를 수색했다.

"전하, 영수증을 찾았습니다!"

척 보아도 영수증엔 실제로 보지 못했던 물품이 숱하게 쓰여 있었다. 행상인과 총주방장의 얼굴이 창백해졌다.

카예나가 베라에게 손을 내밀었다. 그러자 베라가 냉큼 반지와 비단 장갑을 벗겨 주었다. 그녀는 무릎을 꿇은 총주방장에게 다가갔다.

"저, 전하! 오해이십니다. 저는 무고······!"

짜악-!

총주방장의 얼굴이 옆으로 돌아갔다.

"전하! 이러실 수는 없습니다! 황자 전하께서 직접 기용한 저를 이렇게⋯⋯!"

그는 이대로는 안 되겠다고 느끼고 레제프를 들먹거렸다.

짜악!

카예나는 한 번 더 뺨을 쳤다. 그는 그제야 입을 다물었다.

"국고에 손을 댄 것도 모자라 제 식구를 팔아 사지로 내몰다니. 그 비정함에 내 마음이 다 서늘하구나."

기사들은 처음엔 카예나의 행보에 어리둥절해하다 놀라운 실태를 두 눈으로 직접 목격하더니 불같이 화냈다.

"감히 황녀 전하를 기만하기까지 하였습니다! 당장 목을 베어도 시원찮을 작자입니다, 전하!"

황족 기만은 그 무엇보다 중죄다.

"내 눈앞에서 로쉬라는 하인을 협박했었지. 그런 무서운 광경을 직접 보게 될 줄은 몰랐다."

카예나는 고개를 절레절레 흔들었다.

"가장 엄격히 관리되고 있다는 중앙성 주방이 이 모양인데 다른 곳은 대체 어떻단 말이더냐?"

그 말에 하인 하나가 부리나케 자리를 이탈해 뛰어나갔다. 카예나는 굳이 그걸 막지 않았다. 황궁을 한바탕 뒤흔들 생각으로 시작한 감찰이다.

"이들을 뇌옥에 가두고 심문하라."

"명을 받듭니다!"

─⊰◈⊱─

황실이 발칵 뒤집혔다. 중앙성 주방의 총주방장을 비롯한 모두가 기사들의 통솔하에 뇌옥으로 끌려갔다. 그 모습을 많은 이가 목격했다.

그 혼란 속에서 카예나만 홀로 고고하게 황성을 가로질렀다. 베라는 그녀의 뒤를 따르며 고개를 푹 숙였다.

"죄송합니다, 전하."

카예나가 걸음을 잠깐 멈추고 베라와 올리비아를 보았다. 그녀는 잠깐 한숨을 내쉬었다. 그러자 베라의 어깨가 더욱 움츠러들었다. 올리비아는 약간 난감한 표정을 하고 있었다.

"베라, 너의 눈썰미와 통찰력은 아주 뛰어나지만…… 오늘은 무모했구나."

베라는 당장 자리에 무릎을 꿇었다.

"입이 열 개라도 할 말이 없습니다. 제 어리석음으로 전하께 누가 되고 올리비아 양까지 위험에 몰아넣었습니다."

올리비아도 곧바로 곁에서 무릎을 꿇었다.

"저는 자의로 일에 가담하였습니다. 저 역시 벌을 받아야 마땅합니다."

카예나는 둘을 번갈아 보다가 다시금 한숨을 내쉬었다. 그러고는 그들을 손수 일으켜 주었다.

"무도한 자를 정면으로 상대하다간 큰일이 날 수 있다. 난 너희에게 어떤 변도 생기길 원치 않아."

베라는 입술을 꾹 다물었다. 눈물이 날 것 같았다.

"그리고 너희가 결국 옳지 않았니? 그들은 죄인이다. 그것도 감히 황실의 국고에 손을 댄 중죄를 저질렀어. 잘했다."

"죄송합니다……."

카예나는 눈물이 그렁그렁한 베라를 토닥여 주었다.

올리비아가 조심스럽게 물었다.

"그런데 정말 다른 곳도 감찰할 생각이십니까?"

베라도 겨우 진정하며 걱정스러운 얼굴을 했다.

"귀족들의 경계심이 더 높아지진 않을까요?"

레제프가 근신을 명받은 지 고작 사흘째 되었을 뿐이다. 그런데 그녀는 칼을 뽑아 한 번 휘두르는 것으로 중앙성 주방을 날려 버렸다. 레제프를 지지하는 귀족 세력들이 가만히 있을 리 없었다.

"칼을 뽑았으니 어중간하게 도로 집어넣으면 오히려 역풍을 맞을 수 있다."

이왕 일이 이렇게 되었으니 내명부를 정리하여 기강을 바로 세우는 편이 나았다.

카예나는 그들을 안심시키려 대수롭지 않게 말했다.

"내명부 일이라는 것은 결국 살림이지. 결혼을 앞두고 살림살이를 연습해 본 거라 여길 것이다."

"그렇군요……."

'차라리 제대로 처리해서 이것을 빌미로 이득을 취하는 게 나아.'

그녀가 새어 나가는 국고를 정비하여 황실 재산을 지켜 낸다면 그것은 마땅히 큰 상을 받아야 할 일이다. 카예나는 이번 일을 끝마친 후 확보된 예산만큼의 보상을 얻어 낼 작정이었다.

그때 별궁으로 가던 카예나를 누군가가 비명처럼 불렀다.

"황녀 전하!"

한데서 작당 모의하고 있었을 것이 분명한 궁정인들이 무리 지어 카예나를 찾았다. 그들의 안색이 하나같이 좋지 못했다.

카예나는 그들을 무심히 돌아보았다. 시리게 파란 눈동자에는 전에 없는 엄격한 위엄이 있었다.

"마침 잘 왔구나."

그녀는 빙긋 웃었다.

"그렇지 않아도 내 너희를 찾으려 했는데 이렇게 때를 맞춰 다 같이 왔구나."

힐리에 부인은 냉엄한 표정으로 허리를 꼿꼿하게 세워 앞으로 나섰다.

"전하, 이렇게 사전 고지 없이 감찰하시다니요? 자칫 황성에 충성하는 신하들을 불신하는 것처럼 비추어질까 우려됩니다."

힐리에 부인이 깊이 고개 숙였다.

"일리 있는 말이로구나."

카예나는 가볍게 긍정했다.

'황녀가 이만큼 뒤집은 것도 용하지.'

힐리에 부인은 속으로 황녀를 가소롭게 여겼다. 뜻밖에 중앙성 주방을 뒤집어 놨다지만, 그 총관리자는 내심 힐리에 부인에게도 골칫거리였다. 그가 어울려 다니는 무뢰배들이 살인까지 서슴지 않는 폭력배임을 알았기 때문이다.

'하지만 이 이상은 안 되지.'

그녀는 늘 그렇듯 궁정의 살아 있는 모범 답안처럼 고고하게 허리를 세웠다.

그것이 카예나에게는 더없이 우스워 보였다. 카예나는 이미 시녀장이 직접 국고에 손만 대지 않았을 뿐, 인사권으로 장사하는 것도 잘 알았다. 그렇게 받아 챙긴 뇌물이 상당한 수준이었다.

"역시 궁정인의 귀감이 되는 시녀장이라 내 미처 생각하지 못한 부분을 짚어 주는구나."

"뜻을 헤아려 주시니 감사할 따름입니다."

"그 안목도 참으로 대단하고 말이야."

"……무슨 말씀이십니까?"

카예나는 아예 힐리에 부인과 마주 보고 섰다. 그녀의 시선이 힐리에 부인이 한 귀걸이에 닿았다.

"내가 알던 것보다 황궁에서 지급되는 녹봉이 제법 넉넉한 모양이구나. 몰락한 왕실의 보물이 한낱 시녀장 귀에 걸려 있는 것을 보면."

힐리에 부인은 흠칫 놀라며 손을 오므렸다. 그녀가 착용하고 있는 독특한 빛의 고풍스러운 진주 귀걸이는 마드레나 왕실의 보물 중 하나였다.

카예나는 이번엔 반지를 가리켰다.

"그것은 폴린 가문의 초대 가주가 결혼식에서 사용한 루비 반지고."

사람들의 시선이 이번엔 힐리에 부인의 손에 닿았다. 붉은빛이 피처럼 진하고 아름다운 루비가 박혀 있었다.

"……이것은 남편에게 선물 받은 패물일 뿐입니다."

어리석은 자 같으니라고. 카예나는 뇌물의 출처도 모르고 남편을 들먹이는 힐리에 부인을 차갑게 바라보며 말했다.

"힐리에 백작이 암시장을 자주 이용하는 모양이지?"

"……네?"

그녀는 자신이 잘못 들었다고 생각했다.

"암시장 거래는 불법이란 사실을 그대처럼 황법에 능통한 시녀장이 모를 리 없을 텐데."

힐리에 부인은 시선이 제게 쏠리는 것을 느꼈다. 다리가 덜덜 떨렸으나 표정은 노회한 귀부인답게 차분했다.

"전하, 오해이십니다. 엄연히 보증서가 있는 물건인데 암시장이라니요."

"보증서에 찍힌 인장을 혹시 기억하느냐?"

힐리에 부인은 필사적으로 보증서를 떠올렸다. 무슨 가문의 문장이었지? 검과 사자가 있었던 것 같은데.

"검 한 자루와 사자 두 마리가 있는 문양은 아니었나? 그리고 월계수가 그것을 감싼."

"……그렇습니다."

정확했다. 그래서 더 불길했다. 그걸 황녀가 어떻게 알았지? 그것은 힐리에 부인도 모르는 문양이었다. 힐리에 부인은 뭔가 단단히 잘못되고 있음을 깨달았다.

"황성에 반군의 첩자가 있었구나."

"……예? 첩자라니요?"

카예나는 기사에게 명했다.

"반역자를 체포하라."

"제가 반역자라니요, 전하! 아닙니다. 저는 그저 소피닌가에서 선물받았을 뿐입니다! 이 물건들에 문제가 있다면, 그들이 반역자입니다!"

그러자 소피닌 부인의 안색이 돌변했다.

"무, 무슨 소리이십니까! 그 패물은 저희 가문에서 드린 게 아니에요!"

힐리에 부인은 평소와 달리 악귀처럼 변한 얼굴로 표독스럽게 말했다.

"닥쳐라, 이 배은망덕한 것!"

"꺄악!"

그녀는 손에 낀 반지를 당장 빼서 소피닌 부인에게 집어 던졌다. 그것이 소피닌 부인의 이마에 맞고 바닥에 떨어졌다.

"근본 없는 천한 가문의 것을 받아 주는 게 아니었는데! 전하, 이들이 사특한 마음을 품고 접근한 것입니다. 저는 이들과 관련이 없습니다!"

"그래, 힐리에. 그대가 그간 황궁의 살림을 위해 애써 온 것을 잘 안다. 그러니 충정을 의심받으면 억울할 거야."

카예나는 손가락에 낀 반지를 빼서 곁에 선 기사에게 주었다. 황녀임을 증명하는 음각이 새겨진 인장 반지였다. 그것의 의미는 명확했다. 명을 받드는 자의 뒤에 누가 있는지 드러내고 감히 반발할 수 없도록 권력으로 찍어 누르려는 것이었다.

"힐리에 가문과 그 친정까지 압수 수색해라. 반역 가문의 인장이 찍힌 물건을 모두 찾아내거라."

힐리에 부인이 바닥에 털썩 주저앉았다. 카예나는 담담하게 덧붙였다.

"이것은 황명이다."

-ᑊ᙮ᑊ-

"난리도 이런 난리가 없군요."

종일 카예나를 따라다니며 황궁의 실태를 확인한 베라가 피로한 얼굴로 말했다.

그들은 지금까지 황궁 내부에서 일하는 각 부처를 감찰하며 상과 벌을 내렸다. 물론 벌을 내린 경우가 압도적으로 많았다. 이미 사람들에게 카예나가 그 사실들을 '어떻게 알았느냐'는 중요치 않았다. '얼마나 더 알고 있느냐'가 훨씬 중요했다.

베라와 달리 카예나는 웃음기 어린 얼굴을 하고 있었다.

"예상했던 일인걸."

그녀는 오히려 베라와 올리비아를 다독였다.

"올리비아는 입궁 첫날부터 혹독한 신고식을 치르게 되었네."

"아닙니다."

"내일은 푹 쉬려무나. 그래도 오늘 내 곁을 따라다니며 얼굴을 좀 알려 두었으니 다들 네게 경거망동하지 못할 거야."

올리비아는 약식으로 예를 올렸다.

"보살핌에 감사할 따름입니다."

"이만 가서 쉬렴."

카예나의 말에 올리비아는 침실에서 나갔다.

"폐하는 어때 보이셨니?"

그녀는 베라에게 물었다. 그 바쁜 와중에도 카예나는 다른 주방의 하인들을 중앙성 주방으로 이동시켜 황제와 레제프의 저녁 식사를 챙겼다. 베라가 그 일을 직접 도맡아 황제의 침소에 배달했다.

"이미 모든 소식을 듣고 계셨습니다. 바쁠 테니 전하께 어서 가 보라고 하셨지요."

그것은 카예나의 행보를 완전히 지지하겠다는 간접적인 의사 표명이었다.

"무슨 상을 빌지 생각해 두어야겠구나."

카예나가 중얼거렸다.

'레제프의 반응에 어떻게 대처할지도 생각해 두어야 하고.'

머리가 지끈거렸다.

─ ❈ ─

황자의 침소는 복구 작업에 들어갔다. 레제프는 그사이 조금 작은 방으로 옮기게 되었다. 그가 더는 뭔가를 박살 내거나 누굴 죽이겠다며 화를 내지 않는 건 다행이었다.

그러나 문제는 다른 곳에서 터졌다.

"재고해 주십시오, 전하."

레제프는 손에 책을 들고 있었다. 테이블에도 몇 권의 책이 있었는데 모두 여행기였다. 카예나가 빌린 책의 사본이었다.

제논은 그 태평한 모습에 욕설이 치밀었으나 간신히 인내하며 물었다.

"어찌 카트린 린드버그를 끌어들이려 하십니까? 너무 위험합니다."

그러자 레제프는 뭐가 문제냐는 듯이 책에서 시선도 떼지 않고 입을 열었다.

"뭐가 문제더냐? 어차피 하멜 백작가의 수양딸로 입적시키기만 할 건데."

"새로운 경쟁자를 만들어 낼 뿐입니다. 세력이라는 것은 유동적이니까요."

그러자 레제프가 읽던 책을 내리며 제논을 보았다.

"내가 이룬 세력이 반드시 린드버그의 아들에게 이탈할 것처럼 말하는구나."

덩치가 불어난 세력은 아무래도 마구잡이로 세를 불려 나가던 때와는 달리 몸을 사리게 된다. 특히 레제프를 지지하는 귀족 대부분은 보수파이기에 그런 성향이 더욱 강했다.

"카트린 린드버그가 황후가 된다면 그의 아들은 지금 누구보다도 완벽한 정통성을 가지게 됩니다. 그것의 위험성을 전하께서도 잘 아시지 않습니까?"

레제프 지지 세력이 대다수 보수파인 이유는 간단했다. 그가 황제의 자식이기 때문이다.

"정통성, 정통성!"

쨍그랑—!

레제프는 찻잔을 집어 던졌다. 분위기가 순식간에 싸늘해졌다.

"린드버그가 아무리 설쳐 봤자!"

그는 서슬 퍼런 눈으로 제논을 노려보며 말했다.

"내가 황위에 오르는 게 더 빠를 거다."

지금의 레제프는 도저히 설득할 수 있는 상태가 아니었다. 제논은 한 걸음 물러서서 고개 숙였다.

"실언을 용서해 주십시오."

뭔가가 어그러지고 있었다.

"꼴도 보기 싫으니 썩 나가."

레제프는 대꾸도 하지 않고 책장만 넘겼다.

그렇게 제논이 나가고 나서 바깥이 살짝 소란스럽다가 다시금 조용해졌다.

탁.

그는 책을 덮고서 비밀 통로를 향해 누군가의 이름을 불렀다.

"자밀."

그러자 비밀 통로 안에 있던 수행원이 모습을 드러냈다. 새카만 무복을 입고 얼굴을 가린 모습의 비밀 수행원이 한쪽 무릎을 꿇었다.

"제국 전역에 카예나 황녀의 초상화를 뿌려라."

레제프는 자신의 유능한 비밀 수행원을 선하게 웃는 낯으로 바라보았다.

"특히 외국으로 나갈 수 있는 육로와 항구에 주둔하는 예술가를 모조리 섭외해 황녀의 초상화를 곳곳에 전시토록 만들어라. 시골 뜨내기조차도 황녀의 얼굴을 알게."

"명을 받듭니다."

자밀은 고개를 꾸벅 숙이고는 다시 비밀 통로로 사라졌다.

레제프는 손에 쥐고 있던 책을 테이블로 휙 던졌다. 더 볼 것도 없었다.

"내게서 도망치는 건 허락한 적 없는데."

그는 기지개를 쭉 켜고 창밖을 바라보았다. 재미없는 책을 읽었더니 졸음이 쏟아졌다.

레제프가 나른하게 중얼거렸다.

"남은 건 결혼인가……."

그때 침실로 하인이 조심스럽게 찾아왔다.

"무슨 일이냐."

"지금 황녀 전하께서 내명부 부처를 모두 벌하고 계십니다."

그 말에 잠이 확 달아났다.

"……뭐라고?"

하인은 이미 시녀장을 비롯한 상당수의 궁정인이 카예나의 손에 썰려 나갔음을 알렸다.

레제프의 눈빛이 싸늘해졌다.

"지금 누님께서 내 영향력을 줄이겠다는 건가……?"

카예나의 조치에 시녀장 자리가 공석이 되고 말았다. 레제프는 그 자리에 앉을 가능성이 큰 사람을 떠올렸다.

'그러고 보니 엘리반을 불러들였다고 했지.'

그와 카예나가 어울리지 못하도록 사사건건 방해했던 여자였다. 그래서 누명을 씌워 유배 보내 버렸었다. 애써 치워 버린 여자가 다시 황궁에 들어오게 둘 수는 없다.

"클로렌스 엘리반이 수도에 오지 못하게 처리해라."

하인이 고개를 조아렸다.

"명을 받듭니다."

8장
황녀궁의 시녀들

수도 엘퀴엠에서 가장 훌륭한 저택을 꼽으라면 단연 키드레이 별장을 1순위로 꼽을 수 있다. 막강한 자금력을 동원해 지은 아름다운 건물은 키드레이 공작가가 가진 군사 가문 특유의 칙칙한 이미지를 벗겨 낼 만큼 세련되었다. 그 안을 채운 예술품도 수도 엘퀴엠에서 가장 사랑받는 장인의 걸작들로 즐비했다. 특히 최근 유행하는 전원풍으로 꾸민 정원과 거대한 연못은 키드레이 별장의 특별한 볼거리였다.

하지만 그 저택이 유명한 이유는 따로 있었다.

밤이 오지 않는 저택. 어마어마한 재력을 갖추고 있으니 항상 초를 아낌없이 태워 키드레이 저택은 거대한 램프처럼 보였다.

긴밀한 밤, 그 화려한 불빛이 들지 않는 은밀한 통로로 손님이 찾아왔다. 후드를 깊이 눌러쓰고 모습을 감춘 여인이었다. 입구에 설치된 줄을 당기니 문이 열리고 하인이 나왔다. 여인이 작은 목소리로 말했다.

"황녀궁 급보입니다."

하인은 여인의 눈을 가린 채 어디론가 데려갔다.

마침내 여인의 눈을 가린 천이 벗겨졌다. 한가운데에 넓게 차양을 친 방 안이었다.

"모자를 벗어라."

그곳에서 대기 중인 기사가 명했다. 여인이 후드를 끌어 내렸다. 황녀궁의 하녀인 애니였다.

"키드레이 경께서 오시는 중이니 잠시 기다려라."

애니는 마른침을 삼켰다. 급보라고 하면 보통 라파엘로의 오른팔인 제레미가 이 방으로 찾아온다. 그런데 오늘은 라파엘로 본인이 오겠다니?

곧 방의 문이 열리고 반투명한 차양 너머로 말쑥한 실루엣이 비쳤다. 그녀는 곧바로 예를 갖췄다.

"공자님을 뵙습니다."

"앉아라."

상대는 의자에 앉으며 그녀를 향해 손짓했다.

원래 황녀궁에서 나오는 이야기는 대체로 쓸모없는 것이었다. 황녀궁에 간자를 심어 둔 것도 만전을 기하기 위함이지, 양질의 정보가 나올 것을 기대한 것은 아니었다.

그런데 어느 순간부터 황녀궁에서 급보가 자주 나왔다. 심지어 심어 둔 세작이 유능함을 인정받아 카예나의 측근처럼 여겨지게 되었다. 덕분에 라파엘로는 수도의 그 누구보다도 빠르고 정확한 정보를 손에 넣을 수 있었다.

라파엘로가 입을 열었다.

"무슨 일이지?"

애니는 오늘 황궁에 있었던 일을 빠짐없이 밝혔다. 올리비아 그레이스가 공지한 날짜보다 하루 일찍 입궁한 것. 중앙성 주방, 힐리에 부인, 황제의 반응 등 모든 이야기를 소상히 전달했다.

기사 쪽에 심어 둔 첩자도 애니가 말한 것과 비슷한 소식을 공작가에 먼저 전했었다. 황녀가 내린 황명으로 힐리에 가문에 압수 수색을 들어간다고 말이다.

지금은 수도에서도 아는 이가 잘 없을 정도로 오래된 반역자 가문의 문양 이야기도 나왔다. 카예나처럼 젊은 아가씨는 더더욱 알기 어려운 이야기였다.

황녀는 이상한 정보를 다수 갖고 있었다. 물론 조금 신경 쓰고 살피면 알 수 있을 법한 일들이기는 했다. 다만 카예나의 환경이 뒷받침되지 않는다는 걸 라파엘로는 잘 알았다.

'대체 어떻게 알았을까?'

오늘 예전에 카예나가 일러 주었던 대로 리타 브루킨이 광증에 시달리고 있다는 정보가 입수되었다. 그것이 유전병일지도 모른단 소견도 있었다. 거기다 올리비아 그레이스는 오늘 황녀궁에 입궁했다.

라파엘로는 손도 대지 않고 세 가문의 여식과 선 하나 보지 않게 되었다. 완벽주의자인 모친의 계획이 이토록 완벽하게 틀어진 적이 있었던가? 그가 알기로는 단 한 번도 없었다.

"그밖에 특이한 동향은 없는가?"

그의 질문에 애니는 최근 카예나를 곰곰이 떠올려 보았다.

"각 지방의 여행기를 읽는 것 말고는 딱히 특이한 점은 없었습니다."

"여행기?"

그러고 보니 황립 도서관에서 마주쳤다.

'여행기를 읽는 이유가 뭐지?'

애니는 자신이 엿들었던 이야기를 전달했다.

"여름 휴양지도 한번 살필 겸 해서 읽으신다고 했습니다."

카예나는 여름마다 남부의 바닷가로 한 달 정도 휴양을 떠났었다. 그러나 그나마도 잘 지내던 황족 하나와 사이가 틀어져 휴양을 끊은

지 2년이 넘었다고 들었다.

"전에 유모 이야기를 했었지? 엘리반 남작 부인이었던가."

"그렇습니다. 아직 회신이 없습니다만, 연락이 도착하는 대로 다시 말씀드리겠습니다."

라파엘로는 고개를 끄덕였다. 사태를 보니 엘리반 남작 부인이 환궁하게 된다면 시녀장 직책을 맡을 가능성이 커 보였다.

'그쪽에도 사람을 붙여 동향을 살펴야겠군.'

애니는 또 다른 중요한 소식을 하나 더 꺼냈다.

"그리고 지난밤에 황자가 황녀 전하의 침소에 다녀갔습니다."

"연금 중인 그가?"

"예, 침실에 비밀 통로가 있는 듯합니다."

성의 침실마다 비밀 통로가 있는 것은 당연한 일이다.

"안에서 큰 소리가 좀 났습니다."

그 말에 라파엘로가 미간을 찌푸렸다. 그다지 유쾌한 일이 있었을 것 같진 않았다. 아니, 레제프가 앙심을 품고 카예나를 찾아간 것이 확실하리라.

'그런데 특별한 소문 하나 없었지. 황자궁은 오히려 조용하고.'

그는 카예나가 레제프를 설득해 냈으리라고 추측했다. 무슨 이야기가 오갔는지 지금으로서는 알 수 없었다. 그게 정치적 이권과 관련이 있으리라고 짐작할 뿐이었다.

'알아봐야 할 것이 더 늘었군.'

카예나가 한번 움직이면 갈대밭에 바람이라도 분 듯 소란해졌다. 이제 황녀의 영향력은 무시할 수 없는 수준이 되었다. 적어도 라파엘로가 보기에는 그랬다.

라파엘로는 평소 전혀 한 적 없는 질문을 던졌다.

"네가 보기에 요즘 황녀 전하가 어떠한 것 같지?"

상당히 포괄적인 질문에 애니는 잠깐 당혹했다. 그러나 눈치가 빠르고 영리한 그녀는 금방 적절한 답을 찾아냈다.

"공명정대하고 지혜로우십니다."

공명정대하고 지혜로운 황녀라. 말이 되질 않는다. 그러나 라파엘로는 묘하게 설득되었다.

"아, 그리고……."

"……?"

라파엘로가 의아하게 고개를 들어 애니를 보았다. 애니는 잠깐 머뭇거리더니 말을 이었다.

"공자님께서 그레이스 영애와 진심으로 잘되길 바란다고 말하는 것을 들었습니다."

그는 눈살을 살짝 찌푸렸다.

'또 그레이스 영애.'

저번부터 그녀가 한결같이 이야기하는 게 바로 올리비아 그레이스였다. 그녀에게 무슨 수작이라도 부린 건가?

라파엘로는 알겠다며 고개를 끄덕이고는 제레미에게 돈주머니를 넘겼다. 제레미는 차양 너머로 건너가서 애니에게 그것을 건넸다. 그녀는 보수를 감사히 받고 다시 하인을 따라 방에서 나갔다.

카예니에 대한 퍼즐은 모아도 모아도 그것이 대체 어떤 그림인지 조금도 알 수 없었다. 아니, 온갖 다른 그림의 퍼즐이 섞여 버린 것처럼 혼란스러웠다.

'레제프 황자를 지지하는 행보라고 보기도 석연찮고, 스스로 권력

을 가지려 한다고 판단하기에도 이상해.'

그리고 가장 이상한 건, 자신이었다. 자꾸만 카예나의 행보에 귀를 기울이게 되고 궁금증이 일었다. 손가락에 작은 가시라도 박힌 것처럼 그녀가 신경 쓰였다. 원할 때 자유롭게 약속을 잡고 만날 수 있는 상대가 아니라 답답하기까지 했다.

어쨌든 자신은 작위를 계승하지 않은 후계자일 뿐이었다. 그는 일부러 공작위를 계승하지 않고 어느 정도 고립되는 것을 자처하고 있었다.

'그녀와 자주 독대할 수 있는 권한이 있으면 좋을 텐데……'

라파엘로는 별채를 나와 화려하게 꾸민 저택으로 들어갔다. 그는 걷는 내내 생각에 잠긴 듯하더니 곁에 있던 제레미에게 물었다.

"황녀 전하와 자연스럽게 만날 방법이 없겠나?"

정답을 찾으려면, 문제를 만나야 한다.

─⊰⊱─

카예나는 다음 날이 밝자 아무 일도 없었던 사람처럼 감찰을 멈췄다. 그러나 궁정인들은 자신이 중앙성 주방이나 힐리에 부인 꼴이 될지도 모른다고 지레 겁먹었다. 그들은 잔뜩 움츠려 있었고 동시에 최근 몇 년 중 가장 바쁘게 움직였다. 뇌옥에 갇힌 사람 수만큼 그 일을 서로 나눠 대체해야 했기 때문이다.

아침부터 인사이동이 활발했기에 오늘 황녀궁에 도착한 시녀들에게는 상대적으로 관심이 떨어지게 되었다. 줄리아 에반스와 수잔 레폴은 하인이 부랴부랴 그들의 도착 소식을 알리러 황녀궁으로 가는 뒷모습을 바라보았다. 대단한 수준까지는 아니지만, 어느 정도의 환대를 기대했던 줄리아는 맥이 빠졌다.

"뭔가 좀 어수선한 것 같네요……."

줄리아는 잔뜩 들뜬 마음으로 엘퀴엠에 왔다. 수도! 그것이 주는 설렘은 이루 말할 수 없었다. 활기찬 아가씨인 줄리아의 기준에 동부의 남자들은 지루했다. 그리고 못생겼다. 또 세련되질 못했다. 그것은 줄리아에게 무엇보다도 고통스러운 일이었다.

황녀궁 시녀로 발탁되었을 때 그녀는 너무 기뻐서 비명을 내질렀다. 드디어 고리타분한 지방을 벗어나 수도로 간다는 사실에 가슴 설렜다.

'티 파티! 무도회! 드레스!'

그녀는 우아한 멋쟁이로 가득한 풍경을 기대하며 황성 문턱을 밟았다. 그러나 생각했던 것과는 다르게 황궁 분위기가 좀 이상했다. 에반스 후작가의 금지옥엽이자 미인인 자신이 대번에 찬밥 신세가 되었다. 그녀는 곁에 심드렁한 표정으로 서 있는 수잔 레폴을 힐끗 보았다.

'인상이 너무 매서워.'

짙은 갈색 머리카락과 어두운 자줏빛 눈동자, 도도한 인상은 마치 날렵한 재규어처럼 보였다. 줄리아가 방긋 웃으며 말을 걸어도 단답으로 끊어서 대답할 뿐이었다.

'음, 꽤 미인이긴 하지만.'

줄리아는 자신의 곱슬거리는 금발을 손가락으로 빗으며 우쭐한 마음을 감췄다. 자신의 미모가 훨씬 뛰어났기 때문이다. 그녀는 동부 최고의 미녀로 종종 꼽혔다.

'수도에서도 나보다 예쁜 사람은 본 적 없어.'

제국 최고의 미녀라 불리는 카예나 황녀는 과연 어느 정도일까? 그때 하인이 상급 시녀와 같이 돌아왔다.

"수잔 레폴 양, 줄리아 에반스 양?"

그들은 이름이 불리자 곧바로 궁중식 예를 갖췄다. 베라도 가볍게 인사했다.

"베라 렉턴입니다. 따라오세요."

무뚝뚝한 인상에 미소 하나 없는 베라는 어딘가 위압적인 느낌마저 들었다. 그들도 베라에 대한 이야기는 미리 들어 알고 있었다. 황녀궁에서 유일하게 유능함을 인정받아 살아남은 시녀라고 소문이 자자했기 때문이다.

"수잔 양은 이쪽, 줄리아 양은 이쪽 방을 쓰세요. 저기는 올리비아 그레이스 양이 사용하고 있습니다."

그들은 올리비아가 먼저 도착해 있다는 말에 의아해했다.

"올리비아 양은 어제 입궁했습니다."

베라가 설명을 덧붙였다.

'가문에 힘이 없으니 그런 식으로라도 잘 보이려고 한 건가?'

줄리아는 같이 시녀로 발탁된 이들을 뒷조사해 보다가 그레이스 자작가라는 이름을 처음 보았다. 수도 귀족이지만 가난하고 힘도 없다고 했다. 그런 주제에 키드레이 공작가와 혼담이 오간다고도 들었다.

'라파엘로 키드레이 경이 엄청난 미남이라고 했지.'

"황녀 전하께 인사 올리는 것은 두 분만 하게 될 테니 준비가 되는 대로 하인을 보내세요."

베라는 올리비아에게 했던 것처럼 그들을 돌봐 줄 여력이 없었다. 새벽같이 일어나서 한바탕 뒤집힌 황궁을 수습하느라 정신없었기 때문이다.

"준비가 너무 길지 않았으면 합니다. 황녀 전하께서 내명부 일로 바쁘시니까요."

"알겠습니다."

수잔은 금방 다시 예를 갖추고 방으로 홀연히 들어가 버렸다. 줄리아는 가문에서 데려온 시녀에게 툴툴거렸다.

"황녀궁 시녀가 고작 넷이니 융숭한 대접을 받을 줄 알았는데 이게 뭐야?"

"그래도 방은 참 좋네요. 볕도 잘 들고요, 아가씨."

시녀는 능숙하게 줄리아의 관심을 다른 곳에 돌렸다.

"정말 근사하지 않아? 우리 성도 물론 크고 화려하긴 하지만 어머니 취향이라 내 맘에는 안 들었거든."

방을 한번 둘러본 줄리아는 거울 앞에 서서 자신의 모습을 다시 점검했다.

"동부에서야 내가 제일 아름다웠지만, 설마 수도에서도 그럴 줄은 몰랐지 뭐야."

줄리아는 자신의 진한 금빛의 머리카락과 사파이어처럼 빛나는 파란 눈을 꼼꼼히 보았다.

"이제 옷을 갈아입으셔요, 아가씨."

줄리아의 수다는 옷을 갈아입으면서도 멈추지 않았다.

"황궁엔 대단한 미녀만 있는 줄 알았는데 그것도 아니었어. 어쩌다 황궁 시녀가 유능하고 아름다운 여자의 표본 같은 이미지가 된 거지?"

"우아한 궁중식 예법과 세련된 옷차림, 가진 재능과 교양도 상당한 수준으로 뒷받침되어야 하니까요."

"뭐, 어쨌든 나한테 꽤 잘 어울려서 마음에 들어."

그녀는 발랄하게 웃으며 마지막으로 머리에 쓴 꽃이 달린 작은 모자를 확인했다. 화려한 오렌지색 드레스는 그녀의 상큼한 매력을 돋보이게 했다.

"이만하면 준비가 끝난 것 같으니 하인을 보내렴."

하녀는 이제 준비가 끝났단 말에 한숨을 내쉬려는 듯한 얼굴로 고개를 꾸벅 숙였다. 벌써 한 시간이나 흘렀기 때문이다.

'어제 오신 시녀님은 준비할 것도 없다며 바로 가셨는데.'

수잔 레폴도 외출용 모자에서 실내용 머리 장식으로만 바꾸고 금방 준비를 끝냈다.

베라가 그렇게 바쁘다는 티를 낸 상황에서 한 시간이나 지체한 것은 문제가 있었다. 그나마 그녀의 시녀가 노련하게 구슬리며 일찍 준비를 시킨 것이 이 정도였다.

"줄리아 님. 응접실로 이동하겠습니다."

방에서 나오자 수잔이 보였다. 줄리아가 나오길 기다린 모습이었다. 단 한 번도 먼저 말을 걸지 않았던 수잔이 도도한 눈으로 줄리아를 보았다.

"준비가 꽤 빠르네요?"

그것이 비꼬는 것임을 줄리아가 모를 수 없었다. 그녀는 금방 기분이 상하고 말았다. 수잔에게 뭐라고 한마디 쏘아붙이고 싶었으나 다가오는 베라의 모습이 보였다. 그녀는 어쩔 수 없이 불만스럽게 입을 다물었다.

베라는 잠깐 줄리아의 옷차림을 바라보았다. 한 사람은 무도회에 갈 법해 보였고 한 사람은 집 안에서 독서나 할 차림이었다. 완전 극과 극의 모습이었다. 앞으로 이들을 데리고 일하기가 험난할 듯했다.

"따라오세요."

베라는 그들을 데리고 카예나가 기다리고 있는 응접실로 갔다. 아침부터 바쁜 건 궁정인만이 아니었다. 카예나가 내명부 수장이기에 모든 인사 발령에 대한 최종 승인을 내려야 했다.

'그런 업무에 익숙하신 분처럼 처리가 워낙 깔끔해서 다행이지.'

카예나는 이상하게도 보고서를 파악하고 업무를 지시하는 일에 능숙했다. 베라는 그녀의 일 처리가 완벽해서 다행이라고 생각하면서도 동시에 의아했다. 황족은 그런 능력도 타고나는 걸까?

베라는 응접실 앞에서 걸음을 멈췄다.

"안에다 알리시게."

문지기가 문고리를 두들기고 문을 열었다. 살짝 열린 문 안에서 고운 목소리가 흘러나왔다.

"들어오라고 하렴."

드디어 소문 자자한 황녀와 마주하는 순간이었다. 줄리아는 호기심 어린 눈으로 응접실 안을 힐끔 보았다. 수잔은 여전히 심드렁한 얼굴이었다.

커다란 아치형 창으로 비가 잠깐 그치고 햇살이 비쳤다. 그 햇살 아래에서 편지 상자를 겸하는 테이블에 종이를 대고 펜을 든 여인이 보였다. 그 수수한 차림의 여자가 누구인지 설명하지 않아도 한눈에 알 수 있었다.

줄리아는 제 미모에 기고만장했던 게 무색하리만큼 충격받고 말았다.

'저분이 바로 황녀구나…….'

줄리아는 촌스러운 시골뜨기가 된 듯한 패배감을 느꼈다.

그때 뒤에서 베라가 말했다.

"황녀 전하께 예를 갖추세요."

줄리아와 수잔이 바닥에 한쪽 무릎을 꿇고 인사를 올렸다.

"황녀 전하를 뵙습니다."

카예나는 펜을 내려놓고는 고개를 조아려 절하는 중인 줄리아와 수잔을 보았다. 첫 번째 삶에서 수잔은 카예나에게 배짱 좋게 맞섰던 적이 여러 번이라 인상이 깊었다. 이렇게 다시 만나게 된 것에 감회가 새로울 정도였다.

"만나게 되어 반갑네."

그녀는 줄리아와 수잔을 일으키고 넓은 소파로 자리를 옮겼다.

"동부가 가장 바쁠 시기인데 이렇게 황녀궁 시녀로 발탁한 일이 후 작가에 누가 되진 않았는지 모르겠구나."

큰 곡창 지대를 소유한 에반스 후작가는 봄과 가을에 일이 가장 많 았다. 그게 줄리아와는 전혀 관련 없는 바쁨이기는 했지만 이렇게 묻 는 것이 일반적인 예의였다.

"저는 오래전부터 황궁을 동경해 왔어요."

줄리아는 그렇게 말하며 카예나를 살며시 훔쳐보았다. 문득 한숨 이 튀어나올 것 같은 미모였다.

"그래? 그렇다면 다행이네."

카예나는 시선을 돌려 수잔과 눈을 마주쳤다. 그녀의 표정에 어린 호기심과 약간의 반항기를 금방 읽어 낼 수 있었다.

"레폴 변경백은 정정하신가?"

수잔은 떨떠름하게 대답했다.

"너무 건강하셔서 탈입니다."

"참으로 호탕하고 좋은 분이셨지. 이번 내 성년식에 와 주신다면 기 쁠 거야."

"편지는 해 보겠습니다."

그 심드렁한 대꾸에 베라는 날카로운 눈빛으로 수잔을 보았다. 줄리아의 격의 없는 가벼운 말투도 문제였으나 수잔의 공격적인 말투도 큰 문제였다.

'올리비아 양이 확실히 남다르구나.'

처음부터 황궁 시녀를 염두에 두고 기르는 여식은 어린 시절부터 궁중식 말투나 예법을 배웠다. 특히 수도 출신이라면 황궁에서 열리는 숱한 무도회 참석 때문에 알음알음 익혀 놓는 것이 궁중 예법이다. 한데 애석하게도 새로 뽑은 시녀 중 오직 올리비아만이 수도 출신이었다.

"황궁이 좀 어수선하지 않았니?"

그녀의 물음에 먼저 대답한 것은 줄리아였다.

"조금……. 무슨 큰일이라도 있는 건가요?"

"내명부를 개편하느라 좀 바빠서. 금방 안정될 것이니 그때부터는 좀 더 차분하게 업무를 배울 수 있을 거야."

줄리아는 조금 당혹스러웠다. 황녀궁 시녀는 거의 하는 일이 없다고 했다. 그저 뒤에서 양산이나 외투를 들고 졸졸 따라다니는 게 다라고 들었다. 그런데 말하는 투를 보니 뭔가 업무가 더 있는 모양이었다.

"내명부에서 어떤 일을 하는지 아는 게 있니?"

에반스 후작가에서는 줄리아에게 내명부 업무를 가르친 적이 있었다. 혹시 황후가 될지도 모르니 미리 준비시킨 것이었다.

다만 줄리아가 그것에 조금도 관심이 없었다. 그녀는 연상 취향이 었는데 레제프가 자신보다 한 살 어리다는 이야길 듣고 관심을 꺼 버렸기 때문이다. 그래서 눈동자만 도로록 굴렸다. 분명 들었던 것 같은데 하나도 생각나는 게 없었다.

수잔도 평생 황실과 관련이 없던 사람이었으므로 마땅히 할 말이 없었다. 결국, 베라가 입을 열었다.

"내명부에서는 황제 폐하를 비롯하여 황실을 보필합니다. 직급과 부처에 따라 맡는 업무가 달라지지요. 수잔 양과 줄리아 양은 황녀 전하의 전속으로, 황녀궁 소속 상급 시녀입니다."

"베라가 잘 설명해 주었구나."

카예나가 기특하다며 칭찬하니 베라가 고개를 조아렸다.

"베라, 바쁘겠지만 네가 신입 시녀들의 교육을 계속 주관해 줘야겠어."

"당치 않습니다, 전하. 제가 마땅히 해야 할 일입니다."

카예나는 시녀들에게 축객령을 내렸다.

"이만 쉬도록 해라."

베라는 둘을 데리고 일어나서 예를 올린 뒤 응접실에서 나갔다.

응접실 문이 닫히자 줄리아가 숨을 크게 내쉬었다.

"오늘은 첫날이니 이만 쉬면서 황궁에 적응하도록 하세요. 각각 어떤 업무를 맡게 될지는 하급 시녀에게서 들을 수 있을 겁니다."

그러자 벽에 나란히 서 있던 하급 시녀들이 다가왔다. 그들 중 시중 하녀에서 진급한 애니와 도나도 섞여 있었다.

"그럼 내일 뵙지요."

"아, 네. 내일 뵈어요."

줄리아는 한 치의 흐트러짐 없는 베라를 보며 바늘로 찔러도 피 한 방울 나오지 않을 것 같다고 생각했다.

"그럼 실례."

수잔은 짤막하게 한마디 하고 제 시녀들을 데리고 먼저 휙 가 버렸다.

줄리아는 멋진 황궁 생활을 꿈꿨다가 찬물을 맞은 기분이었다. 아름다운 드레스를 입고 황녀의 양산을 들어 주며 여러 파티에 참석하는 일을 꿈꿨는데……. 그녀는 제게 배정된 도나라는 하급 시녀와 숙소로 걸어갔다.

"줄리아 님은 앞으로 황녀 전하의 식사 및 다과, 약을 전반적으로 관리하시게 될 겁니다."

"뭐?!"

줄리아는 깜짝 놀랐다.

"하지만 나는 요리도 할 줄 모르고 의학 지식도 없는걸! 내가 그런 걸 어떻게 해?"

얼핏 들어도 업무가 쉽지 않아 보였다. 그녀는 미간을 와락 찌푸리며 물었다.

"그럼 다른 시녀들은 무슨 일을 하는데?"

도나는 네 명의 시녀가 각각 어떤 일을 맡는지 설명해 주었다. 설명을 들은 줄리아는 기분이 몹시 상했다. 자신의 마음에 쏙 드는 직무는 따로 있었기 때문이다. 바로 올리비아의 직무였다.

'손님 접대와 파티 관리라니! 수도 사교계의 중심에 바로 설 역할이잖아?'

그녀는 꼭 그 업무를 맡고 싶었다. 그런 접객하는 대외용 업무는 자신처럼 외모가 빼어난 사람이 하는 게 아무래도 보기 좋지 않겠는가?

"혹시 업무를 바꿀 수는 없어?"

줄리아는 그레이스 자작가면 힘도 없으니 제 가문에다 말해서 금방 바꿀 수 있을 거라 생각했다. 그러나 도나는 고개를 내저었다.

"전하께서 직접 임명하신 직무여서 임의로 바꿀 수 없습니다. 업무

변경은 황녀 전하께 직접 건의하셔야 하고요.”

“하…….”

줄리아는 속상한 마음에 깊은 한숨을 내쉬었다.

“시간을 들여 차차 배우게 될 것이니 너무 걱정하지 마세요.”

도나의 위로는 줄리아에게 조금도 통하지 않았다.

‘심지어 내 업무보다 그 수장이란 여자의 업무가 더 낫잖아. 드레스나 보석을 관리하니까. 가구를 비롯한 물품을 관리하는 건 별로지만.’

카예나가 일부러 자신에게 가장 어렵고 하찮은 일을 맡긴 것 같았다. 그 업무가 얼마나 중요한지에 대한 객관적인 진실은 그녀에게 필요 없었다. 그저 보기 좋고 남에게 뽐낼 수 있을 만한 일을 하고 싶었다.

“그럼 필요하실 때 불러 주십시오.”

도나의 말에 줄리아는 고개를 끄덕이고 방으로 들어갔다. 줄리아가 가문에서 데려온 시녀, 밀렌은 오히려 주인이 과분하게 막중한 업무를 맡았음을 알아차렸다.

‘에반스 가문의 여식이라고 너무 중책을 맡긴 것 같은데…….’

“약 처방이나 식사를 도맡는 일이면 상당히 까다로운 중책이에요, 아가씨.”

“요리나 하는 게 무슨 중책이야! 정말 속상해. 여기서 꿈에 그리던 이상형을 만나 멋진 연애를 할 줄 알았는데.”

자신은 집안과 미모를 갖춘 데다가 황녀의 시녀이기까지 하다. 완벽한 신붓감으로 모든 준비를 마친 상태였다. 한 달 뒤면 황녀의 성년식이니 그곳에서 운명적인 만남이 있지 않을까 내심 기대하기도 했다. 특히 그녀는 라파엘로와의 만남을 가장 고대하고 있었다.

“그런 거라면 황자 전하께서 지척에 계시잖아요. 대단한 미남이라고 하던데요?"

"난 연하는 관심 없단 말이야."

"한 살 차이가 무슨 연하예요?"

줄리아는 지금 근신 중인 황자에겐 관심도 없었다.

'카예나 황녀와 남매면…… 외모는 확실히 뛰어나겠네.'

그녀는 울적하게 황녀의 모습을 떠올렸다. 누군가에게 미모로 져 본 적은 이번이 처음이었다. 심지어 카예나는 그녀와 동갑내기였다. 그 점이 더 자존심 상했다.

'나랑 나이도 같은데 뭐가 그렇게 다른 걸까? 황족이라서 그런가?'

카예나에게는 눈을 뗄 수 없는 우아한 기품과 깊은 분위기가 있었다. 줄리아는 친구 중에서도 그런 분위기를 가진 사람은 본 적이 없었다.

자신이 수도에 오면 카예나보다 더 아름다운 여인이 있었다며 사교계가 발칵 뒤집힐 것을 내심 기대했다. 하지만 오늘 카예나를 보니 절대 그럴 일은 없겠다는 생각만 들었다. 줄리아는 우울해졌다.

─❀─

시간은 무심하게 흘렀다. 카예나는 한번 전면에 나선 대가를 톡톡히 치르고 있었다.

'이래서야, 지난 삶에서 팀 프로젝트 때문에 매일 야근하던 때랑 비슷하잖아.'

그땐 일개 회사원이었으나 지금은 일국의 황녀인데 지나치게 노동한다는 생각이 들었다.

그녀는 약간 억울해졌다. 차라리 귀족 영애였다면 상황이 더 나았을 텐데. 황족이 짊어진 무게를 외면하기에는 자신이 그만큼 모질지가 않았다. 그래서 딱, 정상적인 시스템을 구축할 정도로만 나설 생각이었다.

'밥값이라고 생각하자.'

이곳에서 먹고 자고 누리는 모든 것에 비용을 치른다고 생각하니 노동에 대한 억하심정이 누그러졌다.

"……넌 일하는 게 좋니?"

카예나는 자신보다 더 높은 강도로 일하고 있으면서도 눈이 반짝반짝한 베라를 어처구니없다는 듯이 보았다.

베라는 배시시 웃었다.

"저를 인정해 주시는 분이 있으니까요."

베라는 살면서 지금처럼 갈증이 해소된 적이 없었다. 카예나는 상과 벌이 확실하다. 그렇기에 그녀는 자신만 잘하면 언제든 인정받을 수 있는 환경에서 일하는 기쁨을 만끽하고 있었다.

카예나는 베라를 보며 과거의 자신을 떠올렸다.

'나도 저런 때가 있었나?'

유능함을 인정받고 승진하는 건 기분 좋은 일이다. 그러나 '여자'에겐 좋은 상사가 없었다.

'그렇다고 내가 좋은 상사인가?'

그 또한 알 수 없었다. 어쨌든 좋은 평가는 듣고 있는 듯했다.

비리를 저지르는 자가 있으면 자연히 거기서 도태되는 자들이 있기 마련이다. 이번 사건으로 바보 천치라고 손가락질받던 청렴한 자들이 수면 위로 떠올랐다. 카예나는 단번에 그들을 중용했다. 궁내에서는 그녀를 칭송하는 소리가 나오기 시작했다.

레제프가 연금당한 지 닷새 만에 그녀는 내명부를 장악했다.

'레제프가 이상하리만큼 조용하네.'

그녀는 레제프가 또 궁을 벗어나 그녀를 찾아오지 않을까 생각했다. 그는 누군가가 제 권위에 도전하는 걸 몹시 싫어했기 때문이다.

그걸 알지만, 어느 정도의 출혈은 감수할 생각이었다. 원한다면 그에게 다른 이득을 또 안겨 줄 수도 있다. 그녀에게는 여전히 쓸 만한 정보가 여럿 남아 있었으니까. 여차하면 그에게 방해되는 누군가를 위기에 빠트려 줄 수도 있었다.

레제프는 고요했다. 제논과 좀 다툰 것 같다는 보고는 있었다. 그러나 그뿐이었다. 마치 나쁜 짓을 할 때 조용히 기척을 줄이는 아이 같아, 카예나에게는 영 찜찜한 고요함이었다.

'황자궁에 제대로 된 세작이 없다는 게 제일 문제야.'

제논을 도발해서 정보를 캐 볼까?

'여기서 더 나서면 너무 눈에 띄어. 한동안은 잠잠하게 살림하는 척이나 해야지.'

"다들 적응은 잘해 가는 것 같니?"

베라는 그 질문이 새로운 시녀들을 향한 것임을 알았다.

"전혀 그렇지 않습니다."

그녀의 단호한 말에는 어딘가 불만이 어려 있었다.

"특히 줄리아는 전하께서 내린 임무에 몹시 불만을 표하고 있다고 합니다."

도나는 전날 줄리아가 표시한 온갖 불만을 그대로 베라에게 전달했다. 베라는 가뜩이나 상당히 민감한 업무를 줄리아에게 맡기게 되어 불안했는데 그녀가 불충한 태도를 보이자 몹시 언짢아졌다.

"그거 다행이구나."

줄리아가 일이 적성에 꼭 맞아 잘해 내면 그게 오히려 곤란하다. 에반스 가문을 레제프에게서 떨어트리는 게 더 어려워지기 때문이다.

카예나의 말에 베라는 조금 얼빠진 얼굴을 했다. 또 무슨 계획이 있으신 건가?

그때 카예나가 다시 물었다.

"올리비아는?"

"그렇지 않아도 당장 직무를 시작해도 된다고 하더군요."

"그녀가 잘 적응할 수 있게 신경 써 주렴."

베라는 중앙성 주방 비리를 캐내려 같이 행동해 준 올리비아에게 고마움을 느끼고 있었다. 게다가 그녀는 내빼지 않고 베라와 같이 용서를 구하기도 했다. 그녀와 마음이 잘 맞으리라는 기대감이 들었다.

"예, 전하."

베라는 카예나 앞으로 온 편지를 정리하다가 무언가를 보고 손을 멈칫했다. 그녀는 그것을 은 쟁반의 편지 뭉치 가장 위에 올려 카예나에게 다가갔다.

"전하."

카예나는 그녀의 부름에 고개를 돌려 은 쟁반에 놓인 편지를 들었다. 그러다 가장 위에 올라온 편지를 보고 의아하게 중얼거렸다.

"황립 아카데미?"

그녀와 인연이 없는 곳으로 첫손에 꼽을 수 있는 곳 중 하나가 바로 황립 아카데미였다. 그런데 그곳에서 카예나에게 편지를 보냈다. 편지지를 펼치니 선명하게 찍힌 직인까지 보였다. 카예나는 이게 누구로 인해 도착한 초대장인지 알아차렸다.

[키드레이 공작가에서 황녀 전하의 성년을 기념하여 황립 아카데미에 새로운 건물을 짓겠다는 의사를 전달해 왔습니다.

이에 그 건물의 목적과 부가적인 사안을 황녀 전하께서 충분히 논의 후 정해 주시면…….]

카예나는 황녀의 체면도 잊고 무심결에 상스러운 말을 내뱉었다.

"미쳤네."

"네?"

"아니. 아무것도 아니야."

자신과 만날 핑계로 건물을 지어 버리다니?

'무슨 생각이야, 이 남자?'

라파엘로가 이상했다.

- ❈ -

이른 아침, 올리비아의 앞으로 서신이 도착했다. 가문에서 보낸 것이었다. 올리비아는 서신을 단 한 줄로 축약할 수 있었다.

[안타깝게도 라파엘로 키드레이 경과의 혼담은 무산되었다.]

그건 황녀궁 시녀로 발탁되었을 때부터 이미 예견한 일이었다. 부친은 그녀가 상심할 것을 우려하며 이런저런 위로를 덧붙였지만, 올리비아는 그다지 상심하지 않았다.

'처음부터 혼담은 관심 없었어. 그런 것보단 지금 황궁에서 일어나

는 일이 훨씬 흥미롭시.'

카예나가 총주방장과 시녀장을 굴복시킨 것은 그녀의 일생에서 가장 인상적인 일이었다. 그녀의 위엄에 지켜보던 올리비아조차도 간담이 서늘해질 지경이었다.

"올리비아 님, 베라 님께서 뵙길 청하십니다."

그녀에게 배속된 시중 하녀가 공손히 아뢰었다.

"들어오시라고 해."

그녀는 편지를 접어 안 보이는 곳으로 치워 버렸다.

곧 베라가 방 안으로 들어왔다. 그들은 가볍게 인사를 나누고 테이블을 사이에 두고 마주 앉았다.

베라는 황궁에 온 첫날보다 피로해 보였다. 그러나 눈빛만큼은 생생했다. 자신이 마음을 쏟을 가치가 있는 것을 찾아낸 사람의 눈동자는 보석보다 아름다웠다. 올리비아는 거친 세상에 마모되어 가기만 했을 뿐, 베라처럼 자신을 발견해 주는 사람을 만나 보지 못했다.

'어쩌면.'

카예나 황녀가 자신을 발견해 주는 첫 번째 사람이 되어 주지 않을까?

베라가 입을 열었다.

"상급 시녀들끼리 자리를 마련해 인사를 나누고 싶지만 일이 좀 생겼어요."

"무슨 일인가요?"

"곧 황궁으로 황녀 전하의 손님이 방문할 거예요. 그래서 올리비아 양의 교육을 시급하게 진행하기로 했어요."

뭔가 이상했다. 굳이 교육되지 않은 올리비아를 붙잡고 가르칠 이유가 없다. 이건 꼭 올리비아가 그 손님을 맞이하길 바란다는 뜻으로 해석할 수 있었다.

"황립 아카데미 기부 건으로 라파엘로 키드레이 경이 황궁에 방문할 예정입니다. 올리비아 양이 잘 접객해 주세요."

당황스러웠다. 방금 가문에서 그와의 혼담이 무산됐단 소식을 들은 참이었다. 하지만 그런 껄끄러움을 떠나서 카예나가 제게 그런 지시를 내린 게 가장 뜻밖이었다.

"명이라면 따르겠습니다. 하지만 그 전에 황녀 전하를 먼저 뵈어야겠습니다."

이런 뒤탈이 날 수 있는 일을 그냥 넘길 수는 없었다.

베라는 그녀가 조심하려는 이유를 충분히 이해했다.

"지금 기사단장이 죄인 심문 결과를 보고 중이라 좀 기다려야 할 겁니다."

"괜찮습니다."

그들은 황녀의 응접실 바깥에서 안쪽의 용무가 끝나길 기다렸다. 응접실에서 하녀가 나왔다.

"안으로 들어오시랍니다."

베라는 따라 들어가지 않고 고갯짓했다. 밖에 있겠다는 뜻이었다.

"그럼 조사단을 꾸려 오늘 당장 그 납품 업체로 가거라. 평민을 마구잡이로 폭행한다는 그 폭력배들은 반드시 소탕해야 한다."

"명을 받듭니다."

올리비아는 카예나에게서 계속해서 새로운 면모를 발견했다. 파티에서 남의 드레스에 포도주를 뿌리던 과거가 조금도 떠오르지 않는 모습들이었다.

'확실히 예전과 달라.'

기사가 나가고 카예나가 올리비아를 향해 말했다.

"오자마자 황궁이 소란스러워 놀랐겠어."

"당치 않으십니다. 내명부의 기강을 바로잡으려는 전하의 뜻을 어찌 모르겠습니까?"

올리비아는 어쩌다 보니 입궁 첫날에 카예나가 모든 부처를 각개 격파하는 걸 지켜보았다. 그녀의 행동은 틀린 점 하나 없었다.

"그리 말해 주니 고마운데."

카예나는 소파에 앉으며 올리비아에게도 자리를 권했다.

"나를 찾아온 것을 보니 베라에게 이야기를 들은 모양이지?"

사실 라파엘로에 관한 건 좀 껄끄러운 주제였다. 이대로 어영부영 넘어갈 수 없다고 판단하긴 했으나 먼저 말 꺼내기가 민망한 구석이 있었다. 꼭 치정 싸움같이 느껴졌기 때문이다.

"저의 미욱한 응대로 키드레이 경을 접객하는 일에 문제가 생기지 않을까 염려됩니다."

그녀는 에둘러서 다른 적임자로 바꿔 달라고 말했다.

"그럴 리가. 영리한 자네가 고작 접객에 애먹을 리 없지."

올리비아는 조금 용기 내어 솔직하게 이야기하기로 마음먹었다.

"아실지 모르겠으나, 저와 키드레이 경 사이에 오가던 혼담이 무산되었습니다."

카예나도 솔직하게 이야기했다.

"내 시녀가 된 이상 정해진 수순이었지. 그리고 난 자네가 그것에 아쉬워하지 않으리라고 생각하는데?"

"……."

올리비아는 허를 찔린 것처럼 놀랐다.

카예나가 이어서 말했다.

"뭘 염려하는지 잘 알아. 내가 공자를 연모했고 질투심에 눈멀어 자네를 공격했지."

카예나는 자리에서 일어나 올리비아에게 허리를 숙였다.

"전하!"

올리비아는 깜짝 놀라서 자리에서 벌떡 일어났다.

"진작 내 무례를 이렇게 사과했어야 했는데."

그것만이 아니다. 처음 생에서 아무리 올리비아가 마법으로 되살아났다고는 해도 자신이 그녀를 독살하려 했던 그 끔찍한 짓을 사과해야 했다.

"미안해."

올리비아는 그녀의 진심을 믿지 않을 수 없었다. 그렇지만 이 사과는 너무 과분했다. 그녀는 자신에게 이렇게 미안해할 만큼 잘못하진 않았다. 기껏해야 드레스 하나를 버렸고 인사를 무시당한 정도였다.

"아닙니다, 전하. 저는 아무렇지 않습니다."

카예나는 피식 웃었다.

"……그럴 테지."

이전의 삶에서도 독살당한 직후 마법의 힘으로 다시 살아난 올리비아는 카예나를 탓하지 않았다. 오히려 레제프에게 이용당해 그런 끔찍한 짓을 저질렀단 사실을 알고 안타깝게 여겨 주었다.

'그래서 올리비아가 주인공인 모양이야.'

카예나는 가벼운 어조로 덧붙였다.

"그리고 난 더 괜찮은 남자랑 결혼할 거야. 그러니까 앞으로 키드레이 경에 대해서는 의심하지 않았으면 해."

올리비아는 눈을 휘둥그레 떴다.

'다른 남자와 결혼이라니……'

그녀는 카예나가 자신을 안심시키기 위해 그냥 하는 소리라고 여기며 표정을 풀었다.

"이제 안심하고 내 손님을 접객할 수 있겠니?"

올리비아는 공손하게 예를 갖추며 말했다.

"전하께 누가 되지 않도록 모시겠습니다."

올리비아는 단 하루 만에 자신의 역할을 숙지해 냈다. 카예나의 말대로 일은 어렵지 않았다. 맞이할 손님이 그다지 까다롭지 않은 사람이라 더 그럴 수도 있었다. 올리비아는 단 하나의 지시 사항만 잘 기억해 뒀다.

'키드레이 경이 진하게 우린 홍차를 좋아한다고 했지.'

곧 황궁에 키드레이 가문의 마차가 도착했다.

'저 남자로구나.'

따로 찾아볼 것도 없이 검은 머리칼에 붉은 눈동자의 미남이 가장 먼저 눈에 띄었다.

"처음 뵙겠습니다. 올리비아 그레이스입니다."

라파엘로는 익숙한 이름에 고개를 들었다. 밀빛 머리와 녹색 눈동자. 판화에서 보았던 외형과 일치했다. 그녀가 자신을 접객하러 나온 것이 누구의 뜻인지도 바로 알 수 있었다. 황녀였다.

라파엘로는 어쩐지 기분이 저조해졌다.

'내게 했던 말이 진심이었나?'

대체 황녀가 무슨 생각으로 뚜쟁이를 자처하는지 이해할 수 없었다. 어쨌든 올리비아는 자신을 마중 나온 황녀의 시녀이니 정중하게 인사했다.

"예, 처음 뵙겠습니다, 라파엘로 키드레이입니다."

올리비아는 지금 상황이 참 묘하다는 생각이 들었다. 오늘에서야 처음 인사를 나누게 된 남자는 자신의 가문을 후원하는 집안의 후계자다. 그 때문에 자신은 지금껏 황녀의 미움을 받았다.

그래, 거기까지는 사교계에서 충분히 일어날 수 있는 종류의 일이었다. 그런데 후원자의 아들과 혼담이 오갔던 건 어느 소설에서나 나올 법한 이야기였다.

'신분 상승 로맨스에서 자주 등장하는 일이지.'

결혼이 아니라 황녀궁 시녀가 되는 것으로 신분 상승을 이룰 줄은 몰랐지만 말이다.

'하지만 난 애초에 신분 상승을 꿈꾼 적이 없는데……'

자신이 바라는 것은 그저 속마음을 이야기할 수 있는, 서로가 서로의 이해자가 되어 줄 대화가 통하는 단 한 사람이었다.

올리비아가 입을 열었다.

"전하께서 최근 내명부 일 때문에 오전 시간을 바쁘게 보내십니다. 죄인 심문을 비롯해 이것저것 직접 처리하고 계셔서요."

"그렇습니까."

"우선 안으로 모시겠습니다."

올리비아는 대단히 사무적인 태도로 라파엘로를 대했다.

보좌관 제레미를 대신해서 따라온 바스턴이 그에게 귓속말했다.

"주인님, 혼담이 오갔던 그 영애가 바로 저분 아닙니까?"

"그래."

바스턴은 오오, 하고 작게 감탄했다.

"굉장한 미인인데요?"

라파엘로는 대답하지 않았다.

"그래도 역시 황녀 전하에 비하면……."

"바스턴."

이름을 불린 바스턴은 자신이 또 입을 나불거리다가 정도를 지나쳤다는 사실을 깨달았다.

"누가 네게 그런 평가를 할 자격을 줬는가?"

역시나 라파엘로 특유의 감정 하나 담기지 않은 서늘한 질책이 돌아왔다.

바스턴은 욕하고 발로 차는 상사가 차라리 낫다고 생각하며 제 입을 때렸다.

"아니죠, 주인님. 저는 기사도도 모르는 멍청한 놈입니다. 요 입이 그냥!"

라파엘로는 차라리 제레미를 데려올 걸 그랬다고 후회했다. 황녀를 만나러 간다는 말에 바스턴이 너무나 열광하며 수행원을 자처했던 터라 허락한 게 실수였다.

"근데 주인님, 저 영애도 참 보통이 아닌 것 같지 않습니까? 안색하나 변하지 않네요."

라파엘로도 바로 전날 혼담을 물렀다는 모친의 일방적인 통보를 받았다. 보통 귀족 영애라면 몹시 자존심 상하거나 상심할 만한 일이었다. 그래서 좀 이상했다. 카예나가 이처럼 배려가 없는 행동을 하지는 않았을 것 같았기 때문이다.

'······대체 내가 무슨 생각을 하는 건지.'

라파엘로는 방금 자신이 한 생각에 스스로 어이가 없었다. 자신이 카예나가 남을 배려하지 않을 리 없다고 옹호한 것인가.

─◈◈◈─

"이쪽입니다."

올리비아는 응접실을 열고 라파엘로를 안내했다. 그녀는 직접 차를 준비했다. 루비 손잡이가 인상적인 은제 통에 담긴 홍차였다. 카예나가 그것으로 진하게 우린 차를 대접하라고 지시했다.

"입맛에 맞으실지 모르겠습니다."

황녀의 시녀가 직접 차를 우린다는 것은 손님을 그만큼 귀하게 대접한다는 의미였다.

라파엘로는 차를 대접받았다. 찻잔에 담긴 홍차는 색부터 꽤 어두웠다. 향은 진했으나 거슬리지 않았다. 그는 지난번 자신이 선물했던 차임을 눈치챘다.

'진하게 우려낸 홍차.'

오늘 처음 본 올리비아가 그의 취향을 알 리 없다. 이건 카예나 황녀가 알려 준 것일 게 분명했다. 라파엘로는 점점 카예나를 종잡을 수 없었다. 자신에게 잘 보이고 싶어 하는 것 같기도 하고 진짜 관심 없는 것 같기도 했다.

그의 표정이 미묘한 빛을 띠자 올리비아가 물었다.

"다른 차를 준비해 드릴까요?"

라파엘로의 시선이 삼깐 차에서 떨어졌다. 그는 올리비아를 힐끗 보고는 담담히 말했다.

"아뇨. 이게 좋습니다."

바스턴은 아까의 실례를 무마하려는 듯이 힘차게 대답했다.

"차 맛이 그야말로 일품입니다!"

그 지나치게 활기찬 대답에 올리비아가 웃었다.

"다행이군요."

올리비아는 카예나가 오기 전까지 그와 나눌 만한 적당한 대화 주제를 골랐다.

"황립 아카데미에 건물을 기부하신다고 들었어요. 그곳은 제게도 의미가 남다른 곳이에요."

학생이었던 시절, 그녀가 두각을 보여 키드레이 공작가에서 후원을 결정했다.

바스턴이 흥미로운 얼굴로 물었다.

"황립 아카데미를 다니셨나 보군요?"

"아주 잠깐이요. 그때부터 공작가의 후원을 받게 되었습니다."

"아하! 오래전부터 이어진 인연이로군요? 참 놀랍지 않습니까, 주인님?"

"그렇군."

라파엘로는 조금도 놀라움을 느끼지 않는 투로 대답했다.

올리비아는 냉랭해 보이는 라파엘로를 보며 의아함을 느꼈다. 대체 이 남자의 어떤 면이 신사답다고 소문난 걸까?

'여성에게 치근대지 않는 걸 보고 신사라고 칭한다면 일리 있는 말이겠지만.'

그렇다면 신사의 기준이 너무 형편없지 않은가?

"혹시 필요하신 거라도 있으신가요? 황실 안을 좀 둘러보신다거나."

라파엘로는 단호히 거절했다.

"이곳에서 기다리겠습니다."

올리비아는 그가 혹시 약혼할 뻔했던 여자와 한자리에 있는 게 불편한 건가 싶었다.

"혹시 제가 불편하시다면 다른 시녀를 부르겠습니다."

라파엘로는 기계적으로 대답했다.

"아닙니다, 제가 실례했군요."

올리비아는 상대가 제게 전혀 호의적이지 않다는 사실을 처음부터 알았다. 태도가 특별히 오만하지는 않았으나 유쾌하지 않은 것도 사실이다.

'전하께서는 언제 오시지?'

올리비아는 저도 모르게 카예나를 떠올리며 어서 그녀가 오기를 바랐다.

달칵.

그때 문이 열리고 하인이 들어왔다.

"황녀 전하께서 오셨습니다."

하인의 알림에 모두 기다렸다는 듯이 자리에서 일어났다.

곧 응접실로 카예나가 들어오자 안을 채우고 있던 불편하고 어색한 공기가 언제 있었냐는 듯이 사라졌다. 올리비아는 안도의 한숨처럼 그녀를 맞이했다.

"오셨습니까, 전하."

"고생했구나. 내가 좀 늦었지?"

카예나는 그제야 응접실 내부를 한번 둘러보고 흡족하게 올리비아의 어깨를 두드리며 격려했다.

"역시 잘하잖아."

올리비아는 조금 당황했다. 제게 호의적이었던 아카데미 교수에게서도 이런 시시한 수준의 일을 해내었다고 칭찬받아 본 적은 없었다. 집에서도 그녀가 뭔가를 잘 해내는 건 지극히 당연하게 취급되었다. 그래서 칭찬받을 줄 몰랐다. 그리고 그게 기쁘리라고도 생각지 못했다.

올리비아는 귀가 붉게 달아오른 채 얼른 고개 숙였다.

"감사합니다."

그때 라파엘로가 그들 사이로 불쑥 끼어들었다.

"라파엘로 키드레이가 황녀 전하를 뵙습니다."

그는 한쪽 무릎을 꿇으며 손등에 키스하겠다는 듯이 손을 내밀었다. 공식적인 자리에서나 할 법한 지나친 예의로 올리비아에게 쏠렸던 카예나의 시선을 단번에 끌어당겼다.

카예나는 살짝 당황한 표정으로 얼른 그에게 손을 내밀어 키스할 것을 허락했다.

"……반가워요, 키드레이 경."

라파엘로는 제게 내밀어진 손을 조심스럽게 쥐고 손등에 정중히 입을 맞췄다.

곁에서 지켜보던 바스턴이 두 손으로 입을 틀어막았다.

'헉, 우리 주인님이 손등에 키스를……!'

바스턴은 주인이 자처해서 레이디의 손등에 입을 맞추어 경의를 표하는 걸 처음 보았다. 그는 두근두근하는 마음으로 그 광경을 연신 힐끔거렸다.

그러나 이 순간에도 카예나는 조금도 착각하지 않았다.

'……지난번도 그렇고 오늘도 그렇고, 왜 이러지?'

라파엘로가 제게 뭔 약점이라도 잡힌 게 아닌가 하는 의심마저 들었다.

'나도 모르는 사이에 라파엘로에게 해코지라도 했나?'

하지만 아무리 생각해도 그에게 불리한 권모술수를 부린 기억은 없었다.

올리비아는 눈치껏 자리를 피하려 고개를 조아렸다.

"저는 밖에서 기다리고 있겠습니다, 전하."

"응? 꼭 그럴 필요는……."

그러나 카예나의 말이 다 끝나기도 전에 라파엘로가 올리비아를 배웅했다.

"다음에 뵙죠, 그레이스 양."

그러자 올리비아도 기다렸다는 듯이 정중하게 인사했다.

"네. 그럼 물러나 보겠습니다."

카예나는 둘을 번갈아 보았다.

'분위기가 좀 이상한데.'

어차피 이어질 인연인 그들을 그냥 붙여 놓기만 해도 알아서 잘하리라고 생각했다. 그런데 그들은 그다지 유쾌한 시간을 보낸 것 같지 않았다.

"전하."

카예나는 올리비아가 나간 문을 바라보다가 자신을 부르는 소리에 고개를 돌렸다. 라파엘로가 그녀의 손을 잡고 소파로 안내했다.

카예나는 문득 자신을 향하는 낯선 시선을 느꼈다. 바스턴이 음흉하게 눈초리를 접고 자꾸 입꼬리를 씰룩이고 있었다.

"오늘은 제레미 보좌관이 아니라 다른 이를 데려왔네? 낯은 익은 듯한데."

"바스턴 데보라입니다, 전하!"

'이 사람이 바스턴이구나. 소설에서 꽤 재미있는 사람으로 나왔었지.'

그녀는 글에서만 보았던 바스턴을 대면하게 되자 어딘지 흥미로움을 느꼈다.

"만나서 반갑네."

"저야말로 가문의 영광입니다!"

바스턴은 그렇게 외치며 가까이 앉은 선남선녀를 보았다.

'이렇게 보니 명화가 따로 없네.'

카예나는 머리카락을 틀어 올리고 쇄골이 드러나는 크림색 드레스를 입었다. 치마가 크게 부풀지 않은 차분한 모양이라 한층 더 우아해 보였다. 라파엘로도 마침 평소보다 밝은색의 예복을 입은 상태였다. 꼭 둘이 미리 이야기한 것처럼 어울리는 차림새였다.

바스턴은 그에게 크림색 셔츠를 강력히 추천하길 잘했다며 자화자찬했다.

'주인님은 자꾸 아닌 척하시지만, 이게 관심이 아니면 뭐겠어?'

그는 둘 사이에 핑크빛 기류가 있다고 확신했다.

라파엘로가 서론을 띄웠다.

"바쁘신 분께 제가 괜한 일을 한 것은 아닌지 걱정스럽습니다."

카예나는 손을 내저었다.

"그럴 리가. 경은 내게 누구보다도 중요한 손님인걸."

자신이 황궁에서 안전히 벗어나는 일에 누구보다도 큰 공헌을 해 줄 사람이었으니 당연했다.

그러나 바스턴의 귀에는 카예나의 발언이 그렇게 건조하게 들리지 않았다. 그는 입을 합 다물며 콧김을 내뿜었다. 뭐야, 이거 핑크빛 기류 아냐?

바스턴이 눈동자를 열심히 굴려댈 때도 라파엘로는 담담했다. 카예나가 달콤한 의미로 한 말이 아니라는 걸 잘 알았던 탓이다. 하지만 듣기는 좋았다. 특히 '누구보다'라는 대목이.

카예나는 테이블에 놓인 것들을 확인하더니 물었다.

"다과가 좀 부족한 것 같은데, 시장하지는 않고?"

전부터 느꼈지만 카예나는 간혹, 아니, 종종 상대를 자신보다 훨씬 어린 사람 챙기듯 말했다. 사실 그녀 주변엔 그녀보다 연하인 사람은 거의 없는데도.

"저는 괜찮습니다."

"내 시녀가 접객을 부족하게 한 건 아니겠지? 부디 사이좋게 지냈으면 해. 앞으로 나를 대신해 얼굴이 될 아이니까."

라파엘로는 카예나가 개인적으로도 올리비아를 상당히 신경 쓰고 있다는 사실을 깨달았다. 왜? 어째서? 라파엘로는 고개를 갸웃하며 말했다.

"그녀를 아끼시는군요."

카예나는 미묘하게 웃었다.

'내가 올리비아를 아낀다? 글쎄……. 사실 이 모든 게 그냥 내 마음 편하려고 하는 행동일 뿐이지.'

이러면 과거의 죄를 조금은 용서받을 수 있지 않을까 생각했다. 자신이 이기적이라고 생각했지만, 그러지 않고서는 마음이 불편했다.

이제 슬슬 오늘 만남에 대해 본격적인 이야기를 힐 차례였다.

"갑자기 아카데미에 내 이름으로 새로운 건물을 짓겠다고 해서 놀랐어."

카예나는 진심으로 놀랐다. 체면도 잊고 육성으로 상스러운 소릴 낼 정도였다.

라파엘로는 어떻게 하면 자연스러운 이유로 그녀와 만날 수 있을까 고민했다. 그때 제레미가 생일 선물을 미리 하는 게 어떻겠냐고 말했다. 상당히 괜찮은 조언이었다.

"성년 선물은 어떤 게 좋은지 몰라서 제 선택이 미흡했을 수도 있습니다. 부디 전하의 마음에 드셨으면 좋겠군요."

카예나에게 드레스, 보석 같은 게 아닌 명예를 선물로 준 남자는 라파엘로가 처음이었다. 그녀가 만약 전과 같은 악녀였다면 그런 명예로운 선물은 없었을 것이다. 라파엘로가 준 선물은 카예나에게 지금 잘하고 있다고 인정한다는 의미처럼 느껴졌다.

"뜻밖의 선물이라 조금 당황하긴 했지만, 정말로 고마워."

그 말과 미소에 진심이 느껴졌다.

라파엘로는 이제는 완전히 인정할 수 있었다. 카예나의 미소가 보기 좋았다. 정확하게는, 자신을 향하는 미소가 보기 좋았다. 올리비아에게 향한 미소는 그다지…….

그는 충동적으로 말했다.

"하나 더 지을까요?"

"……응?"

"전하의 이름으로 된 극장이나 아니면 백화점……."

"아니!"

카예나는 당혹스러운 얼굴로 얼른 말을 끊었다.

"건물은 이제 괜찮아."

라파엘로는 느긋하게 새로운 것을 떠올려 보았다.

그럼 성물이면 괜찮을까?

"그럼 건물 말고 다른 걸 원하십니까? 고대 왕국의 성물이나⋯⋯."

그의 고민이 무색하게 카예나는 질렸다는 듯이 손을 내저었다.

"아니, 아니! 정말 괜찮아. 이렇게 내게 마음 써 준 것만으로도 충분하게 기쁘니까."

"그렇습니까?"

라파엘로는 카예나의 말이 마음에 들어 무심결에 입가에 웃음이 번졌다.

그의 기분 좋아 보이는 미소에 카예나는 낮게 탄식했다.

'아무리 남자 주인공이라고 해도 이렇게까지 잘생길 필요가 있나?'

과장하지 않고 자연스럽게 그려 낸 미소는 그를 한층 더 성숙한 남자처럼 보이게 했다. 그 때문인지 위압적인 체구임에도 거북한 느낌이 들지 않았다.

그래서 어쩔 수 없이 설레는 것이다. 지나치게 매력적인 남자라, 그냥 천재지변에 휘말리듯이, 단지 그런 이유였다.

'근데 라파엘로가 왜 이렇게 가까이 앉아 있지?'

정신 차리고 보니 그와 상당히 가까이 앉아 있었다. 그녀는 자각하지 못한 사이에 옛 버릇이 나온 건가 고민했다. 지금이라도 좀 떨어져서 앉아야 하나, 그냥 있어야 하나⋯⋯?

그녀가 더 고민할 새도 없이 라파엘로가 말했다.

"새로 지을 건물의 용도는 전하께서 정해 주시면 됩니다."

카예나는 상념에서 깨어났다. 갑자기 좀 정신이 없어져서 정작 본론을 깜빡하고 있었다.

"아 참, 그래서 왜 나를 찾았지?"

라파엘로는 솔직하게 말했다.

"전하를 뵙고 싶었습니다."

그 말에 다른 곳에서 격렬한 반응이 터져 나왔다.

"쿨럭, 컥, 컥!"

차를 홀짝 마시던 바스턴이 사레가 들린 모양인지 한바탕 기침을 쏟았다.

"저런, 괜찮은가?"

"예, 예. 괜찮습니다."

바스턴은 직구를 던지다 못해 아예 황소처럼 들이박아 버리는 주인을 당혹스럽게 보았다.

'아니, 감정을 공유하는 것도 단계가 있는데……'

그러나 카예나는 바스턴과 달리 그의 뜻을 조금도 곡해하지 않았다.

"그러고 보니 내게 묻고 싶은 게 있다고 했지?"

카예나는 그가 보고 싶어서 찾아뵙길 원했다는 말을 못 들은 사람처럼 말했다.

지나칠 정도로 담백한 카예나의 태도에 라파엘로는 눈을 가늘게 떴다. 그는 그녀가 자신과의 사이에서 어떤 가능성도 점치지 않는다는 사실을 깨달았다.

"제 혼담이 모두 취소되었습니다."

라파엘로는 우선 그녀의 장단에 맞추기로 했다. 카예나는 담백하게 반응했다.

"축하하네."

"그래서 다음 계획을 들으러 왔습니다."

그러자 카예나는 응접실 안의 하인들에게 말했다.

"다들 나가 있도록."

마찬가지로 바스턴에게도 양해를 구했다.

"그대도 잠시 자리를 비켜 주겠나?"

"물론입니다, 전하."

바스턴은 엄한 상상의 나래를 펼치며 싱글벙글 웃는 얼굴로 하인들과 응접실을 나갔다.

탁.

문이 닫히자 카예나가 말했다.

"이 응접실은 외부에서 말을 엿들을 수 없는 곳이야."

응접실 중 그런 곳이 있다는 사실을 외부에 알리는 건 어리석은 짓이었다. 그러나 카예나는 아무렇지 않게 비밀을 누설했다.

"황궁에는 세작이 너무 많아. 이곳에서 벌어진 일이 하루 만에 소문날 정도니까."

"그렇군요."

마찬가지로 황궁에 세작을 여럿 심어 둔 라파엘로는 모르는 척 고개를 끄덕였다.

"내 목적은 간단해."

카예나는 여상스럽게 말했다.

"내 남편을 만들어 줬으면 해."

잠시 침묵이 흘렀다.

남편을 만든다니? 아이를 만들자는 이야기를 잘못 말한 건가? 아니, 황녀가 그런 외설스러운 말을 입에 담을 리 없지. 남편이 되어 달라는 것도 아니고 누구를 소개해 달라는 것도 아니고 남편을 만들어 달라니. 라파엘로는 이런 이상하고 황당한 부탁은 평생을 통틀어 처음 들어 보았다.

"……남편을 만들어 달라고요?"

"응. 실체가 없는 가상의 남편. 사람만 허상일 뿐 권리와 재산은 실존해야 하지."

어쨌든 핵심은 다른 이와의 결혼이었다. 당혹감을 느낀 라파엘로의 입에서 정제하지 않은 진심이 튀어나왔다.

"전하께서는 제게 마음이 있지 않으셨습니까?"

"……"

이번엔 카예나가 몹시 당혹스러워졌다. 물론 그랬다. 그는 카예나의 오랜 짝사랑이자 첫사랑이었다. 그러니까, 몇십 년 전에는 말이다.

'남편을 만들어 달라 했더니 왜 이런 질문을 하는 거지?'

질문한 라파엘로에게는 조금도 장난스러운 기색이 없었다. 일부러 카예나를 곤란하게 하려고 물은 것도 아닌 듯했다.

또 침묵이 흘렀다.

카예나는 이 상황에서 꺼낼 만한 적절한 말을 차분히 되짚으려 했으나 뜻대로 잘되지 않았다.

라파엘로는 카예나의 반응에 자신이 실수했다고 느꼈다. 마음이 이상하게 조급하여 머리가 매끄럽게 돌아가지 않았다.

"무례한 질문이었습니까?"

당연히 무례하다. 그런데 무례하다고 말하기가 이상했다. 그를 좋아한다고 떠들고 다녔던 건 자신이다. 무례를 논하려면 우선 카예나의 행적부터 돌이켜야 했다.

카예나는 마음을 차분하게 다스리며 말했다.

"조금 당혹스러운 질문이긴 했어."

카예나는 자신의 결백을 입증하기 위해 단호히 말했다.

"난 경에 대한 감정을 깨끗하게 정리했어. 다시는 추근대지 않겠다
는 맹세도 진심이었고."

그러자 라파엘로의 표정이 미묘하게 변했다. 분명 그 말을 듣기는
했다. 다만 무례를 저지르지 않겠다던 맹세가 다시는 좋아하지 않겠
다는 뜻인 줄은 몰랐다.

'그런 걸 바란 건 아니었는데.'

아니다. 원래는 그러길 바랐다. 접촉은 불쾌했고 항상 끈적한 시선
을 받는 것도 기분 좋지 않았다.

하지만, 지금은 아니다. 지금은 카예나와 같이 있어도 괜찮고 그녀
의 손등에 입을 맞춰도 괜찮았다. 그녀를 에스코트해도 멀쩡했고 그
녀를 품에 안았을 땐……

아주 달콤한 향이 났지.

지금도 그랬다. 카예나는 아주 옅은 색소로 이뤄진 사람 같았다. 시
린 듯하면서도 달아 보였다. 가까이 있으면 기분이 안정되었다. 그건
꽤 중독적인 기분이었다. 그래. 그렇게 계속 중독되어 있고 싶었다. 이
성적인 생각 따위 집어치우고 계속……

라파엘로는 자신이 미쳤다고 생각하며 방금의 생각을 지워냈다.

"아닙니다. 그런 맹세는 하지 않으셔도 전하의 말씀을 믿겠습니다."

카예나는 라파엘로의 표정이 좋지 않자 그의 말을 쉽사리 믿기 어
려웠다.

'역시 맹세로는 약했던 걸까?'

지금까지 그를 실컷 괴롭혀 왔으면서 말 한마디로 퉁 치려 하는 자신이 뻔뻔스러운 건지도 모른다. 하지만 그녀의 계획을 도와줄 알맞은 사람은 라파엘로밖에 없었다. 남자 주인공과 상부상조한다면 충분히 잘 지낼 수 있으리라고 생각했는데.

'하인리히 대공자와 결탁하는 건 위험한 짓이고.'

되도록 그 정신 나간 자와는 얽히고 싶지 않았다.

'이제 불쾌한 과거는 잊고 친구가 된다면 좋을 텐데.'

그게 그녀가 생각하기에 그들이 이룰 수 있는 가장 이상적인 관계였다.

"……내가 너무 뻔뻔스러운 요구를 한 건가?"

라파엘로는 카예나가 진심으로 그의 기분을 걱정한다는 사실을 알았다. 왜 그 사실이 그녀의 미소만큼 기분 좋게 느껴지는 걸까.

"남편을 만들어 달라는 부탁은 처음 들어서 그랬습니다."

라파엘로가 물었다.

"그런데 왜 가상의 인물과 결혼하려고 하시는 겁니까?"

카예나는 즉각적으로 이유를 떠올렸다.

'그게 가장 안전하고 완벽하게 수도를 떠날 수 있는 이유니까.'

또 어떤 미치광이와 엮이게 될 줄 알고 아무하고 결혼하겠는가? 카예나는 더는 누군가와 결혼하고 싶지 않았다.

'아니. 나보다 남편이 먼저 살해당할지도 모르지.'

레제프가 어느 역사에 나왔던 가장 아름다운 여자의 비극처럼 그녀의 남편들을 계속 죽이며 원래 그랬듯 또다시 그녀를 인형으로 사용할지도 몰랐다. 아니, 반드시 그렇게 할 것이다.

'실제로 나를 하인리히 대공자에게 보내서 이용할 작정이었으니까.'

이럴 땐 제 죽음의 과정까지 모든 비화를 알게 해 준 소설이 조금 원망스럽기도 했다.

레제프의 힘이 약해지면 하인리히 대공자는 반드시 카예나를 손에 넣으려 할 게 자명했다. 그는 부족한 정통성을 카예나와의 혼인으로 채우려 할 것이다.

'하지만 그도 이곳의 서브 남주 중 하나이니 올리비아에게 반할 테고, 그럼 나란 존재가 거슬리겠지.'

황위를 차지하게 된다면 그녀를 죽이고 올리비아를 탐하려 할지도 몰랐다.

왜 이렇게 복잡하고 피곤하지? 카예나는 제 처지를 되짚으며 피로감을 느꼈다.

'황족으로 태어나 무지했던 것이 내 죄겠지.'

그녀는 담담하게 말했다.

"실존하지 않는 인물은 독살당하지 못하거든."

그것은 카예나의 처지를 단번에 짚어 내는 말이기도 했다. 라파엘로는 유력한 귀족 사이에서 떠도는 카예나의 은밀한 별명을 떠올렸다.

'황자의 마리오네트.'

카예나는 제게 매달린 운명의 실을 끊어 내기 위해 그에게 손을 내밀고 있었다.

'그래서 변한 건가?'

누구보다 알기 쉬웠던 사람이 지금은 한 치 앞도 보이지 않았다. 그 안에 무엇이 있을지 모르는 안개 같았다.

라파엘로는 그녀가 여행기를 읽고 있다는 이야기가 불쑥 떠올랐다.

어쩌면 카예나는 그저 안전한 곳에서 쉬고 싶은 걸지도 모른다.

"일단 이 모든 건 공자가 가문을 물려받아야 가능한 일이야."

그가 공작위를 계승받는 건 시간문제다. 곧 키드레이 공작 부부가 이혼 소송을 마치고 데릴사위였던 공작은 제 친가에 몸을 의탁한다. 그간 쌓은 인맥과 경제력이 있으니 여생은 편안하게 보낼 수 있을 것이다. 불륜으로 가정을 파탄 낸 사람에게 어울리지 않는 온건한 마무리였다.

'라파엘로가 어렸을 때 바람을 피웠다고 들었는데.'

소설에서도 그 불륜에 관한 건 거의 다루지 않았다. 아무래도 소설의 특성상 포커스가 올리비아를 중점으로 맞춰져 있어서 그런 것 같았다.

'남의 가정사를 이용하는 게 영 마음에 걸리긴 하지만.'

"왜 그러십니까?"

그녀의 시선을 느낀 라파엘로가 물었다. 카예나는 사실대로 말할 수는 없어 적당히 둘러댔다.

"언제나 근사했지만, 오늘 공자의 모습이 평소랑 좀 달라 보여서."

적당히 입에 발린 말이었다. 아니, 입에 발린 말이라기엔 사실이고 진심이기도 했다.

라파엘로는 제 옷을 힐끗 보았다. 바스턴이 강력하게 추천했던 밝은 크림색 셔츠가 눈에 들어왔다.

"마음에 드십니까?"

그가 그런 질문을 할 줄은 몰랐다. 카예나는 잠깐 망설이다가 직접적인 대답은 슬쩍 피했다.

"음, 경에게는 뭐든 다 잘 어울리는 것 같은데."

그는 카예나가 에둘러 말하는 걸 알고 피식 웃었다.

"전하께서도 그렇습니다."

라파엘로가 이런 말을 하는 사람이던가? 글쎄, 다른 사람에게는 어떤지 모르겠다. 카예나에게는 저렇게 부드럽게 웃으며 저런 말을 한 적이 한 번도 없었다.

'아니지. 사람 착각하게 하는 저 화법에 걸려들어서는 안 돼.'

카예나는 고개를 내저으며 괜히 두근거리는 마음을 진정했다. 오늘 만남은 여기서 정리하는 게 좋을 것 같았다.

"……오늘은 내가 마무리할 일이 있어서 이만 실례하지. 아카데미에 방문해서 서류를 공증받는 일은 다시 일정을 잡는 게 좋겠어."

그녀가 자리에서 일어나자 라파엘로도 따라서 일어났다.

카예나는 마음을 진정하려 앞장서서 걸었다. 뒤에서 라파엘로가 따라붙으며 말했다.

"제가 에스코트하겠습니다, 전하."

카예나는 에스코트를 거절하기 위해 뒤를 돌았다.

"아니, 굳이 그럴 필요는……!"

그러다 코앞까지 다가온 라파엘로를 발견하고 그녀는 황급히 몸을 뒤로 뺐다.

"아……!"

그녀가 살짝 휘청이며 손을 뻗었다. 라파엘로는 그 손을 잡고 그녀를 일으켜 세워 줄 만큼 힘이 세다. 그러나 그렇게 하면 카예나의 팔에 충격이 갈 수 있었다. 그는 그것을 핑계 삼아 카예나의 등을 단단히 받치며 품으로 당겨 안았다. 놀란 카예나가 그의 가슴팍을 콱 붙들었다.

"괜찮으십니까?"

무뚝뚝한 듯 다정한 음성이 귓가로 들렸다. 카예나는 데자뷔를 느

껐다.

'황립 도서관에서도 그에게 안겼지.'

그때와 마찬가지로 완벽히 보호를 받는 듯한 안정감이었다.

라파엘로는 그녀의 흘러내린 머리카락을 살짝 넘겨 주었다. 순간 정신이 번쩍 들었다. 카예나는 얼른 그에게서 몸을 떨어트리려 했다. 그러나 몸이 꿈쩍도 하지 않았다. 몹시 당혹스러웠다.

"키드레이 경."

라파엘로는 몸을 뻣뻣하게 굳힌 카예나를 가만히 내려다보았다. 역시 이상한 게 맞았다. 카예나는 그와의 접촉을 지나치게 꺼렸다. 흡사 두려워하는 것처럼 보일 정도였다.

"제가 불쾌하십니까?"

"아니, 그럴 리가."

불쾌하다니, 말도 안 되는 오해였다.

"그런데 왜 자꾸 저를 피하시는 겁니까?"

"그건……."

순간 말문이 막혔다. 조심한다고 했던 게 너무 지나쳤던 모양이었다. 하지만 이게 그에게도 더 편하지 않나? 카예나는 그녀가 이러는 걸 라파엘로도 당연히 반기리라고 생각했다. 남과의 접촉에 구역질까지 나는 사람이니까.

그런데 지금 라파엘로의 안색은 상당히 멀쩡해 보였다. 낯빛이 창백해지거나 불편한 표정을 하고 있지도 않았다. 카예나는 입술을 오물거리며 약간 자신감을 잃어버린 투로 말했다.

"난 경이 불편할까 봐……."

'분명 맞을 텐데, 이상하네.'

그가 접촉을 기피한다는 정황이 분명 있었다.

카예나가 시선을 떨어트리며 곤란해하는 모습에 라파엘로의 마음이 술렁거렸다. 이러한데 어찌 불편할 수 있을까? 그도 지금 자신이 완벽히 이해되는 건 아니었다. 그러나 확실한 건 하나 있었다.

"전혀 불편하지 않습니다."

라파엘로는 지나치게 조심스러운 카예나에게 자신의 상태를 명확하게 말해야 한다는 사실을 깨달았다.

"저를 피하시는 게 더 불편합니다."

'그럴 리가 없을 텐데.'

카예나는 뭐라고 반박하고 싶었으나 미간만 살짝 찡그렸다.

라파엘로는 그 표정을 보고 옅게 웃다가 입매를 끌어 내렸다.

……어쩐지 쑥스러웠다.

"그럼 가실까요?"

그는 카예나를 품에서 놓아주는 대신 손을 내밀었다. 에스코트를 청하는 손길이었다. 카예나는 그 손을 잠깐 바라보다가 살며시 맞잡았다.

'본인이 괜찮다니까…….'

어쩐지 실내가 좀 더운 것 같았다.

9장
원치 않은 방식의 자각

"제레미는 지금 어디에 있지?"

라파엘로는 별저로 돌아오자마자 제레미의 행적부터 물었다. 헨버튼 길리안 뒷조사의 진척을 알고 싶었다.

"아직 출타 중입니다."

'아직도 조사 중인 건가.'

라파엘로는 고개를 끄덕이고 침실로 향했다. 곁을 따르던 바스턴이 물었다.

"주인님, 혹시 또 평소처럼 인간미 없이 전하를 대하신 건 아니죠?"

"무슨 소린지 모르겠군."

"아까 응접실에서……."

그의 무심한 물음에 바스턴이 곧장 대답하려다가 말하던 것을 멈췄다. 주변에 귀가 많았다. 그는 라파엘로의 곁에 바짝 다가갔다. 바스턴은 라파엘로의 표정이 조금 굳었다는 사실을 눈치채지 못했다.

"아까 응접실에서 나올 때 전하의 표정이 조금 이상하시던데요?"

라파엘로는 상대가 눈치채지 못하게끔 자연스럽게 몸을 조금 떨어트리며 대답했다.

"아무 일도 없었으니 또 호들갑 떨며 경거망동하지 마."

"제가 또 언제 경거망동했다고요……?"

바스턴은 입술을 삐죽 내밀었다.

'내 착각인가? 분명 주인님이 평소랑 달라 보였는데.'

지금 이러는 걸 보면 또 평소랑 똑같았다. 하긴, 라파엘로는 처음 만났던 순간부터 항상 이랬다. 제레미에게 듣기로는 더 어릴 때부터 성격이 똑같았다고 했다.

'근엄하고 위엄 넘치는 어린이라니. 소름 끼치잖아.'

원래 용병대를 떠돌았던 바스턴은 우연히 키드레이 공작가의 종자로 들어가게 되었다. 그때의 공작가는 조금 이상했다.

'전반적으로 분위기가 날카로웠지.'

지금은 덜하지만, 그땐 기강이 서다 못해 숨 막힐 정도였다.

바스턴은 라파엘로의 첫인상이 떠올랐다.

'재수 없었지.'

라파엘로는 어린 시절부터 잘생기고 키도 크고 뭐든 쉽게 해냈다. 하지만 이상하리만큼 말수가 적었고 잘 웃지 않았다.

그게 멋있다며 바스턴이 짝사랑하던 하녀가 연심을 비쳐서 더 재수 없다고 느낀 건 아니다.

……아마도.

'주인님을 연모하는 이가 수두룩했지.'

누군가는 그를 두고 첫사랑 제조기라고 부르기도 했다.

'심지어 황녀 전하도 그랬잖아.'

그는 다시금 혼자 촉촉한 생각에 젖어 눈을 빛냈다. 무표정한 얼굴로 계단을 오르는 중인 주인의 옆모습이 오늘따라 더 근사했다. 아무래도 자신이 추천한 크림색 셔츠 때문인 것 같았다.

"바스턴."

그는 화들짝 놀라며 라파엘로를 보았다. 어느새 상의를 탈의한 라파엘로가 셔츠를 내밀고 있었다. 다른 생각에 잠긴 채로 걷다 보니 어느새 침실에 도착한 것도 모르고 있었다.

"아이쿠, 얼른 주십시오."

그는 라파엘로의 셔츠를 받고 시종이 가져온 실내복을 펼쳐 라파엘로의 팔에 끼웠다. 그러다 저도 모르게 목울대를 한번 크게 움직였다. 완벽하게 단련한 몸매도 몸매지만, 그의 등에 크게 난 긴 상흔 때문이었다.

그건 바스턴 때문에 전장에서 입은 상처였다. 아직도 피를 쏟으며 무표정한 얼굴로 말하던 그의 모습이 떠오르곤 했다.

"정신 차려, 바스턴 데보라."

항상 재수 없다고 느꼈던 그 건조한 목소리가 그때만큼은 눈물이 핑 돌 만큼 든든했다. 그가 아니었다면 자신은 틀림없이 야만족 손에 죽었을 것이다.

'주인님은 이 상처를 신경도 안 쓰시는 것 같지만.'

이내 상흔은 검은 셔츠에 삼켜지듯 가려졌다.

공작령은 다른 나라와 국경선이 닿아 있었다. 그 때문에 야만족이 자주 침탈하려 들었다. 야만족은 서부 국경선을 야금야금 갉아먹으며 아래로 내려왔다.

라파엘로가 전장에 나갈 나이가 되었을 때, 그는 충분히 전쟁을 치를 준비를 마치자마자 야만족을 쓸어버렸다. 단숨에 서부 국경선을 재정비한 것이다.

'수도에서야 전쟁이 뭔지도 모르니 주인님이 얼마나 냉혹한지 모르겠지.'

라파엘로는 너무하다 싶을 정도로 손속에 자비가 없다. 상대의 고통에 공감하지 못하는 사람처럼, 그냥 해야 하는 일이기에 하는 사람처럼 적을 처단했다.

바스턴은 그 이후로 라파엘로의 심장은 얼음으로 되어 있다고 속 편하게 결론 내렸다.

'이런 우리 주인님에게도 드디어 봄이 찾아오다니!'

바스턴의 콧김이 거세졌다.

그때 라파엘로가 냉랭한 눈으로 바스턴과 시선을 마주쳤다.

"숨결이 불쾌하구나."

"커험, 환절기 비염이 조금……."

셔츠를 걸친 라파엘로는 보석 상자에서 익숙하게 루비 커프스단추를 집어 들었다가 멈칫했다. 평소에는 전혀 눈여겨보지 않았던 시리게 파란 다이아몬드가 눈에 띄었다. 카예나의 눈동자를 떠올리게 하는 파란색이었다.

똑똑.

시종이 침실 문을 두들기고 들어왔다.

"제레미 보좌관이 도착했습니다. 바로 보고드릴 사항이 있다는데 어찌할까요?"

라파엘로는 시선을 돌리며 말했다.

"들어오라고 해."

-※◆※-

제레미는 오랜만에 의욕을 불태우고 있었다.

'주인님이 이렇게 뭔가를 궁금해하시는 일이 대체 몇 년 만인지.'

그는 그림자처럼 라파엘로의 곁에 붙어 다녔다. 거의 모든 일정을 같이 소화한다고 봐도 무방했다. 그런 제레미가 오늘 일정은 같이 소화하지 않고 헨버튼 길리안 뒷조사에 열을 올렸다. 라파엘로가 뭔가에 관심을 드러낸 것이 그만큼 기뻤기 때문이다.

'그러고 보니 최근 들어서 꽤 변하신 것 같기도 하군.'

라파엘로는 딱히 의욕적이지도 않고 뚜렷한 욕구도 없었다. 궁금해하는 것도 없고 사는 게 영 재미없어 보였다. 그저 살아 있으니 사는 것처럼 행동했다. 그게 제레미의 눈에는 한없이 안쓰러워 보였다.

둘이 나이 차가 많이 나기도 했지만, 라파엘로가 방치된 채 자라는 걸 지켜봤기 때문이었다.

공작 부인은 어렸을 때부터 라파엘로를 흠결 없는 후계자로 길러내려 혹독하게 몰아붙였다.

부친인 레오 키드레이 공작은 대체 무슨 이유에서인지 언제부터인가 실의에 빠져 술을 퍼마시기 일쑤였다. 또한, 술기운에 종종 난폭해졌는데, 유독 라파엘로에게 거칠게 굴었다.

라파엘로가 고작 열 살이었을 때의 기억이 제레미는 아직도 생생했다.

"지긋지긋한 그 까만 머리카락! 빨간 눈! 제발 좀 꺼져 버려!"

고사리 같은 손에 부친의 생일 선물을 꼭 쥐고 있던 라파엘로의 텅 빈 눈동자는 아직도 꿈에 나타나곤 했다.

제레미는 그때도 그의 보좌관이자 호위 기사였기에 바로 곁에서 공작의 패악을 보았었다. 라파엘로를 저주스러운 무언가처럼 보는 눈빛과 독설을 내뱉는 입, 어린 아들을 향해 물건을 집어 던지는 손. 무엇하나 정상적이지 않았다. 제 아들이라고 조금도 생각하지 않는 사람이나 할 법한, 아니, 원수에게나 할 행동이었다.

거센 불길처럼 화가 치밀었다. 어떻게 오랜만에 보는 아들을, 그것도 아버지의 생일이라고 직접 용돈으로 선물을 준비해 온 어린 아들을……!

그는 라파엘로가 가여워 대신 나서서 한마디라도 하려 했다. 처벌은 두렵지 않았다. 그러나 라파엘로가 제레미를 막아서며 담담히 말했다.

"죄송해요, 아버지."

라파엘로는 슬퍼하지 않았다. '그럴 줄 알았다'는 듯한 표정을 하고 있었다. 그건 체념이 아닌 확신이었다. 아이는 선물로 준비했던 밝은 파란색 토파즈 단추를 화단에 버렸다. 부친의 눈동자 색과 닮았다고 고른 것이었다.

"괜찮으십니까?"

제레미가 그렇게 물었을 때 라파엘로는 아이답지 않게 건조한 목소리로 말했다.

"아버지는 키드레이가 끔찍하게 싫으신 모양이야."

그 뒤로 라파엘로는 부친을 찾지 않았다.

제레미는 그게 왜 그렇게 가슴이 미어지는지 몰랐다. 어떻게든 어린 후계자를 위로하고 싶다는 생각밖에 없었다. 맛있는 걸 좀 먹으면 기운이 날 거라고 괜히 호들갑 떨며 라파엘로의 손을 꼭 잡았다. 그런데 그가 순식간에 안색이 하얗게 질려서 속을 게워 냈다.

그건 시작이었다. 그날 이후로 라파엘로는 알 수 없는 이유로 종종 몸 상태가 나빠지며 속을 게워 내기 일쑤였다. 의원들은 하나같이 라파엘로가 멀쩡하다고만 말했다.

"건강하십니다."

"잠이 조금 부족한 것 같기도 합니다……."

그들은 후계자의 문제점을 찾지 못해 진땀을 흘렸다.

공작 부인은 아들에게 이상이 생긴 걸 두고 보지 않았다. 후계자에게서 계속 이상 증상이 나타나니 의원도 고용인도 계속 바뀌었다. 라파엘로는 점점 말수가 줄어들었다.

공작가의 분위기가 걷잡을 수 없이 험악해졌을 때였다. 어느 날 라파엘로가 멀쩡해 보이는 안색으로 말했다.

"저 이제 괜찮아요. 그냥 갑자기 좀 예민해졌었나 봐요."

그 뒤로 라파엘로가 더는 토하지 않았고 정말 괜찮아 보였다. 살얼음판 같던 분위기에 지쳤던 사람들은 금방 그 말을 믿었다.

그러나 제레미는 그의 안색이 종종 창백해지는 것을 보았다.

'아마도 주인님은······.'

"제레미 보좌관님."

잠깐 옛 생각에 잠겼던 제레미가 고개를 들었다.

"······아. 조사는 어떻게 됐지?"

"헨버튼 길리안의 주변인을 포함해 최근 행적을 조사한 결과입니다."

심각한 얼굴을 한 수행원이 서류를 내밀었다.

처음 헨버튼 길리안에 대해 알아보기 시작했을 때는 별다른 생각을 하지 않았었다. 부유한 집안이니 뒤가 좀 더러울 것이라고만 짐작했다. 그는 딱 그 정도로만 생각했다.

서류를 확인한 제레미의 얼굴이 싸늘하게 식었다.

"다른 조사원들의 보고를 총합해 당장 서류를 준비해라. 소가주님께 보고할 것이다."

제레미는 저택에 도착하자마자 라파엘로의 침실로 향했다.

"전에 말씀하셨던 일의 1차 취합 보고서입니다."

라파엘로는 자주 사용하는 루비 커프스단추를 셔츠에 채운 뒤 보고서를 받았다.

"모두 나가 있도록."

라파엘로는 보고서를 내용을 훑었다.

헨버튼 길리안이 수도 생활을 한 지는 5년쯤 되었다. 그간 왕성한 사교 활동을 했고 얼마 전 약혼을 깼다는 것까지는 특별할 것 없었다. 어울려 다니는 귀족이나 부르주아의 질이 좋지 않으며, 그들과 비밀스러운 신사 클럽을 하나 만들었다는 내용도 있었다.

그런데 그 신사 클럽이 문제였다.

"수도에서 마약 거래가 가장 활발한 곳이라······."

제국에서는 마약 유통을 국법으로 금지하고 있었다. 위법 시에 처벌 수위도 상당히 높았다.

제레미가 고개를 끄덕였다.

"그만한 양의 마약이 들어올 만한 해외 수입 경로를 살펴보았으나 이 신사 클럽과는 연관이 없었습니다."

해외 수입이 아니라면 답은 뻔했다.

"그렇다면 국내의 어딘가에서 마약을 재배하고 있단 뜻이겠군."

"출처를 추적해 보라고 지시는 해 두었습니다."

마약만이 문제가 아니었다. 인신매매, 불법 도박장, 불법 콜로세움 등이 다 이 신사 클럽과 연계되어 있었다. 심지어 살인도 빈번한 모양이었다.

키드레이 공작가의 수사력이 아무리 뛰어나다고 해도 그 짧은 시간에 이만큼이나 알아냈다는 건 사실 말이 되지 않았다. 이건 다 숨기지 못할 만큼 일을 치고 있다는 뜻이었다.

제국에서는 이런 일을 까다롭게 단속하지 않는다. 현실적으로 귀족이 만든 신사 클럽에 손대는 게 어렵기도 했다.

라파엘로는 보고서를 테이블에 내려놓았다. 카예나의 반응이 마음에 걸려서 뒷조사했더니 온갖 더러운 게 줄줄이 엮여 있었다.

이를 조사했던 제레미의 표정도 썩 좋지 않았다. 어쨌든 길리안 자작가는 키드레이 공작가의 가신 가문이며 군마 사업으로 축적한 부도 대단했다. 그 사업이 띠는 성질 때문에 섣불리 건드리기도 어렵다. 서부 공작령의 핵심 중 하나가 기마병이다.

제레미는 특이 사항을 한 가지 더 언급했다.

"최근 황녀 전하께 강한 집착을 드러내고 있다고 합니다."

그 말에 라파엘로의 고개가 비스듬히 기울어졌다. 눈빛이 평소보다 더 차갑게 식었다.

제레미가 말을 이었다.

"부마가 될 방법을 물색하느라 두 황위 계승권자의 지지자들과 접촉하고 있다는 증거도 잡았습니다."

레제프나 하인리히 대공자는 반드시 길리안 자작가의 군마 사업에 관심을 보일 것이다. 그것은 상당히 먹음직스러운 파이니까.

"어찌할까요?"

라파엘로는 그날 황립 도서관에서 헨버튼의 눈에 깃든 음험한 욕망을 보았다. 황녀를 향한 축축하고 더러운 집착이었다. 기분 나쁘고 역겨워서 당장 눈앞에서 치워 버리고 싶단 생각이 들었다. 그런 충동을 느낀 적은 처음이었다.

라파엘로는 사태를 해결할 가장 빠르고 좋은 방법을 떠올렸다.

"쓰레기는 미리 제거하는 게 좋지 않을까?"

고쳐 쓰지도 못할 인간이라면 미리 제거하는 게 좋다. 그래야 후환이 없다.

제레미는 그의 입에서 나온 제거란 말에 멈칫하다가 설마 하는 심정으로 되물었다.

"예? 어떤 제거를 말씀하시는지……?"

라파엘로는 쓰레기가 하나밖에 더 있느냐는 식으로 태연하게 말했다.

"헨버튼 길리안."

그의 무감한 눈동자가 제레미를 향했다.

"그자를 제거해야겠다."

"주인님."

제레미는 머리가 약간 지끈거렸다.

"물론 이자의 무도함은 상당합니다만, 이 정도로는 귀족을 처벌할 수 없습니다."

간곡한 만류에 라파엘로는 미간을 살짝 찌푸렸다.

"……몰래 죽이면 되잖아."

"길리안 자작가의 후계자가 갑자기 죽으면 누구나 의심할 겁니다. 게다가 그 가문은 공작가의……."

라파엘로는 손을 내저었다.

"그냥 해 본 말이었다."

'거짓말.'

누가 봐도 그냥 해 본 말이 아니었다. 그러나 주인은 금방 모른 척 무표정한 얼굴을 했다. 이상하게 좀 얄미웠다.

제레미는 그 짧은 시간 동안 수명이 줄어든 기분이었다. 그래도 실행에 옮기진 않을 모양이라 안심이었다.

'원래도 좀 냉정하시긴 한데 뭔가 평소랑 좀 다른 느낌인데…….'

설마 황녀와 엮인 문제라 그런 건가? 그는 묘한 눈으로 라파엘로를 보았다.

"헨버튼은 계속 감시해."

"예, 주인님."

―※―

카예나는 최근 성년식 준비를 시작했다.

"성년식 초대장은 나왔니?"

그녀의 생일은 장미가 가장 흐드러지게 피는 시기였다. 그래서 항상 장미 정원을 개방해 야외 파티를 하고 그랜드 홀에서 무도회도 열었다.

'규모를 축소하고 싶지만, 이미 준비 중인 일정을 줄일 수도 없고.'

성년을 맞이해 무도회와 사냥 대회를 개최할 예정이었다.

"궁정 화가가 초대장으로 쓸 카드에 그림을 모두 그렸다고 합니다. 물감이 다 말랐으니 금일부터 시녀들이 초대장을 작성하면 됩니다, 전하."

베라가 초대장 샘플을 건넸다.

카예나는 각 저택으로 보낼 카드를 확인했다. 장미가 탐스럽게 그려진 카드였다.

"괜찮네. 내용을 다 작성한 후에 전령을 보내렴."

"예, 전하."

그 밖에도 공수된 식자재 리스트, 연회에 동원할 하인 수, 오케스트라의 연주곡 종류와 순서 등을 확인했다. 어느 것 하나 실망스러운 구석 없이 압도적이어야 한다.

'그게 바로 황실이지.'

카예나의 생일은 항상 사교 시즌 오픈을 알리는 중요한 행사 같은 것이었다. 연회가 성공적일수록 자연스럽게 카예나의 부마 자리를 놓고 경쟁이 더 치열해질 것이다. 그녀가 원하는 것은 그런 반응이었다.

'내 부마 자리를 놓고 경쟁하도록 부추겨야 해.'

그들이 쓸데없는 곳에 시선을 빼앗겨 경쟁하는 동안 카예나는 가상의 남자를 만들어 내 내뺄 생각이었다.

똑똑.

그때 다른 상급 시녀들이 카예나의 침실에 도착했다. 줄리아, 수잔,

올리비아가 나란히 서서 카예나를 향해 절했다.

"황녀 전하를 뵙습니다."

이들은 금일부터 실무에 돌입하게 되었다.

"수잔."

"말씀하십시오, 전하."

카예나는 바로 할 일이 있었기에 수잔 먼저 불렀다.

"라파엘로 경에게 편지할 것이니 준비하거라."

"네, 전하."

이어서 올리비아를 불렀다.

"올리비아는 편지를 전달할 채비를 하렴."

올리비아는 코를 살짝 찡그렸다가 표정을 가다듬었다. 공작가의 후계자에게 전달할 편지라면 전속 시녀가 가는 것이 마땅했다.

"준비하는 대로 다시 오겠습니다."

곧 수잔이 테이블 위 편지지에 문진을 놓고 펜에 잉크까지 적셔 깔끔하게 준비를 마쳤다.

이제 라파엘로에게 편지를 쓸 차례였다.

[키드레이 경.]

'거리 두려는 게 너무 티 나나?'

자신을 피하지 말라던 라파엘로의 말이 떠올랐다. 카예나는 저도 모르게 끙, 하고 앓는 소리를 냈다. 그렇다고 평소에 그에게 하던 편지대로 쓸 수는 없었다.

'정말 제정신이 아니었지.'

연인에게도 보내기 민망할 정도로 낯간지러운 사랑의 밀어로 꽉 채운 연서들을 보냈기 때문이다. 그걸 떠올리면 죽고 싶다는 생각마저 들었다. 그래서 최대한 담백하게 쓰고자 했던 것이 너무 삭막한가 싶기도 했다.

그녀는 앞에다가 글자를 욱여넣었다.

[친애하는 키드레이 경.]

'친애하는'이 좀 몰린 듯했지만 나쁘지 않았다.

[나는 지난번 황립 도서관에서 빌린 책을 반납할 겸 아카데미에 방문해서 내 이름을 붙여 지을 건물 위치를 확인해 볼 참이야.

그 건물이 부디 제국의 어린 인재들에게 유용하게 쓰이길 바라고 있어. 다만 내가 그 일을 잘해 낼 수 있을까 염려되는 건 사실이라네.

난 아카데미에 재학한 적도 없고 학생들과의 교류도 당신만큼 해 보지 않았거든.

서류를 공증받는 김에 내게 그대의 고견도 같이 들려주었으면 해. 그럼 서두르지 않고 답장을 기다리겠네.

카예나.]

아주 적절히 용건으로 간결하게 채운 편지라고 생각하며 잠깐 몸을 의자에 기댔다.

'이건 아주 사무적인 편지일 뿐이야.'

카예나는 도서관과 응접실에서 그에게 안겼던 기억을 애써 털어 냈다.

몇 가지 업무를 처리하고 있으니 외출 준비를 마친 올리비아가 침실로 왔다. 그녀는 감색 외투에 리본 장식만 달린 단순한 모양의 모자를 쓰고 있었다. 황녀의 시녀라기엔 볼품없는 차림이었다.

"어머나……."

줄리아는 조용히 탄식하며 올리비아의 차림새를 못마땅하게 보았다. 올리비아와 수잔, 두 사람도 줄리아의 탄식은 들었지만 그들은 현명하게도 그냥 무시했다.

"키드레이 경이 저택에 있다면 일정을 묻고 가장 가까운 날짜로 약속을 잡고 와 주겠어?"

"알겠습니다."

카예나는 편지를 넘겨 주다가 제 드레스에 장식된 브로치를 풀었다. 그리고 그것을 올리비아의 모자에 달아 주었다. 보석으로 만든 나비 브로치가 동그란 모자 위에서 빛났다.

올리비아는 모자를 살짝 쥐며 눈을 휘둥그레 떴다.

카예나는 거창한 말 대신 심심한 감상만 전달했다.

"그 녹색 모자에 노란 나비 브로치가 잘 어울릴 것 같아서."

이로써 올리비아의 차림새가 암만 수수하다 하더라도 황녀에게 직접 하사받은 선물을 착용하고 있으므로 그 격이 떨어지지 않게 되었다.

"……감사합니다."

다정하고 따뜻한 호의였다.

무심한 듯, 관계에 초연한 듯하지만, 사실은 참 따뜻한 사람인 카예나를 복잡한 눈으로 보았다.

"조심해서 다녀오렴. 오늘 업무는 그걸로 끝이니 서두를 것도 없어."

그러니 라파엘로의 저택에서 충분히 머무르다 오라는 뜻이었으나 올리비아는 그렇게 해석하지 않았다.

"무탈하게 임무를 완수하고 돌아오겠습니다, 전하."

올리비아는 곧장 키드레이 저택으로 출발했다.

－❦－

마차는 키드레이 저택 앞에서 멈췄다. 올리비아는 발판을 밟고 내려와 입구 앞에 섰다.

'여기가 그 소문 자자한 키드레이 저택이구나.'

그때 문지기가 황실 문양이 박힌 마차를 보고 공손하게 고개 숙였다.

"사전에 방문 일정을 잡으셨는지요?"

"그건 아니지만 황녀 전하의 서신을 전달하러 왔네."

"잠시만 기다려 주십시오."

하인이 저택 안에 그녀의 방문 소식을 전달하러 간 동안 올리비아는 소문 자자한 정원을 구경했다. 최근 수도에서 유행하는 전원풍인 척하는 화려한 정원이 한눈에 들어왔다. 귀족들은 먹을 수 있는 과실이 열리는 나무나 허브를 심으면 전원풍이라고 생각했다.

'그래도 꽃만 있는 정원보단 훨씬 보기 좋네.'

알록달록한 과일이 열리는 나무는 꽃과는 다른 다채로움이 있었다. 그리고 키드레이 별저는 그것을 아주 적절히 배합해 내었다. 이런 싱그러운 저택에 그 삭막한 남자가 살고 있다는 게 믿기지 않았다.

"기다리게 해 드려서 죄송합니다, 올리비아 님."

저택의 집사가 나와 올리비아를 안내했다.

"마침 주인님이 계셔서 응접실로 바로 안내하라십니다. 괜찮으시겠습니까?"

"그러죠."

올리비아는 저택의 사람들이 은근한 호기심을 품고 자신을 힐끗댄다는 사실을 알았다. 황녀가 단 넷만 뽑은 전속 시녀이니 관심을 보이는 건 당연했다.

"특별히 선호하시거나 기피하시는 다과가 있을까요?"

집사는 응접실로 올리비아를 안내한 후 공손히 물었다.

"뭐든 괜찮아요."

집사는 금방 다과를 준비해 왔다.

"곧 주인님께서 오실 겁니다."

집사의 말대로였다. 올리비아가 폭신한 수플레를 한 입 맛보았을 때 라파엘로가 등장했다. 바쁜 걸음에 앞머리가 뒤로 살짝 넘어가서 반듯한 이마가 보였다. 서둘러 온 눈치였다. 그가 올리비아를 향해 격식을 갖춰 인사했다.

"제집에 오신 걸 환영합니다, 올리비아 양."

올리비아도 그와 마주 보며 드레스 자락을 잡고 인사했다.

"갑작스러운 방문에도 환대해 주셔서 감사합니다, 키드레이 경."

그들은 동그란 테이블을 가운데에 놓고 자리에 앉았다. 올리비아는 날씨를 묻는 대신 황녀의 서신을 건넸다. 상대가 그러는 편을 더 좋아할 것 같다는 느낌이 들었기 때문이다.

"전하께서 직접 쓰신 서신입니다."

라파엘로는 금빛 봉투를 건네받았다. 붉은 촛농에 찍힌 황실 엠블럼이 오늘따라 특별하게 보였다.

'그러고 보니 그녀가 내게 연서를 보냈던 시절도 있었지.'

그게 아주 오래전에 있었던 일처럼 느껴지다니, 이상한 일이었다. 연서가 생각나자 입가로 엷은 미소가 맺혔다. 그걸 올리비아가 곁눈질로 보았다.

'흐음.'

아무리 봐도 저건 어떤 징조인 것 같은데. 그녀는 조용히 웃음을 삼키며 차를 마셨다.

"전하께서 경이 만남 가능한 가장 가까운 날짜로 약속을 잡으라 하셨습니다. 언제가 좋을까요?"

곁에서 그림자처럼 조용히 있던 제레미 보좌관이 일정을 이야기하려 했다. 그러나 그 전에 라파엘로가 먼저 말했다.

"이틀 후에 뵈면 되겠군요."

제레미는 입을 떡 벌렸다.

'아니, 그날은 대사원을 방문하기로 한 날인데…….'

그날은 공작 부부의 이혼 소송 문제로 대사원에 가는 날이었다. 그런데 라파엘로는 그런 일정 따위 기억도 나지 않는다는 듯이 무시하고 황녀와 약속을 잡았다.

"그럼 이틀 후에 황립 아카데미에서 뵙는 것으로 하겠습니다. 근처에서 정찬을 같이 드시는 게 어떨까 하는데 괜찮으신가요?"

"식당은 제가 예약하겠습니다."

제레미는 이젠 턱이 빠질 것처럼 입을 떡 벌렸다.

"그럼 그렇게 말씀드리겠습니다."

이야기를 마친 라파엘로는 잠깐 생각에 잠긴 얼굴을 했다. 뭔가 이것으로 충분하게 느껴지지 않았기 때문이었다. 그는 올리비아에게 양해를 구했다.

"전하께 드릴 답장을 작성할 생각인데 잠시만 기다려 주시겠습니까?"

제레미는 잠깐 정신이 아득해졌다가 간신히 제정신을 차렸다.

"네, 얼마든지요."

그녀의 대답에 시종에게 편지지를 준비하라고 말한 제레미는 조심스럽게 라파엘로를 보았다.

'바스턴이 헛소리하는 줄 알았더니.'

답장을 다 쓴 라파엘로가 편지를 봉하여 키드레이를 상징하는 문양의 도장을 찍었다.

"그럼 부탁드립니다."

올리비아는 편지를 받아 가방에 넣었다. 왠지 묘한 기분이 들었다.

'나, 사랑의 메신저가 된 건가?'

[친애하는 카예나 황녀 전하.

마침 저택에 머물고 있었는데 이와 같은 편지를 받으니 기쁘군요.

그렇지 않아도 건물은 공사 준비를 시작한 참입니다.

제가 전하께 도움을 드릴 수 있는 기회를 받았다는 것이 영광일 뿐입니다.

올리비아 양에게도 이미 말씀드렸습니다만, 이틀 뒤 황립 아카데미에서 뵈었으면 합니다.

만날 날을 고대하고 있겠습니다.

라파엘로 키드레이 드림.]

카예나는 전날 올리비아에게서 전달받았던 편지를 다시금 훑어 내렸다. 특별한 내용은 없었지만 좀 믿기지 않았다. 편지의 내용은 딱히 의미심장한 구석 하나 없이 간결했다. 아주 담백했고 적절했다. 그러나 내용이 문제가 아니었다.

'라파엘로가 내게 답신을 보내다니?'

카예나는 편지를 물끄러미 내려다보며 침음을 삼켰다.

'내가 바뀌었으니 날 대하는 사람들의 태도도 당연히 바뀐 거겠지.'

다만 이런 낯간지러운 기분을 유지한 채로 내일 그를 보기가 좀 그랬다. 카예나는 스스로가 주책이라고 여기며 마음을 다스렸다.

'내일이면 레제프의 근신 마지막 날이구나.'

어쩐지 레제프가 연금되었던 열흘이 길게 느껴졌다. 워낙 사건이 많았던 탓일까?

'내명부 기강을 세운 공으로 부왕께 라파엘로의 서부 군사 통치권자 임명서를 받아야겠어.'

그리고 내일 아카데미에서 그에게 전달할 생각이었다.

"베라, 폐하께 알현을 좀 요청해 줄래? 수장은 예복을 준비해 주고."

"네, 전하."

그들은 초대장을 작성하다가 카예나의 명에 따라 자리에서 일어났다. 그들이 줄리아의 부러운 눈빛을 샀음은 말할 것도 없었다.

줄리아는 초대장을 열 장이나 작성하느라 손이 아팠다. 잠깐 쉴 겸 펜을 내려놓았다. 황녀의 성년식은 무척 기다려졌다. 그러나 그것과는 별개로 이런 잡무는 하기 싫었다. 그렇다고 올리비아가 저리도 열심히 하고 있는데 그녀가 미적거릴 수는 없는 노릇이었다. 실제로 네 명의 시녀 중 줄리아가 초대장을 가장 적게 썼다.

우아한 수도 생활, 황궁 생활은 어쩐지 점점 멀어지고 하기 싫은 업무의 연속이었다. 대체 황녀가 왜 이렇게 일을 많이 한담? 줄리아는 도무지 이해가 되지 않았다.

'황자는 갇혀 있고 작은 오라버니는 요즘 좀 이상하고.'

황궁은 이상한 일투성이였다. 제 오라비도, 황녀도, 시녀들도 모두!

그녀가 신경질적으로 잉크통에 펜을 푹 담갔다가 뺐다.

"꺅!"

그런데 그 잉크가 펜에 묻어 나오며 사방으로 튀었다.

"어머, 어떡해!"

파스텔색의 드레스에 검은 잉크가 튀어 버렸다. 줄리아는 당황해 잉크를 문질렀으나 크게 번지기만 했다.

올리비아는 자신이 작성한 초대장 몇 장에 잉크가 튄 것을 보고 짤막하게 한숨을 내쉬었다.

"무슨 일이니?"

카예나가 물으니 줄리아는 울상을 지었다.

"잉크가 드레스에 튀어 버렸어요!"

"저런. 옷을 갈아입어야겠구나."

그러다 카예나의 시선이 올리비아에게 향했다.

"올리비아, 네게도 잉크가 튄 거니?"

그 말에 줄리아의 시선이 그제야 올리비아에게 향했다.

"제 드레스는 괜찮습니다."

그때 줄리아는 올리비아가 쓴 초대장에 잉크가 튀어 있는 걸 발견했다. 조금 미안했지만 초대장이야 어차피 또 쓰면 그만이지 않은가? 자신의 드레스는 그렇지 않다. 그래도 줄리아는 작은 목소리로 사과했다.

"미안해요. 잉크가 이렇게 튈 줄 몰랐어요."

"괜찮아요."

올리비아는 그렇게 말하고 다시 초대장을 썼다.

줄리아는 조금 황당해졌다. 자신에게 괜찮으냐고 물어볼 줄 알았기 때문이다. 그녀는 시무룩한 얼굴로 일어났다.

"저는 다른 옷으로 갈아입고 오겠습니다, 전하."

"그러렴."

줄리아가 집무실에서 나갔다.

카예나는 올리비아에게 다가갔다가 잉크가 튄 초대장을 발견했다.

"흠, 두 장은 글씨에 잉크가 튀어 버렸구나. 그래도 나머지는 잉크가 여백에 튀었으니 이 위를 그림으로 덮으면 되겠어."

올리비아는 그제야 초대장을 다 버리지 않아도 된다는 사실을 깨달았다. 평소라면 금방 떠올렸을 해결책이었다.

"무슨 일이 있는 모양이구나."

올리비아는 입술을 달싹였다가 가만히 다물었다.

'키드레이 공작가에서 후원을 끊었다고 말씀드릴 수도 없고.'

황녀궁 시녀가 되었을 때부터 우려하던 일이었다. 그런데 막상 오늘 오전에 가문에서 결국 키드레이 공작가의 후원이 중단되었다는 편지를 받으니 마음이 좋지 않았다.

'나는 괜찮지만, 동생들은 어쩌지?'

가문엔 막대한 빚도 있었다.

'빚이 생긴 것도 그렇고 이자도 너무 이상해.'

채무 관계에 놓인 거대 상단은 그레이스 자작가를 상당히 배려하는 방향으로 이것저것 편의를 봐주었다. 보통 귀족가에게 그런 식으로 행동하는 상단이 많으니 부모님은 대수롭지 않게 여겼다.

'뭔가 이상해.'

빚은 그녀의 급여로도 이자 이상을 갚기 어려울 만큼 점점 커졌다. 그러나 숫자만 커질 뿐이고 빚 독촉은 조금도 없었다. 돈이 아니라 다른 게 목적인 것처럼 느껴졌다.

'엠마도 뭔가 이상하다며 빚이 어디서 생기고 있는지 알아보고 있는 것 같은데…….'

엠마는 올리비아의 동생 중 하나였다. 입술 새로 야트막하게 한숨이 흘러나왔다. 느낌이 좋지 않은 빚을 어서 청산하고 싶었다.

―⋇⋇⋇―

제논은 최근 카트린 린드버그와 관련한 문제로 신경이 날카로워진 상태였다.

카예나는 황궁을 한바탕 엎어 버리기도 했다. 그녀의 행보에 정의가 있으니 반발하는 쪽이 자연스럽게 악이 되었다. 기세는 카예나에게 완전히 기울었다.

그녀는 레제프의 사람을 천천히 하나씩 제거하고 있었다. 아니, 정확하게는 에반스 가문과 연루된 이들이었다.

'카트린을 하멜 백작가에 앉히면 황제의 호의는 사겠지. 그딴 게 얼마나 가치 있을진 모르겠지만.'

레제프는 아니라고 하지만, 카예나는 레제프의 견제책으로 황제의 정부와 그의 아들을 끌어들인 것이 분명했다.

'린드버그의 아들에게 아무런 세력이 없다고 해서 방심할 게 아니야.'

현재 중립을 지키는 세력 중 가장 위협적인 곳이 하나 있질 않은가?

'키드레이 공작가가 그쪽의 손을 들어 주면 사태를 수습하기가 골치 아파져.'

그때 수하가 곤란한 얼굴로 그에게 다가갔다.

"제논 에반스 님, 보고드릴 것이 있습니다."

"뭐지?"

"헨버튼 길리안이 접촉을 시도했습니다. 저번처럼 무시할까요?"

최근 길리안 자작가의 후계자가 황녀의 부마 자리를 놓고 교섭을 시도해 왔다. 우습지도 않았다. 군마 사업이 꽤 탐나긴 해도 부마라니.

그는 이번에도 마찬가지로 무시하라고 말하려다가 입을 다물었다. 요즘 건방지게 구는 황녀를 제 손을 대지 않고 처리할 수도 있을 것 같았다.

제논이 비릿하게 웃었다.

"아니, 이야기는 한번 들어 봐야겠다. 약속 잡아 둬."

─※─

제논은 오랜만에 황성을 나와 수도의 개인 저택에서 휴식했다. 그의 저택은 훌륭한 장점이 있었다. 저택의 위치나 내부 구조가 은밀한 만남을 주선하기 좋다는 점이었다.

저택의 비밀스러운 공간으로 들어서니 먼저 도착한 손님이 보였다.

"처음 인사드립니다. 헨버튼 길리안입니다."

헨버튼은 눈을 둥글게 휘며 악수를 청했다. 제논은 잠깐 그 손을 내려다보다가 맞잡았다.

"제논 에반스입니다."

그는 헨버튼과 어울린 적은 없으나 상대를 잘 알기는 했다. 특히 그가 친구들과 비밀리에 운영하는 신사 클럽은 암암리에 유명했다.

'비밀이라고 말하기엔 알 사람은 다 아는 클럽이지만.'

"말씀하신 이야기는 수행원을 통해 잘 들어 보았습니다."

제논이 운을 뗐다.

"길리안 자작가와 황실이 결합한다면 레제프 황자 전하께 더없이 큰 힘이 되겠지요."

정확하게는 황실이 아닌 에반스 후작가와의 결합이다. 헨버튼은 길리안 자작가의 후계자다. 그는 자신이 물려받을 군마 사업의 일부를 에반스 가문에 나눠 주겠다고 제안해 왔다. 대가는 카예나였다.

"제가 원하는 건 카예나 황녀 그 자체이지 부마 따위가 아닙니다."

헨버튼은 당장 카예나를 손에 쥐면 그것으로 끝이었다. 부마 자리엔 조금도 관심 없었다. 가장 빠른 방법으로 카예나를 손에 넣고 싶을 뿐이었다.

헨버튼은 열정적인 수집가였다. 그는 아름다움에 대한 집착이 있었다. 아름다운 보석, 조각상, 그림 등을 모으길 좋아했다.

그리고 그의 생에 가장 아름답다고 자신할 수 있는 것을 보았다. 그게 바로 카예나였다. 황녀의 아름다움은 그가 수집한 수많은 것 중에서도 단연 압권이었다. 처음 본 그 순간부터 집착과 소유욕이 끓어올라 맨정신으로 살아가는 게 힘들 정도였다.

카예나는 그의 눈 속에 깃든 광기를 도서관에서 정확히 꿰뚫어 본 것이다.

"그렇게까지 마음이 확고하시니 오늘의 대화가 상당히 유익할 것 같군요."

제논은 미치광이나 다름없는 헨버튼을 차가운 눈으로 바라보며 냉소적으로 말했다.

"내일 황녀가 황립 아카데미에 방문할 예정이라고 합니다. 키드레이 경과 만난다더군요."

"……."

헨버튼의 얼굴에서 처음으로 미소가 사라졌다.

"라파엘로 키드레이를…… 말입니까?"

그는 황립 도서관에서 자신을 방해한 라파엘로를 떠올렸다. 그때를 생각하면 다시금 이가 갈렸다. 감히 카예나를 품에 안았던 그를 난도질해 없애 버리고 싶었다. 그의 눈이 짙은 어둠으로 물들었다.

제논이 말을 이었다.

"오늘 만남 전에 사원 하나를 수배해 두었습니다."

사원에 일정 금액 이상의 기부금을 내면 별채가 제공된다. 사원은 참으로 유용한 점이 있었다. 바로 불가침 영역이란 것이었다. 사원의 허가 없이는 범죄자가 숨어 있다 할지라도 외부인이 별채에 침입할 수 없다.

그의 말에 헨버튼의 눈이 섬뜩하게 빛났다.

"그 말씀은……."

"황녀를 그곳으로 데려가십시오. 마차는 다른 곳으로 빼돌려 시선을 교란할 테니."

혹시 카예나가 사라졌다는 사실을 들키더라도 엉뚱한 마차에 이목이 집중되었을 때 그녀를 완전히 숨기라는 뜻이었다.

"마부나 호위 기사는 이야기된 이들로 바꿔치기해 놓을 겁니다."

헨버튼은 짙은 미소를 지었다.

"완벽하군요. 너무나 마음에 듭니다."

그들은 몇 가지 사안을 더 짚어 본 뒤 자리에서 일어났다.

"내일이 기다려지는군요."

제논이 비릿하게 웃으며 대답했다.

"저 역시 그렇습니다."

그들은 다시금 악수한 후에 자리를 파했다. 홀로 남은 제논은 낮은 웃음을 터트렸다.

"멍청한 놈."

카예나를 손에 넣겠다고? 말도 안 되는 망상에 젖어 간단한 계산도 못 하는 저런 머저리가 어떻게 그녀를 품는단 말인가!

"정말 완벽한 희생양이지."

내일 카예나를 손에 넣는 건 자신이며, 이 모든 일을 뒤집어쓸 사람은 헨버튼 길리안이 되리라.

─ ❊ ─

오늘은 라파엘로를 만나기로 한 날이다. 또한, 레제프의 근신 마지막 날이기도 했다.

"오늘 폐하와의 알현이 가능하다는 의원의 소견이 있었습니다."

그녀는 아침마다 황제의 상태를 전달받았다. 그날 부왕의 몸 상태가 괜찮으면 오전 중으로 알현을 요청했다. 그렇게 문안 인사를 올리는 것이 새로운 일정이 되었다.

카예나는 바로 외출할 수 있도록 몸단장을 한 상태로 시녀들을 대동하여 황제의 침소를 방문했다.

"부왕께 인사 올립니다."

"바쁠 텐데 문안 인사하겠다고 매번 하인을 보낼 필요 없다."

무심한 듯했으나 카예나의 성과를 완전히 인정하는 말이었다. 카예나는 웃으며 황제의 곁으로 다가갔다.

"걱정되어 한시도 마음이 놓이질 않는걸요."

황녀의 지극한 효성에 지켜보던 이들이 흐뭇한 미소를 머금었다.

황제는 딸의 차림새를 보더니 말했다.

"외출하려는 모양이구나."

"네. 황립 아카데미에 지을 건물 위치를 좀 확인해 볼 생각이에요. 재학 중인 학생들에게 필요한 시설이 뭔지도 직접 확인해 보고요."

그도 라파엘로가 카예나에게 생일 선물로 건물을 줬다는 사실을 들어 알고 있었다.

'그 라파엘로가 아무 이유도 없이 그러진 않았을 텐데⋯⋯.'

황제는 고개를 끄덕였다.

루든 시종장이 가죽 파우치를 카예나에게 건넸다.

"전하께서 요청하셨던 것입니다."

'서부 군사 통치권자 임명서다.'

카예나는 한쪽 무릎을 꿇으며 예를 갖췄다.

"제 어리석은 부탁을 들어주셔서 감사합니다."

"어차피 해야 할 일이었다. 이걸 네가 유용하게 쓰리라 믿는다."

그녀는 잠깐 황제와 담소를 나누고 곧 밖으로 나왔다.

"황자궁 쪽은 어떠니?"

베라가 바로 대답했다.

"여전히 조용하다고 합니다."

오늘이 지나면 레제프와의 문제로 한동안 또 바빠질 것이다.

"일찍 아카데미로 가서 새로운 건물 위치를 알아봐야겠다."

카예나는 올리비아를 데리고 다녀오겠다고 말했다.

마차가 준비되고 곧 황궁을 떠나 황립 아카데미로 향했다. 그녀는 라파엘로와 만나기로 한 시간보다 한 시간 일찍 도착했다. 수행원으로는 기사 하나와 올리비아만 대동한 채로 아카데미 내부로 진입했다. 아직 수업 중인 학생들도 있다고 했기에 소란 피울 생각은 없었다.

"새로 건물을 지을 곳이 저곳인가 봅니다, 전하."

카예나는 올리비아가 가리킨 곳으로 시선을 돌렸다. 건물을 짓기 전 사전 작업을 해 놓은 흔적이 보였으나 인부는 없었다. 아직 학생들이 수업 듣는 시간이라 그런 듯했다.

카예나는 아무도 없는 그곳으로 걸음을 옮겼다. 그러나 아무도 없다는 건 카예나의 착각이었다. 근처로 다가갈수록 묘한 소음이 들리기 시작했다. 둔탁한 탁음이었다.

"건방진 자식!"

갑작스러운 큰 욕설에 그들의 걸음이 잠깐 멈췄다. 카예나가 미간을 살짝 찌푸렸다.

"이게 무슨 소리지?"

호위 기사가 앞으로 나섰다.

"혹시 모르니 제가 확인해 보겠습니다, 전하."

카예나는 고개를 끄덕이고 자리에 멈춰 섰다. 기사가 건물에 가려진 뒤편으로 가더니 소란이 뚝 멈췄다.

"학생들끼리 싸우는 모양이네."

올리비아도 고개를 끄덕였다. 그녀가 재학 중일 때도 이런 일이 흔치는 않아도 종종 있었다.

곧 호위 기사와 함께 꼴이 엉망인 남학생 몇몇이 나왔다. 그들은 씩씩거리다가 카예나 쪽을 힐끗거리더니 얼른 자리를 피했다.

'흐음?'

우격다짐은 당연히 부끄러운 일이 맞지만 저렇게 껄끄럽게 피하는 건 뭔가 이상했다. 곧 호위가 다가왔다. 그는 좀 난감한 표정을 하고 있었다.

"저 아이들이 학생 하나와 드잡이질을 하고 있었습니다."

그럼 따돌림이란 말인가? 그녀의 표정이 더욱 좋지 않아졌다. 호위가 곤혹스럽게 말을 이었다.

"그런데…… 그 상대 학생이 이델 린드버그입니다."

이델 린드버그란 말에 카예나가 멈칫했다.

"레이디 카트린의 아들 말인가?"

"그렇습니다."

카예나는 묘한 기분을 느끼며 직접 건물 뒤편으로 향했다. 그곳에는 은발의 소년이 주저앉은 채 씩씩 숨을 몰아쉬고 있었다.

'과연.'

그녀는 회귀 전에 이델 린드버그를 본 일이 한 번도 없었다. 접점도 없었고 레제프가 싫어했기에 굳이 만날 생각도 들지 않았다. 그래서 실물은 지금 처음 보았다.

이델은 부왕과 같은 깨끗하고 아름다운 은발이었다. 그 아래로 시리게 빛나는 파란 눈동자도 에스테반 황제를 닮았다.

'나와 꽤 닮았네.'

소년은 카예나와 남매임을 알 수 있을 정도로 닮아 있었다. 다만 뾰족하게 치뜬 눈이나 엉망이 된 꼴이 그의 만만치 않은 성정을 그대로 대변하는 듯했다.

이델도 카예나를 발견하고 소매로 입가를 닦다가 멈칫했다. 그의 미간이 와락 구겨지는 게 보였다. 적대감 어린 시선이었다.

카예나의 눈에는 단순히 자기방어를 위해 고슴도치가 가시를 바짝 세운 것처럼 보였다.

'부왕이 병상에 눕고 나서 제법 고생하고 있다고 읽은 것 같은데.'

소설에서 이델 린드버그를 중요하게 다룬 건 그가 어느 정도 성장한 다음이다. 키드레이 공작가의 전폭적인 지지를 받은 그가 레제프를 밀어내고 다음 대 황제가 되기 때문이다. 그런 그가 꽤 험난한 유년 시절을 겪는 걸 직접 목격하게 될 줄은 몰랐다.

'집단 폭행이 한두 번이 아닌 것 같은데.'

카예나는 얼굴을 가린 망사를 앞만 살짝 걷었다. 적대감 가득했던 이델의 얼굴에 당혹감이 깃들었다. 자신과 닮았으면서도 믿기지 않게 아름다운 외형에 놀란 것이다.

그녀는 이델을 향해 산뜻하게 인사했다.

"안녕?"

"……?"

이델은 '이 미친 여자는 뭐지?'라는 얼굴을 했다.

카예나는 이렇게 감정을 얼굴에 투명하게 드러내는 사람을 참으로 오랜만에 상대했다. 어쩐지 유쾌한 감상이 들었다.

"이델 린드버그, 맞니?"

"……황녀 전하를 뵙습니다."

그는 내키지 않는 얼굴로 억지로 인사했다.

카예나는 속으로 웃으며 그를 일으켜 주려 했다. 이델은 그 손길을 냉랭하게 뿌리치며 스스로 일어났다. 황제의 총애를 믿어서 나오는 건 방짐이 아니었다. 그는 아직 처세하는 방법을 몰라 날을 세우기만 하는 어린아이였다. 키도 카예나보다 머리 하나가 작았다.

"친구들과 사이가 썩 좋지 않은 모양이구나."

이델은 이를 드러내며 반박했다.

"친구가 아닙니다."

"고관대작의 자식들이라면 친하게 지내는 편이 네게도 좋을 텐데."

"당신이 무슨 상관이죠?"

그 건방진 말투에 호위 기사가 몸을 움찔 떨었다. 카예나는 대수롭지 않게 받아쳤다.

"내가 네 누나잖니."

"……허!"

이델은 말만 숱하게 들어 왔던 황녀와 생각지도 못한 장소와 타이밍에 마주치게 될 줄은 몰랐다. 이 상황 자체도 황당했으나 그녀의 태도는 말문마저 막힐 정도로 어이가 없었다.

누나라고? 그래. 그들은 절반이지만 같은 피가 흐른다. 사실 관계만 따진다면 그녀는 그의 누나가 맞았다. 그러나 이 관계를 그렇게 간단히 정의할 수 있을까?

이델은 혹시 모를 상황 때문에 레제프 황자와 하인리히 대공자의 세력이 그와 모친을 철저히 따돌린다는 사실을 알았다.

그나마 부왕이 거동 가능했던 시절엔 다들 살살 눈치만 살폈지만 이제는 그렇지 않았다. 아까처럼 유력 가문의 아들들이 툭하면 시비를 걸었다.

이델이 유망한 검사의 자질을 갖췄기에 그들을 같이 흠씬 두들겨

팰 수 있어 다행이었다. 그러나 이렇게 싸우고 나면 꼭 집안에 불이익이 돌아왔다.

모친은 별다른 말은 하지 않았으나 그녀의 드레스가 3년째 바뀌지 않는 것만 봐도 상황이 나쁘다는 건 짐작할 수 있었다. 그래서 맞서 싸우지 않기도 해 봤다. 그랬더니 이델을 만만하게 여기는 아이들이 늘며 집단 구타가 빈번해졌다.

오늘도 그런 평범한 날 중 하나였다. 카예나와 마주치기 전까지는.

"상태가 꽤 안 좋아 보이네."

카예나는 어딘가 무심하지만, 이상하리만큼 평범한 태도로 그를 대했다. 그녀는 서슴없이 이델의 코앞으로 다가왔다. 이델이 깜짝 놀라 뒷걸음질하려고 했으나 카예나가 빨랐다. 비단 장갑을 낀 가느다란 손이 그의 턱을 쥐고 터진 입가를 쓸었다.

"윽!"

따가움에 짧은 신음을 흘렸다가 입을 다물었다. 부끄러움에 이델의 귀가 달아올랐다.

"저, 전하!"

그때 카예나의 방문 소식을 들은 총장이 헐레벌떡 다가왔다. 그는 이델이 엉망인 꼴로 그녀와 있는 걸 보더니 침을 꼴깍 삼켰다.

"아이고, 전하. 죄송합니다. 이런 단속되지 못한 모습을 보여 드리다니……."

총장은 황가의 자손과 레이디 린드버그의 아들이 사이가 좋지 않다는 걸 알았다. 그가 우악스러운 손길로 이델을 잡아끌었다.

"풍기를 어지럽힌 이 학생은 단단히 벌할 것이니 염려치 마십시오, 전하."

이델은 어금니를 꽉 물며 분노를 삼켰다. 주먹이 파르르 떨렸다. 그때 청명한 목소리가 그의 노기를 흩트렸다.

"그럼 상대 학생들은 어찌할 생각인가?"

총장은 얼빠진 얼굴로 되물었다.

"상대…… 학생이라니요?"

"저 아이를 두고 비열하게 여럿이서 공격한 학생들 말일세. 내가 그 아이들이 저기서 나오는 걸 다 지켜봤다네."

카예나는 망사를 내리지 않아 여전히 훤히 드러난 얼굴에 미소를 띠었다.

"얼굴도 다 기억하는데. 내가 같이 찾아 줄까?"

총장은 사색이 되어 황급히 손을 내저었다.

"아닙니다, 전하! 제가 반드시 찾아내겠습니다!"

그녀는 여유로운 미소로 차분하게 말을 덧붙였다.

"꼭 교칙대로 처리하길 바라네."

"물론이지요. 꼭…… 교칙대로 하겠습니다."

교칙이란 말에 총장의 얼굴은 완전히 꺼멓게 죽었다.

'교칙대로면 정학인가? 아니면 퇴학이던가?'

보나 마나 싸운 학생들은 한가락 하는 집안의 자식일 게 분명했다. 그러니 집안을 믿고 황제의 사생아를 건드렸겠지. 그들에게 교칙대로 조치한다면 총장도 자리 보전은 어려울 것이다. 하지만 그게 그녀의 알 바는 아니었다. 카예나는 의뭉스러운 표정으로 물었다.

"그럼 난 내 동생의 잘생긴 얼굴을 치료해야겠는데, 보건실이 어디지?"

"……이쪽으로 오시지요."

총장은 카예나가 한 말을 주의 깊게 들었다. 분명 이델을 두고 '내

동생'이라고 말했다.

"갈까?"

카예나는 이델을 향해 손을 내밀었다.

"……."

이델은 엄지에 피가 살짝 묻은 장갑을 낀 손을 내려다보았다. 그는 카예나가 자신을 보호해 줬다는 사실을 알았다.

'왜?'

당연한 의문이었다. 그들은 지금까지 얼굴 한번 맞대지 않고 남처럼 살았다. 그런데 갑자기 동생이라고 챙겨 주는 게 말이 되는 일일까? 자신에게 뭔가 원하는 게 있는 건 아닐까?

그때 카예나가 말했다.

"힘이 없을 땐 힘 있는 사람을 좀 이용하기도 해야 해."

그 말에 이델이 고개를 번쩍 들었다. 카예나는 여전히 태평스러워 보였다.

"내민 손을 잡을 줄 아는 것도 살아남는 방법이야."

그건 그녀를 이용하라는 말이 아닌가? 이델은 머뭇거리다가 그녀의 손을 잡았다. 그러자 마치 잘했다는 듯이 카예나가 활짝 웃었다.

"가자."

맞잡은 손이 꽉 맞물리며 다정한 온기가 느껴졌다. 이델은 마지못해 질질 끌려가는 것처럼 그녀의 보폭에 맞춰 걸었다.

"……."

어쩐지 마음이 어지러웠다.

그들은 곧 보건실에 도착했다. 그러나 보건의가 없었다. 총장은 몹시 당황해 허둥거렸다.

"잠시만 기다려 주시면 제가 보건의를 찾아서 데려오겠습니다!"

"됐어. 이만 가 보도록 해."

"예, 예?"

"내가 알아서 할 테니 나가 보게. 가해 학생들을 찾으려면 시간이 좀 필요하지 않을까 하여 배려하는 것이네."

"……그럼 물러나겠습니다."

카예나는 이델을 앉히고 보건실을 뒤적였다. 이델이 의심스럽게 그녀를 보았다.

"뭘 알고 찾는 거예요?"

그녀는 약병을 들고 살짝 흔들었다.

"라벨은 허투루 붙여 놓는 게 아니거든."

소독용 알코올과 솜, 연고 등을 준비한 카예나는 비단 장갑까지 벗으며 직접 치료하려고 했다.

"제가 하겠습니다, 전하."

곁에 있던 올리비아가 말했으나 그녀가 고개를 저었다.

"괜찮아."

그녀는 이델의 상처를 직접 돌보았다. 그가 따가움에 눈살을 찌푸리면 상처를 호호 불어 주기까지 했다.

이델은 쑥스러움을 견디지 못하고 물었다.

"……저한테 왜 이러는 거예요?"

카예나는 대수롭지 않게 말했다.

"어른이 아이를 보호하는 건 너무 당연하잖니. 게다가 넌 내 동생인데."

이델은 입술을 잘근 물더니 설움이 담긴 목소리로 중얼거렸다.

"하지만 전 서자일 뿐이에요."

그에 비하면 카예나는 누구도 반박하지 못할 적통이었다. 황제의 자식 중 유일하게 선황후 소생이었으니까.

"그게 네가 보호받지 못할 이유는 아니라고 생각하는데."

카예나는 그가 아까보다 훨씬 누그러졌단 사실을 알아보았다. 하지만 속마음은 다를 수 있기에 연고를 발라 주던 손을 떨어트리며 물었다.

"혹시 내 행동이 불쾌하니?"

이델은 제게서 떠나가는 카예나의 손을 무심결에 붙잡았다. 그 다급한 손길에 카예나가 놀랄 정도였다. 그는 제 행동에 스스로 흠칫 놀라며 다시 손을 떼어 냈다. 시선을 슬쩍 다른 곳으로 피한 이델이 작게 말했다.

"……그렇진 않아요."

카예나는 다정한 미소를 짓곤 다시 연고를 발라 주며 말했다.

"다행이구나."

모친 이외의 어른이 그를 이렇게 돌봐 주는 건 처음이었다. 카예나가 보여 주는 다정한 관심과 보호가 달았다. 이델은 손을 꼼지락거렸다.

"흉 지면 안 될 텐데."

카예나는 그의 얼굴에 연고를 다 발라 준 후에 흐트러진 머리칼도 정리해 주었다. 교복은 엉망이 되어서 새것으로 갈아입어야 할 것 같았다.

"올리비아, 이델이 갈아입을 옷을 마련해 오겠니?"

"예, 전하."

그녀는 오늘 새롭게 호위를 맡은 기사를 불렀다.

"안셀."

"말씀하십시오."

"총장에게 이델의 수업을 조율하라고 말하게. 오후 수업부터 들어가도 되게끔."

"홀로 계시면 위험하지 않겠습니까?"

호위 기사의 염려에 카예나는 고개를 내저었다.

"여기 혼자서 다섯을 때려눕힌 기사님도 있는데, 괜찮아."

그 말에 이델의 얼굴이 붉게 달아올랐다.

"명을 받듭니다."

황녀의 신하들이 임무를 수행하러 떠나고 이델과 카예나 둘만 남게 되었다.

이델은 카예나가 말만 하면 이뤄지지 않는 게 없다고 생각했다. 그리고 그것이 소위 말하는 권력이라는 것을 깨달았다. 가능할 리 없다고 생각한 모든 걸 그녀는 조금도 어렵지 않게 해내고 있었다. 이델을 벌레 취급하던 총장도 교칙을 들먹이며 협박하지 않는가. 그가 그렇게 쩔쩔매는 건 키드레이 공작가의 후계자를 상대할 때를 제외하고는 처음 보았다.

'그런 사람이 날 도와줬어.'

이델은 다른 형제자매가 없다. 친구라고 여겼던 이들은 황제가 병상에 누우며 떠났다. 그가 의지할 곳이라고는 모친밖에 없었다.

그러나 모친은 현상을 유지하기도 벅찼다. 어떻게든 저를 번듯한 귀족으로 키우기 위해 어머니가 고생할 때마다 이델은 죄스러웠다. 자신이 태어나는 바람에 어머니가 고통스러워했다.

황태자가 되고 싶은 생각은 없었다. 그는 그저 집안에 작은 평화가 깃들길 바랐다. 초를 켠 테이블엔 어머니가 좋아하는 꽃을 놓고 식사하고 강아지도 기르고 싶었다. 아카데미로 가면 친구들과 어울리는 그런 일상을 원했다.

지금은 모든 게 엉망진창으로 부서지고 무너져 내렸다. 그는 아주 조금씩, 천천히 빛을 잃어 가고 있었다. 오늘 카예나를 만나기 전까지는.

그녀는 내리쬐는 햇살처럼 밝진 않다. 그러나 촛불처럼 위태롭지도 않았다. 꼭, 은은한 달빛 같았다. 필요한 만큼만 적당한 빛을 주지만, 언제나 그곳에 있을 거라는 기묘한 확신을 주었다.

이델이 심경의 변화를 겪고 있는 사이 카예나는 다른 생각에 잠겨 있었다.

'레제프가 정신 못 차리고 폭군이 된다면 결국 이 애가 황제가 되겠지.'

그걸 생각하면 어쩔 수 없는 씁쓸함이 밀려들었다. 그처럼 모든 게 망가져 기능할 수 없는 상황이 닥치지 않도록 조치는 하고 있었다. 그러나 일이라는 것이 한 사람의 의지로 모두 해결되지는 않는다는 것을 그녀도 잘 알았다.

똑똑.

노크 소리가 들리고 올리비아가 옷을 가지고 들어왔다. 카예나는 옷을 이델에게 건네주었다.

"옷을 벗어 볼래?"

"무, 무슨 말이에요!"

그의 외침에 카예나는 눈을 휘둥그레 떴다.

"그야 몸에 난 상처도 있을 거 아니니. 연고를 발라야지."

'내가 아무리 어리고 또…… 동생이라고 해도 이건…….'

이델은 목까지 벌겋게 물들었다.

"제가 알아서 할 거니까 됐어요!"

"뭐…… 그러럼."

카예나는 '이 애가 벌써 사춘기인 걸까?' 하고 태평하게 생각했다.

곁에서 이 모습을 지켜보던 올리비아는 어쩐지 웃음이 날 것 같아서 살짝 고개를 돌렸다. 카예나는 종종 19살이 아니라 30살쯤은 된 귀부인처럼 거침없이 행동할 때가 있었다. 본인은 의식하지 못하는 것 같았지만.

그때 호위 기사가 돌아왔다.

"말씀하신 대로 수업은 조정해 놓겠다는 확답을 받고 왔습니다. 그리고 키드레이 공작가의 마차가 들어오는 걸 보았습니다."

"벌써?"

지금은 약속했던 것보다 이른 시간이었다. 물론 카예나도 약속한 시간보다 이르게 도착하긴 했다.

"올리비아, 네가 우선 경을 마중해 주겠니?"

"알겠습니다."

이델은 대화를 가만히 들으며 손에 든 교복을 꾹 쥐었다. 카예나가 약속 상대를 만나러 곧 떠날 생각인 모양이었다. 그는 쌩하니 일어나서 파티션 뒤로 들어갔다. 어쩐지 짜증이 나서 엉망이 된 옷을 바닥에 집어 던졌다.

카예나가 파티션 너머로 물었다.

"혼자 입을 수 있니? 도와줄까?"

이델이 빽 소리쳤다.

"저는 열세 살이라고요! 혼자서 입을 수 있어요!"

'열세 살부터 사춘기가 맞나……?'

카예나는 고개를 절레절레 흔들었다. 가뜩이나 폭군 예정인 남동생도 보살피기 힘든데 사춘기 막냇동생까지 생길 줄이야. 그녀는 남들 모르게 살짝 한숨을 내쉬었다.

곧 옷을 다 갈아입은 이델이 파티션에서 나왔다. 엉망이 된 옷은 보건실 쓰레기통에 처박아 버렸다.

"난 선약이 있어서 그 사람을 만나러 가야 하는데."

이델은 그 말에 표정을 굳혔다. 그러나 카예나의 말은 거기서 끝나지 않았다.

"같이 갈래?"

그녀는 이번에도 그에게 손을 내밀었다. 연고를 바르느라 장갑을 벗은 하얗고 고운 손이었다. 이델은 왠지 언짢았던 기분이 사르르 녹는 걸 느꼈다.

그가 손을 맞잡자 카예나는 드레스 자락을 정리하며 의자에서 일어났다. 그 우아한 행동에 이델은 그녀를 힐끔거렸다. 자신과 닮았지만, 너무나 다른 우아한 황녀. 자꾸만 기분이 들떠 일부러 미간을 찡그렸다.

건물 밖으로 나가자 수행원과 함께 올리비아의 안내를 받던 라파엘로가 보였다. 그는 카예나와 그녀의 손을 잡은 어린 소년을 번갈아 보았다. 어린 불청객에 라파엘로의 눈이 순간 가늘어졌다.

"황녀 전하를 뵙습니다."

카예나는 태연하게 이델을 소개했다.

"여긴 내 동생, 이델이라네. 우연히 마주쳐서 데리고 있었어."

"그렇습니까."

라파엘로는 그 소년이 누구인지 알았다. 카트린 린드버그의 아들을 모를 수가 없었다. 게다가 그가 황립 아카데미에서 꽤 유명한 문제아라는 사실도 알았다. 호리호리한 체구에 비해 타고난 근력과 순발력이 좋아 검사 유망주로도 꼽힌다는 것과 그 신체 조건으로 여러 귀족가의 자식들을 때려눕힌다는 건 그도 잘 아는 이야기였다.

그런 이델이 카예나와 같이 있다는 게 꽤 뜻밖이었다. 그것도 상당히 얌전한 태도로 말이다.

"이델, 라파엘로 키드레이 경이시다. 인사드리렴."

카예나의 말에 이델이 순순한 태도로 인사했다.

"정식으로 인사드립니다. 이델 린드버그입니다."

그의 그럴듯한 인사에 카예나는 잘했다는 듯이 머리를 살짝 쓰다듬어 주었다.

라파엘로는 문득 지나치듯이 들었던 카예나의 최근 별칭을 떠올렸다.

'맹수 조련사라고 했나?'

그는 가볍게 인사를 받고서 카예나의 곁으로 섰다. 에스코트하기 위함이었다.

카예나는 여전히 마음에 불편함은 있으나 이젠 제법 자연스럽게 그의 팔을 잡았다. 그러자 이델이 인사하느라 놓았던 카예나의 손을 불쑥 잡았다.

"이델?"

의아하게 부르자 이델이 그녀를 바라보았다. 에스코트 정도는 자신도 할 수 있다는 듯한 눈빛이었다. 카예나는 졸지에 양손이 저당 잡혔다.

'뭔가 남들 보기에 이상할 것 같은 그림인데.'

어쩐지 좀 큰 아들을 둔 젊은 부부 느낌이 나기도 했다. 그녀는 묘한 기분을 떨치며 말했다.

"일단 부지부터 확인하러 가지."

그들은 공사 현장으로 향했다.

그동안 이델은 묘한 적대감을 품은 시선으로 라파엘로를 보았다. 이상하게 그가 마음에 들지 않았다.

카예나는 라파엘로와 부지를 돌며 건물의 용도에 대해 의견을 나눴다. 기숙사로 이용하거나 특수 목적을 지닌 건물로 사용하는 게 좋겠다는 게 그들의 생각이었다. 한창 이야기를 나누던 카예나가 이델에게 물었다.

"넌 어떻게 생각해?"

설마 이런 문제에 대해 제게 의견을 물어볼 줄 몰랐던 이델이 놀란 표정을 했다.

"재학생의 의견도 중요할 테니까. 완공된 시점엔 네가 이용할 수 없겠지만."

건물을 짓는 일은 상당히 오랜 시간이 걸린다.

'이델이 다 자라야 완공되려나?'

그때라면 자신은 수도를 벗어나 먼 곳으로 도망치고 없을 것이다. 제 이름이 붙은 건물이 완공된 모습을 보지 못할 가능성도 컸다. 그건 조금 아쉽긴 했다.

이델은 살짝 머뭇거리며 말했다.

"……전하의 말씀대로 하는 게 제일 좋을 것 같아요."

"그러니?"

카예나는 빙긋 웃었다.

라파엘로는 이델을 보았다. 린드버그의 아들과 카예나의 관계가 꽤 묘했다. 이 친근감이 앞으로 어떤 식으로 작용할지는 예측하기 어려웠다. 그러나 확실한 건 있었다.

'왠지 귀찮아질 것 같은데.'

그녀의 남동생이 자신을 좋아하지 않는다는 사실은 명확했다.

카예나는 슬슬 라파엘로와 정치적인 문제를 이야기해야겠다고 생각했다.

"이제 슬슬 오후 수업 준비를 해야 하지 않겠니, 이델?"

카예나의 말에 이델은 이제 자신이 자리를 떠나야 할 때라는 걸 깨달았다. 하지만 아쉬웠다.

그가 약간 기운 없어 보인다는 걸 눈치챈 카예나가 부드럽게 머리칼을 쓸어 주었다.

"설마 우리의 만남이 여기서 끝은 아니겠지, 이델?"

"……네?"

"다음에 또 보자꾸나. 그땐 전하가 아니라 누나라고 불러 줄래?"

이델의 눈이 놀람으로 커졌다. 그는 머뭇거리며 입을 열었다.

"……제가 누님이라고 불러도 돼요?"

"음, 사실 다른 사람이 있는 자리에서는 좀 어렵겠지."

카예나는 빙긋 웃으며 덧붙였다.

"하지만 사적인 자리에서는 그렇게 불러도 돼. 여기 키드레이 경이 공증인이 되어 주면 되겠구나."

이델은 웃는 것도 우는 것도 아닌 묘하게 일그러진 얼굴을 했다. 그는 고개를 꾸벅 숙이고는 마치 도망치듯이 자리를 피했다. 막냇동생의 뒷모습을 보며 카예나는 사춘기 소년은 참 알 수 없다고 생각했다.

"린드버그 영식과 친하신 것 같습니다."

"그렇게 보였는가? 어쨌든 동생이라 좀 편하게 대하긴 했네."

'그보단 이델 쪽의 태도가 더…….'

그는 굳이 말을 덧붙이지 않고 화제를 전환했다.

"전하께서 이렇게 일찍 오셨을 줄은 몰랐습니다. 더 서둘러 왔어야 했는데 송구합니다."

"아냐. 오늘 만남의 목적은 사실 이게 아니니까."

그들은 진짜 건물을 어떻게 이용할 것인지 논의하고자 만난 게 아니었다. 그것은 핑계에 불과했다. 라파엘로도 그것이 만남의 구실이라는 걸 잘 알았다. 그러나 오늘의 약속에 담긴 진짜 목적이 같지는 않을 것이다.

"핑계기는 했지만, 선물받은 건물이니 먼저 와서 실제로 부지를 좀 확인해 볼 생각이었어."

마침 이복동생이 패싸움하는 것을 목격하게 되어 부지 확인은 물 건너가 버리고 말았지만 말이다.

"시장하지는 않으십니까?"

그러고 보니 오늘 아침부터 일을 서두르느라 토마토 수프를 조금 먹은 것 말곤 먹은 게 없었다.

"경이 식당을 예약한다고 했었지?"

"아카데미 근처의 레스토랑에 정찬 코스를 예약해 두었습니다."

"그럼 일단 식사부터 하고 다시 아카데미로 와서 서류 확인을 마치면 되겠어."

아카데미 총장이 가해 학생을 어떻게 처리할 생각인지도 확인해야 했다.

레스토랑은 라파엘로가 예약했기에 그의 마차를 타고 잠깐 다녀오기로 했다. 라파엘로가 끌고 온 마차는 황실의 것과 비교했을 때 조금도 뒤지지 않았다.

커다란 마차로 카예나의 손을 잡고 에스코트한 라파엘로는 그녀의 시녀인 올리비아도 같이 에스코트했다. 카예나는 그 모습을 보고는 일이 잘 흘러가고 있다고 생각했다.

'이렇게 자연스럽게 마주할 기회를 마련하면 알아서 감정이 싹트겠지.'

그러나 카예나의 생각과 달리 올리비아를 마차에 오르도록 부축하는 라파엘로의 표정은 살짝 굳어 있었다.

곧 마차는 라파엘로가 예약해 둔 레스토랑에 도착했다. 카예나는 부축받으며 마차에서 내렸다가 무심결에 신음했다.

"으음……."

그녀는 막 올리비아까지 마차에서 내려 준 라파엘로를 보았다. 그도 고개를 돌려 카예나와 눈을 마주쳤다.

"왜 그러십니까?"

"아무것도 아냐."

레스토랑은 아기자기하게 잘 꾸민 새하얀 저택이었다. 색색의 꽃이 핀 로맨틱한 정원과 분수를 지나니 사용인이 그들을 향해 절을 올렸다.

라파엘로가 말했다.

"키드레이로 예약해 두었네."

"이쪽으로 오시지요."

그가 안내하는 곳은 척 봐도 이 레스토랑에서 가장 풍광이 아름다운 곳이었다. 카예나의 곁을 따르던 올리비아도 이 아름다운 장소에 작게 감탄했다.

레스토랑의 사용인이 다가와 수행원들이 이용할 룸은 따로 있다고 알렸다. 카예나는 올리비아와 호위 기사에게 말했다.

"두 사람도 식사를 들도록 해. 좀 있다가 이곳 사용인을 보낼 테니까."

"알겠습니다."

카예나는 라파엘로와 둘이서 식사할 자리로 향했다. 흐드러지게 핀 꽃나무 길을 따라 작은 신전처럼 지은 건물엔 하얀 커튼이 달려 있었다. 그것이 바람에 살랑거리며 날리는 모습은 이국적인 휴양지를 떠올리게 했다.

카예나는 레스토랑에 들어선 순간부터 계속 곤혹스러운 기분을 느꼈다.

'젊은 연인의 데이트 코스로 이용하는 레스토랑인 것 같은데.'

이 레스토랑은 결코 비즈니스에 고를 만한 분위기가 아니었다. 더불어 라파엘로가 직접 골랐을 분위기는 더더욱 아니었다.

'모르고 예약한 건가?'

그런 것치고는 너무 자연스럽게 사용인의 안내를 받았다. 카예나는 조금 혼란스러웠다.

그때 라파엘로가 물었다.

"요즘 가장 인기가 있는 곳으로 골랐는데, 마음에 드십니까?"

"참 예쁜 레스토랑이기는 한데……."

마치 지금 그들이 데이트하러 온 연인처럼 보인다는 게 문제였다.

"왜 그러십니까?"

라파엘로는 문제가 뭔지 전혀 모르는 것 같은 표정을 했다. 카예나는 뭐라고 입을 열까 하다가 관두었다. 대신 한숨처럼 말했다.

"경의 안목이 감탄스러워서."

그녀의 대꾸에 라파엘로는 피식 웃었다. 그 웃음을 목격한 카예나는 더욱 난감해졌다. 하지만 이미 들어온 것을 어쩌겠는가?

'가끔은 이런 것도 괜찮겠지.'

가장 인기 있는 레스토랑이라 예약한 것뿐이리라. 카예나는 그렇게 생각하며 자리에 앉으려 했다. 라파엘로가 사용인 대신 카예나가 앉을 의자를 미리 빼 주었다.

"……고마워."

카예나는 그가 의자를 빼 주는 걸 보며 미간을 살짝 찡그렸다. 일단 앉기는 했는데, 자꾸 의식하지 않으려는 자신의 노력이 무색하게도 이게 데이트라는 생각이 쉽게 떠나지 않았다.

라파엘로는 카예나가 줄곧 곤란해하고 있다는 사실을 알고 있었다. 하긴, 난감할 만하다. 그가 봐도 이 레스토랑은 참 낯간지러운 모양새였다.

'바스턴은 대체 이런 곳을 어떻게 알았는지.'

이 레스토랑을 강력하게 추천한 사람은 다름 아닌 바스턴이었다. 그는 카예나 황녀와 잘 어울릴 게 분명하다며 이곳을 예약하도록 밀어붙였다.

결론적으로 바스턴의 생각이 정확했다. 녹색 덩굴을 감은 기둥과 하얀 커튼, 옅은 색의 봄꽃으로 풍성하게 장식한 화병들, 부드러운 색감의 테이블보로 덮힌 라운드형 테이블. 그리고 이 공간에 강림한 여신처럼 앉은 카예나의 모습은 명화가 따로 없었다.

라파엘로는 그녀의 맞은편에 앉아 미간을 살짝 찌푸린 채 생각에 잠긴 카예나를 보았다.

즐거웠다. 레스토랑에서 흘러나오는 오케스트라의 연주는 제법 들을 만했고 생각보다 수준 높은 전채 요리도 나왔다. 날씨, 분위기, 그 무엇 하나 모자람이 없었다.

무엇보다 이렇게 같이 시간을 보내는 상대가 카예나라는 사실이 가장 마음에 들었다. 누군가와 시간을 보낸다는 즐거움이 이런 것이었나?

"이런 것도 좋군요."

라파엘로가 부드러운 미소를 지었다. 조금도 힘들이지 않은 기분 좋은 웃음이었다.

카예나도 그 미소에 전염된 듯 저도 모르게 웃으며 어쩔 수 없이 동의했다.

"……그러게."

카예나는 어느새 자신이 이 순간을 즐기고 있다는 사실을 깨달았다. 상대는 다른 사람과 달리 그녀에게 아무것도 요구하지 않는다. 그저 가만히 카예나를 바라보다가 필요한 순간 누구보다도 먼저 손을 내밀었다. 제 것이 아닌 이 호의에 길들면 어쩌나 하는 생각마저 들었다.

역시 조심할 필요가 있다. 카예나는 주제를 알아야 한다고 스스로를 다독였다.

"나도 마음에 들어. 경은 어여쁜 영애와 데이트로 오는 편이 더 나았겠지만."

과분한 것을 원하는 순간 파멸은 예정된다. 그녀는 자신이 그다지 평화로운 상황에 놓이지 않았다는 걸 잘 알았다.

라파엘로가 어깨를 으쓱했다.

"제국에서 가장 아름다우신 분과 왔으니 선택이 정확했군요."

"……아첨할 필요는 없어."

그가 곧장 대답했다.

"아첨이 아닙니다."

"……."

카예나는 짤막하게 한숨을 내쉬었다.

"나보단 올리비아 같은 재치 있고 보기만 해도 기분 좋은 여성과 시간을 보내는 게 좋겠지."

그는 또 올리비아를 언급하는 카예나에게 자신의 기분을 정확하게 이야기했다.

"저는 지금이 좋습니다."

카예나는 라파엘로의 말을 대체 어떻게 해석해야 할지 감이 오지 않았다. 그는 오해받기 좋은 화법을 구사하는 사람이다. 그렇기에 착각해서는 안 된다. 자신이 특별하기에 이런 이야기를 듣는 게 아니다. 그걸 명심해야 했다.

카예나는 말을 돌렸다.

"부왕께서 그대의 서부 군사 통치권자 임명서를 재가하셨어. 아카데미로 돌아가서 전달하겠네."

"감사합니다."

"어차피 이뤄졌을 일을 좀 당겼을 뿐이니 그런 인사는 괜찮아."

방어적인 말이었다. 카예나는 곁을 허락하지 않기로 마음먹은 사람처럼 말했다.

라파엘로도 그 사실을 눈치챘다. 그러나 그는 섣부르게 행동하지 않았다. 변화한 황녀는 지나치게 날카로우며 조심스럽다. 그는 그것을 되새기며 입을 열었다.

"작위를 이어받을 시기를 좀 당길까 합니다."

반가운 말이지만 뜻밖이었다. 그가 충분한 능력을 갖추고 있음에도 공작이 아닌 공자로 남아 있었던 이유를 알기 때문이었다.

"전하께서 서부 군사 통치권을 유효하게 해 주신 김에 처리하는 게 좋을 것 같아서 말입니다."

"……나쁘지 않은 생각이야."

라파엘로는 식기를 내리며 말을 이었다.

"역시 제 부모님이 이혼 소송 중인 걸 아시는군요."

"……."

그녀는 드물게도 당황했다. 알고 있는 사실을 모르는 척 감추는 건 꽤 까다로운 일이다. 특히 그것이 아주 중요한 정보가 아닐수록 더 그랬다.

"추궁하고자 드린 말씀은 아닙니다."

그건 카예나도 알았다. 그저 역시 라파엘로가 만만치 않다고 느꼈을 뿐이다.

"전하께서 꽤 안전 제일주의적이시며 평화주의자라는 사실을 깨달았습니다."

그건 카예나를 상당히 온건하게 에둘러 표현하는 말이었다.

"그것을 위협한다면 과감한 조치를 취하는 것에 거리낌 없는 분이라는 것 역시도."

"날 상당히 관찰한 모양이네."

"상과 벌도 확실하고 어떤 일을 결정하는 결단력이 이해할 수 없을 정도로 빠르시기도 하고요."

그야 이미 가진 답안지를 보고 일을 행하다 보니 그랬다.

"그런데 그런 현명한 분이 왜 저를 자꾸만 올리비아 양과 엮으시려는 건지 이해하지 못하겠습니다."

"그진……."

둘은 운명적으로 이어질 사이다. 카예나는 그 사실을 알고 있다. 키드레이 공작 부부의 이혼 소송을 미리 알고 있는 것처럼 이 사실 역시 마찬가지였다. 알고 있기에, 당연하다고 생각해서 일어난 실수였다.

카예나는 자신의 행동이 과했다는 사실을 인정했다.

"내가 지나쳤군. 미안하네."

그리고 진심을 담아 덧붙였다.

"내 말에 다른 의도는 없었어. 정말 순수하게 두 사람이 어울린다고 생각했을 뿐이니까."

그게 그에게 오지랖일 수 있다는 걸 간과했다. 그래, 어차피 잘될 인연이니 괜히 간섭하지 말아야지.

'레제프에게서 올리비아를 지키는 일만 신경 쓰자.'

카예나는 미안함을 담아 라파엘로를 보았다가 멈칫했다. 그가 가라앉은 얼굴로 그녀를 바라보고 있었다.

그 뒤로는 어딘가 고요하게 식사가 진행되었다. 카예나는 자신이 어떤 부분에서 실수한 것인지 되짚느라 음식 맛을 거의 느끼지 못했다. 올리비아 이야기를 하면 안 됐던 건가? 그래, 그게 자신의 실수일 수 있다. 잘 모르는 두 사람을 자꾸 엮으려고 한 것은 실례되는 일이니까.

'하지만.'

소설 속에서 그들은 첫 만남에서부터 운명을 느끼는 사이였다. 그는 에스코트하기 위해 올리비아의 손을 잡았을 때 이상하게 그 접촉이 역겹지 않다고 느낀다. 그것이 올리비아를 특별하게 생각하는 최초의 계기였다.

'그렇다면, 라파엘로가 그녀의 손을 잡았을 때 다른 이와 마찬가지로 불쾌하게 느낀 건가?'

이야기가 바뀌었단 말일까?

'내가 원래 있어야 할 일을 모두 바꿔 버렸으니. 그럼 그 여파로 두 사람 사이에 어떤 변화가 생긴 건가?'

답답했다. 모든 게 명확한 답 없는 가정의 연속이었다. 그렇다고 그

에게 대놓고 '혹시 올리비아와 손잡았을 때 소름 끼쳤나?' 하고 물을
수도 없는 노릇이었다.

그녀의 손이 점점 더 느릿해졌다. 원래도 몸을 가꾸느라 식사량이
상당히 부족한 편이다. 회귀한 후엔 체력을 붙이고자 억지로 음식을
삼켰다. 덕분에 지금은 식사량이 좀 늘었지만, 여전히 많이 먹으면 속
이 거북해졌다.

그런데 지금은 평소 먹던 것의 절반밖에 먹지 않았음에도 더 들어
가지 않았다. 벌써 속이 더부룩했다. 너무 많은 생각을 하느라 심력을
소모한 탓이었다. 하지만 라파엘로의 성의를 생각해서 계속 입안에
음식을 밀어 넣었다. 황녀인 그녀가 대접받은 음식을 거의 먹지도 않
고 식기를 내려놓으면 나쁜 식으로 오해 사기 쉽다.

식사가 끝나고 카예나는 사용인을 보내 올리비아와 호위를 불렀다.

"이만 아카데미로 가지."

돌아가는 마차 안은 분위기가 이상했다. 올리비아는 가만히 눈치를
살폈다. 두 분이 다투기라도 하신 건가? 그러나 둘이서 다투는 모습
이 전혀 상상되지 않았다.

황립 아카데미로 돌아온 그들은 아카데미 주요 간부와 건물의 용
도에 대해 협의한 후 서류를 작성하고 그것을 공증받았다.

"가해 학생들 처분은 어찌 되었지?"

카예나는 가해 학생에게 어떤 처분을 내렸는지 총장에게 물었다.

총장은 그들에게 정학 처분을 내렸다. 아카데미는 이델을 집단 구
타한 학생들이 전부 정학 처분되어 발칵 뒤집힌 상태였다.

그 일에 황녀가 개입했다는 사실도 금방 퍼졌다. 그들은 카예나 황
녀가 아카데미를 방문한 이유가 이복동생인 이델을 보호하려는 목적

이 아닌가 하고 추측했다.

　카예나는 인제 그만 황궁으로 돌아가서 쉬고 싶었다. 먹은 것이 체한 모양인지 손끝은 차가웠고 머리가 아팠다. 그녀는 하인에게 서류가 담긴 파우치를 라파엘로의 수행원에게 넘기라고 지시했다.

　"서부 공작령 군사 통치권자 임명서야."

　라파엘로는 파우치를 한번 힐끗 보았다.

　"그럼 이만."

　카예나는 그의 인사도 받지 않고 마차로 향했다. 올리비아만이 다급하게 그를 향해 인사하고 카예나의 뒤를 따랐다. 그녀가 멀어지는 모습을 지켜보던 라파엘로는 거칠게 머리를 쓸어 넘겼다.

　"젠장……."

─◈◈◈─

　카예나는 라파엘로의 시선이 닿는 곳을 벗어나자 조금 숨쉬기 편해졌다고 느꼈다.

　마차 앞에서 대기 중이던 마부가 공손히 물었다.

　"궁으로 돌아가시는 겁니까?"

　"그래."

　카예나는 마차에 올라타려다가 멈칫했다. 뭔가 이상했다.

　'마부가 원래 저자였나?'

　평소에는 마부를 그렇게 눈여겨보지 않았다. 그런데 오늘은 이상한 느낌이 들었다. 분명 옷차림은 궁정 마부의 것인데.

　하나가 이상하다고 느낀 순간 카예나는 모든 게 이상하다고 느껴졌다. 그녀의 마차를 제외하고는 주변이 지나치게 고요했다. 일부러 정리한 것처럼.

방금까지만 해도 라파엘로 때문에 복잡했던 머릿속이 차갑게 식었다. 그녀는 부드럽게 웃으며 차분한 태도로 올리비아를 돌아보았다.

"그러고 보니 내가 황립 도서관에서 대여한 책을 반납하는 걸 잊었구나."

마부를 비롯한 호위 기사의 시선이 날카롭게 벼려지는 게 느껴졌다. 여기서 섣불리 피하려는 인상을 주면 안 된다는 예감이 들었다. 카예나는 최대한 평소와 다를 바 없는 태도로 하인을 불러 책을 가져오라고 명했다.

"마차에서 기다리고 있을 테니 책을 반납하고 와 주겠니, 올리비아?"

혹시 그녀에게 무슨 변고가 생기면 올리비아가 알아챌 수 있으리라.

올리비아는 카예나의 행동이 뭔가 이상하다고 어렴풋이 느꼈다. 그러나 객관적으로 볼 땐 별달리 예민하게 받아들일 만한 구석이 없었다.

"명을 받듭니다."

그녀는 책을 가지고 자리를 피했다.

호위가 마차 문을 열었다. 카예나는 긴장을 늦추지 않으며 겉으로는 태연한 미소를 걸쳤다.

"날도 좋으니 올리비아가 돌아올 때까지 산책이라도 해야겠다."

"알겠습니다."

호위는 반박도 하지 않고 그녀의 말에 수긍했다.

자신이 예민한 건가, 아니면 정말 지금이 뭔가 이상한 건가? 어쨌든 조심해서 나쁠 건 없었다. 카예나가 한 걸음 뗐을 때였다. 갑자기 뒤에서 누군가가 그녀를 잡아채며 얼굴을 젖은 수건으로 뒤덮었다.

"읍―!"

그녀는 그대로 의식을 잃었다.

―❈―

올리비아는 책을 들고 도서관으로 향했다. 그러나 그녀가 얼마 이동하기도 전에 누군가가 그녀를 거칠게 잡아당겼다.

"……!"

비명을 지르려고 했으나 투박한 손이 다급하게 입을 틀어막았다. 그녀는 이게 무슨 상황인지 이해할 수 없었다. 다만 지금 이 괴한이 그녀를 으슥한 곳으로 끌고 가려 한다는 건 알 수 있었다.

퍽!

"아악!"

그때 괴한이 갑자기 뒤로 나뒹굴었다. 뒤를 돌아보니 라파엘로가 있었다.

"괜찮으십니까?"

"네, 네."

그녀는 너무 놀라 손을 파르르 떨며 라파엘로의 수행원들이 포박 중인 괴한을 바라보았다.

"황녀 전하는 어쩌고 혼자 여기 계십니까?"

그 말에 올리비아가 퍼뜩 고개를 들어 올렸다.

"황녀 전하가 마차에……!"

라파엘로의 표정이 싸늘하게 식었다.

"다들 일대를 수색하여 수상한 자는 모두 체포해라!"

"명을 받듭니다!"

그는 당장 마차를 대어 놓는 곳으로 달려갔다. 불길한 예감이 엄습했다.

제발, 제발!

그러나 그의 간절한 바람과는 달리 마차는 자리에 없었다.

─⊰◦⊱─

노란 불빛이 보였다. 카예나는 자신이 보고 있는 게 램프의 불빛이라는 것을 깨달았다.

여긴 어디지? 멍한 정신을 억지로 일깨우며 일어나려고 했다.

"……."

몸이 묶여 있었다.

'납치구나.'

그때 어두운 방으로 남자가 들어왔다. 얼굴을 모르는 이였다. 그는 손에 그릇 하나와 빵을 들고 있었다.

"깨어나셨습니까, 전하?"

그녀가 누군지 아는 사람이었다. 납치를 사주한 자의 부하일 것이다.

남자는 카예나가 울거나 화를 내기는커녕 무표정한 얼굴로 자신을 가만히 관찰하고 있는 게 꺼림칙했다. 특히 눈빛이 소름 끼쳤다. 그는 욕설을 내뱉으며 카예나의 근처로 다가왔다. 손에 든 그릇을 바닥에 거칠게 놓아 내용물이 지저분하게 튀었다. 빵은 더러운 바닥에 그대로 툭 던졌다.

"드십쇼."

남자는 그렇게 말하고는 소파에 벌러덩 누웠다.

카예나는 두꺼운 커튼 사이로 희미하게 비쳐 드는 햇살의 색감을 확인했다. 불그스름한 것을 보니 늦은 오후인 모양이었다.

그녀는 램프의 빛이 닿는 곳을 모두 확인해 보았다. 내부를 보니 어딘지 추측할 수 있었다.

"사원의 별채로구나."

남자가 멈칫했다.

"비명 지를 생각은 마쇼. 어차피 이 근처엔 아무도 없으니까. 시끄럽게 하면 입에 재갈을 물려 줄 생각도 있고."

그의 위협에도 카예나는 담담했다. 황녀는 분명 아름다웠다. 그러나 뭔가 찜찜했다. 남자는 이런 종류의 촉이 상당히 잘 맞는 편이었다.

"밤이 깊으면 날 다른 장소로 옮기겠지?"

"어이, 전하."

"나를 퍽 조심스럽게 대하는 걸 보니 내게 흠집이 나길 원하지 않는 상대로구나. 그렇다면……."

쾅!

남자는 위협적으로 탁자를 발로 찼다.

"지금 추리 놀이나 할 때가 아닐 텐데?"

그때 밖에서 남자 몇이 안으로 들어왔다. 그들은 갑작스러운 소란에 의아해하며 물었다.

"무슨 일이야?"

"아무것도……."

남자의 말이 끝나기도 전에 카예나가 말했다.

"너희 중 하인리히 대공자의 끄나풀이 있을 건 확실하니 말해 두

마. 날 온전히 황궁으로 돌려보내지 않는다면 내 동생에게 그쪽이 꽤 곤란해질 소식이 들어가게 될 거야. 예를 들어, 은밀한 집단의 위치 같은 것."

그러자 장정 중 몇몇의 표정이 돌변했다. 남자는 야차처럼 위협적인 표정을 지으며 카예나를 조용히 시키려 했다.

"진짜 입에 재갈이 물려야 입을 닥치……."

"난 내가 납치당할 가능성을 늘 염두에 두었다."

그녀는 무감하기 짝이 없는 눈으로 남자를 보았다.

"날 황궁에 하루 내로 되돌려 보내지 않으면 내 말이 사실인지 아닌지 직접 확인하게 될 거야."

남자는 질렸단 듯이 뒤로 물러났다.

"……미친 황녀군."

그녀는 납치당한 주제에 되레 그들을 협박하고 있었다. 카예나는 어깨를 으쓱했다.

"종종 들어 본 말이라 새삼스럽지 않구나."

물론 회귀 전의 이야기였다.

10장
이상한 인질

라파엘로는 아카데미에서 카예나를 마주한 순간, 자신이 오늘을 꽤 기다리고 있었다는 사실을 깨달았다. 전날은 이상하게도 시간이 너무 흐르지 않았다. 지겹다는 생각이 들 정도였다. 그나마 식당을 예약하는 일은 덜 지루했다. 바스턴이 강력하게 추천한 레스토랑의 가장 좋은 자리는 이미 일주일 전부터 예약되어 있었다고 했다.

"누가 예약했는지 알아봐."

예약자는 곧 결혼을 앞둔 풋풋한 젊은 커플이었다. 라파엘로는 그들 집안에 소소한 결혼 축하 선물과 함께 예약을 양보해 줬으면 한다고 부탁했다. 그렇게 해 준다면 키드레이의 후계자는 그 사실을 잊지 않을 것이며, 곧 있을 결혼식에도 참석하겠다고 말하기까지 했다.

라파엘로가 참석한 결혼식이라니! 지체 높은 가문의 귀족들이 그들의 결혼식에 참석하고자 혈안이 될 것이 눈에 선했다. 단번에 그들 가문의 격이 높아지는 일이었다. 거기다 결혼 축하 선물은 두 사람의 신혼집이었다. 그것도 수도 외곽의 상당히 값비싼 대저택이었다.

젊은 커플은 그저 데이트 코스로 인기 있는 레스토랑을 일찍 예약했을 뿐인데 생각지도 못한 월척을 낚게 되었다.

"그 저택은 나중에 생길 주인님의 후계자에게 선물하시는 게 더 좋앉을 텐데……"

제레미는 고작 식당 예약 때문에 그 좋은 저택을 선물로 줘 버렸다는 사실에 위통을 느꼈다. 그는 레스토랑을 추천한 바스턴을 휙 노려보았다. 다 저 요망한 주둥이를 가진 바스턴 때문이다. 바스턴은 휘파람을 불며 제레미의 시선을 모른 척했다.

"그땐 더 좋은 저택을 사서 주면 되니 상관없다. 아니면 지금부터 새로 지으면 돼."

"……"

제레미는 라파엘로가 유능한 것은 알지만, 때때로 심각하게 경제관념이 부족하다고 느꼈다. 물론 그런 것에 연연하지 않아도 될 정도로 공작가는 부유했다. 게다가 라파엘로가 미성년 때 전공으로 벌어들인 돈만 천문학적인 금액이었다.

'큽, 그래도 그 저택은 결혼할 상대도 아닌 황녀 때문에 쓰기에는 진짜 아까운데……'

만일 진짜 황녀와 결혼하려고 구슬리기 위해 쓴 돈이라면 이해되지만. 제레미는 그런 생각을 하다가 문득 묘한 눈초리로 주인을 힐끔 보았다.

'설마 진짜 황녀 전하께 마음이 있으신가?'

그런 것치곤 라파엘로가 너무 건조해 보였다. 막 사랑에 빠진 사람 특유의 들뜬 모습이 없었다.

'아니지, 지금 이러는 게 들뜬 건가?'

돈을 마구잡이로 써 버리는 걸 보니 그 의심은 합당한 구석이 있었다.

게다가 이 변화를 꼭 제레미만 느끼는 게 아니었다. 키드레이 저택의 고용인들이 요즘 주인이 좀 변한 것 같다며 소곤거리기 시작했다.

"주인님께서 옷을 고민하시는 건 처음 봤어요! 평소보다 두 배는 걸렸다니까요?"

"착각이 아닐까? 그래 봤자 5분이 10분이 된 것뿐이잖아."

"저는 주인님께서 커프스단추를 루비가 아닌 다른 걸 고려하시는 것도 처음 봤어요!"

"그러실 수도 있지."

"그때 황녀궁에서 온 시녀님을 만나러 부리나케 달려가는 모습은 또 어떻고요! 혹시 그 시녀님을 마음에 두신 건가?"

그들 사이에서 바스턴이 가슴을 쭉 펴며 위풍당당하게 말했다.

"쯧쯧! 다들 이렇게 주인님의 마음을 몰라서야 진정으로 그분을 섬긴다 할 수 있겠습니까? 주인님은 분명히……."

퍽!

제레미는 바스턴의 뒤통수를 때렸다.

"말조심, 말조심!"

"쳇."

제레미는 한숨을 푹 내쉬며 고개를 저었다. 대사원을 방문해서 어마어마한 액수를 기부하고 공작 부부의 이혼 소송을 끝낼 예정이었던 날, 그들은 황립 아카데미로 출발할 준비를 서둘렀다.

공작 부부의 이혼 소송을 끝낸다는 것은 곧 그가 후계자가 아닌 공작이 된다는 것이다. 원래는 후계자로서 적합하단 사실을 결혼이나 군사 통치권을 재가받는 것으로 증명하려 했었다. 그런데 그와 결혼할 만한 아가씨들에게 다 문제가 생겼다. 거기다 최근 황궁은 바람 잘 날 없이 시끄러웠다.

그러나 언제까지 가주로서 제 역할을 해내지 못하는 레오 공작을 그대로 둘 수도 없는 노릇이었다. 가신들은 이혼 소송을 얼른 정리하고 새로운 가주를 맞이하자고 입 모아 말했다. 그렇게 어렵사리 가신들의 의견이 모였다. 당장 공작 부부의 이혼 문제를 끝내고 가주직을 이어받아야 할 때였다.

황녀를 만나는 일이 공작위를 계승하는 것보다 중요한 일이란 말인가. 요즘 정계 이슈를 살펴보면 사실 카예나 황녀와 친분을 다지는 일이 중요해 보이긴 했다.

제레미는 옷을 고르는 주인을 지켜보았다. 라파엘로는 평소 잘 입지 않던 화려한 실크 셔츠를 걸쳤다.

시녀들은 라파엘로가 머리에 모양을 내겠다고 말했을 때 눈을 번득였다. 생머리를 차분히 내리고 다니는 라파엘로도 분명 근사했지만, 이마를 드러낸 라파엘로는 섹시했다. 그들은 오늘만 기다렸다는 듯이 라파엘로를 수도에서 가장 섹시한 남자로 만들자고 의기투합했다.

'으음, 저런 걸 다 참으시다니.'

라파엘로가 타인의 접촉에 예민하다는 걸 아는 제레미로서는 가관인 광경이었다.

마지막으로 익숙하게 루비 커프스단추를 들었던 라파엘로는 전에 보았던 블루 다이아몬드 커프스단추를 힐끗 보았다. 오늘은 그 단추를 차는 편이 훨씬 좋을 것 같았다.

그때까지만 해도 묘한 기대감이 있었다. 아카데미에서 어린 불청객과 나타난 그녀를 뺏어 오고 싶다는 유치한 생각마저 들 정도였다.

그러나 상황은 생각한 대로 흐르지 않았다. 카예나가 창백해진 안색으로 희미한 미소도 걸치지 않은 채 떠나 버렸을 때 라파엘로는 생경한 분노를 느꼈다. 자신에 대한 분노였다.

조용히 곁을 지키고 있던 제레미가 입을 열었다.

"주인님. 이런 말씀을 드리기가 송구스럽습니다만……."

제레미는 황녀가 사라진 곳을 곁눈질하며 말을 이었다.

"……제가 볼 땐 황녀 전하의 반응이 당연한 것 같습니다."

그는 라파엘로와 카예나가 식사하는 자리와 좀 떨어진 곳에서 그림자처럼 대기하고 있었다. 그랬기에 그들의 대화를 들을 수 있었다.

라파엘로는 어딘가 피로감이 맺힌 눈으로 제레미를 보았다.

"그간 두 분의 사이는 일방적이지 않았습니까?"

사랑에 빠진 황녀는 자신이 할 수 있는 모든 권력을 동원해 라파엘로를 귀찮게 했다. 그러나 라파엘로는 카예나에게 조금도 관심 없었다. 그 사실을 모르는 사람이 없을 정도였다.

"전하께서는 주인님이 보이는 호의를 올곧게 해석하기 어려울 것 같습니다."

그렇게 황녀를 길가의 돌멩이 취급했었다. 카예나도 스스로 그 사실을 잘 안다며 둘러 말했다. 앞으로 무례하게 굴지 않겠다던 맹세도 바로 그런 이유였고.

제레미는 라파엘로가 황녀에게 모종의 관심이 생겼다는 것을 완전히 이해하게 되었다. 그리고 그가 감정을 나누는 일에 상당히 서툰 사람이라는 것을 깨달았다.

"예전에 카예나 전하께서 그러하셨듯, 감정은 일방적이기만 해서는 이해받을 수 없으니까요."

라파엘로는 자신이 오만했음을 깨달았다.

변한 뒤부터 황녀는 꾸준히 그에게 이제 마음을 정리했다는 사실을 알렸다.

그것을 행동으로도 보였다. 접촉을 피하고, 배려하고, 자신이 아닌 다른 사람과의 축복을 진심으로 바랐다. 아주 어른스럽게.

자신은 그냥 그게 그의 마음에 들지 않았던 거다. 철부지 아이처럼.

라파엘로는 두 손으로 얼굴을 쓸며 마른세수를 했다. 부끄러웠다. 이런 감정을 느껴 본 게 대체 얼마 만의 일이지? 자신이 얼마나 신사답지 못했는지 깨닫는 순간, 그는 진심으로 부끄러웠다. 그리고 미안했다.

그녀는 단 한순간도 어른스럽지 않았던 적이 없었다. 아까의 껄끄럽기 짝이 없던 정찬 중에도 기분을 티 내지 않고 식사하던 모습이 눈에 밟혔다.

"……전하를 뵈러 가야겠다."

후회한 순간 그는 당장 움직였다. 카예나에게 사과하고 싶었다. 자신의 미숙함에 대해 용서를 구하고 싶었다.

그런데…… 카예나가 사라졌다.

라파엘로의 머리가 차갑게 식었다. 이런 끔찍한 분노를 느껴 본 것이 대체 언제였지? 오늘따라 생경한 감정을 많이 느끼는 것 같았다.

곧 마구간 구석에서 발가벗겨진 채로 죽어 있는 남자가 발견되었다. 납치란 정황은 완벽하게 드러났다.

라파엘로는 아까 붙잡은 괴한을 직접 심문했다. 손속에 자비 하나 없이 괴한을 다루어 조금이라도 시간을 단축하기 위함이었다.

사람이 고통을 느끼는 방법은 다양하다. 라파엘로는 전쟁 중 가시 박힌 채찍에도 맞아 보았으며 독극물에도 중독되어 보았다. 그랬기에 어떤 것이 사람을 미치도록 고통스럽게 하는지 남들보다 잘 알았다.

"아아악—!"

곁을 지키던 제레미는 라파엘로의 잔혹한 모습을 오랜만에 본다고 생각했다. 솔직히 구역질이 날 것 같았다. 라파엘로가 가진 특유의 건조함은 이럴 때 가장 잔인하게 드러났다.

괴한은 눈이 뒤집히기 전에 한 가지 사실을 토했다.

"사원, 사원으로, 간다고 했습니다……!"

"어느 사원이지?"

"그건 모르는…… 끄으윽!"

라파엘로는 한숨을 내쉬었다.

"왜 이런 시간 낭비를 해야 하는지 모르겠군."

그는 뜨겁게 달군 인두를 들었다. 그것이 괴한의 왼쪽 눈앞으로 다가왔다. 괴한은 벌벌 떨다가 뭔가 생각난 모양인지 애타게 소리쳤다.

"아, 아아! 남쪽 사원이라고 들은 것 같아요. 마, 맞아요. 남쪽이에요!"

툭.

라파엘로는 인두를 다시 화로에 던졌다.

"수도 남쪽의 사원 전체를 수색해. 사원이라면 누군가가 별채를 빌렸을 거다."

그러자 기사가 조심스럽게 말했다.

"그러려면 기사단 전원을 출동시켜야 합니다. 그건 공작 각하의 권한이라 허가가 필요합니다……."

평소에 그는 그저 후계자로 남아 있는 것에 조금의 불만도 없었다. 아니, 오히려 그러는 편이 좋았다. 그러나 오늘만큼은 자신의 상황이 거슬렸다.

라파엘로가 제레미에게 말했다.

"지금 당장 대사원에 연락해."

바로 공작위를 거머쥐어야겠으니까.

-❧◈❧-

올리비아는 키드레이 공작가의 보호를 받고 있었다. 그녀는 밀랍처럼 굳은 얼굴로 상황을 되짚었다. 울지도 않는 묘한 표정이었다.

"이상했어요. 갑자기 마차 앞에서 저를 도서관으로 보내시고……. 그래, 그 마부…… 다른 사람 같았어요."

올리비아가 공작가의 수행원을 붙잡고 말했다.

"저를 빨리 황궁으로 보내 주세요."

이미 그녀를 황궁으로 보낼 마차는 긴급 수배되어 아카데미로 들어오고 있었다.

올리비아는 환궁하기까지 초조하게 인내했다. 괜찮을 거야. 전하께서는 현명하신 분이니 무탈하실 거야.

마차가 황궁에서 멈췄을 때, 올리비아는 치맛자락을 움켜쥐고 내달렸다. 지금 당장 상황을 이해하고 황제를 알현하게 해 줄 사람이 누구지? 올리비아는 멀리서 보이는 익숙한 여자를 비명처럼 불렀다.

"베라-!"

베라는 놀란 눈으로 올리비아를 돌아보았다. 그녀는 모종의 직감에 얼굴을 굳힌 채 올리비아에게 서둘러 다가갔다.

"올리비아! 무슨 일이에요?"

올리비아는 그제야 얼굴을 일그러트리며 평정심이 무너진 채로 말했다.

"전하께서 납치되셨어요!"

베라는 기절할 것 같았다.

─⊱⊰─

황궁이 발칵 뒤집혔다. 재상, 총기사단장, 황실 직속 기사단장까지 모두 긴급히 황성에 모였다.

"황제 폐하의 재가가 필요합니다."

그들 사이에서 루든 시종장이 단호하게 말했다.

"폐하께서는 금일 약도 게워 내실 정도로 용태가 좋지 않으셨습니다. 방금 잠드신 분을 깨울 수는 없습니다."

황녀보다는 에스테반 황제의 안위가 1순위다. 그렇다고 사태를 이렇게 둘 수도 없었다.

"그럼 황자 전하는 어떻습니까?"

드뷔시 재상이 난색을 표했다.

"하지만 폐하의 명에 따라 근신 중인 분을 어찌……. 명령 불복종으로 불이익을 받으시면 어떡합니까?"

그는 에반스 가문에서 뇌물을 받고 그들과 결탁한 사람이었다. 사사건건 에반스 가문의 영향력에 위해를 가하는 황녀가 곱게 보이지 않았기에 차라리 잘됐다고 생각했다.

"그럼 어쩌란 말입니까? 황녀 전하를 찾아야 할 것 아닙니까!"

그에 비하면 제드 총기사단장은 황실에서는 드물게도 레제프나 에반스 가문과 결탁하지 않은 사람이었다. 오히려 제드는 그들을 탐탁지 않게 여겼다.

"아니, 누가 찾지 말자고 하는 것도 아니고. 그리고 키드레이 공작가에서도 이미 전하를 찾고 있다지 않습니까."

드뷔시 재상이 답답하다는 듯이 제드를 향해 짜증스럽게 말했다. 그들이 신경전을 벌이는 사이 황녀가 납치당했다는 소식이 황궁 내로 빠르게 퍼졌다. 그러나 진척되는 일은 아무것도 없었다.

올리비아와 베라는 이대로 시간을 지체할 수 없다고 자체적으로 판단했다.

'납치 사건은 시간 싸움이야. 골든 타임을 놓치면 끝이다.'

그들은 동원 가능한 모든 궁정인을 이끌고 황자궁으로 쳐들어갔다. 황자의 침소 앞을 지키고 있던 기사들이 어리둥절한 얼굴로 저들에게 몰려오는 궁정인들을 보았다. 설마 그들이 육탄전을 각오하고 몰려드는 것이라고는 조금도 생각지 못하고 있었다.

베라가 선두에서 외쳤다.

"밀쳐라!"

그 외침에 궁정인들이 문 앞을 막고 있던 기사들을 밀어냈다.

"무슨 짓들이냐!"

기사들은 그제야 정신 차리고 위협적으로 소리쳤다.

"우리는 황제 폐하의 명을 수행 중이다!"

"밀어!"

그러나 다수의 궁정인이 한마음 한뜻으로 그들을 밀었다. 기사들은 차마 검을 들지 못하고 그저 완강하게 버티려 했다. 그러나 수적으로 열세였던 터라 서서히 밀렸다.

곧 틈이 생겨났다. 올리비아는 기사들이 잠깐 밀려난 사이에 문을 열고 들어갔다.

"어, 어?"

바깥의 소란에 당황하고 있던 사용인들이 입을 떡 벌린 채로 낯선 침입자를 보았다.

침실까지는 문 하나만 남았다. 올리비아는 안에 있던 문지기나 하인이 미처 말릴 새도 없이 재빠르게 내달려 침실을 열었다.

"마, 막아!"

벌컥!

침실 문이 활짝 열렸다. 가장 먼저 보인 건 커다란 창이었다. 올리비아는 침실의 주인을 찾아 시선을 옮겼다. 그러고는 마침내 소파에 다리를 꼬고 앉아 있는 남자를 발견했다. 카예나와는 썩 닮지 않았으나 이 안에 있을 금발과 벽안의 미남이라면 단 한 사람밖에 없다.

'레제프 황자.'

부드러운 인상이 틀림없음에도 어딘가 서늘한 생김새의 그가 고개를 들었다. 두 사람의 시선이 마주쳤다.

레제프가 미간을 푹 찌푸렸다. 그는 의아한 얼굴로 물었다.

"넌 누구지?"

사용인들이 어쩔 줄 모르며 올리비아를 끌어내리려고 했다. 올리비아는 자신을 막으려는 손길을 뿌리치고 그대로 무릎을 꿇었다.

"황자 전하!"

레제프는 상대의 외모를 확인하며 누구일지 짐작해 보았다. 아름다운 여자지만 기억에는 없는 얼굴이다. 아니, 아예 기억에 없는 것 같진 않았다. 이 여자를 어디서 봤더라?

'밀빛 머리칼에 녹색 눈이라면……'

그가 잠깐 상대의 정체를 파악하려는 사이 올리비아가 입을 열었다. 그녀는 굳은 표정으로 속사포처럼 말했다.

"방금 황립 아카데미에서 황녀 전하께서 납치당하신 정황을 발견했습니다. 제발 전하를 구해 주십시오."

"……뭐?"

올리비아는 바닥에 납작 엎드렸다.

"간곡히 부탁드립니다!"

방 안이 싸늘하게 얼어붙었다.

"……누님이 납치당했다고?"

"그렇습니다. 그로부터 벌써 한 시간이나 흘렀습니다. 그러나 누구도 움직이질 않고 있으니 황녀 전하의 전속 시녀로서 우려하지 않을 수 없었습니다."

레제프는 그제야 상대가 올리비아 그레이스란 사실을 깨달았다. 그는 자리에서 일어나 올리비아의 앞으로 다가갔다. 커다란 손이 올리비아의 얼굴을 들어 올렸다.

두 사람의 시선이 아주 가까이서 마주쳤다. 올리비아는 그의 파란 눈동자에 어린 광기를 읽었다.

'이 사람은 위험해…….'

그녀는 서늘한 기분을 느꼈다.

"납치란 말이지?"

"정황상 그렇습니다. 키드레이 경도 사건 현장을 곧바로 수색한 결과, 납치일 가능성이 가장 크다고 했습니다."

레제프는 키드레이란 말에 표정이 돌변했다. 전부터 묘하게 신경에 거슬렸다.

그는 올리비아를 놓아주며 침실 밖으로 한 발짝 내디뎠다. 그러자 사용인들이 대경실색하며 그를 만류했다.

"전하! 이것은 황제 폐하의 명령에 불복종하는 것입니다!"

레제프는 들은 척도 하지 않고 문을 박찼다. 바깥은 기사들과 궁정인들이 대치하며 아수라장이었다. 그들은 문이 활짝 열리자 그대로 멈칫하고 레제프를 바라보았다. 그의 분위기가 심상치 않았다.

"당장 군을 소집하여 수도를 포위하라."

레제프는 잠깐 눈을 지그시 감았다가 떴다. 완전히 돌아 버린 사람의 눈빛이었다.

"해가 지기 전까지 누님을 찾지 못하면 모두 목을 벨 것이다."

-◦◦◦◦◦-

납치범들은 어이가 없었다. 황녀가 미쳤다는 이야기는 못 들었는데?

"진짜 황녀는 맞지?"

급기야 그들은 자신들이 데려온 여자가 황녀가 맞는지 의심했다. 아니라고 하기엔 지닌 미모가 지나치게 빼어났다. 그들은 살면서 저렇게 옅고 깨끗한 금발을 본 적이 없었다. 조각상처럼 아름다운 얼굴과 값비싼 드레스도 그랬다.

그러나 태도를 보면 아리송해졌다.

"난 그쪽이 흥미로워할 만한 정보를 줄 수도 있어. 잘 생각해 보는 게 좋을 거야."

카예나는 납치당한 게 자신이 아니라 상대인 것처럼 태평스러웠다.

보통의 인질이 이런 식이었나? 그들은 이게 객기인지 뭔지 파악하기 어려웠다.

"저기요, 전하. 사태 파악이 안 돼서 지금 우리가 하인쯤 되는 줄 착각하는 모양인데, 당신 지금 납치당한 거야."

그러자 카예나가 제게 말을 건 남자에게 빙긋 웃어 주었다. 외모만 큼은 누구와도 비할 바 없이 아름다웠기에 남자는 얼굴을 붉히고 말았다.

"너야말로 사태 파악이 늦구나. 난 지금 너희들을 분열시키는 중인데 아직도 이해하지 못한 모양이지?"

남자는 할 말을 잃은 얼굴로 뒤로 물러났다. 아무래도 황녀가 미친 게 틀림없었다.

"아이 씨, 이봐. 그 인간은 언제 온대?"

"그러게. 왜 이렇게 늦지?"

그들은 카예나를 무시하고 저들끼리 대화를 시작했다. 그러나 카예나의 말대로 그들 사이에는 분열이 일어나고 있었다. 아까부터 표정이 살짝 굳은 채 생각에 잠긴 것 같던 한 사내가 돌연 활짝 웃었다.

"혹시 모르니 내가 밖을 한번 둘러보고 올게."

"어, 그럴래?"

그러자 마찬가지로 카예나의 말에 몸을 움찔 떨었던 다른 사내도 얼른 나섰다.

"나도 같이 가지."

그들은 방에서 나가기 전에 카예나를 힐끗 보았다. 그녀는 여전히 평온한 얼굴로 커튼 쪽만 바라보고 있었다.

점점 빛이 줄어드는 게 눈에 보였다. 밤이 되면 마차에 실려 이 납치를 사주한 자를 만나게 될 것이다.

'에반스 후작가 쪽일까? 어쨌든 폭력배 중에 하인리히 대공자의 사

람은 무조건 끼어 있기 마련이야.'

그건 이 세계의 법칙이나 다름없었다. 실제로 카예나의 말에 반응해서 나간 남자가 둘이었다. 그럼 나머지는 다른 이의 사주를 받았다는 말이었다.

'그런데 분위기가 꽤 묘하네.'

카예나를 감시하러 들어온 남자들은 저마다 자리 잡으며 슬슬 눈치를 살폈다.

'배신자가 더 있다.'

이 납치가 의견이 완전히 일치하는 한 집단에서 일어난 일이 아닐지도 모른다는 생각이 확고해졌다.

카예나는 상황을 분석하다가 갑작스러운 두통에 눈을 질끈 감았다. 낮에 먹은 음식이 체한 탓이었다.

'올리비아가 무사히 도망쳤어야 하는데. 내가 사라진 걸 보고 납치란 사실을 바로 눈치챌 거야.'

그녀가 가장 기대를 걸고 있는 건 사실 하인리히 대공자 쪽이었다. 그를 끌어들이는 건 정말 내키지 않았지만 어쩔 수 없었다.

'혹시 라파엘로가 도와줄 가능성은……'

카예나는 그 부분은 생각을 접었다. 그렇게 헤어져 놓고 무슨 기대를 한다는 말인가?

그게 아니더라도 라파엘로는 카예나에게 아쉬울 게 없는 사람이다. 좋은 사람이니 도의적인 차원에서 손을 보태 줄 수는 있겠지. 하지만 큰 기대는 말아야 한다.

'이대로 최후를 맞이하게 되면 안 되는데.'

아직 해 놓지 못한 일이 많다. 올리비아에 대한 것도, 베라도, 레제프도, 오늘 새롭게 관계를 형성한 이델까지도.

벌컥!

그때 문이 열리고 한 남자가 뒤로 수행원을 잔뜩 이끌고 나타났다. 카예나는 상대가 누군지 알아보았다. 숨이 턱 하고 막혔다.

"황녀 전하를 뵙습니다."

헨버튼 길리안이었다.

카예나는 지금까지 납치당해 보았던 일이 없었다. 회귀 전, 헨버튼은 그때도 유별나게 질척거리기는 했지만 그건 다른 남자들도 마찬가지였다. 그랬기에 그와 결혼하고서야 그가 그런 미친놈이라는 사실을 알게 되었다.

하지만 이렇게 제대로 엮이기 전부터 납치를 감행할 정도로 미친 인간이라고는 생각지 못했는데.

'어째서 이런 극단적인 짓을 벌인 거지? 누군가 부추겼나?'

헨버튼은 약을 한 건지 제정신이 아닌 것 같아 보였다.

"아름다운 카예나."

그는 포박된 카예나 앞으로 비척거리며 다가왔다. 힘을 조절하지 않은 우악스러운 손길이 카예나의 얼굴을 붙들었다.

"드디어 내 손에 들어왔구나."

역겨웠다. 그의 손을 타고 벌레가 넘어오는 것처럼 소름 끼쳤다.

"역시 내 최고의 수집품이 틀림없다."

그는 큭큭 웃으며 카예나의 턱을 들어 올렸다.

"하지만 행실이 영 방자하니 그 버릇은 단단히 고쳐 놓아야겠어."

카예나는 파르르 떨었다. 행실이 방자하다고? 그래서 버릇을 고쳐 놓겠다고? 그것들은 그의 침실에 갇혀 매일같이 들었던 말이었다.

'아직 내게 아무런 해코지도 하지 않은 그를 치우는 일에 약간의 망설임도 있었는데.'

끔찍한 기억이 뇌리에 선명했다. 애써 떠올리지 않았던 온갖 추악한 기억이 물밀 듯이 밀려와 카예나를 덮쳤다. 다만 그 모든 건 시간을 되돌아온 현재에서는 일어나지 않은 일이었다.

사실 카예나는 헨버튼을 실각시키기로 이미 마음먹은 상태였다. 그가 아직 카예나에게 아무 해코지도 안 했을지라도 이미 저지른 짓이 있었으니까. 그녀는 헨버튼이 친구들과 운영하는 비밀 사교 클럽을 알았다. 그곳에서 온갖 더러운 짓이 벌어지는 것도 알고 있었다. 그래서 그 비밀을 파헤쳐 실각시킬 생각이었다.

그래, 그 정도라면. 길리안 자작가의 후광이 사라진 헨버튼이라면 그다지 신경 쓸 것 없으리라고 생각했다. 그 정도로 만족하고 과거는 지우려고 했다.

안일했다. 카예나는 자신이 악녀로 살아온 숱한 세월을 참회하고자 지나치게 온건했음을 깨달았다.

자신은 본디 악녀인 것을.

"이렇게 빌미를 주어 고맙다고 해야 할지."

카예나는 낮게 웃음을 터트렸다. 포박된 몸이 뻐근하게 아렸으나 그다지 거슬리지 않았다. 오히려 유쾌했다.

"네 밑바닥을 이렇게 보게 되어 다행이구나, 헨버튼 길리안."

그녀의 싸늘한 눈이 헨버튼을 깔아뭉개듯 향했다. 그 시선을 정면으로 받은 헨버튼은 멍한 얼굴을 했다. 이런 표정을 한 황녀를 볼 수 있으리라고는 생각지도 못했다. 그의 등줄기로 전율이 흘렀다. 아름답지만 그간 인형같이 보였던 카예나가 지금은 달랐다. 오싹하리만큼 생생한 증오로 불타는 아름다운 눈이라니!

"하하하!"

그는 광소를 터트렸다.

"이래야 굴복시키는 맛이 있지!"

그때 창밖을 계속 확인하던 남자 하나가 말했다.

"슬슬 움직이는 게 좋을 것 같수다. 날도 거의 다 저물었고."

그 말에 다른 남자가 카예나의 입에 재갈을 물렸다. 밖으로 옮기는 도중에 비명이라도 지르면 곤란했다.

"수면향 남은 거 없어? 재우는 게 낫지 않을까?"

"아까 다른 녀석이 들고 갔는데 나타나지를 않네. 시녀 하나 처리하고 돌아오는 게 이렇게 늦어서야."

'올리비아!'

카예나는 그녀가 부디 괴한을 따돌렸기를 바랐다.

헨버튼이 킬킬거리며 카예나를 가리키고는 말했다.

"내 마차로 옮겨."

그녀는 장정들의 투박한 손길에 일어서게 되었다.

절그럭.

다리를 묶은 족쇄에서 소름 끼치는 소리가 났다. 그들은 주변을 정리하며 램프 불을 껐다. 그때였다.

"아악!"

카예나를 붙들고 선 남자가 돌연 비명을 내질렀다.

"뭐야!"

한 남자가 다급히 카예나를 둘러멨다. 그사이 저들끼리 치고받으며 비명이 터져 나왔다.

"배신이다!"

헨버튼은 제논 에반스가 자신의 뒤통수를 쳤다는 사실을 깨달았다. 그는 깜깜해서 잘 보이지 않는 내부를 휘저으며 소리를 질렀다.

"머저리들아! 당장 황녀를 끌고 오지 못해?! 다 죽여!"

카예나는 힘껏 몸부림쳤다. 이 혼란을 틈타 밖으로 도망칠 생각이었다. 이곳을 담당하는 사제가 제정신이라면 카예나를 보고도 가만히 있지는 않을 것이다.

'제발!'

"악! 이 미친……!"

카예나의 발에 걷어차인 남자가 그녀를 놓치고 말았다. 그녀는 바닥에 몸이 처박혔으나 고통스러워할 새도 없이 얼른 기었다. 문이 바로 앞에 있었다.

"윽―!"

그때 누군가가 그녀의 머리채를 잡았다.

"황녀를 잡았다! 배신자들을 빨리 죽여!"

"끄아악!"

끔찍한 소리가 귓가에 선연했다. 카예나는 두 눈을 질끈 감았다. 자신이 칼에 찔렸던 순간, 그 감각이 떠오르며 기절할 것 같았다.

남자가 그녀를 잡고 질질 끌었다.

"젠장! 이 빌어먹을 새끼들!"

헨버튼은 씩씩거리며 시체를 발로 차 댔다. 남자는 카예나를 시체 옆으로 던졌다.

"형씨, 말하던 것과는 다르잖아. 이런 식이면 지금 보수로는 어림도 없다고!"

그러자 제논의 배신에 열 받은 헨버튼이 욕설을 퍼부으며 말했다.

"돈 같은 건 얼마든 줄 테니 닥치고 시키는 대로 해!"

카예나는 피비린내에 구역질 날 것 같았으나 간신히 꾹 참았다. 여기서 정신을 잃었다간 정말 끝장이었다.

'하인리히 대공자가 손을 안 쓸 리가 없을 텐데.'

그녀는 초조해졌다. 제발 누구라도 와 줘. 누구라도…….

"밖에 누가 오는데?"

누군가의 말에 방 안이 경직했다. 여기서 더 올 자가 있었나? 헨버튼은 손에 칼을 든 채 카예나를 뒤로 끌어 그녀 위로 이불을 덮었다. 그러고는 눈을 번득이며 경고했다.

"소리 내면 바로 죽을 줄 알아."

헨버튼이 여차하면 죽이라며 옆에 있던 남자에게 칼을 넘겼다.

카예나는 숨 쉬기가 점점 힘들었다. 특히 목에 서늘한 감각이 느껴진 순간부터는 더욱 그랬다.

달칵.

노란 불빛들이 방 안으로 쏟아졌다.

헨버튼이 거느린 자들이 순식간에 앞을 막아섰다. 별채로 침입한 자가 뚜벅뚜벅 걸어 들어왔다.

상대가 누군지 알아본 헨버튼이 씹어 삼킬 듯이 그를 불렀다.

"키드레이 경."

카예나는 뜻밖의 인물에 경악을 금치 못했다.

'라파엘로가 어째서 여기에……?'

방으로 들어온 사람은 라파엘로였다.

"뭡니까? 이곳은 제가 사원에 기부하고 빌린 별채입니다만."

헨버튼은 으르렁거리듯이 그를 향해 적개심을 드러냈다.

"불가침 영역인 사원에 기사까지 동원해서 오시다니요?"

라파엘로는 그가 하는 말을 가만히 듣다가 입을 열었다.

"네가 하는 말은 두 가지 오류가 있다."

헨버튼의 눈썹이 꿈틀거렸다. 라파엘로가 그에게 완벽히 하대했기 때문이다.

"첫 번째, 너는 나를 키드레이 경이 아니라 각하라고 불러야 옳다."

"……뭐라고?"

그가 혼란스러워하는 사이 라파엘로는 평온한 어조로 말을 이었다.

"두 번째, 이 사원은 내가 빌렸다."

"무슨 개소리야! 여긴 내가 빌렸다고!"

라파엘로는 버럭 소리치는 헨버튼을 내려다보았다.

"더 많은 돈을 내면 별채가 다른 이에게 양도된다는 사실, 몰랐나?"

"……억지다! 여긴 불가침 영역이야!"

라파엘로는 기분이 상당히 좋지 않았다. 아니, 더러웠다. 카예나가 납치된 순간부터 걷잡을 수 없이 바닥을 치던 기분은 헨버튼의 얼굴을 본 순간 최악으로 치달았다.

"역시 죽였어야 했는데."

라파엘로는 헨버튼의 머리통을 잡고 그대로 벽에 찍어 버렸다.

삑!

"아아악–!"

그는 이마가 찢어진 채 비명을 내지르는 헨버튼을 바닥에 내팽개쳤다. 이대로 사지를 찢어 버리고 싶었으나 카예나의 앞이었다. 그런 잔혹한 모습은 보이고 싶지 않았다. 그가 기사들을 향해 명했다.

"체포해."

척! 척! 척!

완전 무장한 기사들은 그 자체로 완벽하게 위압적이었다.

그때 카예나를 인질로 잡은 사내가 버럭 외쳤다.

"멈춰!"

라파엘로는 재갈이 물린 채 흐트러진 꼴을 한 카예나를 발견했다. 순간 아찔해질 만큼 걷잡을 수 없이 화가 났다.

"물러나지 않으면 황녀는 죽는다. 그걸 원하는 건 아니겠지!"

제레미의 보고를 받았을 때 처리해 버릴걸. 괜히 지켜보다가 사달만 나고 말았다. 역시 앞으로는 저런 역겨운 벌레들을 미리 처단하는 게 좋을 듯했다.

일단 지금은 눈앞에 벌어진 일을 수습하는 게 먼저였기에 라파엘로는 감정을 숨긴 채 입을 열었다.

"물러나라."

그가 순순히 물러나자 방 안에 있던 협잡배들의 표정이 밝아졌다. 기사들이 자리를 비켜나는 순간 철컥하는 소리가 나더니 섬뜩한 파공음이 들렸다.

털썩!

카예나를 붙잡고 있던 남자는 머리가 화살에 꿰뚫린 채로 바닥에 쓰러졌다. 문밖에 있던 기사가 석궁을 장전한 채 혹시 모를 상황을 대비하고 있었던 것이다.

라파엘로는 남자가 쓰러진 걸 확인하자마자 카예나에게 달려가 그녀를 품에 안았다. 가까이서 본 카예나는 안색이 창백하긴 해도 폭력의 흔적은 없어 보였다.

그가 말했다.

"체포해라!"

기사들이 기다렸다는 듯이 납치범들을 모두 포박하여 밖으로 끌고 갔다.

라파엘로는 그녀의 입에 물린 재갈과 포박을 풀었다. 카예나는 기이할 정도로 조용했다.

발에 감긴 족쇄를 풀려면 열쇠를 찾아야 했다. 방 안에는 열쇠를 찾아 줄 수하가 없었다. 그는 멈칫했다가 물었다.

"전하, 밖으로 나가려는데 제가 안아서 옮겨도 괜찮겠습니까?"

"……왜. 왜…… 당신이 왔지?"

카예나는 시선을 들어 올렸다.

"왜, 당신이 나를……."

그녀의 말은 이어지지 못했다. 라파엘로가 가만히 그녀를 품에 안았기 때문이었다. 그는 몸을 덜덜 떨고 있으면서도 스스로 인지하지 못하는 듯한 카예나를 다독였다.

"이제 괜찮습니다."

카예나는 입을 다물었다.

"이제 안전해요."

그녀는 그 말을 듣는 순간 긴장이 탁 풀렸다. 아, 더는 못 버티겠어. 세싱이 순식간에 안전되었다.

─❦─

레제프는 오직 한 가지 생각에 매몰되었다.

"시건방지게 감히 내 것을 넘보다니……!"

카예나는 제 것이다. 누구도 손댈 수 없는, 자신만을 위한 안온이다. 레제프는 그것을 남들도 탐낼 수 있다는 사실을 뼈저리게 깨달았다.

기분이 더러웠다. 소유주가 확실한 것을 탐내는 것들을 다 찢어발기고 싶었다. 어차피 이 세상의 주인은 자신인데 그래도 괜찮지 않을까? 황위를 계승하면 없애 버려야 할 벌레가 너무나도 많았다.

그는 황명을 거역하고 황자궁을 나와 붉은 망토를 두르고 직접 말을 끌고 나갔다. 그저 명령하는 것만으로는 성에 차지 않았다. 제 눈으로 수도 전체를 뒤집어 카예나를 봐야 했다.

또 한편으로는 이 상황이 의심스러웠다. 이게 진짜 납치인가? 정황은 확실하다지만, 그에게는 또 다른 정황이 있었다. 카예나가 제 손에서 도망치려 한다는 정황이었다.

'내게서 도망치려는 건가?'

자상하고 아름다운 안온은 때때로 초연함이 지나쳐 물거품처럼 사라져 버릴 듯 굴었다. 레제프는 기분 탓이리라고 생각하면서도 계속해서 의심이 들었다.

그가 처음부터 이렇게 느낀 건 아니었다. 확신하게 된 것은 카예나가 지방 여행기를 읽는다는 보고를 받았을 때였다.

내명부 권한을 쥐었으나 사사롭지 않고 공명정대한 것도 이상했다. 체계가 잡힌 시스템을 구축한 것도 그녀 하나 빠져도 괜찮게끔 조치한 것처럼 보였다.

'카예나가 내게서 도망칠 방법은 결혼뿐이지.'

결혼의 자유를 원한 것. 그것이야말로 가장 큰 정황이다.

"전하, 수상한 무리를 발견했습니다!"

레제프는 수하의 보고에 당장 말 머리를 돌렸다.

이것이 진짜 납치든 도주든, 그것을 도운 자는 사지가 온전치 못할 것이다. 카예나를 보호할 안전한 새장이 필요하다. 지금보다도 더 확실하게…….

레제프의 눈빛이 난폭한 광기에 물들어 있었다.

"이자들입니다."

척 봐도 날건달로 보이는 협잡배들이 포박된 채로 바닥에 무릎을 꿇고 있었다. 레제프는 말에서 내리지도 않고 그들을 내려다보았다.

"여럿이서 폐가에 주둔하고 있는 것을 잡았습니다. 더불어 수면제와 밧줄, 쇠사슬, 검은 칠을 한 마차도 발견했습니다."

"누님은?"

"전하의 모습은 발견되지 않았습니다."

그는 말에서 내려 무릎 꿇은 채 눈치만 살살 보는 건달들에게 다가갔다.

"폐가에 숨어서 수상하게 행동한 이유가 뭐지?"

"……저희가 떳떳하지 못한 자들임은 부정하지 않겠습니다. 하나 황녀 전하를 납치하다니요? 그런 천인공노할 짓은 계획한 적 없습니다."

레제프는 고개를 끄덕였다. 그러고는 사실대로 말하라고 윽박지르는 대신 허리춤에서 총을 꺼내 남자의 머리를 쐈다.

탕―!

"허억!"

깔끔한 즉사였다. 그 생경한 굉음에 곁에 있던 자들이 소스라치게 놀랐다.

레제프는 기계식 권총을 내려다보며 만족스럽게 말했다.

"확실히 총기 소지를 법으로 제재하는 이유가 있구나."

엘다임 제국은 군대가 아닌 개인이 총기를 사사롭게 소유하는 것을 법적으로 엄격히 금하고 있었다. 날건달이라고는 해도 값비싼 총을 소유할 일이 없는 사내들이 바들바들 떨었다. 가운데에 있던 동료가 머리가 터져 죽었다. 그들도 저 꼴이 될 것이다. 황자가 망나니로 소문났다더니 이렇게 잔혹한 인간일 줄이야.

레제프는 다시 장전하고 다음 사람의 머리에 총구를 들이밀었다.

"자, 이제 네가 말해 보아라."

그는 잠깐 망설이며 마른침을 삼켰다. 그들은 사실 카예나를 납치하려는 자들이 맞았다. 다만 헨버튼 길리안의 사람이 아니라 제논 에반스가 따로 고용한 자들이었다.

사실대로 말할까? 그런데 사실대로 말한다고 해도 그들이 살 수 있을까? 그들은 제논에게 고용된 자들이지만 고용인의 정체는 모르고 있었다.

그들이 잠깐 머뭇거리는 사이 레제프는 달리 언질도 없이 다시 방아쇠를 당겼다.

탕!

이제 바닥에 쓰러진 시체는 두 구가 되었다.

"아직 생각할 여유가 있다니, 배짱이 좋구나."

레제프는 다시 총을 장전하고 그 옆의 남자에게 총구를 들었다. 그자는 황자가 단 한 번의 기회만 허락하는 것을 보고 바른대로 실토했다.

"진짜 고용주는 저희도 모릅니다!"

그는 황자가 방아쇠를 당길까 노심초사하며 빠르게 말을 이었다.

"다만 여기서 좀 떨어진 곳에 있는 사원에서 길리안 영식이 황녀 전하를 실은 마차를 끌고 나온다고 들었습니다. 익명의 고용주는 그 마차를 덮치라고 지시했습니다."

"……길리안."

그자는 레제프도 잘 알았다. 상당히 추잡하고 더러운 인간이었다. 거기다 그는 카예나의 미모에 완전히 매료되어 사리분별 못 하는 자이기도 했다. 그래서 지난 독살 사건의 주범으로 그를 심판대에 올리려고 했다. 그런 탐욕스러운 자는 휘두르기도 쉬우니까.

"황녀를 납치할 정도로 정신 나간 자인 줄은 몰랐는데."

이미 온갖 도를 지나친 비밀 사교 클럽을 운영하고 있다지만 그 정도야 별것 아니다.

"하."

레제프는 깊은 한숨을 내쉬며 머리칼을 쓸어 올렸다. 분노 때문에 머리가 지끈거릴 정도였다. 왜 세상엔 이렇게 제 주제를 모르는 것들이 많을까? 벌레보다도 못한 그딴 것이 감히 누이를 탐내다니.

"난 이래서 주제 파악 못 하는 것들을 싫어해. 항상 선을 넘거든."

그의 눈빛이 한층 더 스산하게 가라앉았다.

레제프의 손에서 살아남은 이들은 초조하게 그의 눈치를 살폈다. 다 실토했으니 이제 괜찮지 않을까?

레제프는 수행원에게 당장 사원으로 중앙군을 집합시키라 명령하고 다시 말에 올랐다. 납치 미수범들에 대한 아무런 언질도 없었다. 그들은 어쩌면 살 수도 있다는 작은 희망을 품었다.

수행원이 포박 중인 남자들을 가리키며 물었다.

"이자들은 어찌할까요?"

그 물음에 레제프가 뭐 그딴 걸 물어보느냐는 표정으로 말했다.

"다 죽여."

레제프는 그렇게 말하고 사원으로 달렸다. 근처에 포진해 있던 중앙군까지 끌고 갔다.

곧 사원이 보이기 시작했다. 그런데 사원이 상당히 소란스러웠다. 보통 납치가 이렇게 떠들썩하게 하는 범죄였나? 그의 눈썹이 의아함에 획 치켜 올라갔다.

사원 근처에 정예로 보이는 기사들이 포진해 있는 것이 보였다. 횃불에 비친 문양이 그의 눈에 들어왔다. 아주 잘 아는 가문의 문양이었다.

'키드레이 공작가?'

그 사원에는 선객이 있었다.

그때 사원 안에서 라파엘로가 걸어 나왔다. 그는 카예나를 품에 안고 있었다.

"누님!"

그녀를 발견한 레제프가 말에서 뛰어내렸다. 주변에서 황자를 발견하고 어, 하며 당혹스러워하는 사이 그는 기사들을 뚫고 카예나를 향해 다가갔다.

라파엘로가 그녀를 안은 채 고개만 숙여 인사했다.

"황자 전하를 뵙습니다."

레제프는 그 인사를 받아 줄 정신이 없었다. 카예나의 상태가 엉망이었다. 헝클어진 머리카락과 잔뜩 구겨진 드레스, 발목에서 절그럭거리는 쇠사슬, 핏기 없이 창백한 얼굴로 기절한 누이…… 이런 카예나를 보게 될 줄은 몰랐다.

순간 눈앞이 아찔해졌다. 분노 때문에 시야가 가물거릴 정도였다.

"범인은?"

라파엘로는 레제프의 뒤를 턱짓으로 가리켰다. 뒤를 돌아보니 결박된 남자들이 수두룩했다. 그중엔 낯익은 자도 있었다.

레제프의 눈이 번득 빛났다. 그는 헨버튼 앞으로 성큼성큼 다가갔다.

"이 벌레만도 못한 새끼가 감히……!"

헨버튼은 약 기운이 떨어져 축 늘어진 얼굴로 레제프를 보았다. 그가 비릿하게 웃었다.

"왜 저한테 그러십니까?"

당장 그의 얼굴을 주먹으로 내리치려고 했던 레제프가 멈칫했다. 헨버튼이 자신을 비웃고 있었다.

"이건 제가 그런 게 아니라 전하께서 하신 겁니다."

헨버튼이 참을 수 없다는 듯이 낄낄거렸다.

"제가 사라지면 이제 이런 일이 없을 것 같습니까?"

"무엄하다!"

그의 미친 행각에 경악한 중앙군 기사들이 헨버튼을 향해 일갈했다. 그러나 헨버튼은 자신의 죽음을 알았기에 거리낄 게 없었다.

"꽤 소중한 누이 같은데……."

레제프는 손을 내렸다. 뭐라고 하는지 들어 볼 참이었다. 헨버튼이 말했다.

"앞으로 잘 간수하시는 게 좋겠습니다."

레제프는 이 납치 사건이 헨버튼만의 일이 아니란 걸 알았나. 지금 헨버튼이 말하는 건 이중 납치를 사주한 자에 대한 게 분명했다.

"무슨 뜻이지? 뭘 더 알고 있어?"

그러자 헨버튼이 광기에 물든 얼굴로 그를 조롱했다.

"알려 드리기 싫습니다만?"

너무 화가 나니 오히려 이성이 끊어지는 게 아니라 활활 타오르던 촛불이 툭 꺼져 버리는 것처럼 머릿속이 암전되었다. 당장 저자의 입에 총구를 처넣고 방아쇠를 당기면 속이 좀 편안해질까?

그러나 다른 범인을 색출해야 하니 그럴 수 없었다. 레제프는 주변을 정리하기 시작했다.

"황족을 시해하려 한 이자들은 모두 황궁 뇌옥으로 연행한다."

"명을 받듭니다!"

명령을 마친 레제프는 라파엘로에게 다가갔다. 그사이 카예나의 발목에 채워져 있던 족쇄를 풀어낸 모습이었다. 라파엘로는 마차에 카예나를 실은 채 그녀의 머리칼을 정리해 주고 있었다.

왜 이렇게 보기가 싫지? 레제프는 허리춤의 총을 만지작거렸다. 라파엘로가 준 도움은 고맙지만 그가 카예나에게 붙어 있는 건 달갑지 않았다.

그러다 어떤 생각이 벼락처럼 뇌리를 스쳤다.

'아, 저건가?'

카예나가 도주할 마음을 먹게 한 원인이 저건가? 그녀는 절대 홀로 도망칠 수 없었다. 제국의 유일한 황녀기에 타국까지도 그녀 하나에 시선을 집중하고 있었다. 게다가 카예나가 평범한 외모를 지닌 것도 아니다. 지나치게 아름다워서 반드시 누군가의 시선을 끌게 되어 있었다. 그러니 도망치려면 다른 사람의 도움이 필요했다. 카예나가 수도를 떠나게 도와줄 만한 인물이 누가 있을까?

'누이를 원하지 않을 만한 사람이겠지. 그것이 제위에 이용될 패로서든 아름다운 여자로서든.'

동성이 아니고서야 그녀에게 아무런 사심도 없을 사람이 많지는 않을 것이다. 특히 황녀를 도와줄 만큼 강력한 힘을 가졌을 경우에는 더더욱 그렇다.

그런 면에서 모든 조건에 부합하는 한 사람이 있었다. 바로 라파엘로였다. 카예나가 정말 이곳에서 홀연히 떠나는 것이 목적이고 라파엘로에게 마음을 접은 것이 사실이라면.

'그렇다면 라파엘로에게 모종의 제안을 했을 가능성이 커. 하지만 카예나가 그에게 대체 무엇으로 협상할 수 있지?'

그렇게 생각해 보면 또 말이 되지 않았다. 라파엘로가 카예나에게서 바랄 게 없기 때문이다.

다만 찜찜한 점은, 최근 두 사람이 예전과는 완전히 다른 관계성을 보인다는 점이었다. 자신의 경우와 비슷했다. 카예나가 달라졌으니 관계가 달라지는 것은 당연했다. 그리고 달라진 카예나는······.

레제프는 생각을 멈추고 총의 매끈한 단면을 손톱으로 끼긱 긁었다. 마차 안에서 마치 세상과 단절된 듯 제 누이에게 온 신경을 집중하는 라파엘로가 거슬려 미칠 것 같았다.

"여기 있었군."

라파엘로가 고개를 돌려 레제프와 시선을 마주쳤다.

"제가 데리고 온 의원에게 전하를 먼저 보였습니다."

라파엘로가 마차에서 툭 내려 레제프의 앞에 섰다.

"체기가 좀 있는 걸 제외하면 괜찮다고 합니다."

"그랬군."

레제프는 라파엘로를 탐색했다. 이렇게까지 카예나를 적극적으로 찾은 이유가 뭘까?

'둘이 황립 아카데미에서 만난 다음 바로 벌어진 납치 사건이니 적극적으로 손을 보탤 수는 있지만.'

그냥 그렇게 이해하고 넘어가기엔 뭔가 기묘한 감이 그의 촉을 건드렸다. 그는 속내를 감추며 온건해 보이는 겉모습으로 라파엘로를 치하했다.

"헨버튼 길리안은 황궁 뇌옥으로 연행할 작정이네. 오늘 그대 덕분에 무사히 누님을 구할 수 있었어."

그러고는 라파엘로를 향해 손을 내밀었다.

라파엘로는 악수를 청하는 레제프를 잠시 바라보다가 손을 맞잡았다. 레제프는 그 나름대로 감정을 감추려 하고 있었지만, 자신을 향한 적대감과 의구심이 라파엘로의 감각에 예리하게 걸려들었다. 더불어 카예나를 향한 기이한 집착도 느껴졌다.

이상한 일이었다. 레제프 황자가 제 누이를 이렇게나 애틋하게 여기고 있었나?

'그래서 황녀가 내게 도움을 구한 건가?'

헨버튼의 조롱은 라파엘로도 모두 들었다. 다른 이들은 미치광이의 발악이라고 듣고 흘리는 것 같았지만 라파엘로는 그 말이 상당히 의미심장하다고 생각했다.

레제프와 라파엘로는 겉으로는 평온해 보였으나 상대를 기민하게 관찰했다.

"길리안 자작가를 정리하고 새로운 주인을 세워야겠으니 키드레이 공작을 황궁으로 소환해야겠어. 아니면 공작 부인이 지금 수도에 있다던데."

"제가 가겠습니다."

가신 가문을 처리하는 일이다. 아무리 확정된 후계자라고는 하지만 이것은 가주의 권한이지 후계자가 처리할 수 있는 일이 아니었다. 그랬기에 레제프가 의아한 표정을 했다.

"경이 어찌?"

라파엘로는 대수롭지 않게 말했다.

"오늘부터 제가 키드레이 공작가의 가주입니다."

레제프는 그제야 그가 이렇게 기사단을 이끌고 사원에 쳐들어올 수 있었던 이유를 깨달았다. 제국을 유지하는 군사 가문의 권한 중 하나가 황족이 위기에 처했을 시 제국 내에서 임의로 병력을 동원할 수 있다는 것이다. 물론 오직 가문의 수장만이 가능했다.

'공작 부부가 이혼 소송 중이라고 했지.'

대사원에도 레제프가 심어 둔 간자가 있으므로 이런 이슈는 분명 전달했을 것이다. 그러나 그는 듣지 못했다. 그렇다는 말은 카예나가 납치된 이후에 작위를 계승했다는 이야기였다.

이렇게까지 할 이유가 있나?

레제프의 눈빛이 한층 서늘해졌다. 그러나 그는 곧 유순해 보이는 인상을 한껏 이용하며 눈매를 둥글게 휘었다.

"미처 전달받지 못해 실례했습니다, 공작님. 계승을 축하드립니다."

레제프는 공작이 된 라파엘로에게 더는 말을 편하게 할 수 없었다. 그랬기에 존대를 사용했다.

"감사합니다."

그들은 다시 한번 짧게 악수했다. 레제프는 마차를 힐끗 보고는 그에게 말했다.

"누님께서 어서 환궁하시어 휴식을 취하셔야 하니 이야기는 여기서 마무리하지요."

"그럼 곧 찾아뵙겠습니다."

레제프는 카예나를 눕힌 마차에 올랐다. 라파엘로의 시선이 쓰러져 누운 카예나에게 닿는 게 느껴졌다. 그는 웃음기 하나 없는 냉랭한 얼굴로 마차 문을 닫아 버렸다.

─◈◈◈◈─

제논은 아무리 화가 나도 이성적인 척을 잘했다.

그러나 오늘만큼은 그러기가 어려웠다. 그는 달리는 마차 안에서 욕설을 내뱉었다.

"젠장, 젠장! 빌어먹을!"

카예나가 설마 뭔가 눈치채고 시녀를 빼돌린 건가? 거기서부터 모든 게 꼬이기 시작했다.

'라파엘로 키드레이……!'

그는 이를 빠득빠득 갈았다.

카예나가 납치당했다는 사실을 들키게 하려고 일부러 허술하게 뒤처리한 건 맞았다. 그러나 이렇게 빨리 찾아내게 할 생각은 아니었다.

대체 라파엘로는 뭔데 그렇게 나서서 카예나 황녀를 찾으려 혈안이었던 것인가?

"빌어먹을 자식!"

설마 카예나를 찾고자 대사원과 남쪽의 작은 사원에 그렇게 돈을 쏟아부을 거라고는 생각지 못했다. 그 정도면 키드레이 공작가에도 분명 타격이 있을 정도의 액수였다.

어쨌든 지금 중요한 일은 따로 있었다. 헨버튼 길리안의 입을 막아야 했다.

밤중에 수도의 외곽으로 달리던 마차가 멈췄다. 그곳은 오래된 사원 말고는 그다지 볼 것 없는, 사원 뒤편으로 판자촌이 즐비한 동네였다.

제논은 마차에서 내렸다. 짙은 색의 모자가 달린 로브로 꽁꽁 감춘 모습이었다.

오래된 작은 사원 뒤편으로 조금 걸어가면 작은 여관이 있었다. 그곳은 음식과 술을 파는 평범한 여관처럼 보이지만 사실 청부업체였다.

"어서 오십시오."

바텐더가 컵을 닦다가 들어온 손님을 향해 인사했다. 내부엔 포커 게임을 하는 남자 몇과 바 자리에서 혼자 술을 들이켜는 사람이 있었다.

제논은 바에 앉아 바텐더에게 마드레나 왕국에서 발행한 기념 주화를 건넸다. 그 몰락한 왕국의 주화는 이제 신용 거래에는 사용되지 않는다. 다만 청부 거래에 사용했다.

"오호."

바텐더는 마드레나 기념 주화를 확인하고는 눈에 이채를 띠었다. 신분을 밝히고 싶지 않은 고위 귀족이 종종 사용하는 방식이기 때문이었다.

"귀한 손님이셨군요. 룸으로 모시겠습니다."

제논은 바텐더를 따라서 바 뒤편으로 들어갔다. 그곳은 길쭉한 파티션으로 공간이 분리되어 있었는데, 그 뒤편으로 넘어가니 두꺼운 문이 나타났다. 방음이 되는 공간임을 알 수 있었다.

"여깁니다."

바텐더가 문을 열어 주었다. 제논은 수행원을 외부에 세우고 안으로 들어갔다. 방 안에는 장난스럽게 느껴질 정도로 화려한 여우 가면을 쓴 남자가 의자에 앉아 있었다.

그가 양팔을 활짝 펼치며 환영했다.

"어서 오세요, 손님!"

제논은 상대를 보고 흠칫했다. 여우 가면은 콧등까지만 덮는 모양이라서 하관이 그대로 드러났다. 시원스럽게 짓는 미소와 가면 위로 드러난 백발에 가까운 은빛 머리카락만 보아도 보통 미남이 아닐 것 같았다. 그리고 제논은 그런 특징을 가진 미남을 하나 알고 있었다.

"예이스터 하인리히?"

그러자 이름을 불린 남자가 윙크하며 말했다.

"지금은 조디악 백작입니다."

"당신이 왜 여기에……?"

제논은 의문을 표하다가 얼굴을 와락 일그러뜨렸다.

"설마 이 청부업체도?"

"정답."

예이스터 하인리히는 유쾌하게 웃음을 터트렸다.

"아니, 돌아가는 꼴을 보다가 황녀를 납치한다기에 너무 재미있어 보여서 한 다리 걸쳤거든. 그런데 설마 에반스 후작가의 차남이 연계되어 있을 줄은 몰랐지 뭐야?"

하필이면 이 정신 나간 개망나니 소유의 청부업체라니…….

"일은 참 아쉽게 됐어. 사실 나도 꽤 난감하던 참이었거든."

예이스터는 부하에게서 황녀가 한 이야기를 보고받았다. 그 재미있는 여자는 24시간 내로 자신이 황궁에 돌아갈 수 있게 도와주지 않으면 은밀한 집단의 위치를 레제프 황자에게 알리겠다고 협박해 왔다.

'정말로 뭔가를 알고 한 말일까?'

그녀는 정말로 이런 날이 올 줄 알았단 말인가? 게다가 납치극에 심어 둔 협잡배 중 그의 사람이 있으리라는 것도 예측했다. 예이스터는 정말 오랜만에 뒤통수라도 맞은 듯 멍해졌었다.

다행인지 불행인지 그가 나서기 전에 라파엘로가 상황을 종결해 버렸지만, 황녀의 손에서 잔뜩 놀아난 기분이었다.

"카예나 황녀가 꽤 여럿 물 먹였어. 그렇지?"

제논은 되는 일이 없다고 생각하며 욕지거리를 삼켰다.

"이런. 비록 우리 사이가 좋을 수 없기는 해도 그렇게 싫은 티 낼 건 없잖아."

예이스터는 의자에서 일어나며 유들유들한 태도로 제논에게 다가갔다.

제논이 물었다.

"내가 올 줄 어떻게 알고 기다렸지?"

예이스터는 고개를 살래살래 흔들었다. 포인트를 제대로 잡지 못하고 엉뚱한 소리나 한다며 나무라는 듯한 태도였다.

"지금 중요한 건 그게 아니지."

그는 황금빛 눈동자로 제논을 바라보았다. 로브로 모습을 감췄음에도 제논의 노기와 당황이 그대로 느껴졌다.

"제논 에반스가 내게 약점을 잡혔단 사실이 가장 중요한 것 아닐까?"

예이스터의 입가에 비릿한 웃음이 걸렸다.

제논은 주먹이 파르르 떨릴 만큼 꽉 쥐었다. 그러나 목소리만큼은 태연했다.

"내가 이 정도 일을 무마하지 못할 정도로 무능해 보였다니, 애석한 일이군."

예이스터는 그의 허세를 꿰뚫어 보았다. 그는 제논이 가소롭다는 듯이 피식 웃었다.

"레제프 황자가 황녀를 애지중지하는 모양이던데. 근신령도 박차고 나올 정도면 말이야."

예이스터는 확실히 이상하다고 여기며 가면을 손가락으로 톡톡 두들겼다.

"솔직히 놀랐어. 그따위로 굴면 분명 손해가 더 클 텐데 왜 그런 짓을 했을까?"

여우 가면에 붙은 보석이 고개의 움직임에 따라 반짝거렸다.

제논은 표정이 잘 드러나지 않는 저 가면을 당장 벗겨 내 패대기치고 싶었다. 그러나 억지로 노기를 삼켰다.

예이스터는 그 커다란 라파엘로보다 더 큰 190㎝가 넘는 키에 위협적인 덩치를 가졌다. 게다가 꽉 짜인 근육은 잘 갖춰 입은 수트 밖으로도 여실히 느껴졌다. 그런 예이스터에게 사람 머리 하나 깨는 것쯤은 일도 아니었다. 그는 짐승이나 다름없었다.

제논이 입을 열었다.

"그야 카예나 황녀는 쓸 만한 구석이 많으니까……."

"아니지, 아니지."

예이스터는 과장된 몸짓으로 두 팔을 벌리며 어깨를 으쓱거렸다.

"정말로 그렇게 생각하는 거야? 카예나 황녀가 황명을 어길 만큼 쓸 만하다고?"

"……."

아니. 그렇게 생각하지 않았다. 그러나 섣불리 대답이 나오지 않았다. 예이스터는 그것 보라며 씩 웃었다.

"카예나 황녀에게 뭔가가 있어. 그렇지?"

"무슨 뜻이지?"

"아아, 그냥. 재밌잖아. 대체 무슨 이유로 다들 미친놈처럼 황녀에게 들러붙을까 싶거든."

예이스터가 손가락으로 제논을 가리켰다.

"그쪽도, 레제프 황자도, 헨버튼 길리안도, ……라파엘로 키드레이마저도 말이지."

예이스터의 금빛 눈동자가 스산하게 번들거렸다.

"황녀가 너무 궁금해서 미치겠더라고."

'미친 자식……'

저건 정상인의 눈빛과 목소리가 아니었다. 그는 단단히 미쳤다. 헨버튼 길리안 같은 약쟁이와는 질적으로 다른 위험한 인간이다.

'젠장, 젠장!'

제논은 급기야 카예나에게 화가 나기 시작했다. 그녀는 마치 동화에 나오는 피리 부는 사나이처럼 미친놈들을 불러들였다.

그때 예이스터의 목소리가 날아들었다.

"황녀를 소중히 대해 줘."

"……뭐?"

이건 또 무슨 정신 나간 소리인가?

예이스터는 쓸쓸한 목소리로 말했다.

"허튼짓하면 너무 무섭고 슬퍼진 내가 무슨 짓을 저지를지 몰라."

그러더니 고개를 비스듬히 꺾으며 제논을 보았다.

"내 장난감에 손대지 말라고."

제논은 당장 저 면상에 주먹을 내리꽂고 싶다고 생각했다.

"나의 절친한 친구 제논은 그 부탁을 들어줄 거야. 그렇지?"

"내가 왜⋯⋯!"

"왜냐하면, 황녀를 납치하려 했던 증거가 나한테 있으니까?"

그는 낄낄 웃으며 차갑게 굳은 제논에게 말했다.

"헨버튼 입막음 정도는 내가 해 줄 테니까 너무 걱정하지 말라고. 응?"

혹을 떼려다 되레 혹을 붙인 격이 되고 말았으나 제논은 그 제안을 수락할 수밖에 없었다.

"⋯⋯좋아."

〈악녀는 마리오네트〉 2권에서 계속